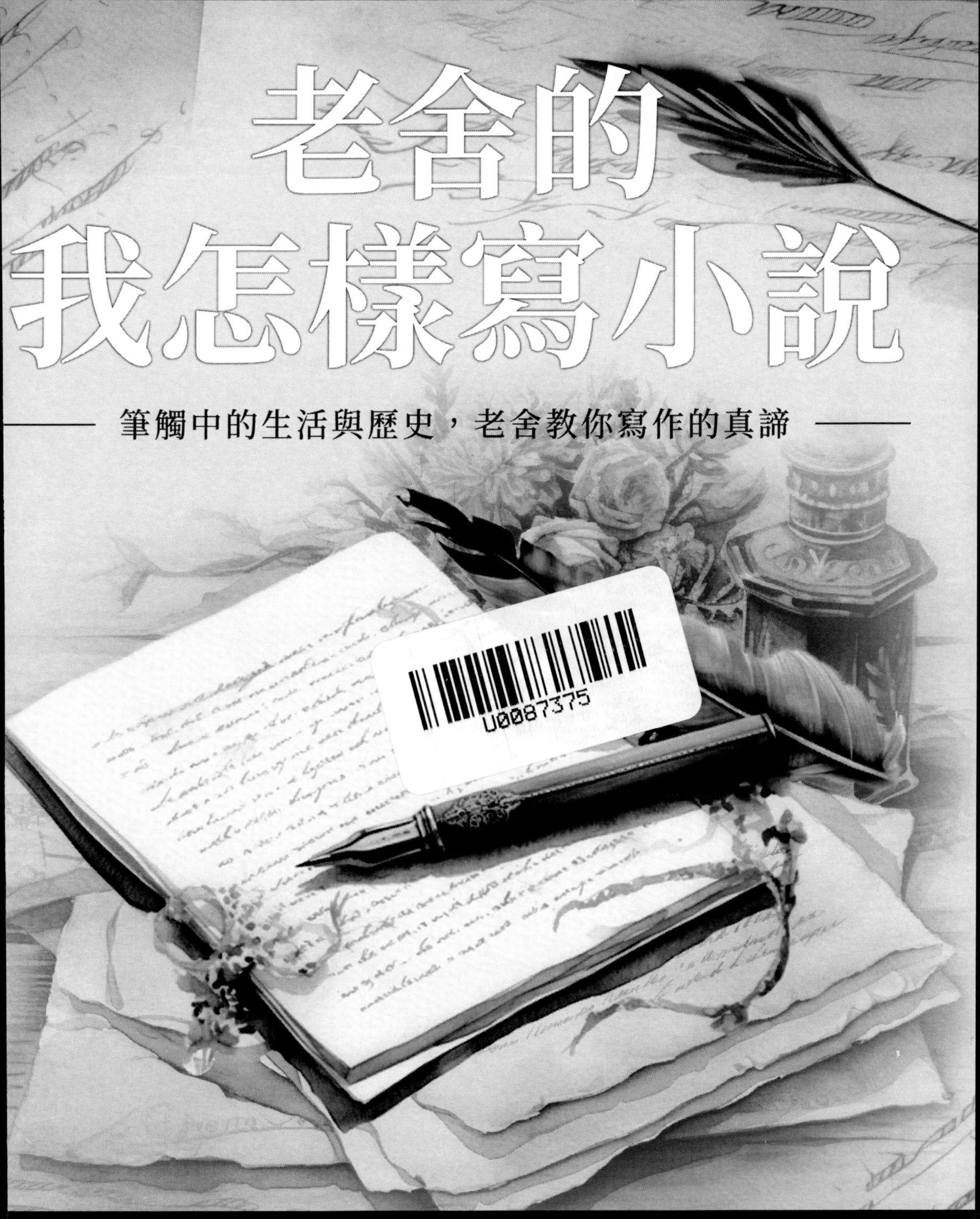

【經典作品背後，一窺大師的創作靈魂】

獨到的文學視角，揭祕小說創作技巧

目錄

目錄

我怎樣寫《老張的哲學》

七月七剛過去，老牛破車的故事不知又被說過多少次；兒女們似睡非睡的聽著；也許還沒有聽完，已經在夢裡飛上天河去了；第二天晚上再聽，自然還是怪美的。但是我這個老牛破車，卻與「天河配」沒什麼關係，至多也不過是迎時當令的取個題目而已；即使說我貼「謊報」，我也犯不上生氣。最合適的標題似乎應當是「創作的經驗」，或是「創作十本」，因為我要說的都是關係過去幾年中寫作的經驗，而截至今日，我恰恰發表過十本作品。是的，這倆題目都好。可是，比上老牛破車，它們顯然的缺乏點兒詩意。再一說呢，所謂創作，經驗，等等都比老牛多著一些「吹」；謙虛是不必要的，但好吹也總得算個毛病。那末，我們還是老牛破車吧。

除了在學校裡練習作文作詩，直到我發表《老張的哲學》以前，我沒寫過什麼預備去發表的東西，也沒有那份兒願望。不錯，我在南開中學教書的時候曾在校刊上發表過一篇小說；可是那不過是為充個數兒，連「國文教員當然會寫一氣」的驕傲也沒有。我一向愛文學，要不然也當不上國文教員；但憑良心說，我教國文只為吃飯；教國文不過是且戰且走，騎馬找馬；我的志願是在作事——那時候我頗自信有些作事的能力，有機會也許能作作國務總理什麼的。我愛文學，正如我愛小貓小狗，並沒有什麼精到的研究，也不希望成為專家。設若我繼續著教國文，說不定二年以後也許被學校辭退；這雖然不足使我傷心，可是萬一當時補不上國務總理的缺，總該有點不方便。無論怎說吧，一直到我活了二十七歲的時候，我作夢也沒想到我可以寫點東西去發表。這也就是我到如今還不自居為「寫家」的原因，現在我還希望去作事，哪怕先作幾年部長呢，也能將就。

二十七歲出國。為學英文，所以念小說，可是還沒想起來寫作。到異鄉的新鮮勁兒漸漸消失，半年後開始感覺寂寞，也就常常想家。從十四歲就不住在家裡，此處所謂「想家」實在是想在國內所知道的一切。那些事既都是過去的，想起來便像一些圖畫，大概那色彩不甚濃厚的根本就想不起來了。這些圖畫常在心中來往，每每在讀小說的時候使我忘了讀的是什麼，而呆呆的憶及自己的過去。小說中是些圖畫，記憶中也是些圖畫，為什麼不可以把自己的圖畫用文字畫下來呢？我想拿筆了。

但是，在拿筆以前，我總得有些畫稿子呀。那時候我還不知道世上有小說作法這類的書，怎辦呢？對中國的小說我讀過唐人小說和《儒林外史》什麼的，對外國小說我才唸了不多，而且是東一本西一本，有的是名家的著作，有的是女招待嫁皇太子的夢話。後來居上，新讀過的自然有更大的勢力，我決定不取中國小說的形式，可是對外國小說我知道的並不多，想選擇也無從選擇起。好吧，隨便寫吧，管它像樣不像樣，反正我又不想發表。況且呢，我剛讀了 *Nicholas Nickleby*（《尼考拉斯·尼柯爾貝》）和 *Pickwick Papers*（《匹克威克外傳》）等雜亂無章的作品，更足以使我大膽放野；寫就好，管它什麼。這就決定了那想起便使我害羞的《老張的哲學》的形式。

形式是這樣決定的；內容呢，在人物與事實上我想起什麼就寫什麼，簡直沒有箇中心；這是初買來攝影機的辦法，到處照相，熱鬧就好，誰管它歪七扭八，哪叫做取光選景！浮在記憶上的那些有色彩的人與事都隨手取來，沒等把它們安置好，又去另拉一批，人擠著人，事挨著事，全喘不過氣來。這一本中的人與事，假如擱在今天寫，實在夠寫十本的。

在思想上，那時候我覺得自己很高明，所以毫不客氣的叫做「哲學」。哲學！現在我認明白了自己：假如我有點長處的話，必定不在思想上。我的感情老走在理智前面，我能是個熱心的朋友，而不能給人以高明的建議。感情使我的心跳得快，因而不加思索便把最普通的、浮淺的見解拿過來，作為我判斷一切的準則。在一方面，這使我的筆下常常帶些感情；在另一方面，我的見解總是平凡。自然，有許多人以為文藝中感情比理智更重要，可是感情不會給人以遠見；它能使人落淚，眼淚可有時候是非常不值錢的。故意引人落淚只足招人討厭。憑著一點浮淺的感情而大發議論，和醉鬼藉著點酒力瞎叨叨大概差不很多。我吃了這個虧，但在十年前我並不這麼想。

假若我專靠著感情，也許我能寫出有相當偉大的悲劇，可是我不徹底；我一方面用感情咂摸世事的滋味，一方面我又管束著感情，不完全以自己的愛憎判斷。這種矛盾是出於我個人的性格與環境。我自幼便是個窮人，在性格上又深受我母親的影響——她是個愣挨餓也不肯求人的，同時對別人又是很義氣的女人。窮，使我好罵世；剛強，使我容易以個人的感情與主張去判斷別人；義氣，使我對別人有點同情心。有了這點分析，就很容易明白為什麼我要笑罵，而又不趕盡殺絕。我失了諷刺，而得到幽默。據說，幽默中是有同情的。我恨壞人，可是壞人也有好處；我愛好人，而好人也有缺點。「窮人的狡猾也是正義」，還是我近來的發現；在十年前我只知道一半恨一半笑的去看世界。

有人說，《老張的哲學》並不幽默，而是討厭。我不完全承認，也不完全否認，這個。有的人天生的不懂幽默；一個人一個脾氣，無須再說什麼。有的人急於救世救國救文學，痛恨幽默；這是師出有名，除了太專制一些，尚無大毛病。不過這兩種人說我討厭，我不便為自己辯護，可也不便馬上抽自己幾個嘴巴。有的人理會得幽默，而覺得我太過火，以至於討厭。我承認這個。前面說過了，我初寫小說，只為寫著玩玩，並不懂何為技巧，哪叫控制。我信口開河，抓住一點，死不放手，誇大了還要誇大，而且津津自喜，以為自己的筆下跳脫暢肆。討厭？當然的。

大概最討厭的地方是那半白半文的文字。以文字耍俏本來是最容易流於耍貧嘴的，可是這個誘惑不易躲避；一個局面或事實可笑，自然而然在描寫的時候便順手加上了招笑的文字，以助成那誇張的陳述。適可而止，好不容易。在發表過兩三本小說後，我才明白了真正有力的文字——即使是幽默的——並不在乎多說廢話。雖然如此，在實際上我可是還不能完全除掉那個老毛病。寫作是多麼難的事呢，我只能說我還在練習；過勿憚改，或者能有些進益；拍著胸膛說，「我這是傑作呀！」我永遠不敢，連想一想也不敢。「努力」不過足以使自己少紅兩次臉而已。

夠了，關於《老張的哲學》怎樣成形的不要再說了。

寫成此書，大概費了一年的工夫。閒著就寫點，有事便把它放在一旁，所以濟濟拉拉的延長到一年；若是一氣寫下，本來不需要這麼多的時間。寫的時候是用三個便士一本的作文簿，鋼筆橫書，寫得不甚整齊。這些小事足以證明我沒有大吹大擂的通電全國——我在著作；還是那句話，我只是寫著玩。寫完了，許地山兄來到倫敦；一塊兒談得沒有什麼好題目了，我就掏出小本給他念兩段。他沒給我什麼批評，只顧了笑。後來，他說寄到國內去吧。我倒還沒有這個勇氣；即使寄去，也得先修改一下。可是他既不告訴我哪點應當改正，我自然聞不見自己的腳臭；於是馬馬虎虎就寄給了鄭西諦兄——並沒掛號，就那麼捲了一卷扔在郵局。兩三個月後，《小說月報》居然把它登載出來，我到中國飯館吃了頓「雜碎」，作為犒賞三軍。欲知後事如何，且聽下回分解。

我怎樣寫《趙子曰》

我只知道《老張的哲學》在《小說月報》上發表了，和登完之後由文學研究會出單行本。至於它得了什麼樣的批評，是好是壞，怎麼好和怎麼壞，我可是一點不曉得。朋友們來信有時提到它，只是提到而已，並非批評；就是有批評，也不過三言兩語。寫信問他們，見到什麼批評沒有，有的忘記回答這一點，有的說看到了一眼而未能把所見到的儲存起來，更不要說給我寄來了。我完全是在黑暗中。

不過呢，自己的作品用鉛字印出來總是件快事，我自然也覺得高興。《趙子日》便是這點高興的結果，也可以說《趙子曰》是「老張」的尾巴。自然，這兩本東西在結構上，人物上，事實上，都有顯然的不同；可是在精神上實在是一貫的。沒有「老張」，絕不會有「老趙」。「老張」給「老趙」開出了路子來。在當時，我既沒有多少寫作經驗；又沒有什麼指導批評，我還沒見到「老張」的許多短處。它既被印出來了，一定是很不錯，我想。怎麼不錯呢？這很容易找出；找自己的好處還不容易麼！我知道「老張」很可笑，很生動；好了，照樣再寫一本就是了。於是我就開始寫《趙子日》。

材料自然得換一換：「老張」是講些中年人們，那麼這次該換些年輕的了。寫法可是不用改，把心中記得的人與事編排到一處就行。「老張」是揭發社會上那些我所知道的人與事，「老趙」是描寫一群學生。不管是誰與什麼吧，反正要寫得好笑好玩；一回吃出甜頭，當然想再吃；所以這兩本東西是同窩的一對小動物。

可是，這並不完全正確。怎麼說呢？「老張」中的人多半是我親眼看見的，其中的事多半是我親身參加過的；因此，書中的人與事才那麼擁擠紛亂；專憑想像是不會來得這麼方便的。這自然不是說，此書中的人物都可以一一的指出，「老張」是誰誰，「老李」是某某。不，絕不是！所謂「真」，不過是大致的說，人與事都有個影子，而不是與我所寫的完全一樣。它是我記憶中的一個百貨店，換了東家與字號，即使還賣那些舊貨，也另經擺列過了。其中頂壞的角色也許長得像我所最敬愛的人；就是叫我自己去分析，恐怕也沒法作到一個蘿蔔一個坑兒。不論怎樣吧，為省事起見，我們暫且籠統的說「老張」中的人與事多半是真實的。趕到寫《趙子曰》的時節，本想還照方抓一劑，可是材料並不這麼方便了。所以只換換材料的話不完全正確。這就是說：在動機上相同，而在執行時因事實的困難使它們不一樣了。

在寫「老張」以前，我已作過六年事，接觸的多半是與我年歲相同和中年人。我雖沒想到去寫小說，可是時機一到，這六年中的經驗自然是極有用的。這成全了「老張」，但委屈了《趙子曰》，因為我在一方面離開學生生活已六七年，而在另一方面這六七年中的學生已和我作學生時候的情形大不相同了，即使我還清楚地記得自己的學校生活也無補於事。「五四」把我與「學生」隔開。我看見了五四運動，而沒在這個運動裡面，我已作了事。是的，我差不多老沒和教育事業斷緣，可是到底對於這個大運動是個旁觀者。看戲的無論如何也不能完全明白演戲的，所以《趙子曰》之所以為《趙子曰》，一半是因為我立意要幽默，一半是因為我是個看戲的。我在「招待學員」的公寓裡住過，我也極同情於學生們的熱烈與活動，可是我不能完全把自己當作個學生，於是我在解放與自由的聲浪中，在嚴重而混亂的場面中，找到了笑料，看出了縫子。在今天想起來，我之立在五四運動外面使我的思想吃了極大的虧，《趙子曰》便是個明證，它不鼓舞，而在輕搔新人物的癢癢肉！

有了這點說明，就曉得這兩本書的所以不同了。「老張」中事實多，想像少；《趙子曰》中想像多，事實少。「老張」中縱有極討厭的地方，究竟是與真實相距不遠；有時候把一件很好的事描寫得不堪，那多半是文字的毛病；文字把我拉了走，我收不住腳。至於《趙子曰》，簡直沒多少事實，而只有些可笑的體態，像些滑稽舞。小學生看了能跳著腳笑，它的長處止於此！我並不是幽默完又後悔；真的，真正的幽默確不是這樣，現在我知道了，雖然還是眼高手低。

此中的人物只有一兩位有個真的影子，多數的是臨時想起來的：好的壞的都是理想的，而且是箇中年人的理想，雖然我那時候還未到三十歲。我自幼貧窮，作事又很早，我的理想永遠不和目前的事實相距很遠，假如使我設想一個地上樂園，大概也和那初民的滿地流蜜，河裡都是鮮魚的夢差不多。貧人的空想大概離不開肉餡饅頭，我就是如此。明乎此，才能明白我為什麼有說有笑，好諷刺而並沒有絕高的見解。因為窮，所以作事早；作事早，碰的釘子就特別的多；不久，就成了中年人的樣子。不應當如此，但事實上已經如此，除了酸笑還有什麼辦法呢？！

前面已經提過，在立意上，《趙子曰》與「老張」是魯衛之政，所以《趙子曰》的文字還是 —— 往好裡說 —— 很挺拔俐落。往壞裡說呢，「老張」所有的討厭，「老趙」一點也沒減少。可是，在結構上，從《趙子曰》起，一步一步的確是有了進步，因為我讀的東西多了。《趙子曰》已比「老張」顯著緊湊了許多。

這本書裡只有一個女角，而且始終沒露面。我怕寫女人；平常日子見到女人也老覺得拘束。在我讀書的時候，男女還不能同校；在我作事的時候，終日與些中年人在一處，自然要假裝出穩重。我沒機會交女友，也似乎以此為榮。在後來的作品中雖然有女角，大概都是我心中想出來的，而加上一些我所看到的女人的舉動與姿態；設若有人問我：女子真是這樣麼？我沒法不搖頭，假如我不願撒謊的話。《趙子曰》中的女子沒露面，是我最誠實的地方。

這本書仍然是用極賤的「練習簿」寫的，也經過差不多一年的工夫。寫完，我交給寧恩承兄先讀一遍，看看有什麼錯兒；他笑得把鹽當作了糖，放到茶裡，在吃早飯的時候。

我怎樣寫《二馬》

《二馬》中的細膩處是在《老張的哲學》與《趙子曰》裡找不到的，「張」與「趙」中的潑辣恣肆處從《二馬》以後可是也不多見了。人的思想不必一定隨著年紀而往穩健裡走，可是文字的風格差不多是「晚節漸於詩律細」的。讀與作的經驗增多，形式之美自然在心中添了分量，不管個人願意這樣與否。《二馬》是我在國外的末一部作品：從「作」的方面說，已經有了些經驗；從「讀」的方面說，我不但讀得多了，而且認識了英國當代作家的著作。心理分析與描寫工細是當代文藝的特色；讀了它們，不會不使我感到自己的粗劣，我開始決定往「細」裡寫。

《二馬》在一開首便把故事最後的一幕提出來，就是這「求細」的證明：先有了結局，自然是對故事的全盤設計已有了個大概，不能再信口開河。可是這還不十分正確；我不僅打算細寫，而且要非常的細，要像康拉德那樣把故事看成一個球，從任何地方起始它總會滾動的。我本打算把故事的中段放在最前面，而後倒轉回來補講前文，而後再由這裡接下去講——講馬威逃走以後的事。這樣，篇首的兩節，現在看起來是像尾巴，在原來的計畫中本是「腰眼兒」。為什麼把腰眼兒變成了尾巴呢？有兩個原因：第一個是我到底不能完全把幽默放下，而另換一個風格，於是由心理的分析又走入了姿態上的取笑，笑出以後便沒法再使文章縈迴逗宕；無論是尾巴吧，還是腰眼吧，放在前面乃全無意義！第二個是時間上的關係：我應在一九二九年的六月離開英國，在動身以前必須把這本書寫完寄出去，以免心中老存著塊病。時候到了，我只寫了那麼多，馬威逃走以後的事無論如何也趕不出來了，於是一狠心，就把腰眼當作了尾巴，硬行結束。那麼，《二馬）只是比較的「細」，並非和我的理想一致；到如今我還是沒寫出一部真正細膩的東西，這或者是天才的限制，沒法勉強吧。

在文字上可是稍稍有了些變動。這不能不感激亡友白滌洲 —— 他死去快一年了！已經說過，我在「老張」與《趙子日》裡往往把文言與白話夾裹在一處；文字不一致多少能幫助一些矛盾氣，好使人發笑。滌洲是頭一個指出這一個毛病，而且勸我不要這樣討巧。我當時還不以為然，我寫信給他，說我這是想把文言溶解在白話裡，以提高白話，使白話成為雅俗共賞的東西。可是不久我就明白過來，利用文言多少是有點偷懶；把文言與白話中容易用的，現成的，都拿過來，而毫不費力的作成公眾講演稿子一類的東西，不是偷懶麼？所謂文藝創作不是兼思想與文字二者而言麼？那麼，在文字方面就必須努力，作出一種簡單的，有力的，可讀的，而且美好的文章，才算本事。在《二馬》中我開始試驗這個。請看看那些風景的描寫就可以明白了。《紅樓夢》的言語是多麼漂亮，可是一提到風景便立刻改腔換調而有詩為證了；我試試看：一個洋車伕用自己的言語能否形容一個晚晴或雪景呢？假如他不能的話，讓我代他來試試。什麼「潺諼」咧，「淒涼」咧，「幽徑」咧，「蕭條」咧……我都不用，而用頂俗淺的字另想主意。設若我能這樣形容得出呢，那就是本事，反之則寧可不去描寫。這樣描寫出來，才是真覺得了物境之美而由心中說出：用文言拼湊只是修辭而已。論味道，英國菜 —— 就是所謂英法大菜的菜 —— 可以算天下最難吃的了；什麼幾乎都是白水煮或愣燒。可是英國人有個說法 —— 記得好像 George Gissing（喬治 · 吉辛）也這麼說過 —— 英國人烹調術的主旨是不假其他材料的幫助，而是把肉與蔬菜的原味，真正的香味，燒出來。我以為，用白話著作倒須用這個方法，把白話的真正香味燒出來；文言中的現成字與辭雖一時無法一概棄斥，可是用在白話文裡究竟是有些像醬油與味之素什麼的；放上去能使菜的色味俱佳，但不是真正的原味兒。

在材料方面，不用說，是我在國外四五年中慢慢積蓄下來的。可是像故事中那些人與事全是想像的，幾乎沒有一個人一件事曾在倫敦見過或發生過。寫這本東西的動機不是由於某人某事的值得一寫，而是在比較中國人與英國人的不同處，所以一切人差不多都代表著些什麼；我不能完全忽略了他們的個性，可是我更注意他們所代表的民族性。因此，《二馬》除了在文字上是沒有多大的成功的。其中的人與事是對我所要比較的那點負責，而比較根本是種類似報告的東西。自然，報告能夠新穎可喜，假若讀者不曉得這些事；但它的取巧處只是這一點，它缺乏文藝的偉大與永久性，至好也不過是一種還不討厭的報章文學而已。比較是件容易作的事，連個小孩也能看出洋人鼻子高，頭髮黃；因此也就很難不浮淺。注意在比較，便不能不多取些表面上的差異作數據，而由這些數據裡提出判斷。臉黃的就是野蠻，與頭髮捲著的便文明，都是很容易說出而且說著怪高興的；越是在北平住過一半天的越敢給北平下考語，許多汙辱中國的電影，戲劇，與小說，差不多都是僅就表面的觀察而後加以主觀的判斷。《二馬》雖然沒這樣壞，可是究竟也算上了這個當。

老馬代表老一派的中國人，小馬代表晚一輩的，誰也能看出這個來。老馬的描寫有相當的成功：雖然他只代表了一種中國人，可是到底他是我所最熟識的；他不能普遍的代表老一輩的中國人，但我最熟識的老人確是他那個樣子。他不好，也不怎麼壞；他對過去的文化負責，所以自尊自傲，對將來他茫然。所以無從努力，也不想努力。他的希望是老年的舒服與有所依靠；若沒有自己的子孫，世界是非常孤寂冷酷的。他背後有幾千年的文化，面前只有個兒子。他不大愛思想，因為事事已有了準則。這使他很可愛，也很可恨；很安詳，也很無聊。至於小馬，我又失敗了。前者我已經說過，五四運動時我是個旁觀者；在寫《二馬》的時節，正趕上革命軍北伐，我又遠遠的立在一旁，沒機會參加。這兩個大運動，我都立在外面，實在沒有資格去描寫比我小十歲的青年。我們在倫敦的一些朋友天天用針插在地圖上：革命軍前進了，我們狂喜；退卻了，懊喪。雖然如此，我們的訊息只來自新聞報，我們沒親眼看見血與肉的犧牲，沒有聽見槍炮的響聲。更不明白的是國內青年們的思想。那時在國外讀書的，身處異域，自然極愛祖國；再加上看著外國國民如何對國家的事盡職責，也自然使自己想作個好國民，好像一箇中國人能像英國人那樣作國民便是最高的理想了。個人的私事，如戀愛，如孝悌，都可以不管，自要能有益於國家，什麼都可以放在一旁。這就是馬威所要代表的。比這再高一點的理想，我還沒想到過。先不用管這個理想高明不高明吧，馬威反正是這個理想的產兒。他是個空的，一點也不像個活人。他還有缺點，不盡合我的理想，於是另請出一位李子榮來作補充；所以李子榮更沒勁！

對於英國人，我連半個有人性的也沒寫出來。他們的褊狹的愛國主義決定了他們的罪案，他們所表現的都是偏見與討厭，沒有別的。自然，猛一看過去，他們確是有這種討厭而不自覺的地方，可是稍微再細看一看，他們到底還不這麼狹小。我專注意了他們與國家的關係，而忽略了他們其他的部分。幸而我是用幽默的口氣述說他們，不然他們簡直是群可憐的半瘋子了。幽默寬恕了他們，正如寬恕了馬家父子，把褊狹與浮淺消解在笑聲中，萬幸！

最危險的地方是那些戀愛的穿插，它們極容易使《二馬》成為《留東外史》一類的東西。可是我在一動筆時就留著神，設法使這些地方都成為揭露人物性格與民族成見的機會，不准戀愛情節自由的展動。這是我很會辦的事，在我的作品中差不多老是把戀愛作為副筆，而把另一些東西擺在正面。這個辦法的好處是把我從三角四角戀愛小說中救出來，它的壞處是使我老不敢放膽寫這個人生最大的問題 —— 兩性間的問題。我一方面在思想上失之平凡，另一方面又在題材上不敢摸這個禁果，所以我的作品即使在結構上文字上有可觀，可是總走不上那偉大之路。三角戀愛永不失為好題目，寫得好還是好。像我這樣一碰即走，對打八卦拳倒許是好辦法，對寫小說它使我輕浮，激不起心靈的震顫。

這本書的寫成也差不多費了一年的工夫。寫幾段，我便對朋友們去朗讀，請他們批評，最多的時候是找祝仲謹兄去，他是北平人，自然更能聽出句子的順當與否，和字眼的是否妥當。全篇寫完，我又託酈堃厚兄給看了一遍，他很細心的把錯字都給挑出來。把它寄出去以後 —— 仍是寄給《小說月報》 —— 我便向倫敦說了「再見」。

我怎樣寫《小坡的生日》

離開倫敦，我到大陸上玩了三個月，多半的時間是在巴黎。在巴黎，我很想把馬威調過來，以巴黎為背景續成《二馬》的後半。只是想了想，可是：憑著幾十天的經驗而動筆寫像巴黎那樣複雜的一個城，我沒那個膽氣。我希望在那裡找點事作，找不到；馬威只好老在逃亡吧，我既沒法在巴黎久住，他還能在那裡立住腳麼！

離開歐洲，兩件事決定了我的去處：第一，錢只夠到新加坡的；第二，我久想看看南洋。於是我就坐了三等艙到新加坡下船。為什麼我想看看南洋呢？因為想找寫小說的材料，像康拉德的小說中那些材料。不管康拉德有什麼民族高下的偏見沒有。他的著作中的主角多是白人；東方人是些配角，有時候只在那兒作點綴，以便增多一些顏色 —— 景物的斑斕還不夠，他還要各色的臉與服裝，作成個「花花世界」。我也想寫這樣的小說，可是以中國人為主角，康拉德有時候把南洋寫成白人的毒物 —— 征服不了自然便被自然吞噬，我要寫的恰與此相反，事實在那兒擺著呢：南洋的開發設若沒有中國人行麼？中國人能忍受最大的苦處，中國人能抵抗一切疾痛：毒蟒猛虎所盤據的荒林被中國人剷平，不毛之地被中國人種滿了菜蔬。中國人不怕死，因為他曉得怎樣應付環境，怎樣活著。中國人不悲觀，因為他懂得忍耐而不惜力氣。他坐著多麼破的船也敢衝風破浪往海外去，赤著腳，空著拳，只憑那口氣與那點天賦的聰明，若能再有點好運，他便能在幾年之間成個財主。自然，他也有好多毛病與缺欠，可是南洋之所以為南洋，顯然的大部分是中國人的成績。國內人只知道在南洋容易賺錢，而華僑都是胖胖的財主，所以凡有點勢力的人就派個代表在那兒募捐。只知道要錢，不曉得華僑所受的困苦，更想不到怎樣去幫忙。另有一些人以為華僑是些在國內無法生存而到國外碰運氣的，一伸手也許摸著個金礦，馬上便成百萬之富。這樣的人是因為輕視自己所以也忽略了中國人能力的偉大。還有些人以為華僑漫無組織，所以今天暴富而富得不得其道，明天忽然失敗又正自理當如此；說這樣現成話的人是隻看見了華僑的短處，而忘了國家對這些在海外冒險的人可曾有過幫助與指導沒有。華僑的失敗也就是國家的失敗。無論怎樣吧，我想寫南洋，寫中國人的偉大；即使僅能寫成個羅曼司，南洋的顏色也正是豔麗無匹的。

可是，這有三件必須預備的事：第一，得在城市中研究經濟的情形。第二，到內地觀察老華僑的生活，並探聽他們的歷史。第三，得學會廣東話，福建話，與馬來話。哎呀，這至少須花費幾年的工夫呀！我恰巧花費不起這麼多的工夫。我找不到相當的事作。只能在中學裡去教書，而教書就把我拴在了一個地方，時間與金錢都不許我到各處去觀察。我的心慢慢涼起來。我是在新加坡教書，假若我想到別的地方去看看，除非是我能在別處找到教書的機會，機會哪能那麼容易得呢。即使有機會，還不是仍得教書，錢不夠花而時間不屬於我？我沒辦法。我的夢想眼看著將永成為夢想了。

打了個大大的折扣，我開始寫《小坡的生日》。我愛小孩，我注意小孩子們的行動。在新加坡，我雖沒工夫去看成人的活動，可是街上跑來跑去的小孩，各種各色的小孩，是有意思的，可以隨時看到的。下課之後，立在門口，就可以看到一兩箇中國的或馬來的小兒在林邊或路畔玩耍。好吧，我以小人兒們作主角來寫出我所知道的南洋吧 —— 恐怕是最小最小的那個南洋吧！

上半天完全消費在上課與改卷子上。下半天太熱。非四點以後不能作什麼。我只能在晚飯後寫一點。一邊寫一邊得驅逐蚊子，而老鼠與壁虎的搗亂也使我心中不甚太平，況且在熱帶的晚間獨抱一燈，低著頭寫字，更彷彿有點說不過去：屋外的蟲聲，林中吹來的溼而微甜的晚風，道路上印度人的歌聲，婦女們木板鞋的輕響，都使人覺得應到外邊草地上去，臥看星天，永遠不動一動。這地方的情調是熱與軟，它使人從心中覺到不應當作什麼。我呢，一氣寫出一千字已極不容易，得把外間的一切都忘了才能把筆放在紙上。這需要極大的注意與努力，結果，寫一千來字已是筋疲力盡，好似打過一次交手仗。朋友們稍微點點頭，我就放下筆，隨他們去到林邊的一間門面的茶館去喝咖啡了。從開始寫直到離開此地，至少有四個整月，我一共才寫成四萬字，沒法兒再快。這本東西通體有六萬字，那末後兩萬是在上海鄭西諦兄家中補成的。

以小孩為主角，不能算作童話。可是這本書的後半又全是描寫小孩的夢境，讓貓狗們也會說話，彷彿又是個童話。此書的形式因此極不完整：非大加刪改不可。前半雖然是描寫小孩，可是把許多不必要的實景加進去；後半雖是夢境，但也時時對南洋的事情作小小的諷刺。總而言之，這是幻想與寫實夾雜在一處，而成了個四不像了。這個毛病是因為我是腳踩兩只船：既捨不得小孩的天真，又捨不得我心中那點不屬於兒童世界的思想。我願與小孩們一同玩耍，又忘不了我是大人。這就糟了。所謂不屬於兒童世界的思想是什麼呢？是聯合世界上弱小民族共同奮鬥。此書中有中國小孩，馬來小孩，印度小孩，而沒有一個白色民族的小孩。在事實上，真的，在新加坡住了半年，始終沒見過一回白人的小孩與東方小孩在一塊玩耍。這給我很大的刺激，所以我願把東方小孩全拉到一處去玩，將來也許立在同一戰線上去爭戰！同時，我也很明白廣東與福建人中間的衝突與不合作，馬來與印度人間的愚昧與散漫。這些實際上的缺欠，我都在小孩們一塊玩耍時隨手兒諷刺出。可是，寫著寫著我又似乎把這個忘掉，而沉醉在小孩的世界裡，大概此書中最可喜的一些地方就是這當我忘了我是成人的時候。現在看來，我後悔那時候我是那麼拿不定主意；可是我對這本小書仍然最滿意，不是因為別的，是因為我深喜自己還未全失赤子之心——那時我已經三十多歲了。

最使我得意的地方是文字的淺明簡確。有了《小坡的生日》，我才真明白了白話的力量；我敢用最簡單的話，幾乎是兒童的話，描寫一切了。我沒有算過，《小坡的生日》中一共到底用了多少字；可是它給我一點信心，就是用平民千字課的一千個字也能寫出很好的文章。我相信這個，因而越來越恨「迷惘而蒼涼的沙漠般的故城喲」這種句子。有人批評我，說我的文字缺乏書生氣，太俗，太貧，近於車伕走卒的俗鄙；我一點也不以此為恥！

在上海寫完了，就手兒便把它交給了西諦，還在《小說月報》發表。登完，單行本已打好底版，被「一二八」的大火燒掉；所以在去年才又交給生活書店印出來。

希望還能再寫一兩本這樣的小書，寫這樣的書使我覺得年輕，使我快活；我願永遠作「孩子頭兒」。對過去的一切，我不十分敬重；歷史中沒有比我們正在創造的這一段更有價值的。我愛孩子，他們是光明，他們是歷史的新頁，印著我們所不知道的事兒——我們只能向那裡望一望，可也就夠痛快的了，那裡是希望。

得補上一些。在到新加坡以前我還寫過一本東西呢。在大陸上寫了些，在由馬賽到新加坡的船上寫了些，一共寫了四萬多字。到了新加坡，我決定拋棄了它，書名是「大概如此」。

為什麼中止了呢？慢慢的講吧。這本書和《二馬》差不多，也是寫在倫敦的中國人。內容可是沒有《二馬》那麼複雜，只有一男一女。男的窮而好學，女的富而遭了難。窮男人救了富女的，自然嘍跟著就得戀愛。男的是真落於情海中，女的只拿愛作為一種應酬與報答，結果把男的毀了。文字寫得並不錯，可是我並不滿意這個題旨。設若我還住在歐洲，這本書一定能寫完。可是我來到新加坡，新加坡使我看不起這本書了。在新加坡，我是在一箇中學裡教幾點鐘國文。我教的學生差不多都是十五六歲的小人兒們。他們所說的，和他們在作文時所寫的，使我驚異。他們在思想上的激進，和所要知道的問題，是我在國外的學校五年中所未遇到過的。不錯，他們是很浮淺；但是他們的言語行動都使我不敢笑他們，而開始覺到新的思想是在東方，不是在西方。在英國，我聽過最激烈的講演，也知道有專門售賣所謂帶危險性書籍的鋪子。但是大概的說來，這些激烈的言論與文字只是宣傳，而且對普通人很少影響。學校裡簡直聽不到這個。大學裡特設講座，講授政治上經濟上的最新學說與設施；可是這只限於講授與研究，並沒成為什麼運動與主義；大多數的將來的碩士博士還是叼著煙袋談「學生生活」，幾乎不曉得世界上有什麼毛病與缺欠。新加坡的中學生設若與倫敦大學的學生談一談，滿可以把大學生說得瞪了眼，自然大學生可別刨根問底的細問。

有件小事很可以幫助說明我的意思：有一天，我到圖書館裡去找本小說念，找到了本梅·辛克來（May Sinclair）（現通譯梅·辛克萊（1870-1946），英國小說家，1924 年著小說《阿諾德·沃特洛》。）的 Arnold Woterlow（《阿諾德·沃特洛》）。別的書都帶著「圖書館氣」，汙七八黑的；只有這本是白白的，顯然的沒人借讀過。我很納悶，館中為什麼買這麼一本書呢？我問了問，才曉得館中原是去買大家所知道的那個辛克來（Upton Sinclair）（現通譯厄普頓·辛克萊（1878-1968），美國小說家。）的著作，而錯把這位女寫家的作品買來，所以誰也不注意它。我明白了！以文筆來講，男辛克來的是低等的新聞文學，女辛克來的是熱情與機智兼具的文藝。以內容言，男辛克來的是作有目的的宣傳，而女辛克來只是空洞的反抗與破壞。女辛克來在西方很有個名聲，而男辛克來在東方是聖人。東方人無暇管文藝，他們要炸彈與狂呼。西方的激烈思想似乎是些好玩的東西，東方才真以它為寶貝。新加坡的學生差不多都是家中很有幾個錢的，可是他們想打倒父兄，他們捉住一些新思想就不再鬆手，甚至於寫這樣的句子：「自從母親流產我以後」——他愛「流產」，而不惜用之於己身，雖然他已活了十六七歲。

在今日而想明白什麼叫做革命，只有到東方來，因為東方民族是受著人類所有的一切壓迫；從哪兒想，他都應當革命。這就無怪乎英國中等階級的兒女根本不想天下大事，而新加坡中等階級的兒女除了天下大事什麼也不想了。雖然光想天下大事，而永遠不肯交作文與算術演草簿的小人兒們也未必真有什麼用處，可是這種現象到底是應該注意的。我一遇見他們，就沒法不中止寫「大概如此」了。一到新加坡，我的思想猛的前進了好幾丈，不能再寫愛情小說了！這個，也就使我決定趕快回國來看看了。

我怎樣寫《大明湖》

在上海把《小坡的生日》交出，就跑回北平；住了三四個月；什麼也沒寫。

被約到濟南去教書。到校後，忙著預備功課，也沒工夫寫什麼。可是我每走在街上，看見西門與南門的炮眼，我便自然的想起「五三」慘案；我開始打聽關於這件事的詳情；不是那些報紙登載過的大事，而是實際上的屠殺與恐怖的情形。有好多人能供給我材料，有的人還儲存著許多像片，也借給我看。半年以後，濟南既被走熟，而「五三」的情形也知道了個大概，我就想寫《大明湖》了。

《大明湖》裡沒有一句幽默的話，因為想著「五三」。可是「五三」並不是正題，而是個副筆。設若全書都是描寫那次的屠殺，我便不易把別的事項插進去了，而我深怕筆力與材料都不夠寫那麼硬的東西。我需要個別的故事，而把戰爭與流血到相當的時機加進去，既不乾枯，又顯著越寫越火熾。我很費了些時間去安置那些人物與事實：前半的本身已像個故事，而這故事裡已暗示出濟南的危險。後半還繼續寫故事，可是遇上了「五三」，故事與這慘案一同緊張起來。在形式上，這本書有些可取的地方。

故事的進展還是以愛情為聯繫，這裡所謂愛情可並不是三角戀愛那一套。痛快著一點來說，我寫的是性慾問題。在女子方面，重要的人物是很窮的母女兩個。母親受著性慾與窮困的兩重壓迫，而扔下了女兒不再管。她交結過好幾個男人，全沒有所謂浪漫故事中的追求與迷戀，而是直截了當的講肉與錢的獲得。讀書的青年男女好說自己如何苦悶，如何因失戀而想自殺，好像別人都沒有這種問題，而只有他們自己的委屈很值錢似的。所以我故意的提出幾個窮男女，說說他們的苦處與需求。在她所交結的幾個男人中，有一個是非常精明而有思想的人。他雖不是故事中的主要人物，可是由他口中說出許多現在應當用 ×× 畫出來的話語。這個女的最後跳了大明湖。她的女兒呢，沒有人保護著，而且沒有一個錢，也就走上她母親所走的路 —— 在《櫻海集》所載的《月牙兒》便是這件事的變形。可是在《大明湖》裡，這個孤苦的女兒到了也要跳湖的時候，被人救出而結了婚。救她的人是兄弟三個，老大老二是對雙生的弟兄，也就是故事中的男主角。

在這一對男主角身上，愛情的穿插沒有多少重要，主要的是在描寫他倆的心理上的變動。他們是雙生子，長得一樣，而且極相愛，可是他們的性格極不相同。他們想盡方法去彼此明白與諒解，可是不能隨心如意；他們到底有個自己，這個自己不會因愛心與努力而溶解在另一個自己裡。他倆在外表上是一模一樣，而在內心上是背道而馳。老大表現著理智的能力，老二表現著感情的熱烈。一冷一熱，而又不肯公然衝突。這象徵著「學問呢，還是革命呢？」的不易決定。老大是理智的，可是被疾病征服的時候，在夢裡似的與那個孤女發生了關係，結果非要她不可 —— 大團圓。

可是這個大團圓是個悲劇的 —— 假如這句話可以說得通 ——「五三」事件發生了，老三被殺。剩下老大老二，一個用腦，一個用心，領略著國破家亡的滋味。

由這點簡要的述說可以看出來《大明湖》裡實在包含著許多問題，在思想上似乎是有些進步。可是我並不滿意這本作品，因為文字太老實。前面說過了：此書中沒有一句幽默的話，而文字極其平淡無奇，唸著很容易使人打盹兒。我是個爽快的人，當說起笑話來，我的想像便能充分的活動，隨筆所至自自然然的就有趣味。教我哭喪著臉講嚴重的問題與事件，我的心沉下去，我的話也不來了！

在暑假後把它寫成，交給張西山兄看了一遍，還是寄給《小說月報》。因為剛登完了《小坡的生日》，所以西諦兄說留到過了年再登吧。過了年，稿子交到印工手裡去，「一二八」的火把它燒成了灰。沒留副稿。我向來不留副稿。想好就寫，寫完一大段，看看，如要不得，便扯了另寫；如能要，便只略修改幾個字，不作更大的更動。所以我的稿子多數是寫得很清楚。我僱不起書記給另鈔一遍，也不願旁人代寫。稿子既須自己寫，所以無論故事多麼長，總是全篇寫完才敢寄出去，沒膽子寫一點發表一點。全篇寄出去，所以要燒也就都燒完；好在還痛快！

有好幾位朋友勸我再寫《大明湖》，我打不起精神來。創作的那點快樂不能在默寫中找到。再說呢，我實在不甚滿意它，何必再寫。況且現在寫出，必須用許多 ×× 與……，更犯不著了。

到濟南後，自己印了稿紙，張大格大，一張可寫九百多字。用新稿紙寫的第一部小說就遭了火劫，總算走「紅」運！

我怎樣寫《貓城記》

自《老張的哲學》到《大明湖》，都是交《小說月報》發表，而後由商務印書館印單行本。《大明湖》的稿子燒掉，《小坡的生日》的底版也殉了難；後者，經過許多日子，轉讓給生活書店承印。《小說月報》停刊。施蟄存兄主編的《現代》雜誌為滬戰後唯一的有起色的文藝月刊，他約我寫個「長篇」，我答應下來；這是我給別的刊物 —— 不是《小說月報》了 —— 寫稿子的開始。這次寫的是《貓城記》。登完以後，由現代書局出書，這是我在別家書店 —— 不是「商務」了 —— 印書的開始。

《貓城記》，據我自己看，是本失敗的作品。它毫不留情地揭顯出我有塊多麼平凡的腦子。寫到了一半，我就想收兵，可是事實不允許我這樣作，硬把它湊完了！有人說，這本書不幽默，所以值得叫好，正如梅蘭芳反串小生那樣值得叫好。其實這只是因為討厭了我的幽默，而不是這本書有何好處。吃厭了饅頭，偶爾來碗粗米飯也覺得很香，並非是真香。說真的，《貓城記》根本應當幽默，因為它是篇諷刺文章：諷刺與幽默在分析時有顯然的不同，但在應用上永遠不能嚴格的分隔開。越是毒辣的諷刺，越當寫得生動有趣，把假託的人與事全要精細的描寫出，有聲有色，有骨有肉，看起來頭頭是道，活像有此等人與此等事；把諷刺埋伏在這個底下，而後才文情並懋，罵人才罵到家。它不怕是寫三寸丁的小人國，還是寫酸臭的君子之邦，它得先把所憑藉的寓言寫活，而後才能彷彿把人與事玩之股掌之上，細細的創造出，而後捏著骨縫兒狠狠的罵，使人哭不得笑不得。它得活躍，靈動，玲瓏，和幽默。必須幽默。不要幽默也成，那得有更厲害的文筆，與極聰明的腦子，一個巴掌一個紅印，一個閃一個雷。我沒有這樣厲害的手與腦，而又捨去我較有把握的幽默，《貓城記》就沒法不爬在地上，像只折了翅的鳥兒。

在思想上，我沒有積極的主張與建議。這大概是多數諷刺文字的弱點，不過好的諷刺文字是能一刀見血，指出人間的毛病的：雖然缺乏對思想的領導，究竟能找出病根，而使熱心治病的人知道該下什麼藥。我呢，既不能有積極的領導，又不能精到的搜出病根，所以只有諷刺的弱點，而沒得到它的正當效用。我所思慮的就是普通一般人所思慮的，本用不著我說，因為大家都知道。眼前的壞現象是我最關切的；為什麼有這種惡劣現象呢？我回答不出。跟一般人相同，我拿「人心不古」——雖然沒用這四個字——來敷衍。這只是對人與事的一種惋惜，一種規勸；惋惜與規勸，是「陰騭文」的正當效用——其效用等於說廢話。這連諷刺也夠不上了。似是而非的主張，即使無補於事，也還能顯出點諷刺家的聰明。我老老實實的談常識，而美其名為諷刺，未免太荒唐了。把諷刺改為說教，越說便越膩得慌：敢去說教的人不是絕頂聰明的，便是傻瓜。我知道我不是頂聰明，也不肯承認是道地傻瓜；不過我既寫了《貓城記》，也就沒法不叫自己傻瓜了。

自然，我為什麼要寫這樣一本不高明的東西也有些外來的原因。頭一個就是對國事的失望，軍事與外交種種的失敗，使一個有些感情而沒有多大見解的人，像我，容易由憤恨而失望。失望之後，這樣的人想規勸，而規勸總是婦人之仁的。一個完全沒有思想的人，能在糞堆上找到糧食；一個真有思想的人根本不將就這堆糞。只有半瓶子醋的人想維持這堆糞而去勸告蒼蠅：「這裡不衛生！」我吃了虧，因為任著外來的刺激去支配我的「心」，而一時忘了我還有塊「腦子」。我居然去勸告蒼蠅了！

不錯，一個沒有什麼思想的人，滿能寫出很不錯的文章來；文學史上有許多這樣的例子。可是，這樣的專家，得有極大的寫實本領，或是極大的情緒感訴能力。前者能將浮面的觀感詳實的寫下來，雖然不像顯微鏡那麼厲害，到底不失為好好的一面玻璃鏡，映出個真的世界。後者能將普通的感觸，強而有力的道出，使人感動。可是我呢，我是寫了篇諷刺。諷刺必須高超，而我不高超。諷刺要冷靜，於是我不能大吹大擂，而扭扭捏捏。既未能懸起一面鏡子，又不能向人心擲去炸彈，這就很可憐了。

失了諷刺而得到幽默，其實也還不錯。諷刺與幽默雖然是不同的心態，可是都得有點聰明。運用這點聰明，即使不能高明，究竟能見出些性靈，至少是在文字上。我故意的禁止幽默，於是《貓城記》就一無可取了。《大明湖》失敗在前，《貓城記》緊跟著又來了個第二次。朋友們常常勸我不要幽默了，我感謝，我也知道自己常因幽默而流於討厭。可是經過這兩次的失敗，我才明白一條狗很難變成一隻貓。我有時候很想努力改過，偶爾也能因努力而寫出篇鄭重、有點模樣的東西。但是這種東西總缺乏自然的情趣，像描眉擦粉的小腳娘。讓我信口開河，我的討厭是無可否認的，可是我的天真可愛處也在裡邊，Aristophanes（阿里斯多芬）的撒野正自不可及；我不想高攀，但也不必因謙虛而抹殺事實。

自然，這兩篇東西——《大明湖》與《貓城記》——也並非對我全無好處：它們給我以練習的機會，練習怎樣老老實實的寫述，怎樣瞪著眼說謊而說得怪起勁。雖然它們的本身是失敗了，可是經過一番失敗總多少增長些經驗。

《貓城記》的體裁，不用說，是諷刺文章最容易用而曾經被文人們用熟了的。用個貓或人去冒險或遊歷，看見什麼寫什麼就好了。冒險者到月球上去，或到地獄裡去，都沒什麼關係。他是個批評家，也許是個傷感的新聞記者。《貓城記》的探險者分明是後一流的，他不善於批評，而有不少浮淺的感慨；他的報告於是顯著像赴宴而沒吃飽的老太婆那樣回到家中瞎嘮叨。

我早就知道這個體裁。說也可笑，我所以必用貓城，而不用狗城者，倒完全出於一件家庭間的小事實 —— 我剛剛抱來個黃白花的小貓。威爾思的 The First Man in the Moon（《月亮上的第一個人》），把月亮上的社會生活與螞蟻的分工合作相較，顯然是有意的指出人類文明的另一途徑。我的貓人之所以為貓人卻出於偶然。設若那天我是抱來一隻兔，大概貓人就變成兔人了：雖然貓人與兔人必是同樣糟糕的。

貓人的糟糕是無可否認的。我之揭露他們的壞處原是出於愛他們也是無可否認的。可惜我沒給他們想出辦法來。我也糟糕！可是，我必須說出來：即使我給貓人出了最高明的主意，他們一定會把這個主意弄成個五光十色的大笑話；貓人的糊塗與聰明是相等的。我愛他們，慚愧！我到底只能諷刺他們了！況且呢；我和貓人相處了那麼些日子，我深知道我若是直言無隱的攻擊他們，而後再給他們出好主意，他們很會把我偷偷的弄死。我的怯懦正足以暗示出貓人的勇敢，何等的勇敢！算了吧，不必再說什麼了！

我怎樣寫《離婚》

也許這是個常有的經驗吧：一個寫家把他久想寫的文章擱在心裡，擱著，甚至於擱一輩子，而他所寫出的那些倒是偶然想到的。有好幾個故事在我心裡已存放了六七年，而始終沒能寫出來；我一點也不曉得它們有沒有能夠出世的那一天。反之，我臨時想到的倒多半在白紙上落了黑字。在寫《離婚》以前，心中並沒有過任何可以發展到這樣一個故事的「心核」，它幾乎是忽然來到而馬上成了個「樣兒」的。在事前，我本來沒打算寫個長篇，當然用不著去想什麼。邀我寫個長篇與我臨陣磨刀去想主意正是同樣的倉促。是這麼回事：《貓城記》在《現代》雜誌登完，說好了是由良友公司放入《良友文學叢書》裡。我自己知道這本書沒有什麼好處，覺得它還沒資格入這個《叢書》。可是朋友們既願意這麼辦，便隨它去吧，我就答應了照辦。及至事到臨期，現代書局又願意印它了，而良友撲了個空。於是良友的「十萬火急」來到，立索一本代替《貓城記》的。我冒了汗！可是我硬著頭皮答應下來；知道拚命與靈感是一樣有勁的。

這我才開始打主意。在沒想起任何事情之前，我先決定了：這次要「返歸幽默」。《大明湖》與《貓城記》的雙雙失敗使我不得不這麼辦。附帶的也決定了，這回還得求救於北平。北平是我的老家，一想起這兩個字就立刻有幾百尺「故都景象」在心中開映。啊！我看見了北平，馬上有了個「人」。我不認識他，可是在我廿歲至廿五歲之間我幾乎天天看見他。他永遠使我羨慕他的氣度與服裝，而且時時發現他的小小變化：這一天他提著條很講究的手杖，那一天他騎上腳踏車——穩穩的溜著馬路邊兒，永遠碰不了行人，也好似永遠走不到目的地，太穩，穩得幾乎像凡事在他身上都是一種生活趣味的展示。我不放手他了。這個便是「張大哥」。

叫他作什麼呢？想來想去總在「人」的上面，我想出許多的人來。我得使「張大哥」統領著這一群人，這樣才能走不了板，才不至於雜亂無章。他一定是個好媒人，我想；假如那些人又恰恰的害著通行的「苦悶病」呢？那就有了一切，而且是以各色人等揭顯一件事的各種花樣，我知道我捉住了個不錯的東西。這與《貓城記》恰相反：《貓城記》是但丁的遊「地獄」，看見什麼說什麼。不過是既沒有但丁那樣的詩人，又沒有但丁那樣的詩。《離婚》在決定人物時已打好主意：鬧離婚的人才有資格入選。一向我寫東西總是冒險式的，隨寫隨著發現新事實；即使有時候有箇中心思想，也往往因人物或事實的趣味而唱荒了腔。這回我下了決心要把人物都拴在一個木樁上。

這樣想好，寫便容易了。從暑假前大考的時候寫起，到七月十五，我寫得了十二萬字。原定在八月十五交卷，居然能早了一個月，這是生平最痛快的一件事。天氣非常的熱 —— 濟南的熱法是至少可以和南京比一比的 —— 我每天早晨七點動手，寫到九點；九點以後便連喘氣也很費事了。平均每日寫兩千字。所餘的大後半天是一部分用在睡覺上，一部分用在思索第二天該寫的二千來字上。這樣，到如今想起來，那個熱天實在是最可喜的。能寫入了迷是一種幸福，即使所寫的一點也不高明。

在下筆之前，我已有了整個計劃；寫起來又能一氣到底，沒有間斷，我的眼睛始終沒離開我的手，當然寫出來的能夠整齊一致，不至於大嘟嚕小塊的。勻淨是《離婚》的好處，假如沒有別的可說的。我立意要它幽默，可是我這回把幽默看住了，不准它把我帶了走。饒這麼樣，到底還有「滑」下去的地方，幽默這個東西 —— 假如它是個東西 ——

實在不易拿得穩，它似乎知道你不能老瞪著眼盯住它，它有機會就跑出去。可是從另一方面說呢，多數的幽默寫家是免不了順流而下以至野調無腔的。那麼，要緊的似乎是這個：文藝，特別是幽默的，自要「底氣」堅實，粗野一些倒不算什麼。Dostoevsky（陀思妥夫斯基）的作品——還有許多這樣偉大寫家的作品——是很欠完整的，可是他的偉大處永不被這些缺欠遮蔽住。以今日中國文藝的情形來說，我倒希望有些頂硬頂粗莽頂不易消化的作品出來，粗野是一種力量，而精巧往往是種毛病。小腳是纖巧的美，也是種文化病，有了病的文化才承認這種不自然的現象，而且稱之為美。文藝或者也如此。這麼一想，我對《離婚》似乎又不能滿意了，它太小巧，笑得帶著點酸味！受過教育的與在生活上處處有些小講究的人，因為生活安適平靜，而且以為自己是風流蘊藉，往往提到幽默便立刻說：幽默是含著淚的微笑。其實據我看呢，微笑而且得含著淚正是「裝蒜」之一種。哭就大哭，笑就狂笑，不但顯出一點真摯的天性，就是在文學裡也是很健康的。唯其不敢真哭真笑，所以才含淚微笑；也許這是件很難作到與很難表現的事，但不必就是非此不可。我真希望我能寫出些震天響的笑聲，使人們真痛快一番，雖然我一點也不反對哭聲震天的東西。說真的，哭與笑原是一事的兩頭兒；而含淚微笑卻兩頭兒都不站。《離婚》的笑聲太弱了。寫過了六七本十萬字左右的東西，我才明白了一點何謂技巧與控制。可是技巧與控制不見得就會使文藝偉大。《離婚》有了技巧，有了控制；偉大，還差得遠呢！文藝真不是容易作的東西。我說這個，一半是恨自己的藐小，一半也是自勵。

關於《離婚》

（本篇由舒悅據英文翻譯，胡允桓校閱。作者寫此文為向美國出版界介紹自己的小說《離婚》，以抗衡伊文．金的歪曲譯本，並希望促成作品的再次翻譯出版。）

這部寫於一九三三年夏的小說，是我出版的第七部長篇小說。

一九三三年初春，日本陸海軍入侵上海。他們的侵略破壞行徑之一就是把當時中國最重要的出版社 —— 商務印書館的東方圖書館焚燒了，而我的長篇小說《大明湖》的手稿正存於此，本來它要以連載的形式在《小說月報》上發表。圖書館連跟我的小說都變為灰燼。

停戰以後，我放棄了重寫不走運的《大明湖》的計劃，而轉入諷刺小說《貓城記》的創作。這部小說也是以連載的形式發表的，但是刊載在另一個刊物上。我事先已答應良友公司出版它的單行本，但雜誌的主辦人再三說他有出單行本的優先權。為了避免教良友落空，便趕寫《離婚》，只用了三個月即完成。那年夏天極熱，可我的拚命精神終將暑熱打敗。

自這部小說起，我建立了自己的文字風格。中國當代文學是用白話表達的，這當然是一種新的嘗試，沒有人準確地知道如何將這種迄今為止還沒有人研究過的大眾語言的美用文字表達出來。在寫《離婚》時，我決定拋棄陳腐的文言文，而盡量用接近生活的語言來表達。我極力思索：當一個苦力看到一個極美的落日，他將用什麼樣的語言來表達自己的情感。所有古代詩人表達落日餘輝的詩句都是死的東西，我希望用一般平民百姓的語言去創造一種新的美感。我不清楚我這種觀點和我的小說是不是無足輕重，但我希望人們能時時記起：我在《離婚》中所用的語言是第一個，也可能是最好的，文字簡潔清新的典範。

「離婚」這個詞及它的含義對中國人來講還很陌生，從古代到民國初年，中國的法律只承認如果妻子不忠，對公婆不聽話，或者沒有生男孩，丈夫就有權同她離婚，要不然，這種婚姻關係是不可解體的，不管他們的婚姻生活是多麼不幸與不協調。儘管法律允許有上述情況的夫婦離婚，但在實際生活中很少有人那樣做，因為害怕家庭由此而分裂。即使一個不幸的家庭也比一個解體的家庭要好。

當西方人離婚的作法傳到中國時，它對許多中國家庭來說，無疑等於一次地震。沒有結婚的，開始反對幾千年父母包辦婚姻的作法。他們結婚時，希望像好萊塢電影中的人物那樣充滿羅曼蒂克。那些已經結了婚的，則對自己的婚姻生活很惱火，馬上得出這樣的結論：除非他們非常勇敢地同現在的太太離婚，娶一個現代的姑娘，否則他們的餘生不會有任何幸福。很多家庭瓦解了，許多老式的太太們像舊報紙一樣被扔掉了。眼淚、歡笑、煩惱、徬徨，一切悲喜劇的所有要素，全一起向男人們和女人們湧來，折磨著人們的心。

然而許多家庭在大震之後還是免於破碎。波動的感情被幾千年的文化與傳統或多或少地抑制住了。看來，打碎文化枷鎖要比打碎一個家庭難得多。另外，妻子的眼淚，父母的感情，朋友的勸告以及孩子們乞求的眼睛，有時足以使一副鐵石心腸軟下來。

在某種意義上講，有一個像中國如此古老的文化傳統，也真可稱得上是一種福氣。它能控制住人的感情，使它不致於跑得太野，而且還能使生活的煩惱趨於平靜，使生活恢復到原來的平和軌道上去。但從另一個角度上講，它是阻礙進步和革命的：一天走了三步，可第二天卻倒退了六步。一天儒教或佛教的寺廟被通通推掉，可一星期以後它們又被重新修好。離婚只是這許多讓人糊塗的，將中國置於歡笑和悲哀之中的矛盾裡的一例。因為在古老的華夏文明中儲存什麼，從可怕的新世界中汲取什麼，其取捨標準不可能在一天之內得到確定，所以進步程式必定緩慢。這就是我說《離婚》是諷刺劇的理由，它是含著淚的笑。

故事梗概

張大哥，一個保守的、爽快的、能幹的、有時有點傻的中年北京人，把為男女做媒當作自己最大的快樂和享受。自然，他極力反對離婚。對他來講，一樁成功的包辦婚姻是建立人間天堂的基礎；另一方面，離婚在法律上應被禁止，每一個正派的男女都應唾棄它。

可在他的朋友中，老李夫婦、老吳夫婦、老邱夫婦，卻正在準備撕毀神聖的婚姻誓約。

老李，一個靦腆、誠實、愛幻想的年輕人，有一位鄉下妻子和兩個小孩子。張大哥勸說老李，並幫助他把太太從鄉下接到北京，以免他們離婚。李太太，一位鄉下婦人，有一雙「改良」小腳，她對漂亮的衣著、時髦的髮型，以及一切能讓她被北京人所接受的事兒全都一竅不通。她同丈夫一樣感到狼狽，家庭生活變成了地獄般的煎熬。

他們在馬家租了幾間房子，而馬少爺本人在婚姻上也遇到了一些麻煩。他同一個年輕女人私奔，把年輕漂亮的妻子扔給了母親。對老李來講，馬少奶奶是一首詩，他在她身上編織著愛的羅曼司。突然，馬少爺回來了，小馬伕婦平靜地團圓了，竟然連大吵一通都沒有，這使老李感到吃驚。老李的夢到此結束，他帶著老婆孩子和行李永遠地回到鄉下。

吳先生是一個小官吏兼業餘太極拳師，有一位腦袋像在石灰水中泡過多日的太太。自然，他要離婚。

邱先生也想離婚。他太太的胸脯平得像塊木板，一點不像個結了婚的婦人。

老邱夫婦、老吳夫婦的麻煩事都有一大堆，天天吵架，女人的眼淚天天流。可是，他們誰也沒離成婚。

與此同時，張大哥的兒子，一個被慣壞了的年輕人，沒有像他父親為他盤算的那樣，娶個小媳婦安頓下來，反倒粗心而愚傻地被抓進了牢獄。張大哥的女兒，一位年輕好看的姑娘，也有麻煩事，她錯把惡棍當成情人，張大哥傷心透了。

左右為難，是《離婚》中人物的大問題。

載 1989 年《中國現代文學研究叢刊》第二期

我怎樣寫短篇小說

我最早的一篇短篇小說還是在南開中學教書時寫的；純為敷衍學校刊物的編輯者，沒有別的用意。這是十二三年前的事了。這篇東西當然沒有什麼可取的地方，在我的寫作經驗裡也沒有一點重要，因為它並沒引起我的寫作興趣。我的那一點點創作歷史應由《老張的哲學》算起。

這可就有了文章：合起來，我在寫長篇之前並沒有寫短篇的經驗。我吃了虧。短篇想要見好，非拚命去作不可。長篇有偷手。寫長篇，全篇中有幾段好的，每段中有幾句精彩的，便可以立得住。這自然不是理應如此，但事實上往往是這樣；連讀者彷彿對長篇 —— 因為是長篇 —— 也每每特別的原諒。世上允許很不完整的長篇存在，對短篇便不很客氣。這樣，我沒有一點寫短篇的經驗，而硬寫成五六本長的作品；從技巧上說，我的進步的遲慢是必然的。短篇小說是後起的文藝，最需要技巧，它差不多是仗著技巧而成為獨立的一個體裁。可是我一上手便用長篇練習，很有點像練武的不習「彈腿」而開始便舉「雙石頭」，不被石頭壓壞便算好事；而且就是能夠力舉千斤也是沒有什麼用處的笨勁。這點領悟是我在寫了些短篇後才得到的。

上段末一句裡的「些」字是有作用的。《趕集》與《櫻海集》裡所收的二十五篇，和最近所寫的幾篇 —— 如《斷魂槍》與《新時代的舊悲劇》等 —— 可以分為三組。第一組是《趕集》裡的前四篇和後邊的《馬褲先生》與《抱孫》。第二組是自《大悲寺外》以後，《月牙兒》以前的那些篇。第三組是《月牙兒》，《斷魂槍》，與《新時代的舊悲劇》等。第一組裡那五六篇是我寫著玩的：《五九》最早，是為給《齊大月刊》湊字數的。《熱包子》是寫給《益世報》的《語林》，因為不准寫長，所以故意寫了那麼短。寫這兩篇的時候，心中還一點沒有想到我是要練習短篇；「湊字兒」是它們唯一的功用。趕到「一二八」以後，我才覺得非寫短篇不可了，因為新起的刊物多了，大家都要稿子，短篇自然方便一些。是的，「方便」一些，只是「方便」一些；這時候我還有點看不起短篇，以為短篇不值得一寫，所以就寫了《抱孫》等笑話。隨便寫些笑話就是短篇，我心裡這麼想。隨便寫笑話，有了工夫還是寫長篇；這是我當時的計劃。可是，工夫不容易找到，而索要短篇的越來越多；我這才收起「寫著玩」，不能老寫笑話啊！《大悲寺外》與《微神》開始了第二組。

第二組裡的《微神》與《黑白李》等篇都經過三次的修正；既不想再鬧著玩，當然就得好好的幹了。可是還有好些篇是一揮而就，亂七八糟的，因為真沒工夫去修改。報酬少，少寫不如多寫；怕得罪朋友，有時候就得硬擠；這兩樁決定了我的——也許還有別人——少而好不如多而壞的大批發賣。這不是政策，而是不得不如此。自己覺得很對不起文藝，可是錢與朋友也是不可得罪的。有一次有位姓王的編輯跟我要一篇東西，我隨寫隨放棄，一共寫了三萬多字而始終沒能成篇。為怕他不信，我把那些零塊兒都給他寄去了。這並不是表明我對寫作是怎樣鄭重，而是說有過這麼一回，而且只能有這麼「一」回。假如每回這樣，不累死也早餓死了。累死還倒乾脆而光榮，餓死可難受而不體面。每寫五千字，設若，必扔掉三萬字；而五千字只得二十元錢或更少一些，不餓死等什麼呢？不過，這個說得太多了。

第二組裡十幾篇東西的材料來源大概有四個：第一，我自己的經驗或親眼看見的人與事。第二，聽人家說的故事。第三，摹仿別人的作品。第四，先有了個觀念而後去撰構人與事。列個表吧：

第一類：《大悲寺外》《微神》《柳家大院》《眼鏡》《犧牲》《毛毛蟲》《鄰居們》

第二類：《也是三角》《上任》《柳屯的》《老年的浪漫》

第三類：《歪毛兒》

第四類：《黑白李》《鐵牛和病鴨》《末一塊錢》《善人》

第三類 —— 摹仿別人的作品 —— 的最少，所以先說它。《歪毛兒》是摹仿 J. D. Beresford（約翰 · 戴維斯 · 貝雷斯福特（1873-1947），英國小說家。）的 The Hermit（貝雷斯福特的小說《隱者》。）。因為給學生講小說，我把這篇奇幻的故事翻譯出來，講給他們聽。經過好久，我老忘不了它，也老想寫這樣的一篇。可是我始終想不出旁的路兒來，結果是照樣摹了一篇；雖然材料是我自己的，但在意思上全是鈔襲的。

第一類裡的七篇，多數是親眼看見的事實，只有一兩篇是自己作過的事。這本沒有什麼可說的，假若不是《犧牲》那篇得到那麼壞的批評。《犧牲》裡的人與事是千真萬確的，可凡是批評過我的短篇小說的全拿它開刀，甚至有的說這篇是非現實的。乍一看這種批評，我與一般人一樣的拿這句話反抗：「這是真事呀！」及至我再去細看它，我明白了：它確是不好。它搖動，後邊所描寫的不完全幫助前面所立下的主意。它破碎，隨寫隨補充，像用舊棉花作褥子似的，東補一塊西補一塊。真事原來靠不住，因為事實本身不就是小說，得看你怎麼寫。太信任材料就容易忽略了藝術。反之，在第二類中的幾篇倒都平穩，雖然其中的事實都是我聽朋友們講的。正因為是聽來的，所以我才分外的留神，小心是沒有什麼壞處的。同樣，第四類中的幾篇也有很像樣子的，其實其中的人與事全是想像的，全是一個觀念的子女。《黑白李》與《鐵牛和病鴨》都是極清楚的由兩個不同的人代表兩個不同的意思。先想到意思，而後造人，所以人物的一切都有了範圍與軌道；他們鬧不出圈兒去。這比亂七八糟一大團好，我以為。經驗豐富想像，想像確定經驗。

這些篇的文字都比我長篇中的老實，有的是因為屢屢修改，有的是因為要趕快交卷；前者把火氣扇（用「刪」字也許行吧）去，後者根本就沒勁。可是大致地說，我還始終保持著我的「俗」與「白」。對於修辭，我總是第一要清楚，而後再說別的。假若清楚是思想的結果，那麼清楚也就是力量。我不知道自己的文字是否清楚而有力量，不過我想這麼作就是了。

該說第三組的了。這一組裡的幾篇 —— 如《月牙兒》，《陽光》，《斷魂槍》，與《新時代的舊悲劇》 —— 並沒有什麼特別的好處。一個事實，一點覺悟，使我把它們另作一組來說說。前面說過了，第一組的是寫著玩的，壞是當然的，好也是碰巧勁。第二組的雖然是當回事兒似的寫，可還有點輕視短篇，以為自己的才力是在寫長篇。到了第三組，我的態度變了。事實逼得我不能不把長篇的材料寫作短篇了，這是事實，因為索稿子的日多，而材料不那麼方便了，於是把心中留著的長篇材料拿出來救急。不用說，這麼由批發而改為零賣是有點難過。可是及至把十萬字的材料寫成五千字的一個短篇 —— 像《斷魂槍》 —— 難過反倒變成了覺悟。經驗真是可寶貴的東西！覺悟是這個：用長材料寫短篇並不吃虧，因為要從夠寫十幾萬字的事實中提出一段來，當然是提出那最好的一段。這就是愣吃仙桃一口，不吃爛杏一筐了。再說呢，長篇雖也有箇中心思想，但因事實的複雜與人物的繁多，究竟在描寫與穿插上是多方面的。假如由這許多方面之中挑選出一方面來寫，當然顯著緊湊精到。長篇的各方面中的任何一方面都能成個很好的短篇，而這各方面散布在長篇中就不易顯出任何一方面的精彩。長篇要勻調，短篇要集中。拿《月牙兒》說吧，它本是《大明湖》中的一片段。《大明湖》被焚之後。我把其他的情節都毫不可惜的忘棄，可是忘不了這一段。這一段是，不用說，《大明湖》中最有意思的一段。但是，它在《大明湖》裡並不像《月牙兒》這樣整齊，因為它是夾在別的一堆事情裡不許它獨當一面。由現在看來，我愣願要《月牙兒》而不要《大明湖》了。不是因它是何等了不得的短篇，而是因它比在《大明湖》裡「窩」著強。

《斷魂槍》也是如此。它本是我所要寫的「二拳師」中的一小塊。「二拳師」是個——假如能寫出來——武俠小說。我久想寫它，可是誰知道寫出來是什麼樣呢？寫出來才算數，創作是不敢「預約」的。在《斷魂槍》裡，我表現了三個人，一樁事。這三個人與這一樁事是我由一大堆材料中選出來的，他們的一切都在我心中想過了許多回，所以他們都能立得住。那件事是我所要在長篇中表現的許多事實中之一，所以它很俐落。拿這麼一件小小的事，聯繫上三個人，所以全篇是從從容容的，不多不少正合適。這樣，材料受了損失，而藝術占了便宜；五千字也許比十萬字更好。文藝並非肥豬，塊兒越大越好。不過呢，十萬字可以得到三五百元，而這五千字只得了十九塊錢，這恐怕也就是不敢老和藝術親熱的原因吧。為藝術而犧牲是很好聽的，可是餓死誰也是不應當的，為什麼一定先叫做家餓死呢？我就不明白！

設若沒有《月牙兒》，《陽光》也許顯著怪不錯。有人說，《陽光》的失敗在於題材。在我自己看，《陽光》所以被《月牙兒》比下去的原因是這個：《月牙兒》是由《大明湖》中抽出來而加以修改，所以一氣到底，沒有什麼生硬勉強的地方；《陽光》呢，本也是寫長篇的材料，可是沒在心中儲蓄過多久，所以雖然是在寫短篇，而事實上是把臨時想起的事全加進去，結果便顯著生硬而不自然了。有長時間的培養，把一件複雜的事翻過來掉過去的調動。人也熟了，事也熟了，而後抽出一節來寫個短篇，就必定成功，因為一下筆就是地方，準確產出調勻之美。寫完《月牙兒》與《陽光》我得到這麼點覺悟。附帶著要說的，就是創作得有時間。這也就是說，寫家得有敢盡量花費時間的準備，才能寫出好東西。這個準備就是最偉大的一個字 —— 「飯」。我常聽見人家喊：沒有偉大的作品啊！每次聽見這個呼聲，我就想到在這樣呼喊的人的心中，寫家大概是隻喝點露水的什麼小生物吧？我知道自己沒有多麼高的才力，這一世恐怕沒有寫出偉大作品的希望了。但是我相信，給我時間與飯，我確能夠寫出較好的東西，不信我們就試試！

《新時代的舊悲劇》有許多的缺點。最大的缺點是有許多人物都見首不見尾，沒有「下回分解」。毛病是在「中篇」。我本來是想拿它寫長篇的，一經改成中篇，我沒法不把精神集註在一個人身上，同時又不能不把次要的人物搬運出來，因為我得湊上三萬多字。設若我把它改成短篇，也許倒沒有這點毛病了。我的原來長篇計劃是把陳家父子三個與宋龍雲都看成重要人物；陳老先生代表過去，廉伯代表七成舊三成新，廉仲代表半舊半新，龍雲代表新時代。既改成中篇，我就減去了四分之三，而專去描寫陳老先生一個人，別人就都成了影物，只幫著支起故事的架子，沒有別的作用。這種辦法是危險的，當然沒有什麼好結果。不過呢，陳老先生確是有個勁頭；假如我真是寫了長篇，我真不敢保他能這麼硬梆。因此，我還是不後悔把長篇材料這樣零賣出去，而反覺得武戲文唱是需要更大的本事的，其成就也絕非亂打亂鬧可比。

這點小小的覺悟是以三十來個短篇的勞力換來的。不過，覺悟是一件事，能否實際改進是另一件事，將來的作品如何使我想到便有點害怕。也許呢「老牛破車」是越走越起勁的，誰曉得。

在抗戰中，因為忙，病，與生活不安定，很難寫出長篇小說來。連短篇也不大寫了，這是因為忙，病，與生活不安定之外，還有稍稍練習寫話劇及詩等的緣故。從一九三八年到一九四三年，我只寫了十幾篇短篇小說，收入《火車集》與《貧血集》。《貧血集》這個名字起得很恰當，從一九四〇年冬到現在（一九四四年春），我始終患著貧血病。每年冬天只要稍一勞累，我便頭昏；若不馬上停止工作，就必由昏而暈，一抬頭便天旋地轉。天氣暖和一點，我的頭昏也減輕一點，於是就又拿起筆來寫作。按理說，我應當拿出一年半載的時間，作個較長的休息。可是，在學習上，我不肯長期偷懶；在經濟上，我又不敢以借債度日。因此，病好了一點，便寫一點；病倒了，只好「高臥」。於是，身體越來越壞，作品也越寫越不像話！在《火車》與《貧血》兩集中，慚愧，簡直找不出一篇像樣子的東西！

既寫不成樣子，為什麼還發表呢？這很容易回答。我一病倒，就連壞東西也寫不出來哇！作品雖壞，到底是我的心血啊！病倒即停止工作；病稍好時所寫的壞東西再不拿去換錢，我怎麼生活下去呢？《火車》與《貧血》兩集應作如是觀。

我怎樣寫《牛天賜傳》

《牛天賜傳》，就是和我自己的其他作品比較起來，也沒有什麼可吹的地方。一篇東西的好壞，有許多使它好或使它壞的原因。在這許多原因裡，作家當時的生活情形是很要緊的。《牛天賜傳》吃虧在這個上不少。我記得，這本東西是在一九三四年三月廿三日動筆的，可是直到七月四日才寫成兩萬多字。三個多月的工夫只寫了這麼點點，原因是在學校到六月尾才能放暑假，沒有充足的工夫天天接著寫。在我的經驗裡，我覺得今天寫十來個字，明天再寫十來個字，碰巧了隔一個星期再寫十來個字，是最要命的事。這是向詩神伸手乞要小錢，不是創作。

七月四日以後，寫得快了；七月十九日已有了五萬多字。忽然快起來，因為已放了暑假。八月十號，我的日記上記著：「《牛天賜傳》寫完，匆匆趕出，無一是處！」

單是快，也還好。還有別的不得勁的事呢：自從一入七月門，濟南就熱起，那年簡直熱得出奇；那就是我「避暑床下」的那一回。早晨一睜眼，屋裡 —— 是屋裡 —— 就九十多度！小孩拒絕吃奶，專門哭號；大人不肯吃飯，立志喝水！可是我得趕文章，昏昏忽忽，半睡半醒，左手揮扇與打蒼蠅，右手握筆疾寫，汗順著指背流到紙上。寫累了，想走一走，可不敢出去，院裡的牆能把人身炙得像叉燒肉 —— 那廿多天裡，每天街上都熱死行人！屋裡到底強得多，忍著吧。自然，要是有個電扇，再有個冰箱，一定也能稍好一些。可是我的財力還離設定電扇與冰箱太遠。一連十五天，我不敢出街門。要說在這個樣的暑天裡，能寫出怪象回事兒的文章，我就有點不信。

天氣是那麼熱，心裡還有不痛快的事呢。我在老早就想放棄教書匠的生活，到這一年我得到了辭職的機會。六月廿九日我下了決心，就不再管學校裡的事。不久，朋友們知道了我這點決定，信來了不少。在上海的朋友勸我到上海去，爽性以寫作為業。在別處教書的朋友呢，勸我還是多少教點書，並且熱心的給介紹事。我心中有點亂，亂就不痛快。辭事容易找事難，機會似乎不可都錯過了。另一方面呢，且硬試試職業寫家的味兒，倒也合脾味。生活，創作，二者在心中大戰三百幾十回合。寸心已成戰場，可還要假裝沒事似的寫《牛天賜傳》，動中有靜，好不容易。結果，我拒絕了好幾位朋友的善意，決定到上海去看看。八月十九日動了身。在動身以前，必須寫完《牛天賜傳》，不然心中就老存著塊病。這又是非快寫不可的促動力。

熱，亂，慌，是我寫《牛天賜傳》時生活情形的最合適的三個形容字。這三個字似乎都與創作時所需要的條件不大相合。「牛天賜」產生的時候不對，八字根本不夠格局！

此外，還另有些使它不高明的原因。第一個是文字上的限制。它是《論語》半月刊的特約長篇，所以必須幽默一些。幽默與偉大不是不能相容的，我不必為幽默而感到不安；《吉訶德先生傳》等名著譯成中文也並沒招出什麼「打倒」來。我的困難是每一期只要四五千字，既要顧到故事的連續，又須處處輕鬆招笑。為達到此目的，我只好抱住幽默死啃；不用說，死啃幽默總會有失去幽默的時候；到了幽默論斤賣的地步，討厭是必不可免的。我的困難至此乃成為毛病。藝術作品最忌用不正當的手段取得效果，故意招笑與無病呻吟的罪過原是一樣的。

每期只要四五千字，所以書中每個人，每件事，都不許信其自然的發展。設若一段之中我只詳細的描寫一個景或一個人，無疑的便會失去故事的趣味。我得使每期不落空，處處有些玩藝。因此，一期一期的讀，它倒也怪熱鬧；及至把全書一氣讀完，它可就顯出緊促慌亂，缺乏深厚的味道了。

書中的主角——按老話兒說，應當叫做「書膽」——是個小孩兒。一點點的小孩兒沒有什麼思想，意志，與行為。這樣的英雄全仗著別人來捧場，所以在最前的幾章裡我幾乎有點和個小孩子開玩笑的嫌疑了。其實呢，我對小孩子是非常感覺趣味，而且最有同情心的。我的脾氣是這樣：不輕易交朋友，但是隻要我看誰夠個朋友，便完全以朋友相待。至於對小孩子，我就一律的看待，小孩子都可愛。世界上有千千萬萬的受壓迫的人，其中的每一個都值得我們替他呼冤，代他想方法。可是小孩子就更可憐，不但是無衣無食的，就是那打扮得馬褂帽頭像小老頭的也可憐。牛天賜是屬於後者的，因為我要寫得幽默，就不能拿個頂窮苦的孩子作書膽——那樣便成了悲劇。自然，我也明知道照我那麼寫一定會有危險的——幽默一放手便會成為瞎胡鬧與開玩笑。於此，我至今還覺得怪對不起牛天賜的！

就在這裡附帶宣告一下吧。前些日子，我與趙少侯兄商議好，合寫「天書代存」——用書信體寫《牛天賜續傳》。可是，這個暑假裡，我倆的事情大概要有些變動，說不定也許不能再在一塊兒了。合寫一個長篇而不能常常見面商議就未免太困難了，所以我倆打了退堂鼓，雖然每人已經寫了幾千字。事實所迫，我們倆只好向牛天賜與喜愛他的人們道歉了！以後也許由我，也許由少侯兄，單獨地去寫；不過這是後話，頂好不提了。

我怎樣寫《駱駝祥子》

從何月何日起，我開始寫《駱駝祥子》？已經想不起來了。我的抗戰前的日記已隨跟我的書籍全在濟南失落，此事恐永無對證矣。

這本書和我的寫作生活有很重要的關係。在寫它以前，我總是以教書為正職，寫作為副業，從《老張的哲學》造成《牛天賜傳》止，一直是如此。這就是說，在學校開課的時候，我便專心教書，等到學校放寒暑假，我才從事寫作。我不甚滿意這個辦法。因為它使我既不能專心一志的寫作，而又終年無一日休息，有損於健康。在我從國外回到北平的時候，我已經有了去作職業寫家的心意；經好友們的諄諄勸告，我才就了齊魯大學的教職。在齊大辭職後，我跑到上海去，主要的目的是在看看有沒有作職業寫家的可能。那時候，正是「一二八」以後，書業不景氣，文藝刊物很少，滬上的朋友告訴我不要冒險。於是，我就接了山東大學的聘書。我不喜歡教書，一來是我沒有淵博的學識，時時感到不安；二來是即使我能勝任，教書也不能給我像寫作那樣的愉快。為了一家子的生活，我不敢獨斷獨行的丟掉了月間可靠的收入，可是我的心裡一時一刻也沒忘掉嘗一嘗職業寫家的滋味。

事有湊巧，在「山大」教過兩年書之後，學校鬧了風潮，我便隨著許多位同事辭了職。這回，我既不想到上海去看看風向，也沒同任何人商議，便決定在青島住下去，專憑寫作的收入過日子。這是「七七」抗戰的前一年。《駱駝祥子》是我作職業寫家的第一炮。這一炮要放響了，我就可以放膽的作下去，每年預計著可以寫出兩部長篇小說來。不幸這一炮若是不過火，我便只好再去教書，也許因為掃興而完全放棄了寫作。所以我說，這本書和我的寫作生活有很重要的關係。

記得是在一九三六年春天吧，「山大」的一位朋友跟我閒談，隨便的談到他在北平時曾用過一個車伕。這個車伕自己買了車，又賣掉，如此三起三落，到末了還是受窮。聽了這幾句簡單的敘述，我當時就說：「這頗可以寫一篇小說。」緊跟著，朋友又說：有一個車伕被軍隊抓了去，哪知道，轉禍為福，他乘著軍隊移動之際，偷偷的牽回三匹駱駝回來。

這兩個車伕都姓什麼？哪裡的人？我都沒問過。我只記住了車伕與駱駝。這便是駱駝祥子的故事的核心。

從春到夏，我心裡老在盤算，怎樣把那一點簡單的故事擴大，成為一篇十多萬字的小說。

不管用得著與否，我首先向齊鐵恨先生打聽駱駝的生活習慣。齊先生生長在北平的西山，山下有許多家養駱駝的。得到他的回信，我看出來，我須以車伕為主，駱駝不過是一點陪襯，因為假若以駱駝為主，恐怕我就須到「口外」去一趟，看看草原與駱駝的情景了。若以車伕為主呢，我就無須到口外去，而隨時隨處可以觀察。這樣，我便把駱駝與祥子結合到一處，而駱駝只負引出祥子的責任。

怎麼寫祥子呢？我先細想車伕有多少種，好給他一個確定的地位。把他的地位確定了，我便可以把其餘的各種車伕順手兒敘述出來；以他為主，以他們為賓，既有中心人物，又有他的社會環境，他就可以活起來了。換言之，我的眼一時一刻也不離開祥子；寫別的人正可以烘托他。

車伕們而外，我又去想，祥子應該租賃哪一車主的車，和拉過什麼樣的人。這樣，我便把他的車伕社會擴大了，而把比他的地位高的人也能介紹進來。可是，這些比他高的人物，也還是因祥子而存在故事裡，我決定不許任何人奪去祥子的主角地位。

有了人，事情是不難想到的。人既以祥子為主，事情當然也以拉車為主。只要我教一切的人都和車發生關係，我便能把祥子拴住，像把小羊拴在草地上的柳樹下那樣。

可是，人與人，事與事，雖以車為聯繫，我還感覺著不易寫出車伕的全部生活來。於是，我還再去想：颳風天，車伕怎樣？下雨天，車伕怎樣？假若我能把這些細瑣的遭遇寫出來，我的主角便必定能成為一個最真確的人，不但吃的苦，喝的苦，連一陣風，一場雨，也給他的神經以無情的苦刑。

由這裡，我又想到，一個車伕也應當和別人一樣的有那些吃喝而外的問題。他也必定有志願，有性慾，有家庭和兒女。對這些問題，他怎樣解決呢？他是否能解決呢？這樣一想，我所聽來的簡單的故事便馬上變成了一個社會那麼大。我所要觀察的不僅是車伕的一點點的浮現在衣冠上的、表現在言語與姿態上的那些小事情了，而是要由車伕的內心狀態觀察到地獄究竟是什麼樣子。車伕的外表上的一切，都必有生活與生命上的根據。我必須找到這個根源，才能寫出個勞苦社會。

由一九三六年春天到夏天，我入了迷似的去蒐集材料，把祥子的生活與相貌變換過不知多少次——材料變了，人也就隨著變。

到了夏天，我辭去了「山大」的教職，開始把祥子寫在紙上。因為醞釀的時期相當的長，蒐集的材料相當的多，拿起筆來的時候我並沒感到多少阻礙。一九三七年一月，「祥子」開始在《宇宙風》上出現，作為長篇連載。當發表第一段的時候，全部還沒有寫完，可是通篇的故事與字數已大概的有了方法 ，不會有很大的出入。假若沒有這個把握，我是不敢一邊寫一邊發表的。剛剛入夏，我將它寫完，共二十四段，恰合《宇宙風》每月要兩段，連載一年之用。

當我剛剛把它寫完的時候，我就告訴了《宇宙風》的編輯：這是一本最使我自己滿意的作品。後來，刊印單行本的時候，書店即以此語嵌入廣告中。它使我滿意的地方大概是：(一) 故事在我心中醞釀得相當的長久，收集的材料也相當的多，所以一落筆便準確，不蔓不枝，沒有什麼敷衍的地方。(二) 我開始專以寫作為業，一天到晚心中老想著寫作這一回事，所以雖然每天落在紙上的不過是一二千字，可是在我放下筆的時候，心中並沒有休息，依然是在思索；思索的時候長，筆尖上便能滴出血與淚來。(三) 在這故事剛一開頭的時候，我就決定拋開幽默而正正經經地去寫。在往常，每逢遇到可以幽默一下的機會，我就必抓住它不放手。有時候，事情本沒什麼可笑之處，我也要運用俏皮的言語，勉強的使它帶上點幽默味道。這，往好裡說，足以使文字活潑有趣；往壞裡說，就往往招人討厭。《祥子》裡沒有這個毛病。即使它還未能完全排除幽默，可是它的幽默是出自事實本身的可笑，而不是由文字裡硬擠出來的。這一決定，使我的作風略有改變，教我知道了只要材料豐富，心中有話可說，就不必一定非幽默不足叫好。(四) 既決定了不利用幽默，也就自然的決定了文字要極平易，澄清如無波的湖水。因為要求平易，我就注意到如何在平易中而不死板。恰好，在這時候，好友顧石君先生供給了我許多北平口語中的字和詞。在平日，我總以為這些詞彙是有音無字的，所以往往因寫不出而割愛。現在，有了顧先生的幫助，我的筆下就豐富了許多，而可以從容調動口語，給平易的文字添上些親切，新鮮，恰當，活潑的味兒。因此，《祥子》可以朗誦。它的言語是活的。

《祥子》自然也有許多缺點。使我自己最不滿意的是收尾收得太慌了一點。因為連載的關係，我必須整整齊齊的寫成二十四段；事實上，我應當多寫兩三段才能從容不迫的剎住。這，可是沒法補救了，因為我對已發表過的作品是不願再加修改的。

《祥子》的運氣不算很好：在《宇宙風》上登刊到一半就遇上「七七」抗戰。《宇宙風》何時在滬停刊，我不知道；所以我也不知道，《祥子》

全部登完過沒有。後來，《宇宙風》社遷到廣州，首先把《祥子》印成單行本。可是，據說剛剛印好，廣州就淪陷了，《祥子》便落在敵人的手中。《宇宙風》又遷到桂林，《祥子》也又得到出版的機會，但因郵遞不便，在渝蓉各地就很少見到它。後來，文化生活出版社把紙型買過來，它才在大後方稍稍活動開。

近來，《祥子》好像轉了運，據友人報告，它已被譯成俄文、日文與英文。

閒話我的七個話劇

當我開始寫小說的時候，我並不明白什麼是小說。同樣的，當我開始寫劇本的時候，我也並不曉得什麼是戲劇。文藝這東西，從一方面說，好像是最神祕的，因為到今天為止，我已寫過十好幾本小說和七個劇本，可是還沒有一本像樣子的，而且我還不敢說已經懂得了何為小說，哪是劇本。從另一方面說呢，它又像毫不神祕 —— 在我還一點也不明白何為小說與劇本的時節，我已經開始去寫作了！近乎情理的解釋恐怕應當是這樣吧：文藝並不是神祕的，而是很難作得好的東西。因此，每一個寫家似乎都該記住：自滿自足是文藝生命的自殺！只吹騰自己有十年，廿年，或卅年的寫作經驗，並不足以保障果然能寫出好東西來！在另一方面，毫無寫作經驗的人，也並無須氣短，把文藝看成無可捉摸的什麼魔怪，只要有了通順的文字，與一些人生經驗，誰都可以拿起筆來試一試。有些青年連普通的書信還寫不通，連人生的常識還沒有多少，便去練習創作，就未免又把文藝看得過低，轉而因毫無所獲，掉過頭來復謂這過低的東西實在太神祕了！

是的，在我開始寫小說的時候，我雖不知何謂小說，可是文字已相當的清順，大致的能表達我所要說出的情感與思想。論年紀呢，我已廿七歲，在社會上已作過六年的事，多少有了一點生活經驗，嘗著了一些人間的酸甜苦辣。所以，我用不著開口「吶喊」，閉口「怒吼」的去支援我的文字。我只須用自己的話，說自己的生活經驗就夠了。

到寫劇本的時候，我已經四十歲了。在文字上，經過十多年的練習，多少熟練了一些；在生活經驗上，也當然比從前更富裕了許多。仗

著這兩件工具 —— 文字與生活經驗 —— 我就大膽地去嘗試。我知道一定寫不好，可是也知道害怕只足洩氣，別無好處。同時，跟我初寫小說一樣，我並沒有寫成必須發表的野心，這就可以放膽去玩玩看了！不知對不對，我總以為「玩玩看」的態度比必定發表，必定成為傑作的態度來得更有趣一點，更謙恭一點，更有伸縮一點。一篇東西，在我手裡，也許修改三遍五遍，此之謂「盡其在我」。及至拿去發表，我總是保留著 ——「不發表也沒關係呀」！這樣，我心裡可以安適一點，因為我並沒「強人所難」啊！發表之後，我還是以為這一篇不過是合了這一位編輯的心意，夠上了這一刊物的水準；若以文藝的標準尺度來量一量，也許是不及格呀 —— 發表了不就是立得住了。有此認識，乃能時時自策自勵；雖然不一定第二篇比第一篇好得那麼層層上升，可是心嚮往之，總可以免除狂傲；狂傲的自信原是自欺！

我的第一個劇本，《殘霧》，只寫了半個月，不會煮飯的人能煮得很快，因為飯還沒熟就撈出來了！在那時候，我以為分幕就等於小說的分章；所以，寫夠一萬字左右，我就閉幕，完全不考慮別的。我以為劇本就是長篇對話，只要有的話便說下去，而且在說話之中，我要帶手兒表現人物的心理。這是小說的辦法，而我並不知道小說與戲劇的分別。我的眼睛完全注視著筆尖，絲毫也沒感到還有舞台那麼個東西。對故事的發展，我也沒有顧慮到劇本與舞台的結合；我願意有某件事，就發生某件事；我願意教某人出來，就教他上場。假使我心中也有點警覺 —— 現在是寫劇本呀！—— 我心目中的戲劇多半兒是舊劇。舊劇中的人物可以一會兒出來，一會兒進去，並可以一道出來五六個，而只有一人開口，其餘的全愣著。《殘霧》裡的人物出入，總而言之，是很自由的；上來就上來，下去就下去，用不著什麼理由與說明。在用大場面的時候，我把許多人一下子都搬上臺來，有的滔滔不絕的說著，有的一聲不響的愣著。寫戲是我的責任，把戲搬到舞台上去是導演者的責任，彷彿是。

聽說戲劇中須有動作，我根本不懂動作是何物。我看過電影。恐怕那把瓶子砸在人家頭上，或說著好好的話便忽然掏出手槍來，便是動作吧？好，趕到我要動作的時候，馬上教劇中人掏手槍就是了！這就是《殘霧》啊！

寫完，我離開陪都六個月。臨走的時候，我把劇稿交給了一位朋友，代為儲存。當我又回到重慶的時節，它已被發表了，並且演出了，還有三百元的上演稅在等著我。我管這點錢叫做「不義之財」，於是就拿它請了客，把劇團的全班人馬請來，喝了一次酒：別人醉了與否，我不曉得，因為我自己已醉得不成樣子了。這是我與戲劇界朋友有來往的開始。

劇本既能被演出，而且並沒慘敗，想必是於亂七八糟之中也多少有點好處。想來想去，想出兩點來，以為敝帚千金的根據：(一) 對話中有些地方頗具文藝性 —— 不是闆闆的只支援故事的進行，而是時時露出一點機智來。(二) 人物的性格相當的明顯，因為我寫過小說，對人物創造略知一二。

到今天，還有人勸我，把《殘霧》好好的改正一遍，或者能成為一個相當好的劇本。可是我懶得動手，作品如出嫁的女兒，隨它去吧。再說，原樣不動，也許能保留著一點學習程式中的痕跡；到我八、九十歲的時節若再拿起它來，或者能引起我狂笑一番吧？

因為《殘霧》的演出。天真的馬宗融兄封我為劇作家了。他一定教我給回教救國協會寫一本宣傳劇。我沒有那麼大的膽子，因為自己知道《殘霧》的未遭慘敗完全是瞎貓碰著了死耗子。說來說去，情不可卻，我就拉出宋之的兄來合作。我們倆就寫了《國家至上》。在宣傳劇中，這是一本成功的東西，它有人物，有情節，有效果，又簡單易演。這齣戲在重慶演過兩次，在昆明、成都、大理、蘭州、西安、桂林、香港，甚至於西康，也都上演過。在重慶上演，由張瑞芳女士擔任女主角；回教的朋友們看過戲之後，甚至把她喚作「我們的張瑞芳」了！

此劇的成功，當然應歸功於宋之的兄，他有寫劇的經驗，我不過是個「小學生」。可是，我也很得意 —— 不是欣喜劇本的成功，而是覺得抗戰文藝能有這麼一點成績，的確可以堵住那些說文藝不應與抗戰結合者的嘴，這真應浮之大白！去年，我到大理，一位八十多歲的回教老人，一定要看看《國家至上》的作者，而且求我給他寫幾個字，留作紀念。回漢一向隔膜，有了這麼一齣戲，就能發生這樣的好感，誰說文藝不應當負起宣傳的任務呢？

張自忠將軍殉國後，軍界的朋友託我寫一本《張自忠》。這回，我賣了很大的力氣，全體改正過五次。可是，並沒能寫好。我還是不大明白舞台那個神祕東西。儘管我口中說：「要想著舞台呀，要立體的去思想呀。」可是我的本事還是不夠。我老是以小說的方法去述說，而舞台上需要的是「打架」。我能創造性格，而老忘了「打架」。我能把小的穿插寫得很動人（還是寫小說的辦法），而主要的事體卻未能整出整入的掀動，衝突。結果呢，小的波痕頗有動盪之致，而主潮倒不能驚心動魄的巨浪接天。

這本劇，改過五次，吳組緗兄給我看過五次。也許是他讀了五次，與戲本有了感情吧，他說這是一本好戲。他還有一套議論：「政府所辦的劇團，應當不考慮生意經，而去大膽的試演抗戰戲。這並不是說，抗戰戲就一定賠錢，不抗戰戲就一定賺錢；而是說，抗戰戲若賠了錢，那些主張宣傳與文藝分家的人便振振有辭，特別有勁地來破壞抗戰文藝，而劇團乃加倍小心，硬演《茶花女》，也不演精忠報國的英雄！」好，我就把他的話不參加意見放在這裡。

《面子問題》還是吃了不管舞台的虧，雖然改正過三次，而且是依著有舞台經驗的朋友們的意見修改的，可是還未作到「有戲」的地步。我自己覺得它的對話很可愛，可是事情太簡單，動作很少，那些好的對話絕不夠支援起一本戲的。假若放在一個小舞台上，演員們從容的說，聽眾們細細的聽，也許還相當的有趣，不幸而被擺在一個大戲院裡，演員們扯著嗓子喊，而聽眾們既聽不到，又看不見動作，就根本不像戲了。在重慶排演的時候，應雲衛兄曾再三的問我，要排成喜劇，還是鬧劇？我要前者。這是我的錯誤。劇情本來就單薄，又要鄭重其事的板起面孔來演，結果是應有效果的好臺詞都溫柔的溜出去，什麼效果也沒有。假若按著鬧劇去演，以人物的相貌服裝舉動及設景的有趣去烘托，或者還能補救故事的薄弱。在人物方面，我極用力的描寫心理的變化，這也使演出的時候只能聞其聲而不見其動。我忘了舞台上的誇大，誇大到十成，臺下或僅感受到三成，而我故意使人物收斂，想要求聽眾像北平聽二簧戲的老人那樣，閉目靜聽，回味著一字一腔的滋味。這辦不到。這本戲只能在客廳裡朗誦，不宜搬上舞台。可是，各處都排演它，其原因或者在於人物少，服裝道具簡單，不費錢耳。在抗戰中，人難財難，我以為戲劇應當寫簡單一點，以收廣為扮演之效。若用人過多，用費太大，則一劇寫成僅供三二大都市之用，劇本荒恐難解除矣。這是閒話，不信也罷。

《大地龍蛇》中的思想，頗費了我一些心血去思索。其結構則至為幼稚。這是東方文化協會託我寫的，我可不盼著演出，因花錢太多，而無賣錢的把握也。最大的缺點是第三幕——既沒有戲，又未能道出抗戰後建設之艱苦；我的樂觀未免過於幼稚。把它當作案頭上的一本小書，讀起來也許相當的有趣，放在舞台上，十之八九是要失敗。我懶得去修改它，因而也只能消極的盼望它老在案頭上。

以人物來講，這本劇不如前面已講過的那幾本。在那幾本中，我的人物是由故事中生長出來的，他們負著一些使故事發展的責任，但並不是傀儡。此劇中表現的都是抽象的東西 —— 文化呀，倫理呀，等等 —— 所以人物就差不多是為代表此種觀念而設的傀儡了。簡言之，這本戲不大高明。

最近寫了兩本戲，不妨在此作自我宣傳，以便招些譏訕。一本定名為《歸去來兮》 —— 原來想叫做《新罕默列特》，因恐被誤認為阿司匹靈之類的東西，故換了一個與萬應錠一樣不著邊際的《歸去來兮》。再說呢，與《罕默列特》而不像，必定出醜，不如老實一些為妥。還有，劇中主角本應是新「罕默列特」，可是寫來寫去，卻把別人寫得比他更有勁，他倒退居副位了。那麼，以他名劇，未免不大對題，《歸去來兮》這名兒便無此弊。

按著原來的計劃說，我失敗了。原來既想寫《罕默列特》，顯然的應寫出一個有頭腦，多考慮，多懷疑，略帶悲觀而無行動的人。但是，神聖的抗戰是不容許考慮與懷疑的。假如在今天而有人自居理想主義者，因愛和平而反對抗戰，或懷疑抗戰，從而發出悲觀的論調，便是漢奸。我不能使劇中的青年主角成為這樣的人物，儘管他的結局是死亡，也不大得體。有了這個考慮，我的計劃便破滅了。是的，我還是教他有所顧慮，行動遲緩，可是他根本不是個懷疑抗戰者；他不過是因看不上別人的行動，而略悲觀頹喪而已。這個頹喪可也沒有妨礙他去抗戰。這樣一變動，他的戲就少了許多，而且他的人格也似乎有點模糊不清了。寫東西真不容易，儘管你先定好最完密的計劃，及至你一動筆，不定在哪裡你就離開了原路，而走到別處去。假若是寫小說，這樣的開岔道或者還容易繞個彎兒再走回來，而且還許不大露痕跡：寫劇本可沒有這麼方便，一猶豫便出毛病，因為舞台上都是單擺浮擱的東西，不許你拿不定主意啊！

除了上述的毛病而外，這個劇本，在我自己看，是相當完整的，誰知道放在舞台上，它是什麼樣兒呢，單以一篇文藝作品說，我覺得它是我最好的東西。第一，這裡的諷刺都是由人與人、事與事的對照而來的，不是像我以往的作品那樣專由言語上討俏；這就似乎比較深刻了一些。第二，我寫出一位可愛的老畫家，和一位代替《罕默列特》裡的鬼魂的瘋婦人，我很喜歡他們兩個。老畫師的可愛是在其本人，瘋婦的可愛是因她在此劇中的作用。前者，在我的小說裡已經有過；後者，還是第一次的運用，在我的小說與劇本中都沒有用過。她是個活人，而說著作者所要說的話，並且很自然，因為她有神經病。第三，文字相當的美麗，在末一幕還有幾隻短歌。將來有機會放在舞台上，它的成敗如何，我不敢預言；不過，拿它當作一本案頭劇去讀著玩，我敢說它是頗有趣的。

《誰先到了重慶》是我最近寫完的四幕劇。

這本劇與我從前寫的那幾本都不同。假若要分類的話，我可以把上述的六本東西，分作三類：第一類是《殘霧》與《張自忠》——不管舞台上需要的是什麼，我只按照小說的寫法寫我的。我的寫小說的一點本領，都在這二劇中顯露出來，雖然不是好戲，而有些好的文章。它們幾乎完全沒有技巧。第二類是《面子問題》與《大地龍蛇》。它們都是小玩藝兒。我絲毫不顧及舞台，而只憑著一時的高興把它們寫成。第三類是《國家至上》與《歸去來兮》。《國家至上》演出過了，已證明它頗完整，每一閉幕，都有點效果，每人下場都多少有點交待；它的確像一齣戲。《歸去來兮》還沒有演出過，可是我自己覺得它是四平八穩，沒有專顧文字而遺忘了技巧，雖然我也沒太重視技巧。

總起來說，這六本戲中，技巧都不成為重要的東西。原因是：（一）我不明白舞台的訣竅，所以總耍不來那些戲劇的花樣。（二）跟我寫小說一樣，我向來不跟著別人跑，我的好處與壞處總是我自己的。無論是小說還是劇本，我一向沒有採用過「祖國」和「原野」這類的字；我有意的躲著它們。這倒不是好奇立異，而是想但分能不摹仿，即不摹仿。對於戲劇，理當研究技巧，因為沒有技巧便不足以使故事與舞台有巧妙的結合。可是，我以為，過重技巧則文字容易枯窘，把文字視為故事發展的支援物，如砌牆之磚，都平平正正，而無獨立之美。我不願摹仿別人，而失去自己的長處。而且，過重技巧，也足使效果紛來，而並不深刻，如舊戲中的「硬裡子」，處處有板有眼，而無精彩之處。我不甚懂技巧，也就不重視技巧，為得為失，我也不大關心。

不過，《誰先到了重慶》這本戲，彷彿可拿出一點技巧來。是否技巧，我不敢說，反正我用了複壁，用了許多隻手槍，要教舞台上熱鬧。這一回，我的眼睛是常常注意到舞台的，將來有機會演出的時候，果否能照預期的這樣熱鬧，我不敢代它保險。我可是覺得，在人物方面，在對話方面，它都吃了點虧。我不懂技巧，而強要技巧，多半是弄巧成拙，反把我的一點點長處丟失了，摹仿之弊大矣哉！劇本是多麼難寫的東西啊！動作少，失之呆滯；動作多，失之蕪亂。文字好，活劇不真；文字劣，又不甘心。顧舞台，失了文藝性；顧文藝，丟了舞台。我看哪，還是去寫小說吧，寫劇太不痛快了！處處有限制，腕上如戴鐵鐐，簡直是自找苦頭吃！自然，我也並不後悔把時間與心血花在了幾個不成劇本的劇本上，吃苦原來就是文藝修養中當然的條件啊！

我怎樣寫通俗文藝

在抗日戰爭以前，無論怎樣，我絕對想不到我會去寫鼓詞與小調什麼的。抗戰改變了一切。我的生活與我的文章也都隨著戰鬥的急潮而不能不變動了。「七七」抗戰以後，濟南失陷以前，我就已經注意到如何利用鼓詞等宣傳抗戰這個問題。記得，我曾和好幾位熱心宣傳工作的青年去見大鼓名手白雲鵬與張小軒先生，向他們討教鼓詞的寫法。後來，濟南失陷，我逃到武漢，正趕上臺兒莊大捷，文章下鄉與文章入伍的口號既被文藝協會提出，而教育部，中宣部，政治部也都向文人們索要可以下鄉入伍的文章。這時候，我遇到了田漢先生。他是極熱心改革舊劇的，也鼓勵我馬上去試寫。對於舊劇的形式與歌唱，我懂得一些，所以用不著去請導師。對於鼓詞等，我可完全是外行，不能不去請教。於是，我就去找富少舫和董蓮枝女士，討教北平的大鼓書與山東大鼓書。同時，馮煥章將軍收容了三四位由河南逃來唱墜子的，我也朝夕與他們在一道，學習一點墜子的唱法。馮將軍還邀了幾位畫家，繪畫抗戰的「西湖景」，託我編歌詞，以便一邊現映畫片，一邊歌唱。同時，老向與何容先生正在編印《抗到底》月刊，專收淺易通俗的文字，我被邀為經常的撰稿者。

以上所述，就是我對通俗文藝發生興趣與怎樣學習的經過。

我寫了不少篇這類的東西，可是匯印起來的只有《三四一》——三篇鼓詞，四出舊形式新內容的戲，與一篇小說。這以外的，全隨寫隨棄，無從匯印，也不想匯印了。《三四一》有一篇小序，抄在這裡：

「我這本小書裡只有三篇大鼓書詞，四出二簧戲，和一篇舊型的小說，故名之曰《三四一》。」

「三篇鼓詞裡，我自己覺得《王小趕驢》還下得去。《張忠定計》不很實在。《打小日本》既無故事，段又太長，恐怕不能演唱，只能當小唱本唸唸而已。」

「四出戲的好歹，全不曉得；非經演唱不能知道好在哪裡，壞在何處。印出來權當參考，若要上演，必須大家修改；有願排演者，請勿客氣。」

「舊型小說一篇，因忙，寫得不十分像樣兒。」

「這八篇東西，都是用『舊瓶裝新酒』的辦法寫成的。『舊瓶新酒』這問題的討論已有不少，我不想再說什麼。我只願作出兒篇，看看到底有無好處。不動手製作而專事討論，恐怕問題就老懸在那裡，而且也許還越說離題越遠了。」

這篇小序太小了，未能道出箇中甘苦，故再節錄四十一年一月一日出版的《抗戰文藝》中我的《三年寫作自述》的一段，用作補充：

「我寫了舊形式新內容的戲劇，寫了大鼓書，寫了河南墜子，甚至於寫了『數來寶』。從表面上看起來，這是避重就輕 —— 捨棄了創作，而去描紅模子。就是那些肯接受這種東西的編輯者也大概取了聊備一格的態度，不會太看得起他們；設若一經質問，編輯者多半是皺一皺眉頭，而答以『為了抗戰』，是不得已也。但是從我學習的經驗上看，這種東西並不容易作。第一是要寫得對；要作得對，就必須先去學習。把舊的一套先學會，然後才能推陳出新。無論是舊戲，還是鼓詞，雖然都是陳舊的東西，可是它們也還都活著。我們來寫，就是要給這些活著的東西一些新的血液，使他們進步，使他們對抗戰發生作用。這就難了。你須先學會那些套數，否則大海茫茫，無從落筆。然後，你須斟酌著舊的情形而加入新的成分。你須把它寫得像個樣子，而留神著你自己別迷陷在裡面。你須把新的成分逐漸添進去，而使新舊諧調，無論從字彙上，還是技巧上，都不顯出掛著辮子而戴大禮帽的蠢樣子。為了抗戰，你須教訓；為了文藝，你須要美好。可是，在這裡，你須用別人定好了的形式與言語去教訓，去設法使之美好。你越研究，你越覺得有趣；那些別人規定的形式，用的語言是那麼精巧生動，恰好足以支援它自己的生命。然而到你自己一用這形式，這語言，你就感覺到喘不過氣來。你若不割解開它，從新配置，你便丟失了你自己；你若剖析了它，而自出心裁地想把它整理好，啊！你根本就沒法收拾它了！新的是新的，舊的是舊的，妥協就是投降！因此，在試驗了不少篇鼓詞之類的東西以後，我把它們放棄了。」

「顯然，我放棄了舊瓶裝新酒這一套，可是我並不後悔；功夫是不欺人的。它教我明白了什麼是民間的語言，什麼是中國語言的自然的韻律。不錯，它有許多已經陳腐了的東西，可是唯其明白了哪是陳腐的，才能明白什麼是我們必須馬上送給民眾的。明乎此，知乎彼，庶幾可以說民族形式矣。我感謝這個使我能學習的機會。」

「就成績而論，我寫的那些舊劇與鼓詞並不甚佳。毛病是因為我是在都市裡學習來的，寫出來的一則是模範所在，不肯離格，二則是循藝人的要求，生意相關，不能傷雅。於是，就離真正的民間文藝還很遠很遠。寫這種東西，應當寫家與演員相處一處，隨寫隨演隨改，在某地則用某地的形式與語言，或者可以收效；在都市裡閉門造車，必難合轍。」

以上所引，是四一年初的話。從那以後，除有人特約，我很少自動地去寫通俗的東西了，因為：「對於抗戰的現實，我看今天無論哪一部門的作家都顯著更熟悉了。換言之，就是大家已習慣了戰時的生活。舉個例說，在武漢的時候，有不少作家去寫鼓詞、唱本等通俗讀物；到今天，已由個人或機關專去作這類的東西，而曾經努力於此道的許多作家中，有不少仍折回頭去作新的小說，詩，戲劇等等。這因為什麼？大概是因為在抗戰初期，大家既不甚明白抗戰的實際，又不肯不努力於抗戰的宣傳，於是就拾起舊的形式，空洞的，而不無相當宣傳效果的，作出些救急的宣傳品。漸漸的，大家對於戰時生活更習慣了，對於抗戰的一切更清楚了，就自然會放棄那種空洞的宣傳，而因更關切抗戰的緣故，乃更關切文藝。那些以宣傳為主，文藝為副的通俗讀物，自然還有它的效用，就由專家或機關去做好了。至於抗戰文藝的主流，便應跟著抗戰的艱苦，生活的困難，而更加深刻，定非幾句空洞的口號標語所能支援的了。我說，抗戰的持久必加強了文藝的深度」。

我怎樣寫《劍北篇》

我沒有什麼了不起的天才，但對文藝的各種形式都願試一試。小說，試過了，沒有什麼驚人的成績。話劇，在抗戰中才敢試一試，全無是處。通俗的鼓詞與劇本，也試寫過一些，感到十分的難寫，除了得到「俗更難」一點真經驗與教訓外，別無可述。現在，我又搬起分量最重的東西來了——詩！我作過舊詩，不怎麼高明，可是覺得怪有趣，而且格式管束著，也並不很難湊起那麼一首兩首的。志在多多學習，現在我要作的是新詩。新詩可真難：沒有格式管著，我寫著寫著便失去自信，不由的向自己發問，這是詩嗎？其次，我要寫得俗，而沒有地方去找到那麼多有詩意的俗字，於是一來二去就變成「舊詩新寫」或「中菜西吃」了。還有，一方面我找不到夠用的有詩意的俗字，另一方面在描寫風景事物的時候我又不能把自幼兒種下的審美觀念一掃而光：我不能強迫自己變成洋人，不但眼珠是綠的，而且把紅花也看成綠花！最後，新詩要韻不要，本不成為問題；我自己這回可是決定要韻（事實上是「轍」），而且仿照比較嚴整的鼓詞用韻的辦法，每行都用韻，以求讀誦時響亮好聽。這簡直是跟自己過不去！韻不難找，貴在自然，也不是怎麼越要自然，便越費力氣！

有上述的困難，本來已當知難而退；卻偏不！不但不退，而且想寫成一萬行！扯下臉硬幹並不算勇敢；再說，文藝貴精不貴多，臭的東西越多就越臭，我曉得。不過，我所要寫的是遊記，斷非三言兩語所能道盡，故須長到萬行。這裡，倒沒有什麼中國長詩甚少，故宜試作；或按照什麼理論，非長不可；而純粹出於要把長途旅行的見聞作成「有詩為證」。那麼，也許有人要問：為什麼不用散文寫呢？回答是：行旅匆匆，未能作到每事必問，所以不敢一板一眼地細寫。我所得的只是一些印象，以詩寫出，或者較為合適。

是這麼一回事：一九三九年夏天，我被中華全國文藝界抗敵協會理事會派遣參加北路慰問團，到西北去慰勞抗戰將士。由夏而冬，整整走了五個多月，共二萬里。路線是由渝而蓉，北出劍閣；到西安；而後入潼關到河南及湖北；再折回西安，到蘭州，青海，綏遠，榆林和寧夏。這些地方幾乎都是我沒有到過的，所以很想寫出一點東西來，以作紀念。到處忙於看與走，事事未能詳問，乃決定寫長詩。

一九四〇年二月中動筆，至七月初，才得廿段，約二千五百行。七、八兩月寫《張自忠》劇本，詩暫停。人是不能獨自活著的，因此，個人的決心往往被社會關係給打個很大的折扣。九、十兩月復得七段，可是十一月由鄉入城，事忙心亂，把詩又放在了一旁。時寫時停，一年的功夫僅成廿七段，共三千行。所以餘的材料，僅足再寫十餘段的，或可共得六千行。因句句有韻的關係，六千行中頗有長句，若拆散了從新排列，亦可足萬行之數。

一九四一年春初，因貧血，患頭昏病，一切工作都停頓下來。在專心寫詩的時候，平均每天只能湊成一二十句。這一二十句中，我自己覺得，還必有幾句根本不像詩的。幾次，我想停筆，不再受洋罪，可是又怕落個沒有恆心毅力，對不起自己；雖然繼續寫下去也許更對不起新詩！頭昏病好了以後，本想繼續寫詩，可是身體虧弱，寫詩又極費力氣，於是就含著淚把稿子放在一旁，不敢再正眼去看。停擱得久了心氣越發壯不起來，乃終於落了個沒有恆心毅力 —— 一個寫家須有像蠶一般的巧妙，吐出可以織成綢緞的絲來，同時，還須有和牛一樣壯實的身體呀！到一九四一年年底，眼看把全詩寫成是無望了，遂含羞帶愧的把已成的廿八段交文獎會刊印成冊。何時能將全詩補成，簡直不敢說了！

草此詩時，文藝界對「民族形式」問題，討論甚烈，故用韻設詞，多取法舊規，為新舊相融的試驗。詩中的音節，或有可取之處，詞彙則嫌陳語過多，失去了不少新詩的氣味。行行用韻，最為笨拙：為了韻，每每不能暢所欲言，時有呆滯之處；為了韻，乃寫得很慢，費力而不討好。句句行韻，弊已如此，而每段又一韻到底，更足使讀者透不過氣來；變化既少，自乏跌宕之致。

我怎樣寫《火葬》

在「七七」抗戰那一年的前半年，我同時寫兩篇長篇小說。這兩篇是兩家刊物的「長篇連載」的特約稿，約定：每月各登萬字，稿酬十元千字。這樣，我每月就能有二百元的固定收入，可以作職業寫家矣。兩篇各得三萬餘字，暴敵即詭襲盧溝橋，遂不續寫。兩稿與書籍俱存在濟南的齊魯大學內，今已全失。十一月，我從濟南逃出，直到去年（指 1942 年。）夏天，始終沒有寫過長篇。為稍稍盡力於抗戰的宣傳，人家給我出什麼題，我便寫什麼；好壞不管，只求盡力；於是，時間與精力零售，長篇不可得矣。還有，在抗戰前寫作，選定題旨，可以從容蒐集材料，而後再從容的排列，從容的修改。抗戰中，一天有一天的特有的生活，難得從容，乃不敢輕率從事長篇。再說，全面抗戰，包羅永珍，小題不屑於寫，大題又寫不上來，只好等等看。去年夏天到北碚，決定寫箇中篇小說。原因：（一）天氣極熱，不敢回渝；北碚亦暑，但較渝清靜，故決留碚寫作。（二）抗戰中曾屢屢試寫劇本，全不像樣，友好多勸舍劇而返歸小說。（三）榮譽軍人蕭君亦五在碚服務，關於軍事者可隨時打聽。

天奇暑，乃五時起床，寫至八時即止，每日可得千餘字。本擬寫中篇，但已得五六萬字，仍難收筆，遂改作長篇。九月尾，已獲八萬餘字，決於雙十日完卷，回渝。十月四日入院割治盲腸，一切停頓。廿日出院，仍須臥床靜養。時家屬已由北平至寶雞；心急而身不能動，心乃更急。賴友好多方協助，家屬於十一月中旬抵碚。廿三日起緩緩補寫小說；傷口平復，又患腹疾，日或僅成三五百字。十二月十一日寫完全篇，約十一萬字，是為《火葬》。

寫完，從頭讀閱一遍，自下判語：要不得，有種種原因使此書失敗：（一）五年多未寫長篇，執筆即有畏心；越怕越慌，致失去自信。（二）天氣奇暑，又多病痛，非極勉強的把自己機械化了，便沒法寫下去。可是，把身心都機械化了，是否能寫出好作品呢？我不敢說。我的寫作生活一向是有規律的，這就是說，我永遠不晝夜不分的趕活，而天天把早半天劃作寫作的時間，寫多寫少都不管，反正過午即不再作，夜晚連信也不寫。不過，這細水長流的辦法也須在身體好，心境好的時候才能行得通。在身心全不舒服的時節，像去年夏天，就沒法不過度的勉強，而過度的勉強每每使寫作變成苦刑。我吸菸，喝茶，愣著，擦眼鏡，在屋裡亂轉，著急，出汗，而找不到我所需要的字句。勉強得到幾句，絕對不是由筆中流出來的，而是硬把文字堆砌起來的破磚亂瓦是沒法修改的，最好的方法是把紙撕掉另寫。另寫麼？我早已精疲力盡！只好勉強的留下那些破爛兒吧。這不是文藝創作，而是由夾棍夾出來的血！（三）故事的地方背景文城。文城是地圖上找不出的一個地方，這就是說，它並不存在，而是由我心裡鑽出來的。我要寫一個被敵人侵占了的城市，可是抗戰數年來，我並沒有在任何淪陷區住過。只好瞎說吧。這樣一來，我的「地方」便失去讀者連那裡的味道都可以聞見的真切。我寫了文城，可是寫完再看，連我自己也不認識了它！這個方法要不得！

不過，上述的一些還不是致命傷。最要命的是我寫任何一點都沒有入骨。我要寫的方面很多，可是我對任何一方面都不敢深入，因為我沒有足以深入的知識與經驗。我只畫了個輪廓，而沒能絲絲入扣的把裡面填滿。

抗戰文藝，談何容易！

有人說：戰爭是沒有什麼好寫的，因為戰爭是醜惡的，破壞的。我以為這個意見未免太偏。假若社會上的一切都可以作為文藝材料，我不知道為何應當單單把戰爭除外。假若文藝是含有獎善懲惡的目的，那麼戰爭正是善與惡的交鋒，為什麼不可以寫呢？而且，今日的戰爭是全面的，無分前方後方，無分老少男女，處處全都受著戰爭的影響。歷史，在這一節段，便以戰爭為主音。我們今天不寫戰爭和戰爭的影響，便是閉著眼過日子，假充糊塗。不錯，戰爭是醜惡的，破壞的；可是，只有我們能分析它，關心它，表現它，我們才能知道，而且使大家也知道，去如何消滅戰爭與建立和平，假使我們因厭惡戰爭而即閉口無言，那便是丟失了去面對現實與真理的勇氣，而只好禱告菩薩賜給我們和平了。

今天的世界已極顯明的分為兩半：一半是侵略的，一半是抵抗的；一半是霸道的，一半是民主的。在侵略的那一半，他們也有強詞奪理的一片道理好講。因此，在抵抗暴力與建設民主政治的這一半，不但是須用全力赴戰，打倒侵略，他們也必須闡揚他們的作戰的目的，而壓倒侵略者的愚弄與謊言。我們的筆也須作戰，不是為提倡戰爭，頌揚戰爭，而是為從戰爭中掘出真理，以消滅戰爭。我們既不能因冷淡戰爭，忽視戰爭，而就得到和平，那麼我們就必須把握住現實，從戰爭中取得勝利；只有「我們」取得勝利，世界才有和平的曙光。我們要從醜惡中把美麗奪回，從破壞中再行建設。這是民主同盟中每一個公民應負起的責任，為什麼作家單不喜歡這個調調兒呢？

這可就給作家們找來麻煩。戰爭是多麼大的一件事呀！教作家們從何處說起呢？他們不知道戰術與軍隊的生活，不認識攻擊和防守的方法與武器，不曉得運輸與統制，而且大概也不易明白後方一切準備與設施。他寫什麼呢？怎麼寫呢？於是，連博學的蕭伯納老人也皺了眉，而說戰爭是沒有什麼可寫的了 —— 我記得他似乎這麼說過。於是，戰時的出版物反倒讓一個政治家或官吏的報告 —— 像威爾基的《天下一家》與克魯的《東京歸來》—— 或一位新聞記者的冒險的經歷，與一個戰士的日記，風行一時了。不錯，一本講戀愛故事的劇本，或是有十個嫌疑犯的殺人案的偵探小說，也能風行一時，銷售百萬，可是無奈讀者們的心中卻有個分寸，他們會辨別哪個是天下大事，哪個是無聊的閒書。等到事過境遷，人們若想看看反映時代的東西，他們會翻閱《天下一家》，而不找藏在後花園裡的福爾摩司！而且他們會恥笑戰時的文人是多麼無聊，多麼淺薄，多麼懦弱！

從這一點來看，《火葬》是不可厚非的。它要關心戰爭，它要告訴人們，在戰爭中敷衍與怯懦怎麼恰好是自取滅亡。可是，它的願望並不能挽救它的失敗。它的失敗不在於它不應當寫戰爭，或是戰爭並無可寫，而是我對戰爭知道得太少。我的一點感情像浮在水上的一滴油，盪來盪去，始終不能透人到水中去！我所知道的，別人也都知道，我沒能給人們揭開一點什麼新的東西。我想多方面地去寫戰爭，可是我到處碰壁，大事不知，小事知而不詳。戰爭不是不可寫，而是不好寫。

我曉得，我應當寫自己的確知道的人與事。但是，我不能因此而便把抗戰放在一旁，而只寫我知道的貓兒狗兒。失敗，我不怕。今天我不去試寫我不知道的東西，我就永遠不想知道它了。什麼比戰爭更大呢？它使肥美的田畝變成荒地，使黃河改了道，使城市變為廢墟，使弱女子變成健男兒，使書生變為戰士，使肉體與鋼鐵相抗。最要緊的，它使理想與妄想成為死敵。我們不從這裡學習，認識，我們算幹嘛的呢？寫失敗了一本書事小，讓世界上最大的事輕輕溜過去才是大事。假若文藝作品的目的專是為給人娛樂，那麼像《戰爭與和平》那樣的作品便根本不應存在。我們似乎應當「取法乎上」吧？

有人說我寫東西完全是碰，碰好，就好；碰壞，就壞，因為我寫的有時候相當的好，有時候極壞。我承認我有時候寫得極壞，但否認瞎碰。文藝不是能瞎碰出來的東西。作家以為好的，讀者未必以為好，見仁見智，正自不易一致。不過，作者是否用了心，他自己卻知道得很清楚。像《火葬》這樣的作品，要是擱在抗戰前，我一定會請它到字紙簍中去的。現在，我沒有那樣的勇氣。這部十萬多字的小說，一共用了四個多月的光陰。光陰即便是白用，可是飯食並不白來。十行紙——連寫鈔副本——用了四刀，約計一百元。墨一錠，一百廿元——有便宜一點的，但磨到底還是白的。筆每枝只能寫一萬上下字，十枝至少須用二百元。求人鈔副本共用了一千一百元。請問：下了這麼大的本錢，我敢輕於去丟掉麼？我知道它不好，可是沒法子不厚顏去發表。我並沒瞎碰，而是作家的生活碰倒了我！這一點宣告，我並不為求人原諒我自己，而是為教大家注意一點作家的生活應當怎樣改善。假若社會上還需要文藝，大家就須把文藝作家看成個也非吃飯喝茶不可的動物。抗戰是艱苦的，文人比誰都曉得更清楚，但是在稿費比紙筆之費還要少的情形下，他們也只好去另找出路了。

致勞埃德先生的信（1948.4.22）關於《四世同堂》

118號，西83街

紐約市24，紐約州

1948年4月22日

親愛的勞埃得先生：

非常感謝您4月21日的信。

關於繼續出版我小說的英譯本的問題，我唯一感興趣的是目前我正和浦愛德小姐（浦愛德，即艾達·浦魯依特，美國作家、社會活動家。曾在作者的幫助下將《四世同堂》譯成英文。）合譯的一部長篇。這是一部長達一百萬漢字的小說，前兩部分已在上海出版，第三部分還在寫，希望能在兩個月內趕出來。書中講的是八年抗戰時期北平的事。就我個人而言，我自己非常喜歡這部小說，因為它是我從事寫作以來最長的，可能也是最好的一本書。至於出英文版，我覺得很有必要作一些刪節，至少去掉二十萬字。

雖然有一次阿穆森先生讓我和雷諾先生簽個合約，但到目前為止，我尚未和任何人為出版此書達成過協議。如果我們能找到其他人出版，我當然也很高興。

浦愛德小姐出生在中國。她出版過兩本擁有版權的關於中國的書（指《在中國的童年》和《殷老太太：北京生活回憶錄》兩書。）。她看不懂中文，但聽得懂。我把小說一段一段地唸給她聽，她可以馬上譯成英文，這是我很願意與她一起工作的原因。

然而，她也有不足之處。比如，為了盡可能多地保持中國味兒，她常把英文弄得很不連貫。我給赫茨小姐看翻譯稿的前十章時，她告訴我最好立刻停止和浦愛德小姐一起做。她認為浦愛德小姐的英文很怪，她說如果我繼續和浦愛德小姐一起翻譯下去，就有必要請第三者對文字再進行潤飾。如果真是那樣，事情就複雜了。這恐怕也是雷諾先生認為簽約還為時過早的理由。

為了這件事，我徵求過沃爾什夫人的意見。她看完前十章後，認為我還可以繼續同浦愛德小姐一起工作。她還說她很喜歡這個故事，文字上的問題可以交給一位稱職的編輯去處理。

這些是我眼下能告訴您的全部情況。希望我們能及早地面談一次。

致以最美好的祝願！

您忠誠的

舒舍予

記寫《殘霧》

寫劇本，我完全是個外行，小說，寫不好，但是我敢寫。小說，假若可以這麼講，好像一個古玩攤，有一兩件好東西似乎就可以支援一氣。文字好，或故事好，或結構好，或什麼什麼好，有一於此，都足以引人注意。當然嘍，樣樣都好，無懈可擊，是最理想的了；可是不幸而瑜瑕互見，仍能好歹成篇，將就著算數，小說的方面多，變化多；有膽子便可成篇；有功夫也能硬湊得不錯。因此，我有時候覺得寫小說比寫一篇短文還容易。這自然絕對不是說小說可以胡亂炮製，瞎抹一回，而是說小說於難寫之中，到底有很大的伸縮，給作者以相當的自由，使作者即使失敗於此，仍能取勝於彼。世上有不少毛病顯然而不失為偉大的小說。

詩，寫不好，但是我也敢寫。只要我把握得住文字，足以達情達意，我就能得到幾行或幾百行詩。詩的困難，據我看，多半在使稍縱即逝的感情從心中消散，不能及時的，精到的，把它生動馨香的畫在紙上；或是心中有許多事，物，像醜陋的貨物一樣堆在棧裡，而不能點石成金，使它們都成為聲色兼美的寶物。一旦能突破上述的障礙，寫詩實在是件最開心的事，音節自由，結構自由，長短自由，處處創造，前無古人。

寫劇本，初一動手，彷彿比什麼都容易：文字，不像詩那麼難；論描寫，也用不著像小說那麼細膩。頭一幕簡直毫不費力就寫成了，而且自己覺得相當的好。噢，原來如此，這有什麼了不得呢！

來到第二幕，壞了！一方面須和第一幕搭上碴，一方面還能給第三幕開開路。眉頭皺得很緊，不往下寫便是自認無能；往下寫，怎麼寫呢？在這時候，我發現了劇本是另一種東西，絕不是小說詩歌的姊妹，而是另一家人。這一家人彼此的關係也許不是骨肉至親，可是又沒有一點不相關的地方；他們合起來是一部機器，分開來什麼也不是。第二幕啊要命！一想第二幕，第一幕便露出許許多多的窟窿來；剛才所以為如行雲流水者，而今變成百孔千瘡。一邊咬牙寫第二幕，一邊還得給第一幕貼膏藥！

第二幕勉強得很，力量都用在如何以此幕支援第一幕上，如古屋之加支柱；支柱沒有自己的生命，只不過幫忙不塌臺而已！這是文藝？天知道！無論怎說吧，第二幕總算湊成，就該看第三幕的了。第三幕非精彩不可。第一幕因受第二幕的影響，已非行雲流水；第二幕本身又是一根支柱，還能再放鬆第三幕嗎？不可！絕對不能！在這一幕裡，人物非極端活動不可。假若前兩幕未能有戲即有動作，有動作即有故事與人格的發展，這一幕便非用全力補足不可。不，不但要補足，且須把第四幕的一切都打點停妥，以備最後的爆發。好，集中精神，努力寫這生死關頭的一幕！也不是怎回事，人物老不肯動！給他們新事吧，怕與前二幕不合；教他們還敷衍前兩幕那點事吧，就只有空話，而全呆若木雞！假若我是在寫小說，我可以再補充，補充夠了，再加新事。可是劇中人物不能老獨白或說夢話呀，假若我是在寫詩歌，我可以到水盡山窮的時節來一段漂亮的文字，專以音節圖像之美支援一會兒，然後再想好主意。可是劇中人不能沒事就哼哼詩。幾乎是絕望！

我曉得，劇本不可把力量都使在前半，致後半無疾而終。我曉得，我確乎是留著力量給後一半用。可是，前半平平，後半也不知怎麼，就用不上勁了！我沒法把綢子大衫改成西裝，也沒法使半部軟軟的劇本忽然變硬，或使鬆鬆的半部忽然滾成一團，文武帶打。別的似乎還都容易，我就是沒法子使人們都自自然然的在戲劇中活動發展，沒有漏洞，沒有敷衍，沒有拼湊。

第四幕 —— 我要寫的是四幕劇 —— 無疑的是要結束全劇了。故事本已定好，照計而行本當沒有大錯。可是，經過前三幕的發展，故事多少必與原來計劃有些出入；而且要特別討好，盼望得些比原來想到的更好些的東西。這樣，簡直沒法落筆了。出奇致勝本是好辦法，可是不能自天外飛來，全無根據。前面所布置下的要在此地結束，不是在此地忽然鬧地震而同歸於盡，雖然臺上表演地震也許很熱鬧。

最沒辦法的是前面所有的人物本來都有些作用，趕到總結束的時節，也不知道怎麼的，有好幾個人沒法下場。偷偷的溜下去，不像話；呆呆的陪綁，也怪難以為情；都有收場而各自為政，又顯著亂七八糟。怪不得古代希臘悲劇中只有兩三個角色 —— 七八個人（不要再說多了）一齊上吊都相當的麻煩！我出的汗比寫的字多著許多。

我整整的受了半個月的苦刑。事情是這樣的：文協為籌點款而想演戲。大家說，這次寫個諷刺劇吧，換換口味。誰寫呢？大家看我。並不是因為我會寫劇本，而是因為或者我會諷刺。我覺得，第一，義不容辭；第二，拚命試寫一次也不無好處。不曉得一位作家須要幾分天才，幾分功力。我只曉得努力必定沒錯。於是，我答應了半個月交出一本四幕劇來。雖然沒寫過劇本，可是聽說過一個完好的劇本須要花兩年的工夫寫成。我要只用半個月，太不知好歹。不過，也有原因，文協願將此劇在五月裡演出，故非快不可。再說，有寫劇與演戲經驗的朋友們，如應雲衛、章泯、宋之的、趙清閣、周伯勛諸先生都答應給我出主意，並改正。我就放大了膽，每天平均要寫出三千多字來。「五四」大轟炸那天，我把它寫完。

寫完了，沒法去找朋友們去討論，大家正忙著疏散，上演，在最近更無從談起。人防空壕，我老抱著這像塊病似的劇本。它確是像塊病；它有無可取之處？它的人物能否立起來？它的言語是否合適？它的穿插是否明顯而有效？都不知道。不知它是盲腸炎，還是某種神經病。我只知道出了不少汗，和感到文上所提到的那些困難。出汗是光榮的事，可是在有機會試演以前，我決定不敢再寫劇本，以免出完了汗，而老抱著塊病也！劇本難寫，劇本難寫，在文藝的大圈兒裡，改行也不容易呀！

載 1940 年 6 月 10 日《新演劇》第一期（復刊號）

《國家至上》說明之一

回教協會在去年請宋之的寫個劇本。之的因參加作家戰地訪問團，入冬始回重慶，所以沒能交卷。之的對回教習俗知道一些，而且有不少回教的朋友，故回教協會請他執筆。他未能交卷，就商請我來幫忙。我既不會寫劇本，又非研究回教的專家，本不敢答應。可是朋友們以為我新從西北歸來，必多知多懂；厚情難卻，乃與之的合作；勇氣本各具五分，合作乃湊足十分。

據說，內容決定形式不知真假。我們倆這次寫劇，劇中的人物事實都決定於我倆的生活；回教協會並沒給我們出題目，朋友們也沒供給我們故事；我倆須先商編一個故事，想出幾個人來。之的與我都是北方人，自幼就都與回教信徒為鄰，同學，交朋友。因此，我們曉得回教人的一般的美德。他們勇敢，潔淨，有信仰，有組織。其往往與教外人發生衝突者，實在不是因為誰好誰壞，而是因為彼此的生活習慣有好些不同的地方：不一致會產生誤會，久而久之，這誤會漸變成了必然之理，彼此理當互相輕視隔離。於是，在我們北方的城市或村落中，就時常看到回漢衝突的事實。更不幸，地方官吏沒有高於平民的理能與識見，也以為回是回，漢是漢，天然的不能合作；從而遇事行斷，率遵成見，而往往把小小的齟齬演成流血的風潮事變。

根據上述的一點理解，我們合編了一個故事。我起草，他修改，而後共同把它寫成劇本。在這故事中，我就按著我們的理解，要表現出回胞美德，同時也想表現出怎樣由習俗的不同而久已在回漢之間建起了一堵不相往來的無形牆壁。在抗戰期間，（對不起，我們還是沒離開抗戰八股！）我們必須拆倒這堵不幸的牆壁。怎麼拆倒？第一，須雙方彼此尊敬，彼此認識；除去了那點不同的生活習慣，我們都是中國人，都是兄弟。第二，地方官須清楚的認識問題，同情的一視同仁，公平的判斷，熱誠的去團結。這是我們的八股。能將就著看得下去與否，還不敢說，因為我們倆的本領並不怎麼高大。

在之的一個劇本中，有個生龍活虎的女子叫做果子。有些朋友看完戲，說：果子那樣的女人，除了在戲劇中，是不會有的。在我，一點也不覺得果子有什麼奇怪；北方鄉村裡真有那樣的女人。在我們這新劇本中，至少有一兩個人物恐怕要遭受同樣的批評，因為他們是北方人，又是北方回胞，而且是行俠作義的人；我想，一定有些人看著眼生。我們絕對不怕批評 —— 我們歡迎批評 —— 可是也不便聽從沒看見老虎的人告訴我們老虎應當是什麼樣兒。在青島，在濟南，我都有回教的拳師教我練拳，其中的一位還作過鏢師。假若有人以為我們的劇中人太不像樣的話，我希望在抗戰勝利後到北方去看看。

載 1940 年 4 月 5 日《掃蕩報》

談《方珍珠》劇本

《方珍珠》劇本有好處，也有缺點。在這裡，我願說出它的好處與缺點何在，和為什麼好，為什麼壞。

先說好處：

（一）這劇本中有人物。為什麼我能寫出幾個人物呢？因為我十幾年來就常和藝人們在一處，彼此成為朋友。我不單知道他們的語言、舉動與形象，而且知道他們的家事、心事。對他們的困難，我每每以朋友的資格去幫助克服；我自己有困難也去求他們幫忙。這樣，當我開始寫這個劇本的時候，我已的確知道我要寫的是誰；他們已在我的心中活了不止一年半載，而是很長的時間。俗語說：知人知面不知心。創造人物可不能僅知面而不知心。

這並不是說，此劇中的人與事都是真人真事。一定不是那樣。故事是假設的，人物也是虛擬的；不過，這想像的人與事卻是由真事中孕育出來的。有真實打底子，然後才能去想像；專憑空想是寫不出東西來的。

（二）這劇本中的對話相當流利。我是北京人，我應當用北京話，這沒有什麼新奇。要緊的倒是我不願意摹仿自有話劇以來的大家慣用的「舞台語」。這種「舞台語」是寫家們特製的語言，裡面包括著藍青官話，歐化的文法，新名詞，跟由外國話翻譯過來的字樣……。這種話會傳達思想，但是缺乏感情，因為它不是一般人心中口中所有的。用這種話作成的劇中對話自然顯得生硬，讓人一聽便知道它是臺詞，而不是來自生活中的；演員們也往往因為念這種臺詞而無從表現心中的感情；話不帶勁，感情就低落。這種話也往往不合劇中人的身分，倒好像不管是誰，說話都該像中學生似的。在這裡，我還是要討論話劇應當用什麼樣的語言，我只是說，我避免了舞台語，而用了我知道的北京話。我的話，一方面使一部分演員感到困難，因為他們說不慣或說不好道地的北京話，另一方面卻使演員們能從語言中找到劇中人的個性與感情，幫助他們把握到人格與心理。此劇中的人物所以能生動，一部分是受了活的語言的幫助。再說，活的語言也美好悅耳，使聽眾能因語言之美而去喜愛那說話的人。

我知道一些藝人們愛用的黑話，可是沒有用在這劇本中。用它們，我曉得，是足以使角色們的職業與環境的特殊色彩更加明顯的。可是，我怕聽眾們聽不懂，所以不敢用。我描寫的是藝人，可是戲是要演給大家聽的，我的道地北京話恐怕已經不是任何人都能懂的，若再加上黑話，就更難懂了。

（三）我盡量的少用標語口號，而一心一意的把真的生活寫出來，教生活表現標語口號的含義；用不著說，戲劇是具體的表現啊。

一點小事也比喊口號更有力量。或者，把小事調動好了，才能作到深入淺出。舉個例說，劇中白花蛇的煙盒中有兩種香菸：好煙「孝敬」貴人，賤煙自用。這點事實很小，可是它既具體，又痠痛！丁副官呢，當白花蛇敬煙的時候，收起一支好煙，又拿一支賤的。這點事也很小，可是它卻足以表現解放前作副宮的是怎麼無恥，怎麼欺負人到底。兩支煙替我說明瞭一些舊社會的黑暗；口號是不能盡這個責任的。我管這種表現法叫做深入淺出，不知對否。

下面說《方珍珠》的缺點：

（一）此劇前三幕整齊，後二幕散碎。原因是：前三幕抱定一個線索，往下發展，而後二幕所談的問題太多，失去故事發展的線索。前三幕以方珍珠為主角，為中心；後二幕拋開她，而去談另一些問題。於是，前後不一致，至全劇閉幕時，沒有一個總的、自然的、有力的效果，使觀眾失望。我為什麼犯了這腰鍘兩截的毛病呢？我應當這樣回答：

我沒掌握好對寫實與浪漫的選擇。

從全劇的統一上說，我理應始終看守住方珍珠這個角色，在最後兩幕，教她見到光明，成為典型的人物。可是友人們囑告我不要那樣寫，因為自北京解放後到如今，北京的女藝人們多數經過學習，有了進步，可是，北京還沒有出現一個典型的女藝人。我接受了這個勸告。結果，方珍珠在後二幕即不再突出，而全劇失去中心人物，這是我不懂得怎麼運用寫實與浪漫的筆法的結果。我應當大膽的浪漫，不管實際上北京曲藝界中有無典型人物，而硬創造出一個。今日的藝術作品不當因效忠於寫實而不敢浪漫，假若浪漫足以使作品有更完整的更有力的宣傳效果。

因為要寫實，我在後兩幕裡就提出許多問題，在今天北京曲藝界存在著的問題。不錯，這些問題的提出，是對北京的藝人有教育價值的，可是由一本戲來看，這些問題卻使人物軟弱下來。使觀眾的注意不能再集中，於是最後的效果也就沒有力量了。寫實是好的，思想教育也是好的，但須善為運用，選擇，以免因寫實而平板，因宣傳思想而失去藝術效果。

（二）此劇原定共寫四幕，後經友人勸告，須多寫點解放後的光明，乃改為五幕。這又是後二幕單薄無力的一個原因。假若照原來計劃，勢必集中力量，力寫解放後藝人們的狂喜；這麼一來，或者全劇既顯著完整，而效果亦佳。我很後悔沒有維持原來計劃 —— 自然，我並不怪友人們多嘴，他們的建議是善意的，是為教我注意思想教育的。

此劇的缺欠並不止上述的兩點，不過這兩點是最大的，所以特意提出來說說。

《方珍珠》劇本的好處壞處有如上述，不過這是自我檢討，難免還有不確當的地方。我希望多多聽到別人的批評。

載 1951 年 1 月 25 日《文藝報》第三卷第七期

《龍鬚溝》寫作經過

在我的二十多年的寫作經驗中，寫《龍鬚溝》是個最大的冒險。不錯，在執筆以前，我閱讀了一些參考數據，並且親臨其境去觀察；可是，那都並沒有幫助我滿膛滿餡的了解了龍鬚溝。

不過冒險有時候是由熱忱激發出來的行動，不顧成敗而勇往直前。我的冒險寫《龍鬚溝》就是如此。看吧！龍鬚溝是北京有名的一條臭溝。溝的兩岸住滿了勤勞安分的人民，多少年來，反動政府視人民如草芥，不管溝水（其實，不是水，而是稠嘟嘟的泥漿）多麼臭，多麼髒，多麼有害，向來沒人過問。不單如此，貪官們還把人民捐獻的修溝款項吞吃過不止一次。一九五〇年春，人民政府決定替人民修溝，在建設新北京的許多事項裡，這是件特別值得歌頌的。因為第一，政府經濟上並不寬裕，可是還決心為人民除汙去害。第二，政府不像先前的反動統治者那麼只管給達官貴人修路蓋樓房，也不那麼只管修整通衢大路，粉飾太平，而是先找最迫切的事情作。儘管龍鬚溝是在偏僻的地方，政府並不因它偏僻而忽視它。這是人民政府，所以真給人民服務。

這樣，感激政府的豈止是龍鬚溝的人民呢，有人心的都應當在內啊！我受了感動，我要把這件事寫出來，不管寫得好與不好，我的感激政府的熱誠使我敢去冒險。

可是，怎麼寫呢？我沒法把臭溝搬到舞台上去；即使可能，那也不是叫座兒的好辦法。我還得非寫臭溝不可！假若我隨便編造 - 個故事，並不與臭溝密切結合，便是隻圖劇情熱鬧，而很容易忘掉反映首都建設的責任；我不能那麼辦，我必須寫那條溝。想來想去，我決定了：第一，這須是一本短劇，至多三幕，因為越長越難寫；第二，它不一定有個故事，寫一些印象就行。依著這些決定，我去思索，假如我能寫出幾個人物來，他們都與溝有關係，像溝的一些小支流，我不就可以由人物的口中與行動中把溝烘托出來了麼？他們的語言與動作不必是一個故事的聯繫者，而是臭溝的說明者。

好！我開始想人物。戲既小，人物就不要多。我心中看到一個小雜院，緊挨著臭溝沿兒。幾位老幼男女住在這個雜院裡，一些事情發生在這小院裡。好，這個小院就是臭溝沿上的一塊小碑，說明臭溝的罪惡。是的，他們必定另有許多生活上的困難，我可是不能都管到。我的眼睛老看著他們與臭溝的關係。這樣，我就抓住臭溝不放，達到我對人民政府為人民修溝的歌頌。至於其中缺乏故事性，和缺乏對人物在日常生活中的描寫，就沒法兼顧了。

這本戲很難寫。多虧了人民藝術戲劇的領導者與工作者給了我許多鼓勵與幫助，才能寫成。他們要去初稿，並決定試排。我和他們又討論了多次，把初稿加以補充與修改。在排演期間，演員們不斷地到龍鬚溝——那裡奇臭——去體驗生活。劇院敢冒險的採用這不像戲的戲，和演員們的不避暑熱，不怕臟臭，大概也都為了：有這樣的好政府而我們吝於歌頌，就是放棄了我們的責任。

焦菊隱先生抱著病來擔任導演，並且代作者一字一句的推敲劇本，提供改善意見，極當感謝。假若這本戲在演出時，能夠有相當好的效果，那一定是由於工作人員和演員們的工作認真與努力，和焦先生的點石成金的導演手法。

載 1951 年 2 月 4 日《人民日報》

我怎樣寫《一家代表》

《一家代表》是我今年夏天寫的一本話劇。它有兩幕，六場，一個景。藉著這短短的話劇，我希望能盡一點擴大民主政治影響的宣傳責任。民主政治是我們新國家建國的基礎，頂要緊，所以我明知難寫，而不能不寫。

北京的確有這樣的事——一家的父母子女四口人都光榮的做了市人民代表會議的代表。但是我並沒去照抄這件事；我要寫的是劇本，不是新聞報導。我不肯教真人真事限制住我。我另想像出一家子人來。「我」的這一家人也是父母子女，因為二老二少，二男二女，配搭得很勻襯。他們的職業不完全與真人相同，可也有近似之處。至於他們的相貌，性格，思想等等，就都是我想出來的了。他們在我的劇本中的任務是做代表，為民主政治效力。我自己也是北京市人民代表會議的代表，所以我就把我的經驗分配到他們四口人身上，彷彿是我的化身。雖然是化身，他們可都各有各的歷史與性格，於是說話行事就各有特色，並不像四個傀儡。

四個主角之外，另有八個角色，全劇人物共十二人。十二個人，一個景，排演起來可以省事省錢。今年夏天，我在全國文工團工作會議上說過這樣的話：「我們整個國家的經濟建設，在現階段中，要求我們無論做什麼都須精打細算。我想，我們創作劇本的人也不應該是例外。」在我創作《一家代表》的時候，我並沒忘了自己說過的話。自然，事情重大，而人少景少，是不容易寫的。可是，我不肯因此而放棄了自己的主張。有關人民代表會議的數據是很豐富的，我的任務是怎樣把數據精打細算的組織起來。在這裡，我體會出來：我們不要怕數據多；數據越多，我們才越能從容的選擇。同時，我們也不要被數據給迷惑住，看哪件都怪好的，捨不得放下；那樣，我們就沒法子從錯綜複雜的現象與事實中提煉出一齣戲來了。

《一家代表》的確是不好寫的一個劇本。我若是把新民主主義的政治理論和人民代表會議的形形色色都寫進去，那就一定耽誤了人物的創造；一本話劇怎可以沒有活生生的人物呢？可是，我若一心一意的創造人物，那就又容易教觀眾覺得這只是一家子人的私事兒，與民主政治沒有多少關係。一家人都做了代表，的確是光榮的事。可是，我若只用力寫他們的光榮，就解釋不了到底什麼是民主政治；民主政治是立國的基礎，而不是隻為給某幾個人帶來榮耀的。我得設法使人物的創造，與擴大民主政治影響這兩件事平衡起來。這很不易平衡！

一方面我自己思索，一方面和朋友們商議，我慢慢的找到了辦法：要使人物創造，與宣傳民主政治二者平衡，必須教人物有為人民服務的基礎；他們不是由於個人的願望或特殊地位而當了代表的，他們之所以當選為代表，是因為他們給人民服了務。他們也必須渴望民主政治，然後見到了民主政治的實現，才能熱情的擁護。他們必須由人民的需要與力量，找到他們自己的需要與力量。這樣，他們才不是忽然自天而降的人物，他們當人民代表也不是為了個人的虛榮。這樣，我的人物應當是幹什麼的也就可以決定了。爸爸是教育工作者，在解放前，為了保護學生，為了參加反饑餓反迫害的運動，都感到非有民主政治不可，和沒有民主政治是怎樣的痛苦。媽媽是熱心作救濟事業的，因此她能在服務的時候體會到新社會中民主作風的辦法如何優越。兒子是共產黨員。女兒是熱心服務的護士。我的「一家代表」們就這麼產生了。

也許有人要問：為什麼不寫一家子都是工人或農民呢？回答是：北

京只有我所知道的這麼一家四口兒都作了代表。雖然我並沒按照他們的實在生活情況去寫，可是我不敢把他們都變成工人或農民。我是北京人，他們是北京人，寫起來方便。他們的生活與我接近，寫起來較有把握。我希望有人去寫工人和農民對民主政治的貢獻與努力，我自己可不敢那麼冒險。我這本戲不過是拋磚引玉，希望有人更多的從各方面去寫這件重要的事。再說：我這一家子，包括了教育，救濟，學生，與護士四界的人，我不但可以就題發揮，因人及事的把這四界的改進情形寫進去，而且還可以不言而喻的涉及到團結與統一戰線。這樣寫，人物就也都有了生活，不至於空洞的說政治理論。

另外一個難題是這樣：因為舞台上的限制，我沒法子把足以擴大民主政治影響的具體事實，像二年來北京市人民政府給人民修好了龍鬚溝，各處的下水道和馬路等等，都寫進去。這些工作只有人民政府才辦得出來，因為只有人民政府才是順依著人民的要求與需要，為人民的福利，而去辦事的。這些事才是民主政治的具體說明。可是，我沒法子把它們都搬到舞台上去。於是，我這本戲就不能不顯著話多於事，議論多於行動。它沒有充分的擔當起擴大民主政治影響的責任。我盼望有人來用各種具體的設施寫一出活報戲，補救我這本戲的缺欠。

同樣的，我也沒法子把人民代表會議開會的實況放在舞台上。開會最難在舞台上表現；話劇沒有電影那麼方便。事實上，人民代表會議怎樣開會就是最動人的場面。我知道，有不少人因為參加會議，或去列席，而得到很大的教育。在人民代表會議上，工人農民部隊和其他的各代表共聚一堂，討論事情，是史無前例的。舞台的限制往往把劇作者憋個半死！

有前面的一些說明，我們就可以了解《一家代表》是怎樣的一齣戲了。北京人民藝術劇院已將劇本要去，看有沒有排演的價值。一齣戲必須受得住舞台上的考驗，那麼，我現在就無須再多說什麼了。

介紹《柳樹井》

為了配合新婚姻法的宣傳任務，在一九五一年的冬天，我寫了《柳樹井》小型歌劇，希望給北京的群眾春節文藝活動增加了一個小節目。

從內容上說：《柳樹井》的故事是由耳聞目睹的情形中想像出來的，並非絲毫不假的真人真事。婆婆大姑子欺負「媳婦」，在檢查新婚姻法執行的狀況以前，是相當普遍的事。我就以這為主題，捎帶著談到買賣婚姻、童養媳，和「小女婿」等等的流弊。故事中也有一對青年男女為了婚姻自由，進行鬥爭。這雖然是一個副筆，卻可以說明：要打倒封建的婚姻制度，必須鬥爭。幸福與自由不是平空掉下來的。

我要藉著這個小故事啟發群眾，也啟發某一些不認真執行婚姻法的幹部們，所以描寫了一位老村長，和一位婦聯主任。老村長是個好村長，但是對婚姻問題的看法有點守舊。我很留神地描寫他，怕把一個老幹部醜化了。我把婦聯主任寫成正面人物，為的是形容出新社會的婦女怎樣有了組織與力量。

從形式方面說：在一動筆的時候，我就決定了：歌劇應以歌唱為主，不應是「話劇加唱」，所以全劇中的話白很少。民間的戲劇和曲藝大半是以歌唱為主，外國的歌劇也是以音樂歌唱為主的。

雖然我是要寫一篇通俗的歌劇，可是我把舊戲裡的可以刪去的場面都刪去了。在《柳樹井》裡，角色們出來就唱，沒有念引子、念定場詩、自報姓名、叫板等等不必要的老套子。有了那些老套子，全劇就會枝冗不緊湊，損失些戲劇性。這，或者也可以算作「突破形式」吧。後來，我看到各處的演出，觀眾們並不因為沒有那些老套子就摸不清楚劇情。

這個小戲夠演一個半鐘頭的。假若添上那些老套子，就會拉長到兩個鐘頭或兩個半鐘頭。時間拉長了，情節也許就顯著很單薄，減少了感染力。文藝作品須精煉，不要冗長。

為了劇中情節緊湊，用人少，容易排演，我把用人多的場面（像招弟在群眾面前控訴婆婆大姑子）作為暗場，因為群眾的場面是不容易處理的。聽說：有的地方出演此劇，把暗場都補充上，使它成為一個較大的歌劇。我沒有看見這樣的演出，不知效果如何。我想：劇團若是有條件用很多的演員，有辦法處理群眾場面，這麼作或者也無所不可。

從文字上說：我力求在通俗中還要流暢美麗，以期適用於評劇、快板劇與曲藝劇等形式中。評劇、快板劇等形式中的歌唱，是唱著說，說著唱，說唱密切地結合在一處的。要作到說唱結合，詞句必須通俗流利。詞句半文半白，生硬堆砌，雖用說唱的形式演唱，也不會有好效果。我雖力求文字通俗，可是通篇沒有一個「面前存」，「把話云」之類的字樣 —— 這種濫調不是通俗文藝的特殊風格，而是它的瘡疤。

全劇的句法都像鼓詞，分上下句，下句押韻，並且注意到每句中音節的安排。這樣，每句加減一兩個字，就可以適用到各種調子上去。

北京城郊群眾演出此劇，有的用各種流行的歌曲編湊起來；有的用二黃的腔調；有的改編為快板劇；甚至還有改為話劇的。其中以用曲藝形式的為最好，話劇與二黃不大好。用話劇形式的，劇情本就簡單，又刪去了音樂與歌唱，當然減色。用京戲形式的，因為拉腔過長，字音難免模糊，就失去了「說唱」的效果；聽眾聽不懂唱的是什麼，就對它失去興趣。用曲藝形式演出的最好，因為用不同的曲牌子可以表現不同的感情，同時每一個都是群眾聽慣了的說唱曲調，不論換什麼牌子，大家都可以聽得懂。曲牌子可也有缺點，憂鬱或瀟灑的比較多，歡快或激壯的比較少。這應當由音樂家們試驗，首先改造舊有的牌子，然後再逐漸地創造與曲牌子情調相近的新歌曲，以補舊牌子的不足。不要不給舊牌子加工，就魯莽地把新的舊的隨便摻合起來，那就不會調諧。在北京用曲藝演出的，還有一個缺點，就是在歌唱與歌唱之間，演員們動作的時候，沒有找到適當的音樂陪襯。我想這也應當先挖掘老牌子，有好多老牌子已經快失傳了！發掘出老牌子，或加工，或照原樣，用以陪襯動作，或者是個好辦法。因為情調既可一致，又可以儲存了不少民間藝術的遺產。這樣，曲劇就可以慢慢地成為一種新型的歌劇了。

載 1952 年 9 月 15 日《新民報》

我怎麼寫的《春華秋實》劇本

在排演以前，這個劇本已寫過十次。每一次都是從頭至尾寫過一遍，不是零零碎碎的修改添減。枝枝節節地這裡添一點，那兒減一點，永遠不如重新另寫一回可靠。用碎布拼湊，不容易作出美麗的衣裳來。

寫十次，一共花了十個月的時間。其中因病因忙，時有停頓；要不然，必不會拖延得這麼久。一九五二年是個忙年，一個運動緊接另一個運動，一項重要的政治任務來了，又接上另一項。可是，在萬忙中，我總抓緊時間，藕斷絲連地寫劇本。

我們應當忙，我們也應當寫作。我們不該藉口忙迫就擱筆不寫。同時，我希望，領導上也該設法調整作家的工作，不要教他們忙到不可能拿起筆來的程度。

劇本的初稿是在一九五二年二月後半月開始動筆的。那是北京的「五反」運動逐漸進入緊張階段的時候。許多朋友說：我們應該寫個劇本，紀念這個偉大運動。他們以為：這個運動既是史無前例的，又是極有關於今後的國家建設的；就是對於世界上正待解放的人民，也不無教育的價值——無論哪一處的人民，一旦得到解放與政權，而須與資產階級合作，就必須警惕這階級的進攻。這樣，這就不是個簡單易寫的劇本。

我本想約集幾位朋友，共同計劃一個劇本提綱。可是，朋友們和我都正忙著參加「三反」或「五反」的工作，沒有空閒，假若我等著大家都稍有空閒再共擬提綱，那就須一直等到兩個運動結束了的時候。創作需有熱情；在一個運動中間寫這一運動，熱情必高於事過境遷的時候。我明知道，運動結束了，我才能對這麼偉大複雜的一個運動有全面的了解。可是，我又捨不得乘熱打鐵的好機會。

我決定不再等，而僅就個人所能理解到的獨自起稿。這方法有缺點，即對整個運動發展的來龍去脈還沒看清楚。它可也有點好處，好歹有個全稿，容易和朋友們商討。大家憑空共議提綱不是件容易事，往往談來談去，莫知所從，乃至無結果而散。有了一個準稿子，大家就可以集中討論了。

初稿草成，我把它交給北京人民藝術劇院的朋友們，說：「請給我看看吧！有可取之處，請提意見，我去另寫一遍；若全無是處，請扔在字紙簍子裡。」

雖然大家都正忙著「打虎」，可還抽空讀了我的初稿。他們告訴我：內容欠充實，但有一兩個人物。憑這一兩個人物，值得再寫。

這給了我很大的鼓勵，一部文藝作品，找故事容易，寫出人物困難。沒有人物，不算創作。

我另寫了一遍，再和大家討論；然後，又寫了兩遍。這四次的稿子大致相同。在人物方面，集中力量描寫資本家，而且寫得相當生動。在故事方面，寫的是「打虎」，因為在那時節，大家只知道「打虎」，還不大理解別的。劇名就叫《兩面虎》。這是個描寫運動本身的，類似活報戲的作品。

隨著運動的發展，大家看出來第四稿的缺點——只見資本家的猖狂，不見工人階級打退進攻的力量。故事始終圍繞著一兩個資本家的身邊發展，寫到了他們的家屬、朋友、親信，和被他們收買了的幹部，而沒有一個與他們對立的工人隊伍。這樣，所有的鬥爭就彷彿都由感情和道德觀念出發，而不是實打實的階級鬥爭。雖然他們的兒女、老婆、朋友也喊「要徹底坦白」等等，可是總使人覺得假若資本家把心眼擺正一點，不口是心非，也就很過得去了。這樣的「兩面虎」，只是近似假冒偽善的一個偽君子，不能表現資產階級的階級本質。這是暴露某些資本家私生活的醜惡，離著「五反」運動的階級鬥爭的主題還很遠。不行，還得另寫！

從前四稿中資本家的營業看，也得另寫。劇本中的資本家是搞營造業的。在當時，營造業是檢查的重點對象，所以我也就人云亦云。可是，一般的營造廠往往是有個漂亮的辦公室就可以做生意，它只有店員與技術人員，沒有生產工人。當然，店員們也是工人，也可以鬥爭資本家；但是，劇本中若只出現幾個店員，總顯著有些先天不足。況且，營造廠既不生產什麼，也就很難用以說明政策中的鬥爭與團結的關係。

看出以上的缺點，大家決定：第一，須把資本家由家庭中搬到工廠裡來，面對工人。第二，工人須在戲劇中占重要地位。第三，資本家須是產業工廠的主人，不是營造業的。第四，得有檢查組上場，掌握政策。

這個變動相當的大，幾乎是將第四稿全盤打爛。可是，我並沒害怕，熱情比害怕更有用。

我又寫了兩遍：資本家變成了私營鐵工廠的廠主，有工人出來鬥爭他，有爭取高階職員，有檢查組登場；他的家屬只留下個小女兒，其餘的人都刪掉。這就是五、六兩稿。

關於檢查組的情形，不難知道。人民藝術劇院好多朋友都參加過這項工作，他們供給了用不完的數據。鐵工廠的情形也不難了解；這時候，廠主們已受了教育，有了覺悟；他們肯將過去的錯誤說出來。難處是在描寫工人。

這時候，人民藝術劇院的三十多位朋友到一個私營鐵工廠去體驗生活。於是劇稿就有機會讀給工人們聽，我自己也得到機會訪問工人和資方，並且到勞資協商會議上旁聽。這樣，劇本中的工人的生活、語言，以及在「五反」運動中怎麼活動，都逐漸地有了輪廓。

可是劇名還是《兩面虎》，內容也還是「打虎」。這雖比以前的稿本內容充實了點，可依然是寫運動本身的現象；有了鬥爭，鬥爭是為了什麼卻不十分明確。

已經到了夏天，北京的「五反」運動進入結束階段。知道我正在寫這個劇本的朋友們說：「五反」運動既已基本結束，就應當寫得更全面一些，更深入一些。比如說：戲不由「五反」寫起，而推到「五反」以前，寫出資本家怎樣施放五毒，以便道出「五反」運動的重要與必要。結尾呢，也不是把違法資本家送交法院，而是團結了他；教他明白：若能遵守共同綱領，規規矩矩地發展生產，他還能有生活，有用處。這不就有頭有尾，真像完整的一段「五反」歷史了麼？由描寫「打虎」的情況，進一步去寫也團結也鬥爭的政策，不就深入了許多麼？

我接受了這個好意見，決定加頭添尾。

這又須把前稿全盤打爛。一個劇本不能中間不動，硬穿上靴戴上帽；更動一點全體都得更動。而且《兩面虎》已有四大幕，再加上頭尾兩幕，成為六幕大戲，演五小時，也不像話。還須重新另寫。

為團結作準備，就須表現資本家的好壞兩方面；光好不壞，就無須鬥爭，光壞不好，就沒法團結。也只有這麼好壞兼顧地描寫，才能使人物深厚；也只有這麼描寫，才能符合政策——不是消滅資本家個人，而是肅清他的汙毒。這樣寫，已經不再是《兩面虎》中的「兩面」了。那個「兩面」，前面已經略略交代過，是偽君子的「兩面」，口中甜蜜，心裡虛偽。這一回的兩面是由實際行動，表現出資產階級的兩面性。比如說，在解放後，工商界受到政府的種種照顧，大家的生意不但沒有垮台，反倒更好作了。資本家們，一般地說，是真心地感激政府；是真的，不是耍嘴皮子。因此，他們對抗美援朝的愛國運動也的確熱誠地參加，踴躍地捐獻。他們懂得擁護政府，愛自己的國家。可是，在另一方面，只要有機可乘，他們又會見錢眼開，不惜施放五毒。多賺錢，在他們看，是天經地義，他們想不到施放五毒是罪行。他們有不少這樣的兩面性。能抓住這類的「兩面」，就差不多抓住了他們的階級本質。能抓緊這一點，就可以用他們在作生意上的實際行動和「五反」運動緊緊結繫起來，扣緊主題，不必旁生枝節。《兩面虎》的六次稿本，至此一概撤銷。

放棄了第六稿，我又重新寫過三遍。第七至第九這三部稿子既須顧及運動的全面，就必須吸收更多的數據；專為組織再組織數據，也須至少再寫三遍。同時，這三部稿子是企圖由描寫運動本身的情況改為透過政策寫出「五反」的全部意義，所以也須重新組織數據。

第九稿寫成了五幕十一場，大得可怕！

為參加幾項重要政治任務，我日夜忙碌，一個半月沒能寫一個字。可是，每逢有一會兒休息時間，我就細細「咀嚼」第九稿中的人物。這樣，那從第一稿到第九稿始終未被淘汰的人物已在我心中成長起來，那不太成熟的次要的人物也慢慢地得到照顧，我不斷地盤算如何用三言五語使他站立起來。這對於我寫第十稿大有好處。

同時，人民藝術劇院的朋友們也感覺到：這個劇本的寫成，的確具有民主精神，大家的意見都包括了進去。可是，經過大家的討論再討論應當以什麼為主題和學習再學習「五反」檔案之後，大家覺得穿插那麼瑣碎，能否每一情節都對主題有所發揚，使主題明確呢？這一懷疑，使大家都冷靜下來。以前，大家爭先恐後地把參加檢查組的實際經驗，和在工廠裡獲得的體驗，都要組織進劇本裡去，唯恐內容不真實豐富。現在，大家冷靜地看出來，劇本不應當是記錄；為使主題明確，靠記錄式的寫法不會成功。

於是，大家開始按照第九稿另寫提綱，把不必要的情節都刪了去。等到我稍為空閒了點，他們把提綱拿來，跟我商議。他們擬就的提綱本身還是太長，雖較比劇稿簡練了一些，可只能說是消了一點腫，還不像筋是筋骨是骨的健康樣子。

大家的意見是：

（一）確定主題：又鬥爭又團結。

（二）我須按照第一稿的精神，參考著新提綱，重新寫過。所謂第一稿的精神就是一氣呵成，不蔓不枝。

（三）希望不要群眾場面。舞台上人多並不一定足以表現力量，而且很難處理。

（四）多描寫資本家，因為「五反」運動鬥的是資本家，不是別人；他應當是主角。提綱中雖已把運動初期工人們的欠團結，有顧慮等等刪去，可是資本家的戲還太少，由我設法補充。觀眾要看的是資本家如何受教育，如何在思想上有顧慮，起變化，作鬥爭。多寫工人們彼此間的小糾紛，反倒會沖淡了他們鬥爭資本家的力量。

（五）不要教資本家出「洋相」—— 那是粗淺的暴露，沒有什麼教育價值。因為不教他出「洋相」，所以從前按照一般的「打虎」情形所描寫的，什麼你喊：「低下頭去！」他嚷：「徹底坦白！」就都用不著了。我們須「武戲文唱」。

（六）以前，費過許多功夫，描寫工人和檢查組怎麼研究、核對違法行為的材料，真是人人精細，各顯奇能，給資本家擺下天羅地網，教他無法逃脫。現在，大家既明白了主題所在，也就知道了費很多力氣在臺上查帳，遠不如多費力氣檢查思想。能夠從思想上設下天羅地網，資本家才能明白政策，坦白罪行 —— 這才是檢查組的重要工作，再說，查帳、對材料，也很難有戲。

這些意見都不是憑空想出來的，而是由研究九部劇稿，學習政策，與體驗生活三方面中逐漸體會到的。這是企圖由記錄與報導繞了出來，去集中力量掌握主題。

我也有一些小意見：

（一）我能按照大家的意見改善劇本，因為我已把人物一一重新想過多少遍，心中有了底。我若是能三言五語地描畫出個人物來，就不必多繞著圈子用零碎的事兒去烘托。

（二）我會狠心地刪去不必要的情節，抓緊主題。

（三）連最後的鬥爭大會也不要，省得滿臺都是人，擠到一塊沒有戲作。這樣也省得教觀眾一見臺上站滿了人，就準備戴上帽子。

很順利地我寫成了第十次稿本。全劇只有三幕七場：第一、二、三幕各兩場，另外有個尾聲。

以上是說寫這劇本的經過。以下，說幾個問題：

（一）或問：假若你等到「五反」運動結束以後，再動筆寫這個劇本，大概就不會費這麼多的事與時間了吧？

我說，因為我下手早，所以朋友們與我能隨著運動的發展一步一步地發展劇本，欲罷不能。隨著運動走，數據是活的；運動已過，再去回顧那麼多數據，我就會望而生畏，沒有膽量去寫這麼大的題目了。寫作沒有捷徑，全靠功到自然成。寫一遍有寫一遍的好處，寫十遍有寫十遍的好處。一稿寫十次並不算多。

（二）或問：劇中好多材料是間接得來的，並不都是你個人的經驗，難道倚賴間接經驗也能寫出作品麼？

我說，不應專靠間接經驗。假如我自己參加過「五反」運動中的各項工作，而且長期下廠體驗生活，我一定無須花那麼多的時間才把劇本寫成，也可能寫得更好一些。直接去體驗生活是必要的，吸收間接經驗不足為法。

（三）或問：這樣倚靠別人幫忙，寫成的作品，能算你自己的創作嗎？

我說，不算。這應算集體創作，由我執筆。此事，我已徵求過人民藝術劇院領導人的意見，他們說：算了吧，由你個人出面發表吧。我很感謝他們的客氣。不過，更要緊的倒是在這鬧劇本荒的時節，大家——劇作家與導演、演員們——理應協力合作；大家要打成一片，共同討論全劇的組織與主題，有計畫地去體驗生活。這樣，就可避免作家閉門造車，演員們盲目地去體驗生活。

（四）或問：寫這個劇本有什麼心得？

我說，經過寫稿十次，我悟出一點道理來：不論我們要描寫什麼新事物，因為它是新事物，我們一上手總會被事物中的技術問題或表面現象誘惑住。以「五反」運動來說，我們一上手總會十分注意檢查的方法和鬥爭的方式。我們為寫「五反」運動而到工廠去體驗生活，也免不了首先要問工人們用什麼方法「打虎」來著，和「老虎」用什麼方法希圖混過關去。這樣，我們所了解的便是一些鬥爭過程中的方法與手段，不是深入地發掘根本思想。把這些手段與方法寫出來，的確顯著火熾。可是，這不過是表面上的火熾，骨子裡未必有真東西。我們必須從這些表面現象中繞出來，抓住那足以支援全劇的主題思想，才能免得見樹不見林。

這並非說，那些表面現象都值不得蒐集。我們必須掌握它們，因為它們是那一段生活中的現象，是可以捉摸到的具體事實。我們應當多多蒐集它們，越多越好。可是，到了最後，我們必須找到比它們更重要的東西——思想和政策——作為主要的提線；用這條線串起那些現象，我們才知道何棄何取，不至於被小情節纏繞住，而忘了更重要的東西。感動人的戲不完全仗著幾段漂亮話或一些巧妙的小手段支援著，激烈的思想鬥爭才能驚心動魄。

我們需廣泛地蒐集材料，從大處落筆。

前面說過，大家教我在寫了九遍之後，再翻回頭來，按照第一稿的精神再寫一次。我照辦了。但這不是又拾起來第一稿，添添減減，絕對不是！寫過九次，我已經掌握了用不完的數據，可以自由選擇，不再把任何一個情節都看成寶貝，該留的留，該扔的扔，我必須變成數據的主人。這樣，我才能按照第一稿的精神，集中力量描寫怎麼鬥爭和團結資本家；一切數據都須受這主題的控制。這樣，知道的多，寫的少，便能遊刃有餘。知道的多，交代的少，便能交代準確。

下廠體驗生活的朋友們也掌握到了上述的精神。

我也體會到：狠心地刪改是必要的。在前九稿裡，每一稿都有些相當好的戲和漂亮的對話。可是，第十稿並非前九稿中所有的好戲與漂亮話的堆積。不管前九稿中有多麼好的戲與對話，用不到第十稿中去的就一概拋棄，毫不留情。勉強留下來的情節與對話會變成作品的瘡疔。好藥也許有毒，假若用在了錯地方。

戲劇不是平平地敘述事實。假若以敘述為主，一切事實就都可以放進去；結果是哪件事都可有可無，不會有戲劇性。第八、九兩稿就吃了這個虧：講到團結工人，就有三場戲；講到不法資本家，就有好幾位，各耍一套花樣。這就犯了不分輕重賓主，有聞必錄的毛病。為矯正此弊，第十稿只很簡單地交代了工人的團結和如何爭取高階職員，資本家也以一人為主，別人都聽他的指揮。這就簡練集中了。假若寫得好，鬥爭一個資本家，也就是鬥爭一百個資本家，不必在一齣戲裡，東鬥一個西鬥一個；把「百家姓」都鬥完了，並不見得能成為好戲。

這個劇本不能依照一般的戲劇發展的法則進行。按照平常的辦法，劇本的第一幕總是介紹人物，主要的人物都須出來與觀眾見面。這個規矩，我就用不上。檢查組組長是個重要人物，但是他不能在第一幕露面。在「五反」運動中，檢查組的人與被檢查的人是毫無瓜葛，沒有過來往的。我不能為了一般的戲劇法則就放棄了真實。

同樣的，劇中第一幕出現的人物，如次要的資本家，與受賄的幹部，到後來或因已入法院，或因正在交代貪汙受賄的問題，不能再出現舞台上，我也就乾脆不再管他們。

這樣，人物有的出現得很遲，有的見頭不見尾，都不合乎一般的劇本寫法。但是，我就按照「五反」運動的實況，該怎樣處理就怎樣處理，沒有給他們繞著彎子想辦法。有些新事物是不受普通劇本寫法的約束的，用不著作者多費心思。

這個劇本中的人物很多，有話可說的就是二十四個。在八、九兩稿裡，對待人物取了平均主義，唯恐冷淡了任何人。於是，全劇的組織就零散瑣碎；人物出來進去，不過是些「過場戲」。第十稿取了不同的態度，重要人物的戲多，次要人物的戲少，甚至沒有戲。這樣，主題才能透過重要人物繼續發展，不至於被次要的情節給擾亂。起初，我想盡量的「裁員」，可是隻能由二十七、八個減到二十四個，不能再少。資本家既要施行有組織的進攻，既要訂攻守同盟，就不能只出現一兩個人；為了表現工人有組織地積極參加「五反」，也不能只出現一兩個人；檢查組是代表政府的，也不能太寒酸。這樣，全劇用二十四個人（只算有戲詞的）實在不算多。二十四個人可不能人人有戲——一齣戲不能演八個鐘頭。好，沒戲就沒戲吧。主要人物老有戲一定比較次要人物喧賓奪主強。這個主意拿定，就減去了好多過場戲，舉個例說：在第八、九兩稿裡，為了人人有戲，描寫了檢查組工作人員和工人怎麼在一塊兒畫漫畫，貼標語，連怎麼打漿糊也沒忘下。可是，後來細想了想，這有多麼大的用處呢？有什麼戲劇效果呢？不錯，它確是能夠烘托出一點運動中的生活來；可是，工人們和檢查組都忙著畫圖，貼標語，打漿糊，並不足以有力地表現出他們的鬥爭力量；而且，處理得不好，倒減少了力量。這是因人設事，好教沒機會說話的角色說幾句話。這種場面很容易寫，而容易寫的也就往往是敗筆，一個偉大的天才作家可以用許多場面表現生活的多方面，而還能產生總的戲劇效果。沒有多少天才的人，像我自己，就頂好不冒險去鋪張。抱定了主題，集中力量去寫，還是保險的辦法。

寫了這麼多字，倒好像是我宣傳這個劇本怎麼了不起。不是的。我只是要把這次寫作的經過與心得交代出來，希望能作學習文藝寫作的人們一些參考。至於我這劇本是好是壞，還須待演出時才能看得出來，假若部分不好，我準備再接受意見，修改再修改；假若通體都不好，就放棄了它。

我們應該立志寫出優秀的作品來，可是要準備好，優秀的作品不專憑願望就能產生，而是最多最大的勞動的果實。

寫完前面的一大段話，北京市人民藝術劇院就按照第十稿試排此劇。因為劇本內容涉及的問題是那麼重大，所以每當全劇連排的時候，劇院就邀請領導上和專家們來看，請求批評。他們不但隨時提出大至有關原則的，小至一言一字的修正意見，而且有時候約去劇作者與導演詳談有關的問題。這使我感動，感激！在國民黨統治時期，我寫過劇本，我所遭遇的是禁演與打擊。今天，我得到無微不至的鼓勵和幫助！

有的首長甚至在看過排戲之後，約去某個演員，詢問對所演的某一場戲是否覺得舒服。趕到回答是「彆扭」，首長才委婉地告訴我：那一場戲恐怕有點毛病。首長們就是這樣體貼作家，熱愛藝術！

首長們不僅提供有關政策的意見，他們也注意到服裝、布景、燈光、造型上的等等問題。他們並不因為能夠掌握政策而忽略了作品的藝術性。這使我明白了：藝術性越高，宣傳力才越大的道理。以前，我總多少抱著這個態度：一篇作品裡，只要把政策交代明白，就差不多了。於是，我在寫作的時候就束手束腳，唯恐出了毛病，連我的幽默感都藏起來，怕人家說我不嚴肅。這樣寫出的東西就只是一些什麼的影子，而不是有血有肉，生氣勃勃的藝術品。經過這次首長們的指導與鼓勵，以後我寫東西要放開膽子，不僅滿足於交代明白政策，也須不委屈藝術。也只有這樣，我才能寫出像樣子的東西來。

前面說過，這劇本最初的主題是「打虎」，後來進展為「又鬥爭又團結」。在排演中，領導上與專家們看出來：又鬥爭又團結是對的，但是還須表現出「五反」運動的勝利是工人階級的勝利，否則劇本的結局必會落到大家一團和氣，看不出為什麼「五反」運動足以給國家的經濟建設鋪平了道路。順著這個意見修改劇本，我必須作：

（一）再加強工人的戲，要使工人始終和資方交叉在一處，隨時作對照，隨時有鬥爭。第十稿的重點放在了描寫資本家，對工人寫得還不夠。我須添寫工人搞「五反」搞得那麼起勁的原因，和他們得到什麼勝利。這麼寫，全劇中工人的活動的來龍去脈才會和資方的由猖狂進攻而認罪悔過的始末根由結繫起來，「五反」運動才能不是靈機一動的偶然事件，而是事有必至的一個重大運動。因此，我須在第一幕的兩場（都是資方的戲）之間，加一場工人的戲，使工人生活楔進資方的生活，好使勞資兩方不同的生活作鮮明的對照。在這一場戲裡，工人已感到資方有毛病，而不知道那些毛病造成的危害有多麼大，因為這是「五反」以前。他們知道資方有毛病，可是他們自己團結得還不堅固，沒有力量去鬥資方。於是，他們切盼毛主席給出個好主意。這樣，「五反」運動就有了它應有的根據，並不是忽然由天外飛來的。這樣，工人們一聽到毛主席的號召，就熱烈地投入鬥爭中。這樣，工人們的品質、性格和形象等等也都可以早些介紹出來。這是個很寶貴的建議，也是劇本中很重要的改動。

以前為什麼沒想起這麼寫呢？主要的原因是自己的生活欠豐富，而又急切地要交代政策，唯恐人家說：「這個『老』作家不行啊，不懂政策！」於是，我忽略了政策原本是從生活中來的，而去抓住政策的尾巴，死不放手。寫一段生活，用生活中的矛盾與鬥爭使人們體會到政策，才是騎在政策的背上，而不是扯著它的尾巴。這麼寫，才可能使作品既有藝術性，又有思想性，而不是面色蒼白的宣傳品。

前面我說過：「我們必須找到比它們（事實）更重要的東西 —— 思想和政策 —— 作為主要的提線；用這條線串起那些現象，我們才知道何棄何取，不至於被小情節纏繞住，而忘了更重要的東西。」現在想起來，這段話有些毛病，那就是：既想用思想與政策串起事實，就不能不時時刻刻惦記著它們，不能不一有機會，或甚至故意去造機會，交代它們。這必成為八股文章。這樣的創作方法 —— 也正是我三年來因怕被指為不懂政策而採用的方法 —— 是不大健全的。現在我明白過來：從現實生活中體會政策，以現實生活表現政策，才是更好的辦法。這就是說，劇中的一切都從生活出發，使觀眾看過之後能意味到政策，細細地去咂摸，由讚歎而受到感動，才能有餘音繞樑的效果。所謂政策的尾巴，卻正與此相反，它是把政策看成為生活而外的東西，隨時被作者扯過來聽用，結果是政策變成口號，劇中人成為喊口號用的喇叭。

（二）第三幕原有兩場，並為一場。這是為：(1) 給第一幕新加的一場勻出點地方，否則戲會太長。(2) 兩場合併可以使勞資兩方再行接觸；檢查組不過是來執行政策，不必多搶勞資兩方的戲。(3) 在第十稿中，前面說過，我認為已逃出「五反」運動中的真情實況的束縛。事實上，第三幕仍然用的是自然主義的寫法，未加提煉。為了描寫逼真，我把資本家放在一間不體面的小屋裡，一會兒進來一個人，一會兒進來兩三個人，跟他講理，交代政策。我忘了這麼出來進去，像戲不像戲，也忘了場面好看不好看。不錯，在這使人悶氣的小屋裡，的確交代明白了政策，可是怎看怎不像戲。它使觀眾的眼與耳都感到不舒服。改寫之後，人物都活動開，臺上也不再是那間不體面的小屋，連演員帶觀眾都鬆了一口氣。藝術要提煉，不是給百貨公司照一張像片的事。舞台上要美，令人越看越入神，不可令人低頭不敢仰視！

（三）末一場，尾聲，最難辦。只描寫「五反」後勞資兩方的一團和氣是不夠的，也不大對。第十稿的尾聲是以一團和氣為主，這必須改寫。

在改寫尾聲的時候，想出兩個不同的寫法：一個是簡單地寫一段事，藉著這段事表現「五反」後工廠的新氣象；一個是給「五反」運動作個簡單的結論。前者的藝術性高，因為它是具體的表現，不至於只空說政策。可是，寫什麼樣的一段具體事實呢？很難想出。的確，既是尾聲，它可以不完全和前三幕的事情緊緊相連；可是，一弄不好，就容易寫成另一故事的開端，沒法閉上幕。還有，它可能需要新的人物登場，也不易處理。這樣，明知道這會有較高的藝術性，我可是採取了第二個辦法——給運動作結論。

怎麼做這個結論呢？十分困難。既是尾聲，就不應很長。那麼，從篇幅長短來說，它就擔不起作結論的責任。反之，只交代一部分問題吧，又嫌掛一漏萬。而且，不管交代什麼和交代多少，總是交代，不是戲！這是致命傷！前三幕因添一場，並兩場，我又重新改寫了兩遍，寫成第十二次的稿本。尾聲又寫了六遍，還是不很好，希望以後有功夫再改，就不在這裡再多說了。

全劇大體上固定下來，還沒有一個好劇名，這也費了不少心思。一直到劇院要去發公演的廣告了，才決定用《春華秋實》。這不是個頂好的劇名，可是從大家供給的幾十個名字中挑選，它還算不錯，暫且將就著用吧，以後再改。

最後，我必須乘此機會向領導上和專家們，以及許多給我提過意見的朋友們致衷心的謝意！沒有大家的幫助，這個不很好的作品一定不會有寫成的希望！我也應當感謝北京市人民藝術劇院的朋友們，他們不但始終不懈地幫助我修改劇稿，隨時供給數據，而且熱誠地、毫不厭煩地，排演這改了又改，改了又改的劇本！

載 1953 年《劇本》5 月號

《西望長安》作者的話

騙子的故事往往是寫諷刺劇的好材料。《西望長安》就是寫一個騙子故事的諷刺劇。

一個騙子的「成功」，在一方面是仗著他的欺騙手段，在另一方面也仗著別人肯於受騙。這就大有文章了。假若甘心受騙的還是國家的幹部，造成政治上的損失，問題可就嚴重了，實在應該諷刺鞭撻！

在這個劇本裡，對騙子如何施展手段寫得不多，而且他所施展的那幾招也並不高明，正因為他的騙術並不高明，而居然一帆風順，到處吃得開，才越顯出受騙的一定更不高明。那些不高明的受騙者恰好是我們的幹部，我們就不能不把他們當作諷刺的對象了。

那些受騙的幹部並不是壞人。他們若是品質十分惡劣，有意地和騙子上下其手，就不會含有多少諷刺的意思了，而且也不符合現實——我們的幹部基本上是忠實可靠的。他們不壞，但是作了錯事。他們把騙子當作了真正的英雄，照顧他，培養他，甚至於幫助他解決婚事。他們的毛病在哪裡呢？他們哪，麻痺大意，以為天下太平了，革命的警惕用不著了。他們對偽造的檔案看也不看，拿起筆來就批，就簽字。他們以為國家富強了，所以多發些補助金，多買兩張飛機票，都用不著多加考慮。他們就這樣馬馬虎虎地被騙子給騙了。他們自己倒並沒丟失了什麼東西，可是造成了重大的政治上的損失。

騙子混了好幾年，最後破案可是很快，只用了三天的時間，足見這個傢伙一遇到有眼睛的人就立刻原形畢露，束手被擒。我們就這樣諷刺地批評了毫無警惕的幹部，也表揚了警惕性強的幹部。

載 1956 年中國青年藝術劇院演出說明書

談《茶館》

《茶館》這出三幕話劇，敘述了三個時代的茶館生活。頭一幕說的是戊戌政變那一年的事。今年又是戊戌年了，距戲中的戊戌整整六十年。那是什麼年月呢？一看《茶館》的第一幕就也許能明白一點：那時候的政治黑暗，國弱民貧，洋人侵略勢力越來越大，洋貨源源而來（包括大量鴉片煙），弄得農村破產，賣兒賣女。有些知識分子見此情形，就想變變法，改改良，勸皇帝維新。也有的想辦實業，富國裕民。可是，統治階級中的頑固派不肯改良，反把維新派的頭腦殺了幾個，把改良的辦法一概打倒。戲中的第一幕，正說的是頑固派得勢以後，連太監都想娶老婆了，而鄉下人依然賣兒賣女，特務們也更加厲害，隨便抓人問罪。

第二幕還是那個茶館，時代可是變了 —— 到了民國軍閥混戰的時期。洋人為賣軍火和擴張侵略，操縱軍閥，叫他們今天我打你，明天你打他，打上沒完。打仗需要槍炮，洋人就發了財。這麼一來，可就苦了老百姓。這一幕裡的事情雖不少，可是總起來說，那些事情的所以發生，都因為軍閥亂戰，民不聊生。

第三幕最慘，北京被日本軍閥霸占了八年，老百姓非常痛苦，好容易盼到勝利，又來了國民黨，日子照樣不好過，甚至連最善於應付的茶館老掌櫃也被逼得上了吊。什麼都完了，只盼著八路軍來解放。

這樣，這三幕共占了五十年的時間。這五十年中出了多少多少大變動，可是劇中只透過一個茶館和下茶館的一些小人物來反映，並沒正面詳述那些大事。這就是說，用這些小人物怎麼活著和怎麼死的，來說明那些年代的啼笑皆非的形形色色。看了《茶館》就可以明白為什麼我們今天的生活是幸福的，應當鼓起革命幹勁，在一切的事業上工作上爭取躍進，大躍進！

載 1958 年 4 月 4 日《中國青年報》

答覆有關《茶館》的幾個問題

《茶館》上演後，有勞不少朋友來信，打聽這齣戲是怎麼寫的等等。因忙，不能一一回信，就在此擇要作簡單的答覆。

問：為什麼要單單寫一個茶館呢？

答：茶館是三教九流會面之處，可以多容納各色人物。一個大茶館就是一個小社會。這齣戲雖只有三幕，可是寫了五十多年的變遷。在這些變遷裡，沒法子躲開政治問題。可是，我不熟悉政治舞台上的高官大人，沒法子正面描寫他們的促進與促退。我也不十分懂政治。我只認識一些小人物，這些人物是經常下茶館的。那麼，我要是把他們集合到一個茶館裡，用他們生活上的變遷反映社會的變遷，不就側面地透露出一些政治訊息麼？這樣，我就決定了去寫《茶館》。

問：你怎麼安排這些小人物與劇情的呢？

答：人物多，年代長，不易找到箇中心故事。我採用了四個辦法：(一) 主要人物自壯到老，貫穿全劇。這樣，故事雖然鬆散，而中心人物有些著落，就不至於說來說去，離題太遠，不知所云了。此劇的寫法是以人物帶動故事，近似活報劇，又不是活報劇。此劇以人為主，而一般的活報劇往往以事為主。(二) 次要的人物父子相承，父子都由同一演員扮演。這樣也會幫助故事的聯續。這是一種手法，不是在理論上有何根據。在生活中，兒子不必繼承父業；可是在舞台上，父子由同一演員扮演，就容易使觀眾看出故事是聯貫下來的，雖然一幕與一幕之間相隔許多年。(三) 我設法使每個角色都說他們自己的事，可是又與時代發生關係。這麼一來，廚師就像廚師，說書的就像說書的了，因為他們說的是自己的事。同時，把他們自己的事又和時代結合起來，像名廚而落得去包辦監獄的伙食，順口說出這年月就是監獄裡人多；說書的先生抱怨生意不好，也順口說出這年頭就是邪年頭，真玩藝兒要失傳……因此，人物雖各說各的，可是又都能幫助反映時代，就使觀眾既看見了各色的人，也順帶著看見了一點兒那個時代的面貌。這樣的人物雖然也許只說了三五句話，可是的確交代了他們的命運。(四) 無關緊要的人物一律招之即來，揮之即去，毫不客氣。

這樣安排了人物，劇情就好辦了。有了人還怕無事可說嗎？有人認為此劇的故事性不強，並且建議：用康順子的遭遇和康大力的參加革命為主，去發展劇情，可能比我寫的更像戲劇。我感謝這種建議，可是不能採用。因為那麼一來，我的葬送三個時代的目的就難達到了。抱住一件事去發展，恐怕茶館不等被人霸占就已垮台了。我的寫法多少有點新的嘗試，沒完全叫老套子捆住。

問：請談談您的語言吧。

答：這沒有多少可談的。我只願指出：沒有生活，即沒有活的語言。我有一些舊社會的生活經驗，我認識茶館裡那些小人物。我知道他們作什麼，所以也知道他們說什麼。以此為基礎，我再給這裡誇大一些，那裡潤色一下，人物的臺詞即成為他們自己的，而又是我的。唐鐵嘴說：「已斷了大煙，改抽白麵了。」這的確是他自己的話。他是個無恥的人。下面的：「大英帝國的香菸，日本的白麵，兩大強國伺候我一個人，福氣不小吧？」便是我叫他說的了。一個這麼無恥的人可以說這麼無恥的話，在情理中。同時，我叫他說出那時代帝國主義是多麼狠毒，既拿走我們的錢，還要我們的命！

問：原諒我，再問一句：像劇中沈處長，出的臺來，只說了幾個「好」字，也有生活中的根據嗎？

答：有！我看見過不少的國民黨的軍、政要人，他們的神氣頗似「孤哀子」裝模作樣，一臉的官司。他們不屑與人家握手，而只用冰涼的手指（因為氣虧，所以冰涼）摸人家的手一下。他們裝腔作勢，自命不凡，和同等的人說起下流話來，口若懸河，可是對下級說話就只由口中擠出那麼一半個字來，強調個人的高貴身分。是的，那幾個「好」字也有根據。沒有生活，掌握不了語言。

載 1958 年《劇本》第五期

從《女店員》談起

我寫了一本話劇，叫做《女店員》，將在《人民文學》上發表。戲寫的是好是歹，不在這裡說。現在，我只說說為什麼要寫這齣戲。

先說：為什麼要寫店員呢？這須由兩方面來說。一方面是由店員來說。在整風以前，有些店員以為自己低人一頭，是伺候人的，所以幹勁不大，服務質量不高。整風以後，店員們明白了為誰服務的道理，伺候人的並不比別人低著一頭。於是，幹勁就大起來，真叫人感到處處是家，即使是買點小東西也覺得是在社會主義的春風裡。這個變化真不小，值得表揚。另一方面，個別買東西的人不大尊重店員，使某些店員就感到自己果然低人一等，無須積極工作。

因此，我覺得店員應先看重自己的工作，因為零售工作是和人民生活有最密切的關係的。想想看，假若沒人售賣豆腐白菜，沒人賣藥，沒人賣百貨，人民怎麼過日子呢？一天也過不下去！售貨員的工作是多麼重要啊！這麼想通，店員就不會再有自卑感，就看重自己的工作。同時，買東西的人要是也能與店員合作，不再拿出舊社會的那種「我是照顧主兒，你伺候人」的態度，店員們也就必定受到鼓舞，於勁更大了。

「女店員」這齣戲就是想對店員們致敬，感謝店員們終年為我們辛苦地勞動著。同時也批判了店員們自己的輕商思想，和某些顧客們看不起店員的態度。

為什麼寫「女」店員呢？因為女店員比男店員的困難更多些。首先在思想上，她們的輕商思想可能比男店員還更重一些。她們願意出去服務，爭取男女平等。可是一聽說要去站櫃臺，賣東西，便覺得降低了身分，不好意思。她們沒有明白，在社會主義社會裡，作什麼也不低，伺候人是體面的，不是可恥的。

婦女的思想打通了不見得就能解決問題。還須大家都打通思想。比如說：婆婆不肯合作，或是媽媽不贊成，或是丈夫不高興，就都會造成困難。婦女解放是件大事，我們大家都應當鼓舞她們，幫助她們解決實際困難，而不該擺出婆婆與丈夫的老架子，禁止或阻礙她們出去。

在另一方面，有的幹部也還看不起婦女，總說婦女的瑣碎事多，力氣小，不中用。這不對！幹部應當幫助婦女解決困難。要知道，善於安排時間，拿出適當的措施，就連有六七個孩子的媽媽也能夠出去工作——這有不少的實例。在整風後，幹部們有了正確的認識，不再嫌婦女麻煩。又趕上全民大躍進，非發動婦女參加工作不可，於是婦女的重要與工作能力就越發明顯，就業的越來越多了。這是極可喜的現象。

這裡還要向買東西的顧客同志說幾句話。我們現在的顧客，一般都能以平等態度對待店員。可是也有少數人對店員確實不夠尊重。這些同志須知道，在櫃臺後面伺候您買東西的店員，跟您正是一家人，像姐妹一樣。您要是瞧不起她們，用不好的態度對待她們，那您就像是對自己的姐妹缺少禮貌一樣，很不應該。當然，有時候店員也有照顧不周到的地方，碰到這樣情況，顧客同志也該諒解她們，提意見幫助她們。

徹底解放婦女是黨的英明政策之一，已非一日。這是值得大書特書的。想想看，中國婦女的地位本來不甚高，可是在解放以後，她們處處事事都可以和男人較量了，難道這不是最值得驕傲的事麼？在這一點上，我們遠遠勝過了西方國家。西方國家的婦女爭取自由、平等運動比我們早著許多年，可是直到今天，西方的議會裡可有幾個婦女代表？很少。婦女擔任獨當一面的工作的有多少？不多。在工廠和機關裡，婦女的待遇是否和男人平等？不是。我們的婦女呢，在黨的領導下，不但在待遇上與男子平等，而且在福利上得到婦女應得的照顧。這是了不起的事，這好比是原先我們只用一條翅膀去飛行，而今天是用雙翅齊飛了，男的飛，女的也飛！用不著說，用兩條翅膀飛翔一定會飛得更高更遠。

看吧，街上有了婦女商店，有了婦女糧店。一切都由婦女操持，把男人替換下來去搞工業生產。見此光景，我萬分高興，就想起寫「女店員」來。一來是想糾正輕商思想，二來是為慶祝婦女的徹底解放！

我把《女店員》劇本中的一支《婦女解放曲》抄在這裡，結束這篇小文：

「聽吧，聽吧，中國婦女在歌唱：
歌唱我們的自由，
歌唱我們的解放！
從前，連我們的腳也不許自由生長，
今天，海闊天空，任我們飛翔！
一定要把我們所有的聰明和力量，
獻給偉大的祖國，偉大的黨！
姐妹們和弟兄們一樣：
各盡所能，當仁不讓，
把壯麗偉大的中華，
建設成地上的天堂！」

載 1959 年 2 月 27 日《中國工人》第四期

我為什麼寫《全家福》

我們可敬愛的人民警察千真萬確是人民的。他們與人民的親切關係是我在解放前無法想像得到的。自從發表了《西望長安》，我就總想再寫點什麼表揚他們，感謝他們。在一九五八年的大躍進中，我得到了機會。人民警察一向熱誠地幫助人民尋親覓友，使親友歡聚，並不始自大躍進。不過，在大躍進中，這項艱苦細緻的工作在數量上與質量上作得更多更好了，使我得到用之不竭的寫作數據。我就寫了《全家福》這個劇本。

劇中情節是我由許多數據中選擇出來，重新安排過的，以便集中。簡述如下：十五年前王仁利為饑寒所迫，離京謀生。他託的那時候的一個鐵路警察往家中捎錢，警察吞吃了錢，並告訴王家：王仁利已死在異鄉。於是，一家人好像被一陣怪風忽然吹散，飽嘗苦難。解放後，他們雖都得救，可是彼此思念，每每落淚。一九五八年，經人民警察耐心地調查、分析，終於找到了線索，使全家得以團圓。

我寫的是新事，而涉及人民由舊社會帶來的內心的痛苦。這種痛苦雖然沒有阻礙他們在新社會裡爭取進步，可也有時候叫他們在暗中落淚。我們的人民警察不僅盡職地工作，而且解除了人民心中積存已久的隱痛。舊社會叫人民妻離子散，朝不保夕，新社會使人民不再含悲忍淚。這是多麼鮮明的對照啊！

人與人的關係的確起了令人讚嘆不已的變化！這個劇本就是要寫一寫這種變化。儘管我的知識有限，我的熱情卻使我欲罷不能。是嘛，這種新的人與人的關係的發展，使我絕對相信我們的明天一定是更幸福的。至於杜勒斯之流說什麼我們不要家庭了等等怪話，我倒不屑於用這個劇本作為答辯。無聊的怪話怎樣遮掩住社會主義的陽光呢。

載 1959 年 8 月 9 日《北京日報》

談幽默

「幽默」這個字在字典上有十來個不同的定義。還是把字典放下，讓我們隨便談吧。據我看，它首要的是一種心態。我們知道，有許多人是神經過敏的，每每以過度的感情看事，而不肯容人。這樣人假若是文藝作家，他的作品中必含著強烈的刺激性，或牢騷，或傷感；他老看別人不順眼，而願使大家都隨著他自己走，或是對自己的遭遇不滿，而傷感的自憐。反之，幽默的人便不這樣，他既不呼號叫罵，看別人都不是東西，也不顧影自憐，看自己如一活寶貝。他是由事事中看出可笑之點，而技巧的寫出來。他自己看出人間的缺欠，也願使別人看到。不但僅是看到，他還承認人類的缺欠；於是人人有可笑之處，他自己也非例外，再往大處一想，人壽百年，而企圖無限，根本矛盾可笑。於是笑裡帶著同情，而幽默乃通於深奧。所以 Thackeray（薩克萊）（現通譯薩克雷（1811-1863），英國作家。）說：「幽默的寫家是要喚醒與指導你的愛心，憐憫，善意 —— 你的恨惡不實在，假裝，作偽 —— 你的同情與弱者，窮者，被壓迫者，不快樂者。」

Walpole（沃波爾）（沃波爾（1717-1797），英國作家。）說：「幽默者『看』事，悲劇家『覺』之。」這句話更能補證上面的一段。我們細心「看」事物，總可以發現些缺欠可笑之處；及至釘著坑兒去咂摸，便要悲觀了。

我們應再進一步的問，除了上面這點說明，能不能再清楚一些的認識幽默呢？好吧，我們先拿出幾個與它相近，而且往往與它相關的幾個字，與它比一比，或者可以稍微使我們清楚一點。反語（irony），諷刺（satire），機智（wit），滑稽劇（farce），奇趣（whimsicality），這幾個字都和幽默有相當的關係。我們先說那個最難講的 —— 奇趣。這個字在應用上是很鬆泛的，無論什麼樣子的打趣與奇想都可以用這個字來表示，《西遊記》的奇事，《鏡花緣》中的冒險，《莊子》的寓言，都可以叫做奇趣。可是，在分析文藝品類的時候，往往以奇趣與幽默放在一處，如《現代小說的研究》的著者 Marble（馬布林）便把 whimsicality and humour（奇趣和幽默）作為一類。這大概是因為奇趣的範圍很廣，為方便起見，就把幽默也加了進去。一般地說，幻想的作品 —— 即使是別有目的 —— 不能不利用幽默，以便使文字生動有趣；所以這二者 —— 奇趣與幽默 —— 就往往成了一家人。這個，簡直不但不能幫忙我們看明何為幽默，反倒使我更糊塗了。不過，有一點可是很清楚：就是文字要生動有趣，必須利用幽默。在這裡，我們沒弄清幽默是什麼，可是明白幽默很重要的一個效用。假若乾燥，晦澀，無趣，是文藝的致命傷；幽默便有了很大的重要；這就是它之所以成為文藝的因素之一的緣故吧。

至於反語，便和幽默有些不同了；雖然它倆還是可以聯合在一處的東西。反語是暗示出一種衝突。這就是說，一句中有兩個相反的意思，所要說的真意卻不在話內，而是暗示出來的。《史記》上載著這麼回事：秦始皇要修個大園子，優旃對他說：「好哇，多多蒐集飛禽走獸，等敵人從東方來的時候，就叫麋鹿去擋一陣，滿好！」這個話，在表面上，是順著始皇的意思說的。可是我們和始皇都能聽出其中的真意；不管我們怎樣吧，反正始皇就沒再提造園的事。優旃的話便是反語。它比幽默要輕妙冷靜一些。它也能引起我們的笑，可是得明白了它的真意以後才能笑。它在文藝中，特別是小品文中，是風格輕妙，引人微笑的助成者。據會古希臘語的說：這個字原意便是「說」，以別於「意」。因此，這個字還有個較實在的用處 —— 在文藝中描寫人生的矛盾與衝突，直以此字的含意用之人生上，而不只在文字上聲東擊西。在悲劇中，或小說中，聰明的人每每落在自己的陷阱裡，聰明反被聰明誤；這個，和與此相類的矛盾，普遍被稱為 Sophoclean irony（索福克里斯的反語）。不過，這與幽默是沒什麼關係的。

現在說諷刺。諷刺必須幽默，但它比幽默厲害。它必須用極銳利的口吻說出來，給人一種極強烈的冷嘲；它不使我們痛快的笑，而是使我們淡淡的一笑，笑完因反省而面紅過耳。諷刺家故意的使我們不同情於他所描寫的人或事。在它的領域裡，反語的應用似乎較多於幽默，因為反語也是冷靜的。諷刺家的心態好似是看透了這個世界，而去極巧妙的攻擊人類的短處，如《海外軒渠錄》，如《鏡花緣》中的一部分，都是這種心態的表現。幽默者的心是熱的，諷刺家的心是冷的；因此，諷刺多是破壞的。馬克 吐溫（Mark Twain）可以被人形容作：「粗裝，心寬，有天賦的用字之才，使我們一齊發笑。他以草原的野火與西方的泥土建設起他的真實的羅曼司，指示給我們，在一切重要之點上我們都是一樣的。」這是個幽默者。讓我們來看看諷刺家是什麼樣子吧。好，看看 Swift（斯威夫特）（斯威夫特（1667-1745），英國諷刺作家。）這個傢伙；當他讚美自己的作品時，他這麼說：「好上帝。我寫那本書的時候，我是何等的一個天才呀！」在他廿六歲的時候，他希望他的詩能夠：「每一行會刺，會炸，像短刃與火。」是的，幽默與諷刺二者常常在一塊兒露面，不易分劃開；可是，幽默者與諷刺家的心態，大體上是有很清楚的區別的。幽默者有個熱心腸兒，諷刺家則時常由婉刺而進為笑罵與嘲弄。在文藝的形式上也可以看出二者的區別來：作品可以整個的叫做諷刺，一齣戲或一部小說都可以在書名下註明a satire。幽默不能這樣。「幽默的」至多不過是形容作品的可笑，並不足以說明內容的含意如何。「一個諷刺」——a satire——則分明是有計畫的，整本大套的譏諷或嘲罵。一本諷刺的戲劇或小說，必有個道德的目的，以笑來矯正或誅伐。幽默的作品也能有道德的目的，但不必一定如此。諷刺因道德目的而必須毒辣不留情，幽默則廣泛一些，也就寬厚一些，它可以諷刺，也可以不諷刺，一高興還可以什麼也不為而只求和大家笑一場。

機智是什麼呢？它是用極聰明的，極銳利的言語，來道出像格言似的東西，使人讀了心跳。中國的老子莊子都有這種聰明。諷刺已經很厲害了，可到底要設法從旁面攻擊；至於機智則是劈面一刀，登時見血。「聖人不死，大盜不止！」這才夠味兒。不論這個道理如何，它的說法的銳敏就夠使人跳起來的了。有機智的人大概是看出一條真理，便毫不含糊的寫出來；幽默的人是看出可笑的事而技巧的寫出來；前者純用理智，後者則賴想像來幫忙。Chesterton（切斯特頓）（切斯特頓（1874-1936），英國小說家，詩人。）說：「在事物中看出一貫的，是有機智的。在事物中看出不一貫的，是個幽默者。」這樣，機智的應用，自然在諷刺中比在幽默中多，因為幽默者的心態較為溫厚，而諷刺與機智則要顯出個人思想的優越。

滑稽戲——farce——在中國的老話兒裡應叫做「鬧戲」，如《瞎子逛燈》之類。這種東西沒有多少意思，不過是充分的作出可笑的局面，引人發笑。在影戲的短片中，什麼把一套碟子都摔在頭上，什麼把汽車開進牆裡去，就是這種東西。這是幽默發了瘋；它抓住幽默的一點原理與技巧而充分的去發展，不管別的，只管逗笑，假若機智是感訴理智的，鬧戲則仗著身體的摔打亂鬧。喜劇批評生命，鬧戲是故意招笑。假若幽默也可以分等的話，這是最下級的幽默。因為它要摔打亂鬧的行動，所以在舞台上較易表現；在小說與詩中幾乎沒有什麼地位。不過，在近代幽默短篇小說裡往往只為逗笑，而忽略了——或根本缺乏——

那「笑的哲人」的態度。這種作品使我們笑得肚痛，但是除了對讀者的身體也許有點益處 —— 笑為化食糖呀 —— 而外，恐怕任什麼也沒有了。

有上面這一點粗略的分析，我們現在或者清楚一些了：反語是似是而非，藉此說彼；幽默有時候也有弦外之音，但不必老這個樣子。諷刺是文藝的一格，詩，戲劇，小說，都可以整篇的被呼為 a satire；幽默在態度上沒有諷刺這樣厲害，在文體上也不這樣嚴整。機智是將世事人心放在 X 光線下照透，幽默則不帶這種超越的態度，而似乎把人都看成兄弟，大家都有短處。鬧戲是幽默的一種，但不甚高明。

拿幾句話作例子，也許就更能清楚一些：

今天貼了標語，明天中國就強起來 —— 反語。

君子國的標語：「之乎者也」 —— 諷刺。

標語是弱者的廣告 —— 機智。

張三把「提倡國貨」的標語貼在祖墳上 —— 滑稽；再加上些貼標語時怎樣摔跟頭等等招笑的行動，就成了鬧戲。

張三把「打倒帝國主義走狗」貼成「走狗打倒帝國主義」 —— 幽默；這個張三貼一天的標語也許才賺三毛小洋，貼錯了當然要受罰；我們笑這種貼法，可是很可憐張三。

這幾個例子擺在紙面上也許能幫助我們分別的認清它們，但在事實上是不易這樣分劃開的。從性質上說，機智與諷刺不易分開，諷刺也有時候要利用鬧戲；至於幽默，就更難獨立。從一篇文章上說，一篇幽默的文字也許利用各種方法，很難純粹。我們簡直可以把這些都包括在幽默之內，而把它們看成各種手法與情調。我們這樣分析它們與其說是為從形式上分別得清楚，還不如說是為表明幽默 —— 大概的說 —— 有它特具的心態。

所謂幽默的心態就是一視同仁的好笑的心態。有這種心態的人雖不必是個藝術家，他還是能在行為上言語上思想上表現出這個幽默態度。這種態度是人生裡很可寶貴的，因為它表現著心懷寬大。一個會笑，而且能笑自己的人，絕不會為件小事而急躁懷恨。往小了說，他絕不會因為自己的孩子捱了鄰兒一拳，而去打鄰兒的爸爸。往大了說，他絕不會因為戰勝政敵而去請清兵。褊狹，自是，是「四海兄弟」這個理想的大障礙；幽默專治此病。嬉皮笑臉並非幽默；和顏悅色，心寬氣朗，才是幽默。一個幽默寫家對於世事，如入異國觀光，事事有趣。他指出世人的愚笨可憐，也指出那可愛的小古怪地點。世上最偉大的人，最有理想的人，也許正是最愚而可笑的人，吉珂德先生即一好例。幽默的寫家會同情於一個滿街追帽子的大胖子，也同情 —— 因為他明白 —— 那攻打風磨的愚人的真誠與偉大。

景物的描寫

在民間故事裡，往往拿「有那麼一回」起首，沒有特定的景物。這類故事多數是純樸可愛的，但顯然是古代流傳下來的，把故事中的人名地點與時間已全磨了去。近代小說就不同了，故事中的人物固然是獨立的，它的背景也是特定的。背景的重要不只是寫一些風景或東西，使故事更鮮明確定一點，而是它與人物故事都分不開，好似天然長在一處的。背景的範圍也很廣：社會，家庭，階級，職業，時間等等都可以算在裡邊。把這些放在一個主題之下，便形成了特有的色彩。有了這個色彩，故事才能有骨有肉。到今日而仍寫些某地某生者，就是沒有明白這一點。

這不僅是隨手描寫一下而已，有時候也是寫小說的動機。我沒有鮮明的統計為證，只就讀書的經驗來說，回憶體的作品可真見到過不少。這種作品裡也許是對於一人或一事的回憶，可是地方景況的追念至少也得算寫作動機之一。「我們最美好的希望是我們最美好的記憶。」我們幼時所熟習的地方景物，即一木一石，當追想起來，都足以引起熱烈的情感。正如莫泊桑在《回憶》中所言：

「你們記得那些在巴黎附近一帶的浪遊日子嗎？我們的窮快活嗎，我們在各處森林的新綠下面的散步嗎，我們在塞因河邊的小酒店裡的晴光沉醉嗎，和我們那些極平凡而極雋美的愛情上的奇遇嗎？」

許多好小說是由這種追憶而寫成的；假若這裡似乎缺乏一二實例來證明，那正是因為例子太容易找到的緣故。我們所最熟習的社會與地方，不管是多麼平兒，總是最親切的。親切，所以能產生好的作品。到一個新的地方，我們很能得一些印象，得到一些能寫成很好的旅記的材料。但印象終歸是印象，至好不過能表現出我們觀察力的精確與敏銳；而不能作到信筆寫來，頭頭是道。至於我們所熟習的地方，特別是自幼生長在那裡的地方，就不止於給我們一些印象了，而是它的一切都深印在我們的生活裡，我們對於它能像對於自己分析得那麼詳細，連那裡空氣中所含的一點特別味道都能一閉眼還想像的聞到。所以，就是那富於想像力的迭更司與威爾斯，也時常在作品中寫出他們少年時代的經歷，因為只有這種追憶是準確的，特定的，親切的，真能供給一種特別的境界。這個境界使全個故事帶出獨有的色彩，而不能用別的任何景物來代替。在有這種境界的作品裡，換了背景，就幾乎沒了故事；哈代與康拉得都足以證明這個。在這二人的作品中，景物與人物的相關，是一種心理的，生理的，與哲理的解析，在某種地方與社會便非發生某種事實不可；人始終逃不出景物的毒手，正如蠅的不能逃出蛛網。這種悲觀主義是否合理，暫且不去管；這樣寫法無疑的是可效法的。這就是說，他們對於所要描寫的景物是那麼熟悉，簡直的把它當作個有心靈的東西看待，處處是活的，處處是特定的，沒有一點是空泛的。讀了這樣的作品，我們才能明白怎樣去利用背景；即使我們不願以背景轄束人生，至少我們知道了怎樣去把景物與人生密切的聯成一片。

至於神祕的故事，便更重視地點了，因為背景是神祕之所由來。這種背景也許是真的，也許是假的，但沒有此背景便沒有此故事。Algernon Blackwood（阿爾傑農·布萊克伍德）（阿爾傑農·布萊克伍德（1869-1951），英國作家。）是離不開山，水，風，火的，坡（即愛倫·坡。）便喜歡由想像中創構出像 The House of Usher（《厄謝爾的房子》）那樣的景物。在他們的作品中，背景的特質比人物的個性更重要得多。這是近代才有的寫法，是整個的把故事容納在藝術的布景中。

有了這種寫法，就是那不專重背景的作品也會知道在描寫人的動作之前，先去寫些景物，並不為寫景而寫景，而是有意的這樣布置，使感情加厚。像勞倫司（現通譯勞倫斯（1885-1930），英國小說家，1911 年出版第一部長篇小說《白孔雀》。）的《白孔雀》中的描寫出殯，就是先以鳥啼引起婦人的哭聲：「小山頂上又起啼聲。」而後，一具白棺材，後面隨著個高大不像樣的婦人，高聲的哭叫。小孩扯著她的裙，也哭。人的哭聲嚇飛了鳥兒。何等的淒涼！

康拉得就更厲害，使我們讀了之後，不知是人力大，還是自然的力量更大。正如他說：「青春與海！好而壯的海，苦鹹的海，能向你耳語，能向你吼叫，能把你打得不能呼吸。」是的，能耳語，近代描寫的功夫能使景物對人耳語。寫家不但使我們感覺到他所描寫的，而且使我們領會到宇宙的祕密。他不僅是精詳的去觀察，也彷彿捉住天地間無所不在的一種靈氣，從而給我們一點啟示與解釋。哈代的一陣風可以是：「一極大的悲苦的靈魂之嘆息，與宇宙同闊，與歷史同久。」

這樣看來，我們寫景不要以景物為靜止的；不要前面有人，後面加上一些不相干的田園山水，作為裝飾，像西洋中古的畫像那樣。我們在設想一個故事的全域性時，便應打算好要什麼背景。我們須想好要這背景幹什麼，否則不用去寫。人物如花草的子粒，背景是園地，把這顆子粒種在這個園裡，它便長成這個園裡的一棵花。所謂特定的色彩，便是使故事有了園地。

有人說，古希臘與羅馬文藝中，表現自然多注意它的實用的價值，而缺乏純粹的審美。浪漫運動無疑的是在這個缺陷上予以很有力的矯正，把詩歌和自然的崇高與奧旨聯結起來，在詩歌的節奏裡感到宇宙的脈息。我們當然不便去摹擬古典文藝的只看加了人工的田園之美，可是不妨把「實用價值」換個說法，就是無論我們要寫什麼樣的風景，人工的園林也好，荒山野海也好，我們必須預定好景物對作品的功用如何。真實的地方色彩，必須與人物的性格或地方的事實有關係，以助成故事的完美與真實。反之，主觀的，想像的，背景，是為引起某種趣味與效果，如溫室中的熱氣，專為培養出某種人與事，人與事只是為作足這背景的力量而設的。Pitkin（皮特金）說：「在司悌芬孫，自然常是那主要的女角；在康拉得，哈代，和多數以景物為主體的寫家，自然是書中的惡人；在霍桑，它有時候是主角的黑影。」這是值得玩味的話。

寫景在浪漫的作品中足以增高美的分量，真的，差不多沒有再比寫景能使文字充分表現出美來的了。我們讀了這種作品，其中有許多美好的詩意的描寫，使我們欣喜，可是誰也有這個經驗吧——讀完了一本小說，只記得些散碎的事情，對於景物幾乎一點也不記得。這個毛病就在於寫得太空泛，只是些點綴，而與故事沒有頂親密的關係。天然之美是絕對的，不是比較的。一個風景有一個特別的美，永遠獨立。假若在作品中隨便的寫些風景，即使寫得很美，也不能給讀者以深刻的印象。還有，即使把特定的景物寫得很美妙，而與故事沒有多少關係，仍然不會有多少藝術的感訴力。我們永忘不了《塊肉餘生》（今通譯《大衛．科波菲爾》。）裡 Ham（漢姆）下海救人那段描寫，為什麼？寫得好自然是一個原因，可是主要的還是因為這段描寫恰好足以增高故事中的戲劇的力量；時候，事情，全是特異的，再遇上這特異的景物，所以便永不會被人忘記。設若景陽崗上來的不是武二，而是武大，就是有一百條老虎也不會有什麼驚人的地方。

為增高故事中的美的效力，當然要設法把景物寫得美好了，但寫景的目的不完全在審美上。美不美是次要的問題，最要緊的是在寫出一個「景」來。我們一提到「景」這個字，彷彿就聯想到「美景良辰」。其實寫家的本事不完全在能把普通的地點美化了，而在乎他把任何地點都能整理得成一個獨立的景。這個也許美，也許醜。假如我們要寫下等妓女所居留的窄巷中，除非我們是《惡之花》的頹廢人物，大概總不會發瘋似的以臭為香。我們必須把這窄巷中的醜惡寫出來，才能把它對人生的影響揭顯得清楚。我們的責任就在於怎樣使這醜惡成為一景。這就是說，我們當把這醜陋的景物扼要的，經濟的，淨煉的，提出，使它浮現在紙面上，以最有力的圖像去感訴。把田園木石寫美了是比較容易的，任何一個平凡的文人也會編造些「天朗氣清，惠風和暢」這類的句子。把任何景物都能恰當的，簡要的，準確的，寫成一景，使人讀到馬上能似身入其境，就不大容易了。這也就是我們所應當注意的地方。

寫景不必一定用很生的字眼去雕飾，但須簡單的暗示出一種境地。詩的妙處不在它的用字生僻，「只在此山中，雲深不知處」，是詩境的暗示，不用生字，更用不著細細的描畫。小說中寫景也可以取用此法。貪用生字與修辭是想以文字討好，心中也許一無所有，而要專憑文字去騙人；許多寫景的「賦」恐怕就是這種冤人的玩藝。真本事是在用幾句淺顯的話，寫成一個景——不是以文字來敷衍，而是心中有物，且找到了最適當的文字。看莫泊桑的《歸來》：

「海水用它那單調和輕短的浪花，拂著海岸。那些被大風推送的白雲，飛鳥一般在蔚藍的天空斜刺裡跑也似的經過；那村子在向著大洋的山坡裡，負著日光。」

一句話便把村子的位置說明白了，而且是多麼雄厚有力：那村子在向著大洋的山坡裡，負著日光。這是一整個的景，山，海，村，連太陽都在裡邊。我們最怕心中沒有一種境地，而硬要配上幾句，縱然用上許多漂亮的字眼，也無濟於事。心中有了一種境地，而不會扼住要點，枝節的去敘述，也不能討好。這是寫實的作家常愛犯的毛病。因為力求細膩，所以逐一描寫，適足以招人厭煩——像巴爾扎克的《鄉醫》的開首那種描寫。我們觀察要詳盡，不錯；但是觀察之後而找不出一些意義來，便沒有什麼用處。一個地方的郵差比誰知道的街道與住戶也詳細吧，可是他未必明白那個地方。詳細的觀察，而後精確的寫述，只是一種報告而已。文藝中的描繪，須使讀者身入其境的去「覺到」。我們不能只拿讀者當作旁觀者，有時候也應請讀者分擔故事中人物的感覺；這樣，讀者才能深受感動，才能領會到人在景物中的動作與感情。

「比擬」是足以給人以鮮明印象的。普通的比擬，可是適足以惹人討厭，還不如簡單的直說。要用比擬，便須驚人；不然，就乾脆不用。空洞的修辭是最要不得的。在這裡，我們應當提出「觀察」這個字，加以解釋。一般的總以為觀察便是要寫山就去觀山，要寫海便去看海。這自然是該有的事，可是這還不夠，我們須更進一步，時時刻刻的留心，對什麼也感到趣味；然後到寫作的時候，才能把不相干的東西聯想到一處，而創出頂好的比喻。夜間火山的一明一滅，與呂宋煙的燒燃，毫無關係。可是以菸頭的燃燒，比擬夜間火山口的明滅，便非常的出色。呂宋菸頭之小，火山之大，都在我們心中，才能到時候發生妙用。所謂觀察便是無時無地不在留心，而到描寫的時候，隨時的有美妙的聯想，把一切東西都寫得活潑潑的，就好像一個健壯的人，全身的血脈都那麼鮮淨流暢。小說家的本事就在這裡。辛克萊與其他的熱心揭發人世黑暗的寫家們，都犯了一個毛病：真下功夫去觀察所要揭發的事實，可是忘記了怎樣去把它們寫成文藝作品。他們的敘述是力求正確詳細，可是隻限於這一點，他們沒能隨手的表現出人生更大更廣的經驗。他們的好處是對於某一地一事的精確，他們的缺點是局面太小。設若託爾司太生在現時，也寫《屠場》那類的東西，他一定不僅寫成怪好的報告，而也能像《戰爭與和平》那樣的真實與廣大。《戰爭與和平》的偉大不在乎人多事多，穿插複雜，而在乎處處親切活現，使人真想拿託爾司太當個會創造世界的一位神仙。最偉大的作家都是這樣，他們在一個主題下貫串起來全部的人生經驗。這並不是說，他們總是烏煙瘴氣的把所知道的都寫進去，不是！他們是在描寫一景一事的時候，隨時隨地的運用著一切經驗，使全部故事沒有落空的地方。中國電影，因為資本小，人才少，所以總是那麼簡陋沒勁。美國的電影，即使是瞎胡鬧一回，每個鏡頭總有些花樣，有些特別的布置，絕不空空洞洞。寫小說也是如此，得每個鏡頭都不空。精確的比擬是最有力的小花樣，處處有這種小花樣，故事便會不單調，不空洞。寫一件事需要一千件事作底子，因為一個人的鼻子可以像一頭蒜，林中的小果在葉兒一動光兒一閃之際可以像個猛獸的眼睛，作家得上自綢緞，下至蔥蒜，都預備好呀！

可是，有的人根本不會寫景，怎辦呢？有一個辦法，不寫。狄福在《魯賓遜飄流記》中自然是景物逼真了，可是他的別的作品往往是一直的說下去，並不細說景物，而故事也還很真切。他有個本事，能借人物的活動暗示出環境來，因而可以不大去管景物的描述。這個，說真的，可實在不易學。我們只須記住這個，不善寫景就不必勉強，而應當多注意到人物與事實上去；千萬別拉扯上一些不相干的柳暗花明，或菊花時節什麼的。

時間的利用，也和景物一樣，因時間的不同，故事的氣味也便不同了。有個確定的時間，故事一開首便有了特異的味道。在短篇小說裡，這幾乎比寫景還重要。

故事中所需用的時間，長短是不拘的，一天也可以，十年也可以；這全依故事中的人物與事實而定。不過，時間越長，越須注意到季節描寫的正確。據我個人的經驗，想利用一個地點作背景，作者至少須在那裡住過一年；我覺得把一地的四時冷暖都領略過，對於此地才能算有了相當的認識。地方的氣候季節如個人的喜怒哀樂，知道了它的冷暖陰晴才摸到它的脾氣。

對於一個特別的時間，也很好利用，如大跳舞會，趕集，廟會等，假使我們描寫有錢有閒的社會，開首就利用大跳舞會，便很有力量。同樣，描寫農村而利用趕集，廟會，也是有不少便宜的。依此類推，一件事必當有個特別時間，唯有在此時間內事實能特別鮮明，如雨後的山景。還有，最好利用的是人們所忽視的時間，如天快亮了的時候。這時候，跳舞會完了，婦女們已疲倦得不得了，而仍狂吸著香菸。這時候，打牌的人們臉上已發綠，可把眼還瞪著那些小長方塊。這時候，窮人們為避免巡警的監視，睡眼巴睜的去拾煤核兒。簡單的說，這可以叫做時間的隙縫，在隙縫之間，人們把真形才顯露出來。時間所給的感情，正如景物，夜間與白天不同，春天與秋天不同，雨天與晴天不同；這個不難利用。在這個之外，我們還須去找縫子，學校鬧風潮，或紳士家裡半夜三更的妻妾哭吵，是特別有價值的一刻。

人物的描寫

按照舊說法，創作的中心是人物。憑空給世界增加了幾個不朽的人物，如武松、黛玉等，才叫做創造。因此，小說的成敗，是以人物為準，不仗著事實。世事萬千，都轉眼即逝，一時新穎，不久即歸陳腐，只有人物足垂不朽。此所以十續《施公案》，反不如一個武松的價值也。

可是近代文藝受了兩個無可避免的影響 —— 科學與社會自覺。受著科學的影響，不要說文藝作品中的事實須精確詳細了，就是人物也須合乎生理學心理學等等的原則。於是佳人才子與英雄巨人全漸次失去地盤，人物個性的表現成了人物個性的分析。這一方面使人物更真實更複雜，另一方面使創造受了些損失，因為分析不就是創造。至於社會自覺，因為文藝想多盡些社會的責任，簡直的就顧不得人物的創造，而力求羅列事實以揭發社會的黑暗與指導大家對改進社會的責任。社會是整個的，複雜的，從其中要整理出一件事的系統，找出此事的意義，並提出改革的意見，已屬不易；作者當然顧不得注意人物，而且覺得個人的志願與命運似乎太輕微，遠不及社會革命的重大了。報告式的揭發可以算作文藝；努力於人物的創造反被視為個人主義的餘孽了。

說到將來呢，人類顯然的是朝著普遍的平均的發展走去；英雄主義在此刻已到了末一站，將來的歷史中恐怕不是為英雄們預備的了。人類這樣發展下去，必會有那麼一天，各人有各人的工作，誰也不比誰高，誰也不比誰低，大家只是各盡所長，為全體的生存努力。到了這一天，志願是沒了用；人與人的衝突改為全人類對自然界的衝突。沒爭鬥沒戲劇，文藝大概就滅絕了。人物失去趣味，事情也用不著文藝來報告 ——

電話電報電影等等不定發展到多麼方便與巧妙呢。

我們既不能以過去的辦法為金科玉律，而對將來的推測又如上述，那麼對於小說中的人物似乎只好等著受淘汰，沒有什麼可說的了。這卻又不盡然。第一，從現在到文藝滅絕的時期一定還有好多好多日子，我們似乎不必因此而馬上擱筆。第二，現在的文藝雖然重事實而輕人物，但把人物的創造多留點意也並非是吃虧的事，假若我們現在對荷馬與莎士比亞等的人物還感覺趣味，那也就足以證明人物的感訴力確是比事實還厚大一些。說真的，假若不是為荷馬與莎士比亞等那些人物，誰肯還去讀那些野蠻荒唐的事兒呢？第三，文藝是具體的表現。真想不出怎樣可以沒有人物而能具體的表現出！文藝所要揭發的事實必須是人的事實，《封神榜》雖很熱鬧，無論如何也比不上好漢被迫上梁山的親切有味。再說呢，文藝去揭發事實，無非是為提醒我們，指導我們；我們是人，所以文藝也得用人來感動我們。單有葬花，而無黛玉；或有黛玉而她是「世運」的得獎的女運動員，都似乎不能感人。贊誏個人的偉大與成功，於今似覺落伍；但茫茫一片事實，而寂無人在，似乎也差點勁兒。

那麼，老話當作新話來說，對人物的描寫還可以說上幾句。

描寫人物最難的地方是使人物能立得起來。我們都知道利用職業，階級，民族等特色，幫助形成個特有的人格；可是，這些個東西並不一定能使人物活躍。反之，有的時候反因詳細的介紹，而使人物更死板。我們應記住，要描寫一個人必須知道此人的一切，但不要作相面式的全寫在一處；我們須隨時的用動作表現出他來。每一個動作中清楚的有力的表現出他一點來，他便越來越活潑，越實在。我們雖然詳知他所代表的職業與地方等特色，可是我們彷彿更注意到他是個活人，並不專為代表一點什麼而存在。這樣，人物的感訴力才能深厚廣大。比如說吧，對於一本俄國的名著，一個明白俄國情形的讀者當然比一個還不曉得俄國在哪裡的更能親切的領略與欣賞。但是這本作品的偉大，並不在乎只供少數明白俄國情形的人欣賞，而是在乎它能使不明白俄國事的人也明白了俄國人也是人。再看《聖經》中那些出色的故事，和莎士比亞所借用的人物，差不多都不大管人物的背景，而也足以使千百年後的全人類受感動。反之，我們看 Anne Douglas Sedgwick（安妮・道格拉斯・塞奇威克）（安妮・道格拉斯・塞奇威克（1873-1935），女小說家，生在美國，長期居住在英法兩國。1924 年出版小說《法國小姑娘》。）的 The Little Frenek Girl（《法國小姑娘》）的描寫法國女子與英國女子之不同；或「Elizabeth」（伊麗莎白）（伊麗莎白（1866-1941），英國人，原名 Mary Annette Beauchamp。因嫁給德國貴族，故作品中能寫英、德人之比較。）的 Caravaners（《商隊》）之以德人比較英人；或 Margaret Kennedy（馬格雷特・甘迺迪）（馬格雷特・甘迺迪（1896-1967），英國女作家。1926 年與他人合作改編她的小說為劇本《恆久的寧芙》。）的 The Constant Nymph（《恆久的寧芙》）之描寫藝術家與普通人的差別；都是注意在揭發人物的某種特質。這些書都有相當的趣味與成功，但都夠不上偉大。主旨既在表現人物的特色，於是人物便受他所要代表的那點東西的管轄。這樣，人物與事實似乎由生命的中心移到生命的表面上去。這是揭發人的不同處，不是表現人類共同具有的慾望與理想；這是關於人的一些知識，不是人生中的根本問題。這種寫法是想從枝節上了解人生，而忘了人類的可以共同奮鬥的根源。這種寫法假若對所描寫的人沒有深刻的了解，便很容易從社會上習俗上抓取一點特有的色彩去敷衍，而根本把人生忘掉。近年來西洋有許多描寫中國人的小說，十之八九是要憑藉一點知識來比較東西民族的不同；結果，中國人成為一種奇怪好笑的動物，好像不大是人似的。設若一個西洋寫家忠誠的以描寫人生的態度來描寫中國人，即使背景上有些錯誤也不至於完全失敗吧。

與此相反的，是不管風土人情，而寫出一種超空間與時間的故事，只注意藝術的情調，不管現實的生活。這樣的作品，在一個過著夢的生活的天才手裡，的確也另有風味。可是它無論怎好，也缺乏著偉大真摯的感動力。至於才力不夠，而專賴小小一些技巧，創製此等小玩藝，就更無可觀了。在浪漫派與唯美派的小說裡，分明的是以散文侵入詩的領域。但是我們須認清，小說在近代之所以戰勝了詩藝，不僅是在它能以散文表現詩境，而是在它根本足以補充詩的短處 —— 小說能寫詩所不能與不方便寫的。Sir Walter Raleigh（沃爾特・雷利爵士）（沃爾特・雷利爵士（1552-1618）英國探險家、政治家、歷史學家和詩人。）說過：「一個大小說家根本須是個幽默家，正如一個大羅曼司家根本必須是詩人。」這裡所謂的幽默家，倒不必一定是寫幽默文字的人，而是說他必洞悉世情，能捉住現實，成為文章。這裡所謂的詩人，就是有幻想的，能於平凡的人世中建造起浪漫的空想的一個小世界。我們所應注意的是「大小說家」必須能捉住現實。

人物的職業階級等之外，相貌自然是要描寫的，這需要充分的觀察，且須精妙的道出，如某人的下巴光如腳踵，或某人的脖子如一根雞腿……這種形容是一句便夠，馬上使人物從紙上跳出，而永存於讀者記憶中。反之，若拖泥帶水的形容一大片，而所以形容的可以應用到許多人身上去，則費力不討好。人物的外表要處，足以烘托出一個單獨的人格，不可泛泛的由帽子一直形容到鞋底；沒有用的東西往往是人物的累贅：讀者每因某項敘述而希冀一定的發展，設若只貪形容得周到，而一切並無用處，便使讀者失望。我們不必一口氣把一個人形容淨盡，先有個大概，而後逐漸補充，使讀者越來越知道得多些，如交友然，由生疏而親密，倒覺有趣。也不必每逢介紹一人，力求有聲有色，以便發生戲劇的效果，如大喝一聲，閃出一員虎將……此等形容，雖刺激力大，可是在藝術上不如用一種淺淡的顏色，在此不十分明顯的顏色中卻包蘊著些能次第發展的人格與生命。

以言語，面貌，舉動來烘托出人格，也不要過火的利用一點，如迭更司的次要人物全有一種固定的習慣與口頭語 —— Bleak House（《陰暗的房子》）裡的 Bagnet（巴格內特）永遠用軍隊中的言語說話，而且脊背永遠挺得筆直，即許多例子中的一個。這容易流於浮淺，有時候還顯著討厭。這在迭更司手中還可原諒，因為他是幽默的寫家，翻來覆去的利用一語或一動作都足以招笑；設若我們不是要得幽默的效果，便不宜用這個方法。只憑一兩句口頭語或一二習慣作人物描寫的主力，我們的人物便都有成為瘋子的危險。我們應把此法擴大，使人物的一切都與職業的家庭的等等習慣相合；不過，這可就非有極深刻的了解與極細密的觀察不可了。這個教訓足要緊的：不冒險去寫我們所不深知的人物！

還有個方法，與此不同，可也是偷手，似應避免：形容一男或一女，不指出固定的容貌來，而含糊其辭的使讀者去猜。比如描寫一個女郎，便說：正在青春，健康的臉色，金黃的髮絲，帶出金發女子所有的活潑與熱烈……這種寫法和沒寫一樣：到底她是什麼樣子呢？誰知道！

在短篇小說中，須用簡淨的手段，給人物一個精妥的固定不移的面貌體格。在長篇裡宜先有個輪廓，而後順手的以種種行動來使外貌活動起來；此種活動適足以揭顯人格，隨手點染，使個性充實。譬如已形容過二人的口是一大一小，一厚一薄，及至述說二人同桌吃飯，便宜利用此機會寫出二人口的動作之不同。這樣，二人的相貌再現於讀者眼前，而且是活動的再現，能於此動作中表現出二人個性的不同。每個小的動作都能顯露出個性的一部分，這是應該注意的。

景物，事實，動作，都須與人打成一片。無論形容什麼，總把人放在裡面，才能顯出火熾。形容二人談話，應順手提到二人喝茶，及出汗

——假若是在夏天。如此，則談話而外，又用喫茶補充了二人的舉動不同，且極自然的把天氣寫在裡面。此種寫法是十二分的用力，而恰好不露出用力的痕跡。

最足以幫忙揭顯個性的恐怕是對話了。一個人有一個說話方法，一個人的話是隨著他的思路而道出的。我們切不可因為有一段精彩的議論而整篇的放在人物口中，小說不是留聲機片。我們須使人物自己說話。他的思路絕不會像講演稿子那麼清楚有條理；我們須依著他心中的變動去寫他的話語。言談不但應合他的身分，且應合乎他當時的心態與環境。

以上的種種都是應用來以彰顯人物的個性。有了個性，我們應隨時給他機會與事實接觸。人與事相遇，他才有用武之地。我們說一個人怎好或怎壞，不如給他一件事作作看。在應付事情的時節，我們不但能揭露他的個性，而且足以反映出人類的普遍性。每人都有一點特性，但在普遍的人情上大家是差不多的。當看一出悲劇的時候，大概大家都要受些感動，不過有的落淚，有的不落淚。那不落淚的未必不比別人受的感動更深。落淚與否是個性使然，而必受感動乃人之常情；怪人與傻子除外；自然我們不願把人物都寫成怪人與傻子。我們不要太著急，想一口氣把人物作成頂合自己理想的；為我們的理想而犧牲了人情，是大不上算的事。比如說革命吧，青年們只要有點知識，有點血氣，哪個甘於落後？可是，把一位革命青年寫成一舉一動全為革命，沒有絲毫弱點，為革命而來，為革命而去，像一座雕像那麼完美；好是好了，怎奈天下並沒有這麼完全的人！藝術的描寫容許誇大，但把一個人寫成天使一般，一點都看不出他是由猴子變來的，便過於騙人了。我們必須首先把個性建樹起來，使人物立得牢穩；而後再設法使之在普遍人情中立得住。個性引起對此人的趣味，普遍性引起普遍的同情。哭有多種，笑也不同，應依個人的特性與情形而定如何哭，如何笑；但此特有的哭笑須在人類的哭笑圈內。用張王李趙去代表幾個抽象的觀念是寫寓言的方法，小說則首應注意把他們寫活了，每個人都有他自己的思想與感情，不是一些完全聽人家調動的傀儡。

事實的運用

小說中的人與事是相互為用的。人物領導著事實前進是偏重人格與心理的描寫，事實操縱著人物是注重故事的驚奇與趣味。因靈感而設計，重人或重事，必先決定，以免忽此忽彼。中心既定，若以人物為主，須知人物之所思所作均由個人身世而決定；反之，以事實為主，須注意人心在事實下如何反應。前者使事實由人心輻射出，後者使事實壓迫著個人。若是，故事才會是心靈與事實的循環運動。事實是死的，沒有人在裡面不會有生氣。最怕事實層出不窮，而全無聯繫，沒有中心。一些零亂的事實不能成為小說。

大概我們平常看事，總以為它們是平面的，看過去就算了，此乃讀新聞紙的習慣與態度。欲作個小說家，須把事實看成有寬廣厚的東西，如律師之辯護，要把犯人在作案時的一切情感與刺激都引為免罪或減罪的證據。一點風一點雨也是與人物有關係的，即使此風此雨不足幫助事實的發展，亦至少對人物的心感有關。事實無所謂好壞，我們應拿它作人格的試金石。沒有事情，人格不能顯明；說一人勇敢，須在放炸彈時試試他。抓住人物與事實相關的那點趣味與意義，即見人生的哲理。在平凡的事中看出意義，是最要緊的。把事實只當作事實看，那麼見了妓女便只見了爭風吃醋，或虛情假義，如蝴蝶鴛鴦派作品中所報告者。由妓女的虛情假義而看到社會的罪惡，便深進了一層；妓女的狡猾應由整個社會負責任，這便有了些意義。事實的新奇要在其次，第一須看出箇中的深義。

我們若能這樣看事實並找事實，就不怕事實不集中，因為我們已捉到事實的真義，自然會去合適的裁剪或補充。我們也不怕事實虛空了，因為這些事實有人在其中。不集中與空虛是兩大弊病，必須避免。

小說，我們要記住了，是感情的紀錄，不是事實的重述。我們應先看出事實中的真意義，這是我們所要傳達的思想；而後，把在此意義下的人與事都賦與一些感情，使事實成為愛，惡，仇恨，等等的結果或引導物；小說中的思想是要帶著感情說出的。「快樂」，巴爾扎克說，「是沒有歷史的，『他們很快樂』一語是愛情小說的收結。」

在古代與中古的故事裡，對於感情的表現是比較微弱的，設若 Henry James（亨利．詹姆斯）的作品而放在古人們手裡，也許只用「過了十年」一語便都包括了；他的作品總是在特別的一點感情下看一些小事實，不厭其細瑣與平凡，只要寫出由某件事所激起的感情如何。康拉德的小說中有許多新奇的事實，但是他絕不為新奇而表現它們，他是要述說由事實所引起的感情，所以那些事實不止新奇，也使人感到親切有趣。小說，十之八九，是到了後半便鬆懈了。為什麼？多半是因為事實已不能再是感情的刺激與產物。一旦失去這個，故事便失去活躍的力量，而露出勉強堆砌的痕跡來。一下筆時不十分用力，以便有餘力貫徹全體，不過是消極的辦法；設若始終拿事實為感情起落的刺激物，便不怕有鬆懈的毛病了。康拉德之所以能忽前忽後的述說，就是因為他先決定好了所要傳達的感情為何，故事的秩序雖顛倒雜陳亦不顯著混亂了。

所謂事實發展的關鍵，逗宕與頂點者，便是感情的衝突、波浪與結束。這是個自然的步驟。假若我們沒有深厚的感情，而空泛的逗宕，適足以惹人討厭，如八股文之起承轉合然。

Arlo Bates（阿洛．貝茨）說：「我不相信小說構成的死規則。工作的方法必隨個人的性情而異。我自己的辦法據我看是最邏輯的，可是我知道這是每一寫家自決的問題。以我自己說，我以為小說的大體有定好的必要，而且在未動手之前就知道結局是更要緊的。」

這段話使我們放膽去運用事實。實事是事實，是死的，怎樣運用它是我們自己的事。Arnold Bennett（阿諾爾特·貝內特）在巴黎的一個飯館裡，看見一老婦，她的舉止非常的可笑。他就設想她曾經有過美好的青春，由少艾而肥老，其間經過許多細小的不停的變化。於是他便決定寫那《老婦們的故事》。但這本書當開始動筆的時候，主角可已不是那個老婦，因為她太老了，不足以惹起同情。杜思妥益夫斯基的《罪與罰》是根據他自己的經驗，但把故事放在都市裡，因為都市生活的不安與犯罪空氣的濃厚，更適宜於此題旨的表現。這樣看，我們得到事實是隨時的事，我們用什麼事實是判斷了許多事實之後的結果。真人真事不過是個起點，是個跳板。我們不仗著事實本身的好壞，而是仗著我們怎樣去判斷事實。這就是說，小說一開首的某件事實，已經是我們判斷過的；在小說中，大家所見到的是事實的逐漸的發展，其實在作者心中，小說中的第一件事與第末一件事同樣是預先決定好了的。自然，誰也不會把一部小說的每一段都預先想好，只等動筆一寫，像填表格似的，不會。寫出來才是作品，想得怎樣高明不算一回事。但是，我們確能在寫第一件事的時候，已經預備好末一件事，而且並不很難，因為即使我們不準知道那件是什麼事，我們總會知道那是件什麼樣的事 —— 我們所要傳達的與激起的情緒是什麼便替我們決定，替我們判斷，所需要的是什麼事。明乎此，在下筆的時候便能準確；我們要的是「怒」，便不會上手就去打哈哈。及至寫完了，想改正，我們也知道了怎去改正 —— 加強我們所要激起的感情，刪削那阻礙或破壞此種情緒的激發的。

由事實中求得意義，予以解釋，而後把此意義與解釋在情緒的激動下寫出來；這樣，我們才敢以事實為生材料，不論是極平凡的，還是極驚奇的，都有經過鍛鍊的必要。我們最怕教事實給管束住：看見或聽見一件奇事，我們想這必是好材料，而願把它寫出來。這有兩個危險，第一是寫了一堆東西，而毫無意義：第二是隻顧了寫事而忘記了去創造人。反之，我們知道材料是需要我們去鍛鍊炮製的，我們才敢大膽的自由的去運用它們，使它們成為我們手中的東西。小說中的事實所以能使人感到藝術的味道就是因為每一事實所給的效果與感力都是整個作品所要給的效果與感力的一部分，彷彿每一件事都是完全由作者調動好了的，什麼事在他手下都能活動起來。硬插入一段事實，不管它本身是多麼有趣，必定妨礙全體的整美。平勻是最不易作到的。要平勻，我們必須依著所要激動的情緒製造出一種空氣，把一切材料都包圍起來。我們所要的是「怒」，那麼便可以利用聲音、光線、味道，種種去包圍那些材料，使它們都在這種聲音、光線、味道中有了活力，有了作用，有了感力。這樣，我們才能使作品各部分平勻的供給刺激，全體像一氣呵成的，在最後達到「怒」的高潮。所謂小說中的逗宕便是在物質上為邏輯的排列，在精神上是情緒的盤旋迴盪。小說是些圖畫，都用感情聯串起來。圖畫的鮮明或黯淡，或一明一暗，都憑所要激起的情感而決定。千峰萬壑，色彩各異，有明有暗，有遠有近，有高有低，但是在秋天，它們便都有秋的景色，連花草也是秋花秋草。小說的事實如千峰萬壑，其中主要的感情便是季節的景色。

但是，我們千萬莫取巧，去用小巧的手段引起虛浮的感情。電影片中每每用雷聲閃光引起恐怖，可是我們並不受多少感動，而有時反覺得可笑可厭。暗示是個好方法，它能調劑寫法，使不至處處都有強烈的描畫，通體只有色而無影。它也能使描寫顯著細膩，比直接述說還更有力。一個小孩，當故意恐嚇人的時候，也會想到一種比直陳事實更有力的方法——不說出什麼事，而給一點暗示。他不說屋中有鬼，而說有兩只紅眼睛。小說中的暗示，給人一些希冀，使人動心。說屋中有些血跡，比直說那裡殺了人更多些聲勢；說某人的衣服上有油汙，比直說他不乾淨強。暗示既使人希冀，又使人與作者共同去猜想，分擔了些故事發展的預測。但是這不可用得過火了，虛張聲勢而使讀者受騙是不應該的。

言語與風格

小說是用散文寫的，所以應當力求自然。詩中的裝飾用在散文裡不一定有好結果，因為詩中的文字和思想同是創造的。而散文的責任則在運用現成的言語把意思正確的傳達出來。詩中的言語也是創造的，有時候把一個字放在那裡，並無多少意思，而有些說不出來的美妙。散文不能這樣，也不必這樣。自然，假若我們高興的話，我們很可以把小說中的每一段都寫成一首散文詩。但是，文字之美不是小說的唯一的責任。專在修辭上討好，有時倒誤了正事。本此理，我們來討論下面的幾點：

（一）用字：佛羅貝（即福樓拜）說，每個字只有一個恰當的形容詞。這在一方面是說選字須極謹慎，在另一方面似乎是說散文不能像詩中那樣創造言語，所以我們須去找到那最自然最恰當最現成的字。在小說中，我們可以這樣說，用字與其俏皮，不如正確：與其正確，不如生動。小說是要繪色繪聲的寫出來，故必須生動。借用一些詩中的裝飾，適足以顯出小氣呆死，如蒙旦所言：「在衣冠上，如以一些特別的，異常的，式樣以自別，是小氣的表示。言語也如是，假若出於一種學究的或兒氣的志願而專去找那新詞與奇字。」青年人穿戴起古代衣冠，適見其醜。我們應以佛羅貝的話當作找字的應有的努力，而以蒙旦的話為原則——努力去找現成的活字。在活字中求變化，求生動，文字自會活躍。

（二）比喻：約翰孫博士（即約翰遜）說：「司微夫特這個傢伙永遠不隨便用個比喻。」這是句讚美的話。散文要清楚俐落的敘述，不仗著多少「我好比」叫好。比喻在詩中是很重要的，但在散文中用得過多便失了敘述的力量與自然。看《紅樓夢》中描寫黛玉：「兩灣似蹙非蹙籠煙眉，一雙似喜非喜含情目。態生兩靨之愁。嬌襲一身之病。淚光點點。嬌喘微微。閒靜似嬌花照水，行動如弱柳扶風。心較比干多一竅，病如西子勝三分。」這段形容犯了兩個毛病：第一是用詩語破壞了描寫的能力；唸起來確有詩意，但是到底有肯定的描寫沒有？在詩中，像「淚光點點」，與「閒靜似嬌花照水」一路的句子是有效力的，因為詩中可以抽出一時間的印象為長時間的形容：有的時候她淚光點點，便可以用之來表現她一生的狀態。在小說中，這種辦法似欠妥當，因為我們要真實的表現，便非從一個人的各方面與各種情態下表現不可。她沒有不淚光點點的時候麼？她沒有鬧氣而不閒靜的時候麼？第二，這一段全是修辭，未能由現成的言語中找出恰能形容出黛玉的字來。一個字只有一個形容詞，我們應再給補充上：找不到這個形容詞便不用也好。假若不適當的形容詞應當省去，比喻就更不用說了。沒有比一個精到的比喻更能給予深刻的印象的，也沒有比一個可有可無的比喻更累贅的。我們不要去費力而不討好。

比喻由表現的能力上說，可以分為表露的與裝飾的。散文中宜用表露的 —— 用個具體的比方，或者說得能更明白一些。莊子最善用這個方法，像庖丁以解牛喻見道便是一例，把抽象的哲理作成具體的比擬，深入淺出的把道理講明。小說原是以具體的事實表現一些哲理，這自然是應有的手段。凡是可以拿事實或行動表現出的，便不宜整本大套的去講道說教。至於裝飾的比喻，在小說中是可以免去便免去的。散文並不能因為有些詩的裝飾便有詩意。能直寫，便直寫，不必用比喻。比喻是不得已的辦法。不錯，比喻能把印象擴大增深，用兩樣東西的力量來揭發一件東西的形態或性質，使讀者心中多了一些圖像：人的閒靜如嬌花照水，我們心中便於人之外，又加了池畔嬌花的一個可愛的景色。但是，真正有描寫能力的不完全靠著這個，他能找到很好的比喻，也能直接的捉到事物的精髓，一語道破，不假裝飾。比如說形容一個癩蛤蟆，而說它「謙卑的工作著」，便道盡了它的生活姿態，很足以使我們落下淚來：一個益蟲，只因面貌醜陋，總被人看不起。這個，用不著什麼比喻，更用不著裝飾。我們本可以用勤苦的醜婦來形容它，但是用不著；這種直寫法比什麼也來得大方，有力量。至於說它醜若無鹽，毫無曲線美，就更用不著了。

（三）句：短句足以表現迅速的動作，長句則善表現纏綿的情調。那最短的以一二字作成的句子足以助成戲劇的效果。自然，獨立的一語有時不足以傳達一完整的意念，但此一語的構成與所欲給予的效果是完全的，造句時應注意此點；設若句子的構造不能獨立，即是失敗。以律動言，沒有單句的音節不響而能使全段的律動美好的。每句應有它獨立的價值，為造句的第一步。及至寫成一段，當看那全段的律動如何，而增減各句的長短，說一件動作多而急速的事，句子必須多半短悍，一句完成一個動作，而後才能見出繼續不斷而又變化多端的情形。試看《水滸傳》裡的「血濺鴛鴦樓」：

「武松道：『一不作，二不休！殺了一百個也只一死！』提了刀，下樓來。夫人問道：『樓上怎地大驚小怪？』武松搶到房前。夫人見條大漢人來，兀自問道：『是誰？』武松的刀早飛起，劈面門剁著，倒在房前聲喚。武松按住，將去割頭時，刀切不入。武松心疑，就月光下看那刀時，已自都砍缺了。武松道：『可知割不下頭來！』便抽身去廚房下拿取樸刀。丟了缺刀。翻身再入樓下來……」

這一段有多少動作？動作與動作之間相隔多少時間？設若都用長句，怎能表現得這樣急速火熾呢！短句的效用如是，長句的效用自會想得出的。造句和選字一樣，不是依著它們的本身的好壞定去取，而是應當就著所要表現的動作去決定。在一般的敘述中，長短相間總是有意思的，因它們足以使音節有變化，且使讀者有緩一緩氣的地方。短句太多，設無相當的事實與動作，便嫌緊促；長句太多，無論是說什麼，總使人的注意力太吃苦，而且聲調也缺乏抑揚之致。

在我們的言語中，既沒有關係代名詞，自然很難造出平勻美好的複句來。我們須記住這個，否則一味的把有關係代名詞的短句全變成很長很長的形容詞，一句中不知有多少個「的」，使人沒法讀下去了。在作翻譯的時候，或者不得不如此；創作既是要盡量的發揮本國語言之美，便不應借用外國句法而把文字弄得不自然了。「自然」是最要緊的。寫出來而不能讀的便是不自然。打算要自然，第一要維持言語本來的美點，不作無謂的革新；第二不要多說廢話及用套話，這是不作無聊的裝飾。

寫完幾句，高聲的讀一遍，是最有益處的事。

（四）節段：一節是一句的擴大。在散文中，有時非一氣讀下七八句去不能得個清楚的觀念。分節的功用，那麼，就是在敘述程式中指明思路的變化。思想設若能有形體，節段便是那個形體。分段清楚、合適，對於思想的明晰是大有幫助的。

在小說裡，分節是比較容易的，因為既是敘述事實與行動，事實與行動本身便有起落首尾。難處是在一節的律動能否幫助這一段事實與行動，恰當的，生動的，使文字與所敘述的相得益彰，如有聲電影中的配樂。嚴重的一段事實，而用了輕飄的一段文字，便是失敗。一段文字的律動音節是能代事實道出感情的，如音樂然。

（五）對話：對話是小說中最自然的部分。在描寫風景人物時，我們還可以有時候用些生字或造些複雜的句子；對話用不著這些。對話必須用日常生活中的言語；這是個怎樣說的問題，要把頂平凡的話調動得生動有力。我們應當與小說中的人物十分熟識，要說什麼必與時機相合，怎樣說必與人格相合。頂聰明的句子用在不適當的時節，或出於不相合的人物口中，便是作者自己說話。頂普通的句子用在合適的地方，便足以顯露出人格來。什麼人說什麼話，什麼時候說什麼話，是最應注意的。老看著你的人物，記住他們的性格，好使他們有他們自己的話。學生說學生的話，先生說先生的話，什麼樣的學生與先生又說什麼樣的話。看著他的環境與動作，他在哪裡和幹些什麼，好使他在某時某地說什麼。對話是小說中許多圖像的聯接物，不是演說。對話不只是小說中應有這麼一項而已，而是要在談話裡發出文學的效果；不僅要過得去，還要真實，對典型真實，對個人真實。

一般的說，對話須簡短。一個人滔滔不絕的說，總缺乏戲劇的力量。即使非長篇大論的獨唱不可，亦須以說話的神氣，手勢，及聽者的神色等來調劑，使不至冗長沉悶。一個人說話，即使是很長，另一人時時插話或發問，也足以使人感到真像聽著二人談話，不至於像聽留聲機片。答話不必一定直答所問，或旁引，或反詰，都能使談話略有變化。心中有事的人往往所答非所問，急於道出自己的憂慮，或不及說完一語而為感情所阻斷。總之，對話須力求像日常談話，於談話中露出感情，不可一問一答，平板如文明戲的對口。

善於運用對話的，能將不必要的事在談話中附帶說出，不必另行敘述。這樣往往比另作詳細陳述更有力量，而且經濟。形容一段事，能一半敘述，一半用對話說出，就顯著有變化。譬若甲託乙去辦一件事，乙辦了之後，來對甲報告，反比另寫乙辦事的經過較為有力。事情由口中說出，能給事實一些強烈的感情與色彩。能利用這個，則可以免去許多無意味的描寫，而且老教談話有事實上的根據——要不說空話，必須使事實成為對話數據的一部分。

風格：風格是什麼？暫且不提。小說當具怎樣的風格？也很難規定。我們只提出幾點，作為一般的參考：

（一）無論說什麼，必須真誠，不許為炫弄學問而說。典故與學識往往是文字的累贅。

（二）晦澀是致命傷，小說的文字須於清淺中取得描寫的力量。Meredith（梅雷迪思）（即梅瑞狄斯。）每每寫出使人難解的句子，雖然他的天才在別的方面足以補救這個毛病，但究竟不是最好的辦法。

（三）風格不是由字句的堆砌而來的，它是心靈的音樂。叔本華說：「形容詞是名詞的仇敵。」是的，好的文字是由心中煉製出來的；多用些泛泛的形容字或生僻字去敷衍，不會有美好的風格。

（四）風格的有無是絕對的，所以不應去摹仿別人。風格與其說是文字的特異，還不如說是思想的力量。思想清楚，才能有清楚的文字。逐字逐句的去摹寫，只學了文字，而沒有思想作基礎，當然不會討好。先求清楚，想得周密，寫得明白；能清楚而天才不足以創出特異的風格，仍不失為清楚；不能清楚，便一切無望。

文學概論講義

第一講　引言

在現代，無論研究什麼學問，對於研究的對象須先有明確的認識。而後才能有所獲得，才能不誤入歧途。比如一個人要研究中古的燒煉術吧，若是他明白燒煉術是粗形的化學、醫藥學和一些迷信妄想的混合物，他便會清清楚楚的挑剔出來：燒煉術中哪一些是有些科學道理的，哪一些完全是揣測虛誕，從而指出中古人對於化學等有什麼偶然的發現，和他們的謬誤之所在。這是以科學方法整理非科學時代的東西的正路。設若他不明白此理，他便不是走入迷信煮石成金的可能，而夢想發財，便是用燒煉術中一二合理之點，來誣衊科學，說些「化學自古有之，不算稀奇」的話語。這樣治學便是白費了自己的工夫，而且有害於學問的進展。

中國人，因為有這麼長遠的歷史，最富於日常生活的經驗；加以傳統的思想勢力很大，也最會苟簡的利用這些經驗；所以凡事都知其當然，不知所以然；只求實效，不去推理；只看片段，不求系統；因而發明的東西雖不少，而對於有系統的純正的科學建樹幾乎等於零。文學研究也是如此。作文讀文的方法是由師傅傳授的，對於文學到底是什麼，以弄筆墨為事的小才子自然是不過問的，關心禮教以明道自任的又以「載道」呀，「明理」呀為文學的本質；於是在中國文論詩說裡便找不出一條明白合理的文學界說。自然，文學界說是很難確定的，而且從文學的欣賞上說，它好似也不是必需的；但是我們既要研究文學，便要有個清楚的概念，以免隨意拉扯，把文學罩上一層霧氣。文學自然是與科學不同，我們不能把整個的一套科學方法施用在文學身上。這是不錯的。但是，現代治學的趨向，無論是研究什麼，「科學的」這一名詞是不能不站在最前面的。文學研究的始祖亞里斯多德便是科學的，他先分析比較了古代希臘的作品，而後提出些規法與原則。到了文藝復興時期，人們抓住亞里斯多德的理論來評量一切文學，便失了科學的態度；因為亞里斯多德是就古代希臘文學而談說文學，文藝復興時代的文學自有它自己的歷史與社會背景，自有它自己的生長與發展，怎好削足適履的以古斷今呢？這不過是個淺顯的例證，但頗足以說明科學的方法研究文學也是很重要的。它至少是許多方法中的一個。

也許有人說：「文以載道」，「詩騷者皆不遇者各系其志，發而為文」，等等，便是中國文學界說；不過現在受了西洋文說的影響，我們遂不復滿於這些國貨論調了；其實呢，我們何必一定尊視西人，而卑視自己呢！要回答這個，我們應回到篇首所說的：我們是生在「現代」，我們治學便不許像前人那樣褊狹。我們要讀古籍古文；同時，我們要明白世界上最精確的學說，然後才能證辨出自家的價值何在。反之，我們依然抱著本《東萊博議》，說什麼「一起起得雄偉，一落落得勁峭」，我們便永遠不會明白文學，正如希望煮石成金一樣的愚笨可憐。生在後世的好處便是能比古人多見多聞一些，使一切學問更進步，更精確。我們不能勉強的使古物現代化，但是我們應當懷疑，思考，比較，評定古物的價值；這樣，我們實在不是好與古人作難。再說，藝術是普遍的，無國界的，文學既是藝術的一支，我們怎能不看看世界上最精美的學說，而反倒自甘簡陋呢？

文學是什麼，我們要從新把古代文說整理一遍，然後與新的理論比證一下，以便得失分明，體認確當。先說中國人論文的毛病：

（一）以單字釋辭：《易》曰：「物相雜，故曰文。」《說文》曰：「文錯畫也，像交文。」這一類的話是中國文人當談到文學，最喜歡引用的。中國人對於「字」有莫大的信仰，《說文》等書是足以解決一切的。一提到文學，趕快去翻字典：啊，文，錯畫也。好了，一切全明白了。章太炎先生也不免此病：「文學者，以有文字著於竹帛，故謂之文；論其法式，謂之文學。」這前半句便是「文，錯畫也。」的說明；後半句為給「學」字找個地位，所以補上「論其法式」四個字。文學是藉著文字表現的，不錯；但是，單單找出一個「字」的意思，怎能拿它來解釋一個「辭」呢！「文學」是一個辭。辭——不拘是由幾個字拼成的——就好像是化學配合品，配合以後自成一物，分析開來，此物即不存在。文學便是文學，是整個的。單把「文」字的意思找出來，怎能明白什麼是文學？果然凡有「文」的便是文學，那麼鋪戶的牌匾，「天德堂」與「開市大吉，萬事亨通」當然全是文學了！

再說，現在學術上的名辭多數是由外國文字譯過來的，不明白譯辭的原意，而勉強翻開中國字書，去找本來不是我們所有的東西的定義，豈非費力不討好。就以修辭學說吧，中國本來沒有這麼一種學問，而在西洋已有兩千多年的歷史，亞里斯多德是第一個有系統而科學的寫《修辭學》的。那麼，我們打算明白什麼是修辭學，是應當整個的研究自亞里斯多德至近代西洋的修辭專書呢？還是應當只看《說文》中的「辭：說也，從辛，辛猶理辜也。修：飾也，從彡，攸聲」？或是引證《易經》上的「修辭立其誠，所以居業也」，就足以明白「修辭學」呢？名不正則言不順，用《易經》上的修辭二字來解釋有兩千多年歷史的修辭學，是張冠李戴，怎能有是處呢？

有人從言語構成上立論：中國語言本是單音的，所以這種按字尋義是不錯的。其實中國語言又何嘗完全是單音的呢？我們每說一句話，是一字一字的往外擠嗎？不是用許多的辭組織成一語嗎？為求人家聽得清楚，為語調的美好，為言語的豐富，由單字而成辭是必然的趨勢。在白話中我們連「桌」、「椅」這類的字也變成「桌子」、「椅子」了；難道應解作「桌與兒子」、「椅與兒子」麼？一個英國人和我學中國話，他把「可是」解作「可以是的」，便是受了信中國話是純粹單音的害處。經我告訴他：「可是」當「but」講，他才開始用辭典；由字典而辭典便是一個大進步。認清了這個，然後須由歷史上找出辭的來源；修辭學是亞里斯多德首創的，便應當去由亞里斯多德研究起；這才能免了誤會與無中生有。

（二）摘取古語作證：中國人的思路多是向後走的，凡事不由邏輯法辨證，只求「有詩為證」便足了事。這種習慣使中國思想永遠是轉圓圈的，永遠是混含的一貫，沒有徹底的認識。比如說，什麼叫「革命」？中國人不去讀革命史，不去研究革命理論；先到舊書裡搜尋，找到了：「湯武革命」，啊！這原來是中國固有的東西喲！於是心滿意足了；或者一高興也許引經據典的作篇革命論。這樣，對於革命怎能有清楚的認識呢！

文學？趕快掀書！《論語》上說：「文學子游、子夏。」！文學有了出處，自然不要再去問文學到底是什麼了。向後走的思路只問古人說過沒有，不問對與不對，更不問古人所說的是否有明確的界說。古人怎能都說得對呢？都說得清楚呢？都能預知後事而預言一切呢？

段凌辰先生說得好：

「德行顏淵、閔子騫、冉伯牛、仲引，言語宰我、子貢，政事冉有、季路，文學子游、子夏。

「此所謂孔門四科也。文學與德行，言語，政事對舉，殆泛指一切知識學問，與今日所謂文學者有別。故邢昺《論語疏》曰：『文章博學，則有子游、子夏二人也。』此解可謂達其旨矣。更以遊、夏二子之自身證之。據《論語．陽貨篇》：『子之武城，聞絃歌之聲。』詩樂相通，子游似為文學之上。然樂本為儒家治世之具，其事亦無足怪。若證以《禮記·檀弓》，則子游實明禮之士耳。至於子夏，《論語·八佾》篇雖稱其『可與言詩』，然據《史記·仲尼弟子列傳》：『孔子既沒，子夏居西河教授，為魏文侯師。』又漢代經師，多源出子夏，則子夏乃傳經之士也。《論語》其他論文之處甚多，其義亦同於斯。如《學而篇》孔子曰：『行有餘力，則以學文。』何晏《集解》引馬融曰：『文者，古之遺文。』邢昺《疏》曰：『注言古之遺文者，則《詩》、《書》、《禮》、《樂》、《易》、《春秋》六經是也。』是則六經為文矣。……『夫子之文章可得而聞也，夫子之言性與天道，不可得而聞也。』邢昺《疏》曰：『子貢言夫子之述作威儀禮法，有文彩形質著名，可以耳聽目視，依循學習，故可得而聞也。』朱熹《論語集註》亦曰：『文章，德之見乎外者，威儀文辭皆是也。』是則所謂文章，又越乎述作文辭之外。與《八佾》篇稱『周監於二代，鬱鬱乎文哉。』《泰伯》篇稱『煥乎其有文章』。《子罕》篇稱『文王既沒，文不在茲乎。』兼禮樂法度而言，其義相類。故《公冶長》篇子貢問曰：『孔文子何以謂之文也？』孔子答曰：『敏而好學，不恥下問，是以謂之文也。』足見孔氏於『文』字之解釋，固其廣泛矣。……」（《中國文學概論》第二篇）

從上一段文字看，只拿古人一句話來解說學術的內含是極欠妥當的，因為古人對於用字是有些隨便的地方。

拿單字的意思解釋辭的，弊在錯謬的分析；以古語證近代學術者，病在斷章取義，只求不違背古說，而忘了用自己的思想。

（三）求實效：中國人是最講實利的，無論是不識字的鄉民，還是博學之士，對事對物的態度是一樣的——凡是一事一物必有它的用處。一個儒醫的經驗，和一個鄉間大夫的，原來差不很多；所不同者是儒醫能把陰陽五行也應用到醫藥上去。儒醫便是個立在古書與經驗之間求實利的一種不生不熟的東西。專研究醫理也好，專研究陰陽五行之說也好，前者是科學的，後者是玄學的；玄學也有它可供研究的價值與興趣。但是中國人不這樣辦；醫術是有用的，陰陽五行也非得有用不可；於是二者攜手，成為一種糊塗東西。

文人也是如此，他們讀書作文原為幹祿或遣興的，而他們一定要把那抽象的哲學名辭搬來應用——道啊，理啊等等總在筆尖上轉。文學就不准是種無所為、無所求的藝術嗎？不許。一件東西必定有用處，不然便不算一件東西；文學必須會幹點什麼，不拘是載道，還是說理，反正它得有用。

(1) 文以觀人：《文中子》說：「文士之行可見，謝靈運小人哉！其文傲，君子則謹。」照這麼說，在中國非君子便不許作文了。君子會作文不會，是個問題。可是中國人以為君子總是社會上的好人，為社會公益起見，「其文傲」的人是該驅逐出境的；這是為實利起見不得不如此的。

《詩史》曰：「詩之作也，窮通之分可觀：王建詩寒碎，故仕終不顯；李洞詩窮悴，故竟下第。」這又由社會轉到個人身上來了；原來評判詩文還可以帶著「相面」的！文學與別的東西一樣，據中國人看，是有實用的，所以攙入相術以求證實是自然的，不算怎麼奇怪。說窮話的必定倒楣，說大話的必定騰達顯貴，像西洋那些大悲劇家便都應該窮困夭死的。那No struggle no drama（英文，意為：沒有鬥爭，便沒有戲劇。）在中國人看，是故意與自家過不去的。白居易有「野火燒不盡，春風吹又生」之句，於是顧況便斷定他在那米貴的長安也可以居住了：文章的用處莫非只為吃飯麼？

「文藝是純然的生命的表現；是能夠全然離了外界的壓抑和強制，站在絕對自由的心境上，表現出個性來的唯一的世界。忘卻名利，除去奴隸根性，從一切羈絆束縛解放下來，這才能成文藝上的創作。必須進到那與留心著報章上的批評，算計著稿費之類的全然兩樣的心境，這才能成真的文藝作品；因為能做到僅被在自己的心裡燒著的感激和情熱所動，像天地創造的曙神所做的一樣程度的自己表現的世界，是只有文藝而已。」（《苦悶的象徵》十三頁）

拿這一段話和我們的窮通壽夭說比一比，我們要發生什麼感想呢！

(2) 文以載道明理：「《詩》三百，一言以蔽之，曰：思無邪！」這是中國文人讀書的方法。無論讀什麼，讀者必須假冒為善的宣告：「我思無邪！」《詩》中之《風》本來是「出於里巷歌謠之作，男女相與詠歌，各言其情也。」（朱熹）它們的那點文學價值也就在這裡。但是中國讀詩的，非在男女之情以外，還加上些「刺美風化」，「詩以正言，義之用也」等不相干的話，不足以表示心思的正大。正像後世寫淫書的人，也必在第一回敘說些勸善懲淫的話頭，一樣的沒出息。有了這種心理，治文學的人自然忘了文學本身的欣賞，而看古文古詩中字字有深意、處處是訓誡；於是一面忘了研究文學到底是什麼，一面發了「若不仰範前哲，何以貽厥後來」的志願。文以載道明理遂成了文人的信條。韓愈說：「愈之志在古道，又甚好其文辭」，就是因為崇古的緣故，把自己也古代化了。周敦頤說：「文辭，藝也。道德，實也。」這有實用的道德真真把文藝毀苦了！這種論調與實行的結果，弄得中國文學：一，毫無生氣，只是互相摹擬；文是古的好，道也是古的好。二，只有格體的區分，少主義的標樹。把「道」放在不同的體格之下便算有了花樣變化，主義——道——是一定不變的。三，戲劇小說發達的極晚，極不完善，因為它們不古，不古自然也不合乎道，於是就少有人注意它們。四，文學批評沒有成為文藝的獨立一枝，因為文不過是載道之具，道有邪正，值得辯論；那對偶駢儷諛佞無實，便不足道了。

廚川白村說過：「每逢世間有事情，一說什麼，便掏出藏在懷中的一種尺子來丈量。凡是不能恰恰相合的東西，便隨便地排斥，這樣輕佻浮薄的態度，就有首先改起的必要罷。」這一種尺子或者就是中國的「道」麼？誠如是，丟開這尺子，讓我們跑入文學的樂園，自由的呼吸那帶花香的空氣去吧！

以上是消極地指出中國文人評論文學所愛犯的毛病，也就是我們所應避免的。至於文學是什麼，和一些文學上的重要問題，都在後面逐漸討論；先知道了應當避免什麼，或者足以使我們討論文學的時候不再誤入歧途。

第二講　中國歷代文說（上）

在第一講裡，我們略指出中國文士論文的錯誤，是橫著擺列數條，沒管它們在歷史上的先後。現在我們再豎著看一看，把古今的重要文說略微討論一下。

先秦文論：文學，不論中外，發達最早的是詩歌。像《詩序》裡的「言之不足，故嗟嘆之；嗟嘆之不足，故詠歌之；詠歌之不足，不知手之舞之，足之蹈之也。」那樣心有所感，發為歌詠，是在有文字之先，已有的事實。那麼，我們先拿《詩經》來研究一下，似乎是當然的手續。《詩經》，據說是孔子刪定的；這個傳說的可靠與否，我們且不去管；孔子對於《詩經》很喜歡引用與談論是個事實。

《詩》中的《風》本是「出於里巷歌謠之作，男女相與詠歌，各言其情也。」（朱熹）它們的文學價值也就在這裡。可是孔子——一位注重禮樂、好談政治的實利哲學家——對於《詩》的文學價值是不大注意的；他始終是說怎樣利用它。他用「《詩》三百，一言以蔽之，曰：思無邪！」（《論語．為政篇》）定了讀《詩》的方法；於是惹起後世注《詩》的人們對於《詩》的誤解：「刺美風化」是他們替「思無邪」作辨證的工夫；對於《詩》本身的文學價值幾乎完全忘卻。這是在思想方面，他已把文學與道德攙合起來立論。再看他怎從其他方面利用《詩》：

「不學《詩》，無以言。」（《論語．季氏篇》）《詩》的用處是幫助修辭的。

「入其國，其教可知也。其為人也，溫柔敦厚，詩教也。」（《禮記．經解篇》）這是以詩為政治的工具。

「小子何莫學夫詩？詩，可以興，可以觀，可以群，可以怨；邇之事父，遠之事君；多識於鳥獸草木之名。」（《論語．陽貨篇》）《詩》不但可以教給人們以事父事君之道，且可以當動植物辭典用！

這樣，孔子既以《詩》為政治教育的工具，為一本有趣的教科書，所以他引用詩句時，也不大管詩句的真意，而是曲為比附，以達己意，正如古希臘詭辯家的利用荷馬。鈴木虎雄說得好：

「孔子當解釋詩，對於詩的原意特別注重把來安上一種政教上的特別的意義來應用。……例如述到逸詩：『唐棣之華，偏其反而；豈不爾思，室是遠而。』必評論說：『未之思也夫！何遠之有！』（《論語．子罕篇》）原篇雖是說男女相思，因居室遠而相背的。對於這下一轉語，可說是相思底程度不夠，倘若真相思便沒有所謂遠這一回事的，恰如利用所謂：『仁，遠乎哉？我欲仁，斯仁至矣。』（《論語．述而篇》）的意義一樣。政教下的談話成了乾燥無味（之談，而）（括號中的字為校注者所加。）由此得救了。又在《大學》裡引《詩》云：『邦畿千里，唯民所止。』（《商頌．玄鳥》）《詩》云：『緡蠻黃鳥，止於丘隅。』（《小雅．魚藻之什緡蠻》）也說：『於止，知其所知，可以人而不如鳥乎。』（《大學》）掇拾『止』字以利用《大學》的『止於至善。』……子夏問到《詩》裡所說：『巧笑倩兮，美目盼兮，素以為絢兮。』是怎樣解釋，孔子答以：『繪事後素。』

子夏遂說道：『禮後乎？』(《論語．八佾篇》) 孔子又說子夏是『可與言詩』的。甚至稱讚為『起予者商也。』但這種問答詩底原意已被遺卻，只是借詩以作為自己講學上的說話而已。」(《中國古代文藝論史》第一編第四章)

這「巧笑倩兮，美目盼兮，素以為絢兮」，是何等的美！可惜孔子不是個創作家，不是個文學批評家，所以沒有美的欣賞。有孔子這樣引領在前，後世文人自然是忽略了文學本身的欣賞，而去看古文古詩中字字有深意，處處有訓誡，於是文以載道明理便成了他們的信條。

周代諸子差不多都是自成一家之言。他們的文字雖然很好，像老子的簡練，莊子的馳暢，可是他們很少談到文學，而且有些藐視孔門的好古飾辭的，像「仲尼方且飾羽而畫，從事華辭。」(《莊子．禦寇篇》) 之類。正是「老莊之作，管孟之流，蓋以立意為宗，不以能文為本。」(《文選序》) 只有孔子和他的幾個門徒是以由考古傳經而得致太平之術的，於是討論詩文也成了他們的附帶作業。他們是整理古著從而證明他們的哲學，對於文學的創作與認識是不大注意的。他們的功勞是儲存了古禮古樂古詩，且加以研究；他們的壞處是把禮樂與文學全作了政治思想的犧牲品。「故正得失，動天地，感鬼神，莫近於詩。先王以是經夫婦，成孝敬，厚人倫，美教化，移風俗。」(《關雎序》) 詩的用處越來越擴大了！他們能作得出：

「日月忽其不淹兮，春與秋其代序；
唯草木之零落兮，恐美人之遲暮。
不撫壯而棄穢兮，何不改乎此度；
乘騏驥以馳騁兮，來吾道夫先路。」

(《離騷》)

那用「善鳥香草以配忠貞，惡禽臭物以比讒佞，靈修美人以媲於君，宓妃佚女以譬賢臣，虬龍鸞鳳以託君子，飄風雲霓以為小人。」（王逸《楚辭．章句．離騷序》）來解釋《離騷》的，也是深受孔門說詩的毒——這點毒氣至今也沒掃除淨盡！

漢魏六朝文論：漢代崇儒，能通一藝以上者，補文學掌故缺。六藝都是文學，失去獨立的領域。這時候的傳詩的人們，分頭去宣傳自家師說；《關雎》到底是說某夫人的事，《宛丘》到底是譏刺誰，是他們研究與爭論的要點；《詩》已成了「經」，它的文學價值如何，沒有什麼人過問了。

這時代的文學作品要算賦最出風頭。對於賦的批評有揚雄的：

「詩人之賦麗以則，辭人之賦麗以淫。」（揚子《法言．吾子篇》）

有司馬相如的：

「合綦組以成文，列錦繡而為質，一經一緯，一宮一商，此賦之跡也。賦家之心，包括宇宙，總攬人物，斯乃得之於內，不可得而傳。」（《西京雜記》）

前者由作家把賦分為兩等——詩人的與辭人的；後者把賦的形體和作者的資格提道一下；二者全沒說到賦在文學上的價值如何。

班固便簡直不承認賦的價值，他說：

「……其後宋玉、唐勒。漢興枚乘、司馬相如，下及揚子云，竟為侈麗閎衍之詞，沒其諷諭之義。」（《漢書．藝文志》）

賦本來是一種極笨重的東西，「竟為侈麗閎衍之詞」的判斷是不錯的；但是以失古詩諷諭之義來打倒它，仍是以實效立論，沒有什麼重要的意義。所以鈴木虎雄說：

「自孔子以來至漢末，都是不能離開道德以觀文學的，而且一般的文學者單是以鼓吹道德底思想作為手段而承認其價值的。但到魏以後卻不然，文學底自身是有價值的底思想已經在這時期發生了。所以我以為魏底時代是中國文學史上的自覺時代。」(《中國古代文藝論史》第二編第一章)

那麼，我們就看一看魏晉六朝的文說：

曹家父子有很高的文學天才，論文也有獨到之處。在曹丕的《典論·論文》裡，有三點可以叫我們注意的：

(一) 他說：「夫文，本同而末異，蓋奏議宜雅，書論宜理，銘誄尚實，詩賦欲麗。此四科不同，故能之者偏也；唯通才能備其體。」

這是清清楚楚指出文的內容不同，作法也就有別。說理的文自然以條理清楚為主，而詩賦便當寫得美麗。他雖然沒有說出為什麼要如此，可是他真有了文學的欣賞，承認美是為文的要素之一。以前的人們是以體道而摹古，他現在是主張愛美的了。

「魏之三祖，更尚文詞。忽君子之大道，好雕蟲之小藝。下之從上，有同影響，競馳文華，遂成風俗。江左齊、梁，其弊彌甚：貴賤賢愚，唯矜吟詠。遂復遺理存異，尋虛逐微。競一韻之奇，爭一字之巧。連篇累牘，不出月露之行；積案盈箱，唯是風雲之狀。」(《隋書·李諤上書正文體》) 這是後世守道明理者對「詩賦欲麗」的反攻，仍要把文學附屬在道德之下，但適足以說明曹家父子對文學界的影響如何偉大了。

(二)《典論·論文》裡又說：「年壽有時而盡，榮樂止乎其身。二者必至之常期，未若文章之無窮。是以古之作者，寄身於翰墨，見意於篇籍，不假良史之辭，不託飛馳之勢，而聲名自傳於後。」

曹丕與王朗書裡也說：「生有七尺之形，死唯一棺之土。唯立德揚名，可以不朽；其次莫如著篇籍。」

這些話雖然沒有說出文學是認識生命、解釋生命的，可是承認了為文學而生活是值得的。自然這裡的名利計較還很深，但因求不朽之名以致力文章，實足以鼓舞起創作的興趣與勇氣。

（三）曹丕又說：「文以氣為主。」氣是什麼？很難斷定。但是我們至少可以從此語看出：為文的要件是由內心表現自己，不是為什麼道什麼理作宣傳。這裡至少是說文當以什麼為主，不是文當說明什麼；氣必是在文內的，道理等是外來的。

以上三點雖仍未說明文學是什麼，但是對於文學的認識，確已離開實效而專以文論文了。

以下討論陸機的《文賦》：

陸機的《文賦》比近人的一開口便引「文，錯畫也」真夠高明的多了。他開口便是：

「佇中區以玄覽，頤情志於典墳。遵四時以嘆逝，瞻萬物而思紛。悲落葉於勁秋，喜柔條於芳春。心懍懍以懷霜，志眇眇而臨雲。」

這是說文是感物激情而發的，不是什麼「文者務為有補於世」。有深刻的觀察，有敏銳的情感，有觸於內心，那創作欲便起了火焰，便欲罷不能的非寫不可；那寫出來的便是物我的聯合。所以，

「其始也，皆收視反聽，耽思傍訊，精鶩八極，心遊萬仞。……謝朝華於已披，啟夕秀於未振。觀古今於須臾，撫四海於一瞬。」

心有所感，便若痴若狂。想像與思維的聯合，使心靈蕩漾在夢境裡。那方寸之地，忽然與宇宙同樣的廣大，上帝似的在創造一切：忽然縮斂，像一絲花蕊般細嫩，在春風裡吻著陽光。於是，

「籠天地於形內，挫萬物於筆端。始躑躅於燥吻，終流離於濡翰。理扶質以立幹，文垂條而結繁。信情貌之不差，故每變而在顏；思涉樂其必笑，方言哀而已嘆。或操觚以率爾，或含毫而邈然。」

我們再看他對技術方面怎樣說：

「詩緣情而綺靡，賦體物而瀏亮，碑披文以相質，誄纏綿而淒

愴……」這是體格不同，當配以相當的文字。

「其為物也多姿，其為體也屢遷。其會意也尚巧，其遣言也貴妍。暨音聲之疊代，若五色之相宣。」這是文辭音聲應求妍美。

「或寄辭於瘁音，言徒靡而弗華；混妍蚩而成體，累良質而為瑕……」這是一些文病。

但是為文到底有一定的規則沒有呢？他不肯武斷的說。他只說：

「若夫豐約之裁，俯仰之形，因宜適變，曲有微情：或言拙而喻巧，或理樸而辭輕，或襲古而彌新，或沿濁而更清，或覽之而必察，或研之而後精。」這似乎是說：文無定法，技有巧拙，要在審事達情，必求其適了。

統觀全文，可以看出兩個要點來：一，文學是心靈的產物，沒有心情的激動便沒有創造的可能。這個說法又比曹丕的以求不朽之名為創作的動機確切多了。二，作文的手段，如文字的配置，音聲的調和等，是必要的，不如是，文章便不會美好。

發於心靈，終於技術，這是《文賦》的要義。陸機雖沒能逐條詳加說明（假如他不用賦體作這篇文章，他一定會解說的更透澈一些；自然，也許因為不用賦體，它便不會傳流到現在），可是這些指示，對文學已有了相當的體認了解。我們可以替他下一條文學定義：

文學是以美好的文字為心靈的表現。

《後漢書》的著者范曄，主張「以意為主，以文傳意」。(《范曄獄中與諸甥侄書》）同時他拿「性別宮商，識清濁，斯自然也」去講究音調。

以意為主是重在講說什麼，便是要分別什麼是該說的與什麼是不該說的：這比以情為主的文學欣賞又低落了許多，因為文學的成功以怎樣寫出為主，說什麼是次要的。況且傳達「意」的自有哲學與科學，不必一定靠著文學。但是不論是文以情為主，是以意為主，他們——陸機，

范曄 —— 都由作家的立場來說文的主幹是什麼，不是替別人宣傳什麼文學以外的東西了；他們也全以為音調的講究為必要的。

音調的講究漸漸成了文學的重要問題。在《南齊書．陸厥傳》裡說：

「永明末，盛為文章。吳興沈約，陳郡謝朓，琅琊王融，以氣類相推轂；汝南周顒，善識聲韻。約等文皆用宮商，以平上去人為四聲，以此制韻，不可增減，世呼為『永明體』。」

沈約是四聲八病的首創者，這種講究看著雖然很纖巧，但是中國言語本是「聲的言語」；聲的調配實是叫文章美好的要件。當這「盛為文章」的時代，由主義而談到技術上去，是當然的步驟。這四聲八病的規定，雖叫文人只留意技術方面，可是這不能不算對言語的認識有了進步；文學本來是以言語為表現工具的，怎樣利用工具的研究是應有的。沈約答陸厥書裡說：「自古辭人，豈不知宮羽之殊，商徵之別。雖知五音之異，而其中參差變動，殊昧實多。故鄙意所謂比祕未睹者也。以此而推，則知前世文士，便未悟此處。」這明明是說聲韻的分析與利用是一種新的發現。

這技術上的講求，自然不算什麼了不得的事，但足以證明那時候文學確是成了獨立的藝術，一字一聲也不許隨便用了。這正像樂器的改善足以幫助音樂進步，光線顏色的研究叫畫家更足以充分的表現。自然，專修美工具是不能產生出偉大作品的，但這不能不算是藝術進展中必有的一步。

現在我們看蕭統的文說：他是很愛讀書的人，他並且把所見過的文章選出來，作一部模範讀本 —— 《文選》。這個工作的第一步自然是要決定：「什麼是文」。他說：

「若夫姬公之籍，孔父之書，與日月俱懸，鬼神爭奧，孝敬之準式，人倫之師友；豈可重以芟夷，加以剪截！」（《文選序》）

他一面推崇姬、孔，一面暗示出這些經藝根本不能算作純文學；於是託詞不敢芟夷剪截，輕輕的推在一邊。

還有：「老莊之作，管孟之流，蓋以立意為宗，不以能文為本。今之所撰，又以略諸。」說理講哲學的著作，不是為愛好文學而作的，也就不取。(打倒了「以意為主」。)

「若賢人之美辭，忠臣之抗直，謀夫之話，辨士之端……蓋乃事美一時，語流千載；概見墳籍，旁出子史。若斯之流，又亦繁博，雖傳之簡牘，而事異篇章。今之所集，亦所不取。」這是說事實雖美，毫無統系，而且不是文學上有意的創作品，也就放在一邊。

「至於記事之史，系年之書，所以褒貶是非，紀別異同；方之篇翰，亦已不同。」史書是記載事實的，也不是純粹文學作品，所以也不取。』

那麼，什麼樣的作品才合格呢？只有：

「事出於沉思，義歸乎翰藻」的方能被選。這個大膽的擇取，便把經，史，子，雜說，全驅到文學的華室之外，把六藝即文學的說法根本推翻。有想像的，有整個表現的，有辭藻的，才能算文；不如此的不算。這個規定把「文」與「非文」從古籍裡分析開，使在歷史上與文學上「文」與「非文」截然分立，差不多像砌了一堵長牆，牆上寫著：這邊是文學，那邊是文學以外的作品！這個「清黨工作」真是非常勇敢的，大有益於文學獨立的。

以下我們談《文心雕龍》：

我們一提到文學理論與批評，似乎便聯想到《文心雕龍》了。不錯，它確乎是很豐富、很少見的一部文學評論。看它的內容多麼花哨：

關於說明文學體質的有《原道》、《徵聖》、《宗經》、《正緯》等篇。

分論文體格式的有《辨騷》、《明詩》、《樂府》、《詮賦》、《頌讚》、《祝盟》、《銘箴》……

討論修辭與作文法理的有《神思》、《體性》、《風骨》、《通變》、《定勢》、《情采》……

但是，我們設若細心的讀這些篇文章，便覺得劉勰只是總集前人之說，給他所知道的文章體格，一一的作了篇駢儷文章，並沒有什麼新穎的創見。看他在《原道篇》裡說：

「傍及萬品，動植皆文：龍鳳以藻繪呈瑞，虎豹以炳蔚凝姿。雲霞雕色，有逾畫工之妙；草木賁華，無待錦匠之奇。」

這又是以「文」談「文學」，根本沒有明白他所要研究的東西的對象。至於說：

「夫以無識之物，鬱然有彩，有心之器，其無文歟！」便牽強得可笑！動植物有「紋」，所以人類便當有「文」；那麼牛羊有角，我們便應有什麼呢？

在《宗經》裡：「『經』也者，恆久之至道，不刊之鴻教也。故像天地，效鬼神，參物序，制人紀；洞性靈之奧區，極文章之骨髓者也。」

經是文章的骨髓，自然文士便不許發表自家的意見，只許依經闡道了 —— 文學也便嗚呼哀哉了！不怪他評論《離騷》那樣偉大的作品也是：

「(故) 其陳堯、舜之耿介，稱湯、武之祗敬，典誥之體也；譏桀、紂之猖披，傷羿、澆之顛隕，規諷之旨也；虯龍以喻君子，雲霓以譬讒邪，比興之義也；每一顧而淹涕，嘆君門之九重，忠怨之辭也：觀茲四事，同於《風》、《雅》者也。」(《辨騷》)

這樣以古斷今，是根本不明白什麼叫創作。《詩》是《詩》，《騷》是《騷》，何必非把新酒裝在舊袋子裡呢！

論到文章的體格，他先把字解釋一下，如：「詩者持也」，「賦者鋪也」，「頌者容也」等等。然後把作家混含的批評一句，如「孟堅《兩都》，明絢以雅贍。張衡《二京》，迅發以宏富。」等等。前者未曾論到文學的價值——賦到底是體物寫志的好工具不是？後者批評作品混含無當，作者執筆為文時可以有一兩個要義在心中為一篇的主旨；批評者便應多方面去立論，不能只拿一兩句話斷定好壞。

至於章表奏啟本來是實用文字，史傳諸子本是記事論理之文，它們的能作文學作品看，是因為它們合了文學的條件，不是它們必定都在文學範圍之內。劉勰這樣逐一說明，比蕭統的把經史諸子放在文學範圍之外的見識又低多了。

說到措辭與文章結構，這本來是沒有一定義法的；修辭學不會叫人作出極漂亮的詩句，文章法則只足叫人多所顧忌因沿。法則永遠是由經驗中來的，經驗當然是過去的，所以談到「風骨」，他說：「若能確乎正式，使文明以健，則風清骨峻，篇體光華。」這「正式」是哪裡來的？不是摹古麼？說到「定勢」，他便說：「舊練之才，則執正以馭奇，新學之銳，則逐奇而失正。勢流不返，則文體遂弊。」這是說新學之銳，有所創立是極危險的。文學作品是個性的表現，每人有他自己的風格筆勢，每篇文章自有獨立的神情韻調；一定法程，便生弊病，所以《文心雕龍》的影響一定是害多利少的，因為它塞住了自由創造的大路。

總之，這本書有兩大缺點：

一、劉勰的「道沿聖以垂文，聖因文而明道」是把文與道捏合在一處，是六朝文論的由盛而衰。

二、細分文體，而沒認清文學的範圍。空談風神氣勢，並無深到的說明。

這麼看，《文心雕龍》並不是真正的文學批評，而是一種文學源流、文學理論、修辭、作文法的混合物。它的好處是把秦漢以前至六朝的文說文體全收集來，作個總結。假如我們看清這一點，它便有了價值，因為它很可以供給我們一些研究古代文學的材料。假如拿它當作一本教科書，像歐洲早年那樣讀亞里斯多德的《修辭學》與《詩學》，便很容易斷章取義，把文學講到歧途上去。劉勰自己也說：「銓序一文為易，彌綸群言為難。」和「同之與異，不屑古今；擘肌分理，唯務折衷。」這彌綸群言，是他的功勞；雖然有時是費力不討好。這唯務折衷，便失去了創立新說的勇氣。

和《文心雕龍》的結構不同，而勢力差不多相等的，有鐘嶸的《詩品》。前者是包羅一切的，後者是專論詩家的源流，並定其品次。王世貞說：「吾覽鐘記室《詩品》，折衷情文，裁量時代，可謂允矣，詞亦奕奕發之；第所推源，出於何者，恐未盡然。」誠然，鐘嶸對於各家作品強求來源，如李陵必出於《楚辭》，班婕妤又必發於李陵等，何所據而云然？他說：「使味之者無極，聞之者動心，是詩之至也。」本來是極精到的話；可是他又說：「詩有三藝焉：一曰興，二曰比，三曰賦。文已盡而意有餘，興也。因物喻志，比也。直書其事，寓言寫物，賦也。宏斯三義，酌而用之，幹之以風力，潤之以丹彩，」然後「味之者無極，聞之者動心，是詩之至也。」（《詩品序》）這分明是說以古體為主，加以自家的精力，才能成好詩；於是每評一人，便非指出他的來源不可。而且是來源越古的，品次也就越高——上品都是源出國風、《楚辭》與古詩的。這個用合古與否作評斷的標準，是忘卻了文學是表現時代精神而隨時進展的。

至於評論各家也不完全以詩為主眼，如提到李陵，他說：「陵名家子，有殊才；生命不諧，聲頹身喪。使陵不遭辛苦，其文亦何能如此？」這並沒有論到李陵的詩的好處何在。就是以詩立論的，也嫌太空泛，如說曹植的詩是「骨氣奇高，詞彩華茂，情兼雅怨，體披文質，粲溢古今，卓爾不群。」如說嵇康是「頗似魏文，過於峻切，訐直露才，傷淵雅之致。然託喻清遠，良有鑒裁，亦未失高流矣。」使我們對於這些詩人並沒有什麼深刻的了解，只覺得這是些泛泛的批語而已。本來一篇詩的成就不是很簡單的事，作家的人格，作風，情趣，技術都混合在一處；那麼，只拿幾個字來評定一個詩家的作品是極難的事，就是勉強的寫出來，也往往是空洞的。況且，從詩的欣賞上立論，我們讀詩的時候，它只給我們心靈的激動，並不叫我們隨讀隨想哪一點是詩人的人格，哪一點是詩人的感情，而且是一個「整個」的。正如喝檸檬水一樣，如果半瓶是蘇打水，半瓶是檸檬汁，並沒有調勻在一處，又有什麼好喝呢。所以，就是有精細的分析，把詩人的一切從詩中剝脫出來，恐怕剝完了的時候，那詩的作用一點也不存在了。

鐘嶸也知道：「至乎吟詠情性，亦何貴於用事。『思君如流水』即是即目。『高臺多悲風』亦唯所見。『清晨登隴首』羌無故實。『明月照積雪』，詎出經、史。觀古今勝語，多非補假，皆由直尋。」(《詩品序》) 如果他始終抱定這個「直尋」來批評，當然強尋源流的毛病便沒有了，對於詩的欣賞也一定更深切了。

至於把詩人分成若乾等級是極難妥當的事。設若不把什麼是詩人先決定好，誰能公平的給詩人排列次序呢？同時，詩人所應具備的性格、能力與條件，又太多了，而且對這些條件又是一人一個看法，怎能規定出詩人到底是什麼呢？就是找出詩人必備的條件，還有個難題，什麼是詩呢？這是文學理論中最困難的兩個問題；不試著解決這個，而憑個人的主張來評定詩人與詩藝的等次，是種很危險的把戲。

他對於聲律的講求，有很好的見解：

「餘謂文制，本須諷讀，不可蹇礙。但令清濁通流，口吻調利，斯為足矣」(《詩品序》)

如果他抱定「直尋」和「口吻調利」來寫一篇詩論，當比他這樣一一評論，強定品次強得多了。以情性的自發，成為音調自然的作品，豈不是很好的理論麼。

以上這些論調，無論怎樣不圓滿，至少叫我們看得出：自魏以後，文學的研究與解釋已成了獨立的，這不能不算是一個大進步。

第三講　中國歷代文說（下）

唐代文說：唐代是中國詩最發達的時代，有「詩中有畫」的王維；有富於想像，從空飛來的李白；有純任性靈，忠實描寫的杜甫；有老嫗皆解，名妓爭唱的白居易；還有，，太多了，好像唐代的人都是詩人似的！在這麼燦爛的詩國裡，按理說應有很好的詩說發現了，而事實上談文學的還是主張文以載道；好像作詩只是一種娛樂，無關乎大道似的。那以聖賢自居的韓愈是如此，那最會作詩的白居易也如此，看他《與元微之論作文大旨書》裡說：

「詩之豪者，世稱李、杜。李之作，才矣，奇矣，人不逮矣，索其風雅比興，十無一焉。……」

其實李白的好處，原在運用他自己的想像，不管什麼風雅比興，孰知在這裡卻被貶為不明諭諷之道了！

他又說：「僕常痛詩道崩壞，忽忽憤發，或食輟哺，夜輟寢，不量才力，欲扶起之！」

這是表明他為詩的態度——不是要創造一家之言，而是志在補殘葺頹。

他接著說：「及再來長安，又聞有軍使高霞寓者，欲聘娼妓。妓大誇曰：『我誦得白學士《長恨歌》，豈同他妓哉？』由是增價。又足下書云：到通州日，見江館柱間有題僕詩者，復何人哉？又昨過漢南日，適遇主人集眾樂娛他賓，諸妓見僕來，指而相顧曰：『此是《秦中吟》、《長恨歌》主耳。』自長安抵江西，三四千里，凡鄉校、佛寺、逆旅、行舟之中，往往有題僕詩者，士庶、僧徒、孀婦、處女之口，每每有詠僕詩者。此誠雕蟲之戲，不足為多！然今時俗所重，正在此耳。」

他的詩這樣受歡迎，本來足以自豪了，他卻偏說：「雕蟲之戲，不足為多。」那麼，他志在什麼呢？在這裡：

「僕志在兼濟，行在獨善；奉而始終之則為道，言而發明之則為詩。謂之諷諭詩，兼濟之志也；謂之閑適詩，獨善之義也。故覽僕詩，知僕之道焉。其餘雜律詩，或誘於一時一物，發於一笑一吟，率然成章，非平生所尚者。」（白居易《與元微之論作文大旨書》）（即白居易《與元九書》。）

兼濟與獨善是道德行為，何必一定用詩作工具呢。恐怕那些在「士庶僧徒，孀婦處女之口」的，正是那發於一吟一笑的作品吧？

這個載道的運動，當然以「文起八代之衰，而道濟天下之溺」的韓愈為主帥了。他的立論的基礎是「道為內，文為外」。看他怎樣告訴劉正夫：

「或問為文宜何師？必謹對曰：宜師古聖賢人。曰：古聖賢人所為書具存，辭皆不同，宜何師？必謹對曰：師其意，不師其辭。」（韓愈《答劉正夫書》）

這為文宜何師的口調，根本以文章為一種摹擬的玩藝，其結果當然是師古。所以他「學之二十餘年矣，始者非三代兩漢之書不敢觀，非聖人之志不敢存。」這極端的崇古便非把自家的思想犧牲了不可。思想既有一定，那麼文人還有什麼把戲可耍呢？當然是師其意不師其辭了。把辭變換一下，不與古雷同，便算盡了創作的能事。其實，文章把思想部分除去，而只剩一些辭句——縱使極美——又有什麼好處呢？

孔家的說詩，是以詩為教育政治的工具；到了韓愈，便直將文學與道德黏合在一處，成了不可分隔的，無道便無文學。

道到底是什麼呢？由韓愈自己所下的定義看，是：「博愛之謂仁，行而宜之之謂義，由是而之焉之謂道。」（《原道》）他這個道不是怎麼深奧的東西，如老子那無以名之的那一點。這個道是由仁與義的實行而獲得的。這樣，韓愈的思想根本不怎樣深刻，又偏偏愛把這一些道德行為的責任交給文學，那怎能說得通呢！道德是倫理的，文學是藝術的，道德是實際的，文學是要想像的。道德的目標在善，文藝的歸宿是美；文學嫁給道德怎能生得出美麗的小孩呢。柏拉圖（Plato）是以文學為政治工具的，可是還不能不退一步說：

「假如詩能作責任的利器，正如它為給愉快的利器，正義方面便能多有所獲得。」

但是，詩是否能這樣腳踩兩只船呢？善與美是否能這樣相安無事呢？——這真是個問題！

「文起八代之衰」的功勞是在乎提高了散文的地位，但是這個運動的壞處是使「文」包括住文學，而把詩降落在散文之下：因為「文」是載道的工具，而詩——就是韓愈自己也有極美豔的詩句——總是脫不了歌詠性情，自然便不能冠冕堂皇的作文學的主帥了。因為這樣看輕了詩，所以詞便被視為詩餘，而戲曲也便沒有什麼重要的地位。詩與散文的分別，中國文論中很少說到的。這二者的區分既不清楚，而文以載道之說又始終未被打破，於是詩藝往往要向散文求些情面，像白居易那樣的「奉而始終之則為道，言而明之則為詩」，以求詩藝與散文有同等的地位，這是很可憐的。

那最善於作小品文字的柳宗元的遊記等文字是何等的清峭自然，可是，趕到一說文學，他也是志在明道。他說：

「及長，乃知文者以明道，是固不苟為炳炳烺烺，務彩色、誇聲音而以為能也。凡吾所陳。皆自謂近道；而不知道之果近乎，遠乎？吾子好道。而可吾文，或者其於道不遠矣。……本之《書》以求其質，本之《詩》以求其恆，本之《禮》以求其宜，本之《春秋》以求其斷，本之《易》以求其動，此吾所以取道之原也。」(《答韋中立論師道書》)

有了取道之原，文章不美怎辦呢？他說：

「文有二道：辭令褒貶，本乎著述者也；導揚諷諭，本乎比興者也。著述者流，蓋出於《書》之謨、訓，《易》之象、系，《春秋》之筆削；其要在於高壯廣厚，詞正而理備，謂宜藏於簡冊也。比興者流，蓋出於虞、夏之詠歌，殷、周之風雅；其要在於麗則清越，言暢而意美，謂宜流於謠誦也。茲二者，考其旨義，乖離不合。故秉筆之士，恆偏勝獨得，而罕有兼者焉。」(《楊評事文集後序》)

這又似乎捨不得文采動聽那一方面，而想要文質兼備，理詞兩存，縱然「道」是那麼重要，到底他不敢把「美」完全棄擲不顧呀。

這種忸怩的論調實在不如司空圖的完全以神韻說詩，看：

「俯拾即是，不取諸鄰，俱道適往，著手成春。如逢花開，如瞻歲新。真與不奪，強得易貧。幽人空山，過雨採萍。薄言情悟，悠悠天鈞。」(《二十四詩品・自然》)

這是何等的境界！不要說什麼道什麼理了，這「情悟」已經夠了。再看：

「娟娟群松，下有漪流。晴雪滿汀，隔溪漁舟。可人如玉，步屧尋幽，載瞻載止，空碧悠悠。神出古異，淡不可收：如月之曙，如氣之秋。」(《清奇》)

這種具體的寫出詩境，不比泛講道德義法強麼？他不說詩體怎樣，效用怎樣；他只說詩的味道有雄渾，有高古等等，完全從神韻方面著眼。這自然不足以說明詩的一切，可是很靈巧的畫出許多詩境的圖畫，叫人深思神往；這比李白的「大雅久不作，吾衰竟誰陳？……我志在刪述，垂暉映千春。希聖如有立，絕筆於獲麟。」的以作詩為希聖希賢的道途要高尚多少倍呢！

宋代文說：宋朝詞的發達，與白話的應用，都給文學開拓了新的途徑；按理說這足以叫文人捨去道義，而創樹新說了。可是，事實上作者仍是拿住「道」字不放手；那善於文詞的歐陽修還是說：

「夫學者未始不為道，而至者鮮焉。非道之於人遠也，學者有所溺焉爾。蓋文之為言，難工而可喜，易悅而自足，世之學者，往往溺之；一有工焉，則曰：『吾學足矣』。甚者至棄百事不關於心，曰：『吾文士也，職於文而已』；此其所以至之鮮也。……聖人之文雖不可及，然大抵道勝者，文不難而自至也。」（《答吳充秀才書》）

「道勝，文不難自至」，真有些玄妙。文學是藝術的，怎能因為「道勝」便能成功呢？圖畫也是藝術的一枝，誰敢說：「道勝，畫遂不難而至」呢？

王安石便說得更妙了：「嘗謂文者，禮教治政云耳。」「『言之不文，行之不遠』云者，徒謂『辭之不可以已也；非聖人作文之本意也』。」（《上人書》）這簡截的把辭推開，而所謂文者只是一種有骨無肉的死東西。「且所謂文者，務為有補於世而已矣。所謂辭者，猶器之有刻鏤繪畫也。誠使巧且華，不必適用。誠使適用，亦不必巧且華。」假如這個說法不錯，那「心在水精域，衣霑春雨時」便根本不算好詩；因為在水精域裡有什麼好？衣被春雨霑溼，豈不又須費事去曬乾？

還是論詩的嚴羽有些見解：

「大抵禪道唯在妙悟，詩道亦在妙悟。且孟襄陽學力下韓退之遠甚，而其詩獨出退之之上者，一味妙悟而已。唯悟乃為當行，乃為本色。……天下有可廢之人，無可廢之言。詩道如是也。……夫詩有別材，非關書也。詩有別趣，非關理也。然非多讀書、多窮理，則不能極其至。所謂不涉理路、不落言筌者，上也。詩者，吟詠情性也。盛唐諸人唯在興趣，羚羊掛角，無跡可求。故其妙處透澈玲瓏，不可湊泊，如空中之音，相中之色，水中之月，鏡中之象，言有盡而意無窮。」(《滄浪詩話·詩辨》)

只這幾句已足壓倒一切，這才是對詩有了真正了解！「詩之道在妙悟」，是的；詩是心聲，詩人的宇宙是妙悟出來的宇宙；由妙悟而發為吟詠，是心中的狂喜成為音樂。只有這種天才，有這種經驗，便能成為好句，所以「有可廢之人，無可廢之言」；道德與詩是全不相干的。道德既放在一邊了，學理呢？學理是求知的，是邏輯的；詩是求感動的，屬於心靈的；所以「妙不關於學理」。詩人的真實是經過想像浸洗過的，所以像水中之月，鏡中之象。由興趣而想像是詩境的妙悟；這麼說詩，詩便是藝術的了。司空圖和嚴羽真是唐宋兩代談文學的光榮。他們是在詩的生命中找出原理，到了不容易說出來的時候 —— 談藝術往往是不易直接說出來的 —— 他們會指出詩「像」什麼，這是真有了解之後，才能這樣具體的指示出來。

宋代還有許多詩話的著作，但是沒有像嚴羽這樣切當的，在這裡也就不多引用了。

元明清文說：元代的小說戲曲都很發達，可是對小說戲曲並沒有怎麼討論過。王國維在他的《宋元戲曲史》裡說：「元雜劇之為一代之絕作，元人未之知也。明之文人，始激賞之；至有以關漢卿比司馬子長者。」至於小說，直至金聖嘆才有正式的欣賞宣傳。元代文人的論斷文學多是從枝節問題上著眼，像陳繹曾的《文筌》與《文說》，徐師曾的《文體明辨》等，都沒有討論到文學的重要問題上去。

到了明代，論文的可分為兩派：一派是注重格調的，一派是注重文章義法的。在前一派裡，無論是論文是論詩，都是厭棄宋人的淺浮，而想復古，像李夢陽的詩宗盛唐，王世貞的「文必兩漢，詩必盛唐」。他們的摹古方法是講求格調，力求形式上的高古堂皇。李夢陽說：

「詩至唐而古調亡矣。然自唐，調可歌詠，高者猶足被管絃。宋人主理不主調，於是唐調亦亡。黃陳師法杜甫，號大家；今其詞艱澀不香色流動，如入神廟坐土木骸，即冠服與人等，謂之文可乎？夫詩比興錯雜，假物以神變者也。難言不測之妙，感觸突發，流動情思，故其氣柔厚，其聲悠揚，其言切而不迫，故歌之心暢，而聞之者動也。宋人主理作理語，於是薄風雲月露一切剷去不為。又作詩話教人，不復知詩矣。詩何嘗無理，若專作理語何不作文而詩為耶？」（《缶音序》）

這段議論頗有些道理，末兩句把詩與文的界分也說明瞭一點。設若他專從「難言不測之妙，感觸突發……」上用工夫，他的作品當然是有可觀的；可惜他只在形式上注意，並沒有實行自家的理想，所以《四庫總目．空同集提要》裡說：「句擬字摹，食古不化，亦往往有之。」

他對於文以載道也有很好的見解，他說：「道，自道者也；有所為皆非也。」（夢陽《道錄序》）又說：「古之文以行，今之文以葩；葩為詞腴，行為道華。」（夢陽《文箴》）根據這個道理，他攻擊宋人的「無美惡皆欲合道傳志」。他不小看「道」，但他絕不願因「道」而破壞了文學。但是，他因此而罵：「宋儒興，古之文廢」，是他一方面攻擊宋人，一方面又不敢大膽的去改造；只是一步跨過宋代，而向更古的古董取些形式上的模範；這是他的失敗。

王慎中初談秦漢，謂東京以下無可取。後來明白了歐曾作文的方法，盡焚舊作，一意師仿。這是第二派 —— 由極端的師古，變為退步的摹擬，把宋文也加在模範文之內。那極端復古的是專在格調上注意；這唐宋兼收的注重講求文章的義法。茅坤的《八大家文鈔》便把唐宋八家之文當作古文。歸有光便是以五色圈點《史記》，以示義法。

這兩派的毛病在摹古，雖然注意之點不同。所謂格調，所謂義法，全是枝節問題，未曾談到文學的本身。《四庫提要》裡說得很到家：「自李夢陽《空同集》出，以字句摹秦漢，而秦漢為窠臼。自坤《白華樓稿》出，以機調摹仿唐宋，而唐宋又為窠臼。」

到了清代，論詩的有王士禎之主神韻，沈德潛的重格調，袁枚的主性靈。王的注重得意忘言，平淡靜遠，是忘了詩人的情感不一定永是恬靜的。「空山不見人，但聞人語響」自然是幽妙之境了，可是杜甫的《兵車行》也還是好詩。詩中有畫自是中國詩的妙處，可是往往因求這個境界而缺乏了情感，甚至於帶出頹廢的氣象，正如袁枚說：「阮亭於氣魄、性情，俱有所短。」（《詩話》卷四）

沈德潛是重格調的，字面力求合古，立言一歸於溫柔敦厚。他對於古體近體都有所模範，而輕視元和以下的作品。他也被袁枚駁倒：「詩有工拙，而無古今。」（《答沈大宗伯論詩書》）他更極有趣的說明：「子孫之貌，莫不本於祖父，然變而美者有之。變而醜者亦有之；若必禁其不變，則雖造物亦有所不能。先生許唐人之變漢、魏，而獨不許宋人之變唐，惑也！」沈的主張溫柔敦厚，袁枚也有很好的駁辯，他說：「豔詩宮體，自是詩家一格。孔子不刪鄭、衛之詩，而先生獨刪次回之詩，不已過乎！」又說：「夫《關雎》即豔詩也，以求淑女之故，至於輾轉反側，使文生於今遇先生，危矣哉！」（《再答沈大宗伯書》）

袁枚可以算作中國最大的文學批評家。他對神韻說，只承認神韻是詩中的一格，但是不適宜於七言長篇等。對格調說，他不承認詩體是一成不變的。對詩有實用說，他便提出性靈來壓倒實用。看他怎樣主張性靈：

「詩者，人之性情也。近取諸身而足矣。」（《詩話．補遺》卷一）「凡作詩者，各有身分，亦各有心胸。」（《詩話》卷四）

「凡作詩，寫景易，言情難。何也？景從外來，且之所觸，留心便得；情從心出，非有一種芬芳悱惻之懷，便不能哀感頑豔。然亦各人性之所近。」（《詩話》卷六）

他有了這種見解，所以他敢大膽的批評，把格調神韻等都看作片面的問題，不是詩的本體論。有了這種見解，他也就敢說：「詩有工拙，而無古今」的話了。這樣的主張是空前的，打倒一切的；他只認定性靈，認定創造，那麼，詩便是從心所欲而為言，無須摹仿，無須拘束；這樣，詩才能自由，而文藝的獨立完全告成了。

在論詩的方面有了袁枚，把一切不相干的東西掃除了去，可惜清代沒有一個這樣論文的人。一般文人還是捨不得「道」字，像姚鼐的「天地之道，陰陽剛柔而已。文者天地之菁英，而陰陽剛柔之發也。」（《復魯絜非書》）曾國藩的「古之知道者，未有不明於文字者也。」（《與劉孟容書》）這類的話，我們已經聽得太多，可以不再引了。總之，他們作文的目的還是為明道，作文的義法也取之古人；內容外表兩有限制，自然產生不出偉大的作品。值得一介紹的，只有阮元和章學誠了。

阮元說：

「昭明所選，名之曰文，蓋必文而後選也，非文則不選也。經也，子也，史也，皆不可專名之為文也。」（《書梁昭明太子文選序後》）這是照著昭明太子的主張，說明一下什麼是文。他又說：

「為文章者，不務協音以成韻，修詞以達遠，使人易誦易記；而唯以單行之語，縱橫恣肆，動輒千言萬字；不知此乃古人所謂直言之言，論難之語，非言之有文者也，非孔子之所謂文也。《文言》數百字，幾於字字用韻。孔子於此發明乾坤之蘊，詮釋四德之名；幾費修詞之意，冀達意外之言。要使遠近易誦，古今易傳。……不但多用韻，抑且多用偶。……凡偶，皆文也。於物，兩色相偶而交錯之，乃得名曰文；文即

像其形也。」(《文言說》)

這是說明文必須講究辭藻對偶，不這樣必是直言，不是文。自然非駢儷不算文，固屬偏執；可是專以文為載道之具，忽略了文章的美好方面，也是個毛病。況且，設若美是文藝的要素，阮元的主張 —— 雖然偏執 —— 且較別家的只講明理見道親切一些了。

章學誠的攻擊文病是非常有力的，看他譏笑歸有光的以五色圈點《史記》：

「……五色標識，各為義例，不相混亂：若者為全篇結構，若者為逐段精采，若者為意度波瀾，若者為精神氣魄，以例分類，便於拳服揣摩，號為古文祕傳。……夫立言之要，在於有物。古人著為文章，皆本於中之所見，初非好為炳炳烺烺，如錦工繡女之矜誇采色已也。富貴公子，雖醉夢中不能作寒酸求乞語；疾痛患難之人，雖置之絲竹華宴之場，不能易其呻吟而作歡笑；此聲之所以肖其心，而文之所以不能彼此相易，各自成家者也。今捨己之所求，而摩古人之形似，是杞梁之妻善哭其夫，而西家偕老之婦，亦學其悲號；屈子之自沉汨羅，而同心一德之朝，其臣亦宜作楚怨也，不亦傎乎！」(《文史通義．文理》)

再看他攻擊好用古字的人們：

「唐末五代之風詭矣！稱人不名不姓，多為諧隱寓言。觀者乍覽其文，不知何許人也。如李曰『隴西』，王標『琅琊』，雖頗乖忤，猶曰著郡望也。莊姓則稱漆園，牛姓乃稱『太牢』，則詼嘲諧劇，不復成文理矣！」(《文史通義．繁稱》)

看他指摘文人的死守古典，而忘記了所寫的是什麼。

「文人固能文矣，文人所書之人，不必盡能文也。敘事之文，作者之言也；為文為質，唯其所欲，期如其事而已矣。記言之文，則非作者之言也；為文為質，期於適如其人之言，非作者所能自主也。……抑思善相夫者，何必盡識『鹿車』『鴻案』；善教子者，豈皆熟記『畫荻』『丸熊』。自文人胸有成竹，遂致閨修皆如板印。與其文而失實，何如質以傳真也！」（《文史通義．古文十弊》）

這些議論都是非常痛快，非常精到的。可惜，談到文學本身，他還是很守舊的，如「戰國之文皆源出於六藝」，又是牽強的找文學來源。「至戰國而文章之變盡。至戰國而後世之文體備」便是塞住文學的去路。他好像是十分明白摹古的弊病，而同時沒有膽氣去評斷古代作品的真價值；這或者是因為受了傳統思想的束縛，不敢叛經背道，所以只能極精切的指出後世文士的毛病，而不敢對文學本身有所主張。因此，他甚至連文集也視為不合於古：「嗚呼！著作衰而有文集，典故窮而有類書。學者貪於簡閱之易，而不知實學之衰；狃於易成之名，而不知大道之散。」（《文史通義．文集》）古無文集，後人就不應刊刻文集，未免太固執了；難道古人不會印刷術，今人也就得改用竹帛篆寫嗎？

最近的文說：新文學的運動，到如今已經有四五十年的歷史，最顯著而有成績的是「五四」後的白話文學運動。白話文學運動，從這個名詞上看，就知道這是文學革命的一個區域性問題；是要廢棄那古死的文字，而來利用活的言語，這是工具上的問題，不是討論文學的本身。胡適先生在主張用白話的時候，提出些具體的辦法：

一、不做「言之無物」的文字。

二、不做「無病呻吟」的文字。

三、不用典。

四、不用套語爛調。

五、不講究對仗。

六、不做不合文法的文字。

七、不摹仿古人。

八、不避俗語俗字。

這仍是因為提倡利用白話，而消極的把舊文學的弊病提示出來，指出新文學所應當避免的東西。中國文學經過這番革命，新詩，小說，小品文學，戲劇等才紛紛作建設的嘗試。但是，設若我們細細考驗這些作品，我們不能說新文學已把這「八不主義」做到；有許多新詩是不用中國典故了，可是，改用了許多古代希臘羅馬神話中的故事與人物，還是用典，不過是換了典故的來源。「言之無物」與「無病呻吟」的作品也還很多，不合文法的文字也比比皆是。這種現象，在文學革命期間，或者是不可避免的；其重要原因，還是因為這個文學革命運動是區域性的，是消極的，而沒有在「文學是什麼」上多多的思慮過。就是有一些討論到文學本身的，也不過是把西洋現成的學說介紹一下，我們自己並沒有很大的批評家出來評判指導，所以到現在偉大的作品還是要期之將來的。

最近有些人主張把「文學革命」變成「革命文學」，以藝術為宣傳主義的工具，以文學為革命的武器。這種主張是現代的文藝思潮。它的立腳點是一切唯物，以經濟史觀決定文學的起源與發展。俄國革命成功了，無產階級握有政權，正在建設普羅列太裡列（無產階級。）的文化。文藝是文化中的一要事，所以該當掃除有產階級的產物，而打著新旗號為第四階級宣傳。

這種手段並不是新鮮的，因為柏拉圖在他的《理想國》中也是想以文藝放在政治之下，而替政治去工作。就是中國的「文以載道」也有這麼一點意味，雖然中國人的「道」不是什麼具體的政治主義，可是拿文藝為宣傳的工具是在態度上相同的。這種辦法，不管所宣傳的主義是什麼和好與不好，多少是叫文藝受損失的。以文學為工具，文藝便成為奴性的；以文藝為奴僕的，文藝也不會真誠的伺候他。亞里斯多德是比柏拉圖更科學一點，他便以文藝談文藝；在這一點，誰也承認他戰勝了柏拉圖。普羅文藝中所宣傳的主義也許是很精確的，但是假如它們不能成為文藝，豈非勞而無功？他們費了許多工夫證實文藝是社會的經濟的產兒，但這只能以此寫一本唯物文學史，和很有興趣的搜求出原始文藝的起源；對於文學的創造又有什麼關係呢？文藝作品的成功與否，在乎它有藝術的價值沒有，它內容上的含蘊是次要的。因此，現在我們只聽見一片吶喊，還沒見到真正血紅的普羅文藝作品，那就是說，他們有了題目而沒有能交上卷子；因為他們太重視了「普羅」而忘了「文藝」。

第四講　文學的特質

這一講本來應稱為「什麼是文學」。什麼是文學？恐怕永遠不會得到最後的答案。提出幾個文學的特質，和文學中的重要問題，加以討論，藉以得著個較為清楚的概念，為認識與欣賞文學的基礎，這較比著是更妥當的辦法。這個程式也不是不科學的，因為打算捉住文學的構成原素必須經過邏輯的手段，從比較分析歸納等得到那一切文學作品所必具的條件。這是一個很大的志願，其中需要的知識恐怕不是任何人在一生中所能集取得滿足的；但是，消極的說，我們有「科學的」一詞常常在目前，我們至少足以避免以一時代或一民族的文學為解決文學一切問題的鑰匙。我們知道，整個文學是生長的活物的觀念，也知道當怎樣留神去下結論，更知道我們的知識是多麼有限；有了這種種的警惕與小心，或者我們的錯誤是可以更少一點的。文學不是科學，正與宗教美學藝術論一樣的有非科學所能解決之點，但是從另一方面看，科學的研究方法本來不是要使文學或宗教等變為科學，而是使它們增多一些更有根據的說明，使我們多一些更清楚的了解。科學的方法並不妨礙我們應用對於美學或宗教學所應有的常識的推理與精神上的經驗及體會，研究文學也是如此：文學的欣賞是隨著個人的愛好而不同的，但是被欣賞的條件與欣賞者的心理是可以由科學的方法而發現一些的。

在前兩講中我們看見許多問題，文學中的道德問題，思想問題，形式與內容的問題，詩與散文的問題；和許多文學特質的價值的估定，美的價值，情感的價值，想像的價值等等。這些都是我們必須詳細討論的。但是，在討論這些之前，我們要問一句，中國文學中有沒有忽略了在世界文學裡所視為重要的問題？這極為重要，因為不這麼設問一下，我們便容易守著一些舊說而自滿自足，不再去看那世界文學所共具的條件，因而也就不能公平的評斷我們自家的文藝的真價值與成功何在。

中國沒有藝術論。這使中國一切藝術吃了很大的虧。自然，藝術論永遠不會代藝術解決了一切的問題，但是藝術上的主張與理論，無論是好與壞，總是可以引起對藝術的深厚趣味；足以劃分開藝術的領域，從而給予各種藝術以適當的價值；足以為藝術的各枝對美的、道德的等問題作個通體盤算的討論。柏拉圖與亞里斯多德的文學理論，在今日看起來，是有許多錯誤的，可是他們都以藝術為起點來討論文學。不管他們有多少錯誤，他們對文學的生長與功能全得到一個更高大更深遠的來源與根據；他們看文學不像個飄萍，不是個寄生物，而是獨立的一種藝術。以藝術為起點而說文學，就是柏拉圖那樣輕視藝術也不能不承認荷馬的偉大與詩人的須受了神明的啟示而後才作得出好文章來。中國沒有藝術論，所以文學始終沒找著個老家，也沒有一些兄弟姐妹來陪伴著。「文以載道」是否合理？沒有人能作有根據的駁辯，因為沒有藝術論作後盾。文學這樣的失去根據地，自然便容易被拉去作哲學和倫理的奴僕。文學因工具——文字——的關係託身於哲學還算幸事，中國的圖畫、雕刻與音樂便更可憐，它們只是自生自滅，沒有高深透澈的理論與宣傳為它們倡導激勵。中國的文學、圖畫、雕刻、音樂往好裡說全是足以「見道」，往壞裡說都是「雕蟲小技」：前者是把藝術完全視為道德的附屬物，後者是把它們視為消遣品。

設若以文學為藝術之一枝便怎樣呢？文學便會立刻除掉道德的或任何別種不相干的東西的鬼臉而露出它的真面目。文學的真面目是美的，善於表情的，聰明的，眉目口鼻無一處不調和的。這樣的一個面目使人戀它愛它讚美它，使人看了還要看，甚至於如顛如狂的在夢中還記唸著它。道德的鬼臉是否能使人這樣？誰都能知道怎麼回答這個問題。

這到了該說文學的特質的時候了，雖然我們還可以繼續著指出中國文學中所缺乏的東西，如文學批評，如文學形式與內容的詳細討論，如以美學為觀點的文學理論等等，但是這些個的所以缺乏，大概還是因為我們沒有「藝術」這個觀念。雖然我們有些類似文學評論的文章，可是文學批評沒有成為獨立的文藝，因為沒有藝術這個觀念，所以不能想到文學批評的本身應當是創造的文藝呢，還是隻管隨便的指摘出文學作品一些毛病。形式與內容的關係也是由討論整個的藝術才能提出，因為在討論圖畫雕刻與建築之美的時候，形式問題是要首先解決的。有了形式問題的討論，形式與內容的關係自然便出來了。對於美學，中國沒有專論，這是沒有藝術論的自然結果。但是我們還是先討論文學的特質吧。

文學是幹什麼的呢？是為說明什麼呢 —— 如說明「道」 —— 還是另有作用？從藝術上看，圖畫、雕刻、音樂的構成似乎都不能完全離開理智，就是音樂也是要表現一些思想。文學呢，因為工具的關係，是比任何藝術更多一些理智分子的。那麼，理智是不是文學的特質呢？不是！從幾方面看它不是：(一) 假如理智是個文學特質，為什麼那無理取鬧的《西遊記》與喜劇們也算文藝作品呢？為什麼那有名的詩，戲劇，小說，大半是說男女相悅之情，而還算最好的文藝呢？（二）講理的有哲學，說明人生行為的有倫理學，為什麼在這兩種之外另要文學？假如理智是最要緊的東西；假如文學的責任也在說理，它又與哲學有何區別呢？（三）供給我們知識的自有科學，為什麼必須要文學，假如文學的功用是在滿足求知的慾望？要回答這些問題，我們不能不說理智不是文學的特質，雖然理智在文學中也是重要的分子。什麼東西攔住理智的去路呢？情感。

為什麼《西遊記》使人愛讀，至少是比韓愈的《原道》使人更愛讀？因為它使人欣喜 —— 使人欣喜是藝術的目的。為何男女相愛的事自最初的民歌直至近代的詩文總是最時興的題目？因為這個題目足以感動心靈。陸機、袁枚等所主張的對了，判定文藝是該以能否感動為準的。理智不是壞對象，但是理智的分子越多，文學的感動力越少，因為「文學都是要傳達力量，凡為發表知識的不是文學」。我們讀文藝作品也要思索，但是思索什麼？不是由文學所給的那點感動與趣味，而設身處地的思索作品中人物與事實的遭遇嗎？假如不是思索這個，文學怎能使我們忽啼忽笑呢？不能使我們哭笑的作品能否算為文學的成功？理智是冷酷的，它會使人清醒，不會讓人沉醉。自然，有些偉大的詩人敢大膽的以詩來談科學與哲理，像 Lucretius（盧克萊修（西元前 98- 西元前 55），古羅馬哲學家、詩人。）與但丁。但是我們讀詩是否為求知呢？不是。這兩位詩人的大膽與能力是可佩服的，但是我們只能佩服他們的能力與膽量，而不能因此就把科學與哲理的討論作為詩藝的正當的題材。因為我們明知道，就以但丁說吧，《神曲》的偉大絕不是因為他敢以科學作材料，而是在乎他能在此以外還有那千古不朽的驚心動魄的心靈的激動；因此，他是比 Lucretius 更偉大的詩人； Lucretius 只是把別人的思想鑄成了詩句，這些思想只有一時的價值，沒有文學的永久性。我們試看杜甫的《北征》裡的「……學母無不為，曉妝隨手抹；移時施朱鉛，狼藉眉目闊（據《唐詩別裁集》中杜甫《北征》詩為「狼藉畫眉闊」。）。生還對童稚，似欲忘饑渴；問事竟挽須，誰能即嗔喝……」這裡有什麼高深的思想？為什麼我們還愛讀呢？因為其中有點不可磨滅的感情，在唐朝為父的是如此，到如今還是如此。自然，將來的人類果真能把家庭制度完全取消，真能保持社會的平和而使悲劇無由產生，這幾句詩也會失了感動的能力。但是世界能否變成那樣是個問題，而且無論怎樣，這幾句總比「衰榮無定在，彼此更共之。邵生瓜田中，寧似東陵時。寒暑有代謝，人道每如茲……」（陶潛）要留傳得久遠一些，因為杜甫的《北征》是人生的真經驗，是帶著感情寫出的；陶潛的這幾句是個哲學家把一段哲理裝入詩的形式中，它自然不會使讀者的心房跳躍。感情是否永久不變是不敢定的，可是感情是文學的特質是不可移易的，人們讀文學為是求感情上的趣味也是萬古不變的。我們可以想像到一個不動感情的人類（如 Aldous Huxley（奧爾德斯·赫胥黎（1894-1963），英國小說家。）在 Brave New World（《美好的新世界》。）中所形容的），但是不能想像到一個與感情分家的文學；沒有感情的文學便是不需要文學的表示，那便是文學該死的日子了。那麼，假如有人以為感情不是不變的，而反對感情的永久性之說，他或者可以承認感情是總不能與文藝離婚的吧？

偉大的文藝自然須有偉大的思想和哲理，但是文藝中怎樣表現這思想與哲理是比思想與哲理的本身價值還要大得多：設若沒有這種限制，文藝便與哲學完全沒有分別。怎樣的表現是藝術的問題，陳說什麼是思想的問題，有高深的思想而不能藝術的表現出來便不能算作文藝作品。反之，沒有什麼高深的思想，而表現得好，便還算作文藝，這便附帶著說明瞭為什麼有些無理取鬧的遊戲文字可以算作傑作，「幽默」之所以成為文藝的重要分子也因此解決。談到思想，只有思想便好了；談到文藝，思想而外還有許多許多東西應當加以思考的：風格，形式，組織，幽默……這些都足以把思想的重要推到次要的地位上去。風格，形式等等的作用是什麼？幫助思想的清晰是其中的一點，而大部分還是為使文藝的力量更深厚，更足以打動人心。筆力脆弱的不能打動人心，所以須有一種有力的風格；亂七八糟的一片材料不能引人入勝，所以須有形式與組織。怎樣表現便是怎樣使人更覺得舒適，更感到了深厚的情感。這便是 Longinus（朗吉努斯（生卒年不詳），古希臘作家。）所謂的 Sublime（崇高。），他說：「天才的作品不是要說服，而是使人狂悅——或是說使讀者忘形。那奇妙之點是不管它在哪裡與在何時發現，它總使我們驚訝；它能在那要說服的或悅耳的失敗之處得勝；因信服與否大半是我們自己可以作主的，但是對於天才的權威是無法反抗的。天才把它那無可抵禦的意志壓在我們一切人的頭上。」這點能力不是思想所能有的。思想是文藝中的重要東西，但是怎樣引導與表現思想是藝術的，是更重要的。

我們讀了文學作品可以得到一些知識，不錯；但是所得到的是什麼知識？當然不是科學所給的知識。文學與別的藝術品一樣，是解釋人生的。文學家也許是寫自己的經歷，像杜甫與 Wordsworth（威廉·華茲華斯（1770-1850），英國詩人。），也許是寫一種天外飛來的幻想，像那些烏托邦的夢想者，但是無論他們寫什麼，他們是給人生一種寫照與解釋。他們寫的也許是極平常的事，而在這平凡事實中提到一些人生的意義，這便是他們的哲理，這便是他們給我們的知識。他們的哲理是用帶著血肉的人生烘托出來的，他們的知識是以人情人心為起點，所以他們的哲理也許不很深，而且有時候也許受不住科學的分析，但是這點不高深的哲理在具體的表現中能把我們帶到天外去，我們到了他們所設的境界中自然能體會出人生的真意義。我們讀文藝作品不是為引起一種哲學的駁難，而是隨著文人所設下的事實而體會人生；文人能否把我們引入另一境界，能否給我們一種滿意的結局，便是文人的要務。科學家們是分頭的研究而後報告他們的獲得，文學家是具體的創造一切。因為文學是創造的，所以其中所含的感情是比知識更重要更真切的。知識是個人的事，個人有知識把它發表出就完了，別人接受它與否是別人的事。感情便不止於此了，它至少有三方面：作家的感情，作品中人物的感情，和讀者的感情。這三者怎樣的運用與調和不是個容易的事。作者自己的感情太多了，作品便失於浮淺或頹喪或過度的浪漫；作品中人物的感情如何，與能引起讀者的感情與否，是作者首先要注意的。使人物的感情有圓滿適宜的發洩，而後使讀者同情於書中人物，這需要藝術的才力與人生的知識。讀者於文學作品中所得的知識因此也是關於人生的；這便是文學所以為必要的，而不只是一種消遣品。

以上是講文學中的感情與思想的問題，其結論是：感情是文學的特質之一；思想與知識是重要的，但不是文學的特質，因為這二者並不專靠文學為它們宣傳。

道德的目的是不是文學的特質之一呢？有美在這裡等著它。美是不偏不倚，無利害的，因而也就沒有道德的標準。美是一切藝術的要素，文學自然不能拋棄了它；有它在這裡，道德的目的便無法上前。道德是有所為的，美是超出利害的，這二者的能否調和，似乎還沒有這二者誰應作主的問題更為重要，因為有許多很美的作品也含有道德的教訓，而我們所要問的是到底道德算不算與美平行的文學特性？

在第二、三兩講中，我們看見許多文人談論「道」的問題，有的以「道」為哲學，這在前面已討論過，不要再說；有的以「道」為實際的道德，如「且所謂文者，務為有補於世而已矣。」我們便由這裡討論起。

我們先引一小段幾乎人人熟悉的文字：「枯藤老樹昏鴉，小橋流水人家，古道西風瘦馬，夕陽西下，斷腸人在天涯！」這是不是公認的最美妙的一段？可是，這有補於世與否？我們無須等個回答。這已經把「務為有補於世」的「務」字給打下去。那麼，像白居易的《折臂翁》(戍邊功也)，和他那些新樂府（為君為臣為民為物為事而作，不為文而作也)，雖都是有道德的目的，可是有些是非常的美麗真摯，又算不算最好的詩藝呢？還有近代的主張為人生而藝術的也是以文藝為一種人生苦痛的呼聲，是不是為「有補於世」作證呢？

在回答這個以前，我們再提出反面的問題：不道德的文藝，可是很美，又算不算好的文藝呢？

美即真實，真實即美，是人人知道的。W. Blake（威廉．布萊克(1757-1827)，英國詩人、版畫家。）也說：「不揭示出赤裸裸的美，藝術即永不存在。」這是說美須摘了道德的鬼臉。由這個主張看，似乎美與道德不能並立。那主張為藝術而藝術的便完全把道德放在一邊。那唯美主義的末流便甚至拿那淫醜的東西當作美的。這樣的主張也似乎不承認那有道德的教訓而不失為美好的作品，可是我們公平的看來，像白居易的新樂府，縱然不都是，至少也有幾首是很好的文藝作品。這怎麼辦呢？假如我們只說，這個問題要依對藝術的主張而異，便始終不會得個決定的論斷，那便與我們的要提出文學特質的原意相背。

主張往往是有成見的，我們似乎沒有法子使柏拉圖與王爾德的意見調和起來，我們還是從文學作品本身看吧。我們看見過多少作品——而且是頂好的作品——並沒有道德目的；為何它們成為頂好的作品呢？因為它們頂美。再看，有許多作品是有道德的教訓的，可是還不失為文藝作品，為什麼呢？因為其中仍有美的成份。再看，有些作品沒有道德的目的，而不成為文藝品，為什麼呢？因為不美，或者是以故意不道德的淫醜當作了美。這三種的例子是人人可以自己去找到的。在這裡，我們看清楚了，凡是好的文藝作品必須有美，而不一定有道德的目的。就是那不道德的作品，假如真美，也還不失為文藝的；而且這道德與不道德的判定不是絕對的，有許多一時被禁的文學書後來成了公認的傑作——美的價值是比道德的價值更久遠的。那有道德教訓而不失為文藝作品的東西是因為合了美的條件而存在，正如有的哲學與歷史的文字也可以被認為文學：不是因為它們的道理與事實，而是因為它們的文章合了文學的條件。專講道德而沒有美永不會成為文學作品。在文學中，道德須趨就美，美不能俯就道德，美到底是絕對的；道德來向美投降，可以成為文藝，可是也許還不能成為最高的文藝；以白居易說，他的傳誦最廣的詩恐怕不是那新樂府。自然，文學作品的動機是有種種，也許是美的，也許是道德的，也許是感情的……假如它是個道德的，它必須要設法去迎接美與感情，不然它只好放下它要成為文學作品的志願。文學的責任是藝術的，這幾乎要把道德完全排斥開了。藝術的，是使人忘形的；道德的，立刻使心靈墜落在塵土上。

「去創造一朵小花是多少世紀的工作。詩的天才是真的人物。」(Blake) 美是文學的特質之一。

文人怎樣把他的感情傳達出來呢？寡婦夜哭是極悲慘的事，但是隻憑這一哭，自然不能成為文學。假如一個文人要代一個寡婦傳達出她的悲苦，他應當怎樣辦呢？

文人怎樣將美傳達出來呢？

這便須談到想像了。凡是藝術品，它的構成必不能短了想像。經驗與事實是重要的，但是人人有些經驗與事實，為什麼不都是文人呢？就是講一個故事或笑話，在那會說話的人口中，便能引起更有力的反應，為什麼？因為他的想像力能想到怎樣去使聽眾更注意，怎樣給聽眾一些出其不備的刺激與驚異；這個，往大了說，便是想像的排列法。藝術作品的成功大半仗著這個排列法。藝術家不是隻把事實照樣描寫下來，而是把事實從新排列一回，使一段事實成為一個獨立的單位，每一部分必與全體恰好有適當的聯屬，每一穿插恰好是有助於最後的印象的力量。於是，文學的形式之美便像一朵鮮花：拆開來，每一蕊一瓣也是朵獨立的小花；合起來，還是香色俱美的大花。文藝裡沒有絕對的寫實；寫實只是與浪漫相對的名詞。絕對的寫實便是照相，照相不是藝術。文藝作品不論是多麼短或多麼長，必須成個獨立的單位，不是可以隨便添減的東西。一首短詩，一出五幕劇，一部長小說，全須費過多少心血去排列得像個完好的東西。作品中的事實也許是出於臆造，也許來自真的經驗，但是它的構成必須是想像的。自然，世界上有許多事實可以不用改造便成個很好的故事；但是這種事實只能給文人一點啟示，借這個事實而寫成的故事，必不是報紙上的新聞，而是經過想像陶煉的藝術品。這不僅是文藝該有的方法，而且只有這樣的文藝才配稱為生命的解釋者。這就是說，以科學研究人生是部分的，有的研究生理，有的研究社會，有的研究心理；只有文藝是整個的表現，是能採取宇宙間的一些事實而表現出人生至理：除了想像沒有第二個方法能使文學做到這一步。以感情說吧，文人聽見一個寡婦夜哭，他必須有相當的想像力，他才能替那寡婦傷心；他必須有很大的想像力才能代她作出個極悲苦的故事，或是代她宣傳她的哭聲到天邊地角去；他必須有極大的想像力才能使他的讀者讀了而同情於這寡婦。

亞里斯多德已注意到這一點。他說：「一個歷史家與一個詩人……的不同處是：一個是說已過去的事實，一個是說或者有過的事實。」拿韻文寫歷史並不見得就是詩，因為它沒有想像；以四六文寫小說，如沒有想像，還是不算小說。亞里斯多德也提到「比喻」的重要，比喻是觀念的聯合；這便說到文藝中的細節目也需要想像了。文藝作品不但在結構上事實上要有想像，它的一切都需要想像。文藝作品必須有許多許多的極鮮明的圖畫，對於人，物，風景，都要成為立得起來的圖畫；因為它是要具體的表現。哪裡去尋這麼多鮮明的立得起來的圖畫？文藝是以文字為工具的，就是能尋到一些圖畫，怎麼能用文字表現出呢？非有想像不可了。「想像是永生之物的代表。」一切東西自然的存在著，我們怎能憑空的把它的美妙捉住？文字既非顏色，怎能將自然中的色彩畫出來？事實本不都是有趣的，有感力的，我們怎麼使它們有趣有感力？一篇作品是個整個的想像排列，其中的各部分，就是小至一個字或一句話或一個景象，還是想像的描畫。最顯然的自然是比喻：因為多數的景象是不易直接寫出的，所以拿個恰好相合的另一景象把它加重的烘托出；這樣，文藝中的圖畫便都有了鮮明的顏色。《飲中八仙歌》裡說：「宗之瀟灑美少年」，怎樣的美呢？「皎如玉樹臨風前」。這一個以物比人的景象便給那美少年畫了一張極簡單極生動的像。可是，這種想像還是容易的，而且這在才力微弱一點的文人手裡往往只作出一些「試想」，而不能簡勁有力的畫出。中國的賦裡最多這種毛病：用了許多「如」這個，「似」那個，可是不能極有力的描畫出。文藝中的想像不限於比喻，凡是有力的描畫，不管是直接的或間接的，不管是悲慘的或幽默的，都必是想像的作用。還拿《飲中八仙歌》說吧：「飲如長鯨吸百川」固然是誇大的比擬，可是「知章騎馬似乘船，眼花落井水底眠」便不僅是觀念的聯合，以一物喻另一物了，而是給賀知章一個想像的人格與想像的世界；這是杜甫「詩眼」中的感覺。杜甫的所以偉大便在此，因為他不但只用比擬，而是把眼前一切人物景色全放在想像的爐火中煉出些千古不滅的圖畫：「想像是永生之物的代表」。「山雪河冰野蕭瑟，青是烽煙白人骨」（《悲青坂》）是何等的陰慘的景象！這自然也許是他的真經驗，但是當他身臨其地的時候，他所見的未必只是這些，那個地方 —— 和旁的一切的地方一樣 —— 並沒給他預備好這麼兩句，而是他把那一切景色，用想像的炮製，鍛鍊出這麼兩句來，這兩句便是真實，便是永生。「江頭宮殿鎖千門，細柳新蒲為誰綠？」(《哀江頭》) 人人經過那裡可以看見閉鎖的宮殿，與那細柳新蒲，但是「為誰綠」這一問，便把靜物與靜物之間添上一段深摯的感情，引起一些歷史上的慨嘆。這是想像。只這兩句便可以抵得一篇《蕪城賦》！

想像，它是文人的心深入於人心、世故、自然，去把真理捉住。他的作品的形式是個想像中煉成的一單位，便是上帝造萬物的計劃；作品中的各部各節是想像中煉成的花的瓣，水的波；作品中的字句是想像中煉成的鸚鵡的羽彩，晚霞的光色。這便叫做想像的結構，想像的處置，與想像的表現。完成這三步才能成為偉大的文藝作品。

感情與美是文藝的一對翅膀，想像是使它們飛起來的那點能力；文學是必須能飛起的東西。使人欣悅是文學的目的，把人帶起來與它一同飛翔才能使人欣喜。感情，美，想像，(結構，處置，表現) 是文學的三個特質。

知道了文學特質，便知道怎樣認識文學了。文學須有道德的目的與文學是使人欣悅的問題爭鬥了多少世紀了，到底誰戰勝了？看看文學的特質自然會曉得的。文學的批評拿什麼作基礎？不論是批評一個文藝作品，還是決定一個作家是否有天才。都要拿這些特質作裁判的根本條件。文學的功能是什麼？是載道？是教訓？是解釋人生？拿文學特質來決定，自然會得到妥當的答案的。文學中的問題多得很，從任何方面看都可以引起一些辯論：形式，風格，幽默，思想，結構……都是我們應當注意的，可是討論這些問題都不能離開文學特質；抽出文藝問題中的一點而去憑空的發議論，便是離開文學而談文學；文藝是一個，凡是文藝必須與文學特質相合。批評一個作品必須看作者在這作品中完成了文學的目的沒有；建設一個文學理論必須由多少文藝作品找出文學必具的條件，這是認識文學的正路。

要認識或欣賞文藝，必須由文藝本身為起點，因為只有文藝本身是文學特質的真正說明者。文藝的社會背景，作家的歷史，都足以幫助我們能更多認識一些作品的價值，但是這並不是最重要的，因為即使沒有這一層工作，文藝本身的價值並不減少。設若我們專追求文藝的歷史與社會背景，而不看文藝的本身，其危險便足以使人忘了文學而談些不相干的事。胡適之先生的《紅樓夢考》是有價值的，因為它能增加我們對《紅樓夢》的欣賞。但是，這只是對於讀者而言，至於《紅樓夢》本身的價值，它並不因此而增多一些；有些人專從文學眼光讀《紅樓夢》，他們所得到的未必不比胡適之先生所得到的更多。至於蔡元培先生的《石頭記索隱》便是猜謎的工作了，是專由文藝本身所沒說到的事去設想；設若文人的心血都花費在製造謎語，文人未免太愚了。文人要說什麼便在作品中說出來，說得漂亮與否，美滿與否，筆尖帶著感情與否，這是我們要注意的。文人美滿的說出來他所要說的，便是他的成功；他若缺乏藝術的才幹，便不能圓滿而動人的說出，便是失敗。文學本身是文學特質的唯一的寄存處。

第五講　文學的創造

柏拉圖為追求正義與至善，所以拿社會的所需規定藝術的價值：凡對社會道德有幫助的便是好的，反之就不好。他注意藝術只因藝術能改善公民的品德。藝術不是什麼獨立的創造，而是摹擬；有許多東西是美麗的，可是絕對的美只有一個。這個絕對的美只能在心中體認，不能用什麼代表出來；表現美的東西只是藝術家的摹仿，不是美的本體。因此，藝術的創造是不能有的事。

但是，藝術家怎樣摹仿？柏拉圖說：

「詩人是個輕而有翼的神物，非到了受了啟示，忘了自己的心覺，不能有所發明；非到了這忘形的地步，他是毫無力量，不能說出他的靈咒。」（Ion）（《伊安篇》。）

這豈不是說創造時的喜悅使人若瘋若痴麼？創造家被創造欲逼迫得繞床狂走，或捋掉了吟髭，不是常有的事麼？柏拉圖設若抱定這個說法，他必不難窺透創造時的心情，而承認創造是生活的動力。W. Blake說：「柏拉圖假蘇格拉底司之口，說詩人與預言家並不知道或明白他們所寫的說的；這是個不近情理的錯誤。假如他們不明白，難道比他們低卑的人可以叫做明白的嗎？」

但是柏拉圖太看重他的哲學：雖然藝術家受了神的啟示能忘了自己，但是他只能摹擬那最高最完全最美的一些影子。我們不能佩服這個說法。試看一個野蠻人畫一個東西，他自然不會畫得很正確，但是他在這不很正確的表現中添上一點東西 —— 他自己對於物的覺得。不論他畫得多麼不好，他這個圖畫必定比原照相多著一點東西，照相是機械的，而圖畫是人對物之特點特質的直覺，或者說「妙悟」；它必不完全是摹仿。畫家在紙上表現的東西並不是真東西，畫上的蘋果不能作食品；它是把心中對蘋果的直覺或妙悟畫了出來，那個蘋果便表現著光，色，形式的美。這個光，色，形式的總合是不是美的整個？是不是創造力的表現？不假借一些東西，藝術家無從表現他的心感；但是東西只能給他一些啟示；他的作品是心靈與外物的合一，沒有內心的光明，沒有藝術化的東西。藝術品並非某事某物的本象，是藝術家使某事某物再生再現；事物的再生再現是超乎本體的，是具體的創造。「使觀察放寬門路，檢閱人類自中國到祕魯」（Johnson（塞繆爾．約翰遜（1709-1784），英國文學評論家、詩人。））。是的，藝術家是要下觀察的工夫。但是藝術如果不只是抄寫一切，這裡還需要像Dryden（約翰．德萊頓（1631-1700），英國詩人、劇作家。）的批評莎士比亞：「他不要書籍去認識自然；他的內心有，他在那裡找到了她。」觀察與想像必須是創造程式的兩端：「雞蟲得失無了時」是觀察來的經驗；但是「注目寒江倚山閣」（杜甫《縛雞行》）是詩人的所以為詩人。詩人必須有滲透事物之心的心，然後才能創造出一個有心有血的活世界。誰沒見過蘋果？為什麼單單的愛看畫家的那個蘋果？看了還要看？因為那個蘋果不僅是個果子，而且是個靜的世界；蘋果之所以為蘋果，和人心中的蘋果，全表現在那裡；它比樹上的真蘋果還多著一些生命，一些心血。藝術家不只觀察事物，而且要深入事物的心中，為事物找出感情，美，與有力的表現來。要不是這麼著，我們將永不能明白那「愁心極楊柳，一種亂如絲。」（孟浩然《春怨》）或「平疇交遠風，良苗亦懷新。」（陶潛《癸卯歲始眷懷古田舍》）或「覺來眄庭前，一鳥花間鳴，借問此何時，春風語流鶯。」（李白《春日醉起言志》）到底有什麼好處。我們似乎容易理解那「綠樹村邊合，青山郭外斜。」（孟浩然《過故人莊》）與「寂寥天地暮，心與廣川閒。」（王維《登河北城樓作》）因為前者是個簡單的寫景，後者是個簡單的寫情。至於那「良苗亦懷新」與「春風語流鶯」便不這樣簡單了，它們是詩人心中的世界，一個幻象中的真實，我們非隨著詩人進入他所創造的世界，我們便不易了解他到底說些什麼。詩人用他獨具的慧眼看見「黃河之水天上來」，或是「黃河如絲天際來」，或是「舞影歌聲教淥池，空餘汴水東流海。」（均李白句）假如我們不能明白詩人的偉大磅礴的想像，我們便不是以這些句子為一種誇大之詞，便是批評它們不合理。我們容易明白那描寫自然與人生的，而文藝不只在乎描寫，它還要解釋自然與人生；在它解釋自然的時候，它必須有個一切全是活著的世界。在這世界裡，春風是可以語流鶯的，黃河之水是可以自天上來的。在它解釋人生的時候，便能像預言家似的為千秋萬代寫下一種真理：「古時喪亂皆可知，人世悲歡暫相遣。」（杜甫《清明》）

那麼，創造和摹擬不是一回事了。

由歷史上看，當一派的詩藝或圖畫固定的成了一派時，它便漸漸由盛而衰，好像等著一個新的運動來替換它似的。為什麼？因為創作與自由發展必是並肩而行的；及至文藝成了一派，人們專看形式，專摹仿皮面上一點技巧，這便是文藝壽終之日了。當一派正在興起之時，它的產品是時代的動力的表現，不僅由時代產生作品，也由作品產生新時代。這樣的作品是心的賓士，思想的遠射。到了以摹仿為事的時節，這內心的馳騁幾乎完全停止，只由眼與手的靈巧作些假的古物，怎能有生命呢？古典主義之後有浪漫主義，這浪漫主義便恢復了心的自由，打破了形式的拘束。有光榮的文學史就是心靈解放的革命史。心靈自由之期，文藝的進行線便突然高升；形式義法得勝之時，那進行線便漸漸弛緩而低落。這似乎是駁難中國文人的文藝主張了，與柏拉圖已無關係。柏拉圖的摹仿說是為一切藝術而發的，是種哲理，他並沒有指給我們怎樣去摹仿。中國人有詳細的辦法：「為詩要窮源溯流，先辨諸家之派，如何者為曹劉，何者為沈宋，何者為陶謝……析入毫芒，學焉而得其性之所近。不然，胡引亂竄，必入魔道！」(《燃燈記聞》) 這個辦法也許是有益於初學的，但以此而設文藝便是個大錯誤。何者為曹劉，何者為沈宋，是否意在看清他們的時代的思想、問題等等？是否意在看清他們的個性？是否意在看清他們的所長與所短？假如意不在此，便是盲從，便是把文藝看成死物。不怪有個英人（忘其姓名）說，中國人的悲感，從詩中看，都是一樣的：不病也要吃點藥，醉了便寫幾句詩，得不到官作便喝點酒……是的，中國多數寫詩的人連感情都是假的，因為他們為摹擬字句而忘了鑽入社會的深處，忘了細看看自己的心，怎能有深刻之感呢？「讀書破萬卷，下筆如有神」是他們的口號；但是他們也許該記得「盡信書則不如無書」吧！

說到這裡，我們要問了：到底人們為何要創作呢？回答是簡單的：為滿足個人。

凡是人必須工作，這不需要多少解釋。「不勞無食」的主張只是要把工作的質量變動增減一些而已，其實無論在何種社會組織之下，人總不能甘心閒著的；有閒階級自有消閒的辦法。在工作裡，除非純粹機械的，沒有人不想表現他自己的（所謂機械的不必是用機器造物，為金字塔或長城搬運石頭的人大概比用機器的工人還苦得多）。凡是經過人手製作的東西，他的個人也必在裡面。這種表現力是與生俱來的，是促動人類作事的原力。表現的程度不同，要表現自己是一樣的。表現的方法不同，由表現得來的滿足是一樣。因為這樣，所以表現個人的範圍並不限於個人。表現力大的人，以個人的表現代作那千千萬萬人所要表現的；為滿足自己，也滿足了別人。別人為什麼也能覺得滿足呢？因為他們也有表現欲，所以因為自己的要表現而能喜愛別人的創作物。人類自有史以來至今日，雖沒有很大的進步，可是沒有一時不在改變中，因為工作的滿足不只是呆板的摹仿。當歐洲在信仰時代中，一個城市要建築個禮拜堂，於是瓦匠、石匠、木匠、雕刻家、畫家、建築家便全來了，全拿出最好的技能獻給上帝。這個教堂便是一時代藝術的代表。一教堂如此，一個社會，一個世界也是如此，個人都須拿出最好的表現，獻給生命。不如是，生命便停止，社會便成了一堆死灰。蕭伯納說過：只有母親生小孩是真正的生產。我們也可以說，只有藝術品是真正的生產。藝術家遇到啟示，便好像懷了孕，到時候非生產不可；生產下來雖另一物，可是還有它自己在內；所以藝術品是個性的表現，是美與真理的再生。

創造與摹擬的分別也在這裡，創造是被這表現力催促著前進，非到極精不能滿足自己。心靈裡燃燒著，生命在藝術境域中活著，為要滿足自己把宇宙擒在手裡，深了還要深，美了還要美，非登峰造極不足消滅渴望。摹擬呢，它的滿足是有限的，貌似便好，以模範為標準，沒有個人的努力；丟失了個人，還能有活氣麼？《日知錄》裡說：

「一代之文，沿襲已久，不容人人皆道其語。今且千數百年矣，而猶取古人之陳言一一而摹仿之，以是為詩可乎？故不似則失其所以為詩，似則失其所以為我。李杜之詩所以高出於唐人者，以其未嘗不似而未嘗似也。」只求似不似，有些留聲機片便可成音樂家了。

「所謂作家的生命者，換句話，也就是那人所有的個性、人格。再講得仔細些，則說是那人的內底經驗的總量，就可以吧。」

藝術即：「表現出真的個性，捕捉了自然人生的姿態，將這些在作品上給予生命而寫出的。藝術和別的一切的人類活動不同之點，就是在藝術是純然的個人底的活動。」

這是廚川白村的話，頗足以證明個性與藝術的關係。《飲冰室》裡說得好：「月上柳梢頭，人約黃昏後。」與「杜宇聲聲不忍聞，欲黃昏，雨打梨花深閉門。」同一黃昏也，而一為歡憨，一為愁慘，其境絕異。……「舳艫千里，旌旗蔽空。釃酒臨江，橫槊賦詩。」與「潯陽江頭夜送客，楓葉荻花秋瑟瑟。主人下馬客在船，舉酒欲飲無管絃。」同一江也，同一舟也，同一酒也，而一為雄壯，一為冷落，其境絕異。然則天下豈有物境哉，但有心境而已。

容我打個比喻：假設文學家的心是甲，外物是乙，外物與心的接觸所得的印象是丙，怎樣具體的寫出這印象便是丁。丁不僅是乙的縮影，而是經過甲的認識而先成為丙，然後成為丁 —— 文藝作品。假如沒有甲，便一切都不會發生。再具體一點的說，甲是廚師的心，乙是魚和其他材料，丙是廚師對魚與其他材料的設計；丁是做好的紅燒魚。魚與其他材料是固定的，而紅燒魚之成功便全在廚師的怎樣設計與烹調。我們看見一尾魚時，便會想到：「魚我所欲也」；但是我們與魚之間總是茫然，紅燒龜在我們腦中只是個理想；只有廚師替我們做好，我們才能享受。以粗喻深，文學也是這樣，人們全時時刻刻在那裡試驗著表現，可是終於是等別人作出來我們才恍然覺悟：啊，原來這就是我所要表現而沒有辦到的那一些。假如我們都能與物直接交通，藝術家便沒有用了；藝術家的所以可貴，便是他能把自然與人生的祕密赤裸裸的為我們揭示開。

那麼，「只有心境」與藝術為自我表現，是否與文學是生命的解釋相合呢？沒有衝突。所謂自我表現是藝術的起點，表現什麼自然不會使藝術落了空。人是社會的動物，藝術家也不能離開社會。社會的正義何在？人生的價值何在？藝術家不但是不比別人少一些關切，而是永遠站在人類最前面的；他要從社會中取材，那麼，我們就可以相信他的心感絕不會比常人遲鈍，他必會提到常人還未看見的問題，而且會表現大家要嚷而不知怎樣嚷出的感情。所謂滿足自己不僅是抱著一朵假花落淚，或者是為有閒階級作幾句聲兒詞，而是要替自然與人生作出些有力的解釋。偏巧社會永遠是不完全的，人生永遠是離不開苦惱的，這便使文人時時刻刻的問人生是什麼？這樣，他不由得便成了預言家。文學是時代的呼聲，正因為文人是要滿足自己；一個不看社會，不看自然，而專作些有韻的句子或平穩的故事的人，根本不是文人；他所得的滿足正如一個不會唱而哼哼的人；哼哼不會使他成個唱家。所謂個性的表現不是把個人一些細小的經驗或低卑的感情寫出來便算文學作品。個性的表現是指著創造說的。個人對自然與人生怎樣的感覺，個人怎樣寫作，這是個性的表現。沒有一個偉大的文人不是自我表現的，也沒有一個偉大的文人不是自我而打動千萬人的熱情的。創造是最純潔高尚的自我活動，自我輻射出的光，能把社會上無謂的紛亂，無意識的生活，都比得太藐小了，太汙濁了，從而社會才能認識了自己，才有社會的自覺。創造欲是在社會的血脈裡緊張著；它是社會上永生的唯一的心房。藝術的心是不會死的，它在什麼時代與社會，便替什麼時代與社會說話；文學革命也好，革命文學也好，沒有這顆心總不會有文藝。

培養這顆心的條件太多了；我們應先有培養這顆心的志願。為滿足你自己，你便可以衝破四圍的黑暗，像上帝似的為自然與人生放些光明。

「紅波翻屋春風起，先生默坐春風裡，浮空眼纈散雲霞，無數心花發桃李。」（蘇軾《獨覺》）

第六講　文學的起源

有三種人喜歡討論文學的起源：（一）研究院的學者，（二）歷史家，（三）藝術論的作者。

（一）研究院的學者對於研究文學的起源及衍變，是比要明白或欣賞文藝更關切的。解剖與分析是他們的手段，統計與報告是他們的成績；藝術之神當然是不住在研究院裡的。

（二）歷史家的態度是拿一切當作史料看的，正好像昆蟲學家拿一切昆蟲，無論多麼美或多麼醜，都看成一些拉丁學名。歷史家一聽到「文學」一詞，便立刻去讀文學史，然後一直的上溯文字的起源，以便給文學找出個嚴整固定的系統。

（三）作藝術論的人必須找出歷史上的根據為自家理論作證。文學是幹什麼的？是他所要回答的。為回答這個，他便要從原始的藝術中找出藝術的作用，從歷史上找出藝術革命的因果；他必須是科學的，不然他自己的腳步便立不穩。

這三種人的態度是一樣的，雖然他們所討論的範圍是不同樣的大。他們都想用科學的態度去研究文學，這是他們的好處。可是他們也想把研究的結果作得像統計表一樣的固定，這是他們的錯誤。文學根本是一種有生命的東西，是隨時生長的。用科學方法研究它正是要合理的證明出它怎麼生長，而不是要在這樣證明了以後便不許它再繼續生長。把文學看成科學便是不科學的，因為文學不是個一成不變的死物；況且就是科學也是時時在那裡生長改進。只捉住一些由科學方法所得來的文學起源的事實而去說文學，往往發生許多的錯誤。柏拉圖的藝術理論是不對的，自然這可以歸罪於他的方法，因為他的理論是基於玄學的而不是科學的。我們也可以同樣的原諒或處罰托爾斯泰。但是，近代的以科學方法製造的藝術論，又是否足以為藝術解決一切呢？需要是藝術的要素，這足以證實藝術的普遍性。是的，我們承認這比柏拉圖、托爾斯泰都更切實得多了。為什麼需要是藝術的要素呢？因為原始的藝術都是有實用的。這在近代的人學民俗學中可以得到多少多少證據。野蠻人的跳舞是打獵的練習，歌唱是為媚神，短詩是為死者祈禱，雕刻刀柄木棍是為懾服敵人，彩畫門外的標竿是為恐嚇禽獸，……都很有理。但是拿這個原始人類的實用藝術解說今日的藝術，是不是跳得太遠呢？是的，今日的藝術太頹敗了，我們須要重新捉住「實用」，使一切藝術恢復了它們的本色，使它們成為與生命有確切的關係的。但是，今日的社會是否原始的社會？今日的跳舞是否與初民的跳舞有一樣的作用？假如今日的跳舞是為有閒階級預備的，因而失了跳舞的真意，那麼，將來人人成為無閒階級的，又將怎辦呢？是不是恢復古代跳舞？

說到這裡，我們看出來這種以藝術的起源說明藝術的錯誤。他們只顧找材料證實藝術的作用，而忘了推求藝術中所具的條件，所以他們的研究材料與結論相距的太遠。初民的裝飾，跳舞，音樂，確是有實用的目的，人學等所蒐集的事實是難以推翻的，但是，初民的裝飾，跳舞，音樂，是否也有美與感情在其中呢？假如沒有這兩要素，初民的藝術是否可以再進一步而擴大感情與美的表現呢？今日的交際舞確是既失了社會的作用，又沒有美之可言，可是那藝術的跳舞不是非常的美麼？這種跳舞不是要表現一點意義麼？而且這點意義絕不是初民所能了解的麼？這樣看，這種舞的存在是因為它美，設若需要是藝術的要素，必是因為藝術中美的力量而然；不然，今日的社會既不需要人人打獵，人人作武士，便用不著由練習打獵打仗而起的跳舞。古代的史詩是要由歌者唱誦的，抒情詩是要合著音樂歌唱的，這在古代社會組織之下是必要的。可是近代的詩只是供人們讀誦的，因為今日的社會與古代的不同了。社會組織改變了，而詩仍是一種需要，因為人們需要詩中的感情與美；設若一定說這是因為文學的起源是實用的，所以人們需要詩藝，難道近代的人不聽著歌者唱讀史詩，不隨著音樂歌唱抒情詩，便完全不需要詩藝了麼？總之，需要是藝術的要素真是有意思的話，但是需要須隨著社會進化而變其內容；不然，那便似乎說只有初民實用的藝術算藝術，而後代的一切藝術作品，便不及格了。真理，美，想像，情感，由這幾種所來的需要必是最有力的條件；不然，我們便沒法子理解為什麼孔子聞《韶》就三月不知肉味，因為孔子既不是野蠻人，又不是犯了胃病。

文學的起源確是個有趣味的追討，但是它的價值只在乎說明文學的起源，以它為說明文藝的根據是有危險的。社會的進化往往使一事的發展失去了它原來的意義，以穿衣服說吧，最古的時候人們必是因為寒冷而穿衣服。但是到了後代，不論天氣是寒是暑，人們總要穿著點衣服了。這一部分是道德的需要，一部分是美的需要。道德的部分是可以打倒的；可是，在打倒羞恥的時代，人們在暑日還穿衣與否呢？或者因為要打倒羞恥，人們才越發穿得更講究更美麗。筋肉與曲線美是有誘惑力的，但人人不能長得那麼好看；即使人人發達得美滿皮膚到底沒有各種顏色，打算要花枝招展還要布帛的光彩與顏色，況且衣服的構造足以使體格之美更多一些飄灑與苗條。那麼，穿衣服的出於實用上的需要可以推翻，而為增加美感是使在打倒羞恥時期還講究穿衣服的根本條件。把這比喻擴大，我們可以想出多少美在人生中的重要，可以想出為什麼有許多藝術已失其原始的作用而仍繼續存在著。這樣推想，我們才會悟透藝術的所以是永生的。藝術的起源出於實際的需要只能說明原始社會物質上的所需，不能圓滿的解說後代的在精神上非有藝術不可。假如原始人民因實用而唱歌，畫圖，雕刻，跳舞，他們在唱歌與畫圖時能不能完全沒有感情與審美的作用？假如他們也有感情與愛好的作用，後代藝術的發展便有了路徑可遵。反之，社會已不是漁獵的社會，為什麼還要這些東西呢？我們可以找出許多證據證明出農村間的演劇，跳舞，是古代的遺風。但是這些歷史的證明只足以滿足理智上的追求，不足以說明為什麼農民們一定要守著這些古代遺風。他們去演劇與跳舞的時候或者不先讀一本民俗學，以便明白其中的歷史，而是要演劇，要跳舞，因為這些給他們一些享受。

因原始藝術是實用的，所以需要是藝術的要素。這是近代由科學的方法而得到的新理論。這確比以前的摹仿說，遊戲衝動說等高明瞭許多。摹仿說的不妥在第五講裡已談過一些，不用再說。遊戲衝動說也可以簡單的借用一段話來推翻：

「藝術是遊戲以上的一種東西。遊戲的目的，在活力的過剩費了時，或其遊戲底本能終結了時的遂行時，即被達到。然而藝術的機能，卻不僅以其製作的動作為限。正當意味的藝術，不論怎樣的表現及形式，在一種東西已經造成，及一種東西已經失卻其形式之後也都殘存著。在事實上，有一種形式，如跳舞，演技的效果，是同時被創造出，同時被破壞的。然而其效果，卻永遠殘存在那跳舞者努力的旋律之中，那跳舞的觀客的記憶之中。……所以，把那為藝術品的特色的美、旋律等的藝術

底性質，解釋為遊戲衝動的結果，是很不妥的。」（希倫，引自章錫琛譯本間久雄的《文學概論》）

藝術是要創造的，所以摹仿說立不住。遊戲衝動說又把藝術看成了消遣品。只有因實用而證明藝術出於人類的需要，藝術的普遍性才立得牢。但是這只是就藝術的起源而言，拿這個理論作藝術論的基石而談藝術便生了時代的錯誤。藝術是生命的必需品，而生命不只限於物質的。莎士比亞與歌德並不給我們什麼物質的幫助，而主張藝術出於實用的人也還要讚美這兩個文豪的作品，因他們的作品能叫生命豐滿，雖然它並不贈給我們一些可捉摸到的東西。有了科學的文學起源說，我們便明白了文學起源的究竟；沒有文學起源說，文學的價值依然是那麼大；人類的價值並不因證明了人類祖先是猴子而減少，或人們應仍都變成猴子。

與文學起源論有同樣弊病的，是以現代的文學趨向否認過去文藝的價值，前者是由始而終的，後者是由終而始的下籠統的評斷，其弊病都是想證實文藝構成的物質部分，以便說明文學的發展是唯物的。可惜，文學的成形並不這樣簡單。無論誰費些時間都可以從歷史上找出些材料來證明某書與某寫家的歷史與社會背景，作我們唯物論的根據；但是，誰能肯定的說清楚一本書的所以成功，或一寫家的所以是個天才？時代與社會背景可以說明一些書中的思想與感情，傳記與家族可以說明一些寫家的性格與嗜好，這是研究文學應當注意的事。但是，一書的藝術的結構與想像的處置是應當由藝術的立場去看呢？還是由歷史上去搜尋？天才之所以為天才，是由他的作品中所含的藝術成分而定呢，還是由研究他的家譜而定？由歷史上能找出一些文藝結構與形式的所以成形，由作家個人歷史能找出一些習性與遺傳，不錯，但這只是一小部分，不足以明白作品與作家的一切。我們一點也不反對主張唯物觀者的從物質上搜求證據，正如我們不反對那追尋文藝起源的人；可是我們須小心一些，不要上了他們的欺騙，我們準知道文學的認識不只限於證實了文藝的時代與社會背景，我們準知道印象的批評與欣賞的批評等也是認識文學的路子。況且，思想，感情，甚至於審美，都可以由時代與社會而證實一些它們的所以如此如彼；對於解釋自然怕就難以找時代與社會的關係吧？誰能證實了「及時小雨放桐葉，無賴餘寒開楝花。」（陸游）的歷史與社會背景呢？設若只說這一定不會在戈壁沙漠裡作的，便太近於打諢逗笑。詩文裡這樣解釋自然的地方是很多的，而且是文藝中的最精采處。難道我們不應當注意它們嗎？

詩歌是最初的文學，在有文字以前便有了詩歌。最初的詩歌，與故事一樣，是民眾共同的作品，沒有私人著作權。關於藝術的各枝是由詩歌衍變出來的，以後在講「文學形式」時再說。

第七講　文學的風格

按著創造的興趣說，有一篇文章便有一個形式，因為內容與形式本是在創造者心中聯成的「一個」。姜白石《詩說》云：「載始末日引，體如行書日行，放情日歌，兼之日歌行（「兼之日歌行」，作者引文原無此句，校注者補入。）。悲如蛩螿日吟，通乎俚俗日謠，委曲盡情日曲。」這是以實質和形式並提，較比專從形式方面區分種類的妥當一些。但是，如依著這些例子再去細分，文學作品的形式恐怕要無窮無盡了。

可是，從另一方面看，文學作品確有形式可尋：抒情詩的形式如此，史詩的形式如彼，五言律詩是這樣，七言絕句是那樣。一個作者的一首七絕，從精神上說，自是他獨有的七絕，因為世界上不會再有與這完全相同的一首。但從形式上看，他這首七絕，也和別人的一樣，是四句，每句有七個字。蘇東坡的七絕裡有個蘇東坡存在；同時，他這首七絕的字數平仄等正和陸放翁的一樣。那麼，我們到底怎樣看文學的形式呢？頂好這樣辦：把個人所具的風格，和普通的形式，分開來說。現在先講風格，下一講討論形式。

風格是什麼呢？在《文心雕龍．體性篇》裡有這麼幾句：

「夫情動而言形，理發而文見；蓋沿隱以至顯，因內而符外者也。然才有庸俊，氣有剛柔，學有淺深，習有雅鄭；並情性所鑠，陶染所凝，是以筆區云譎，文苑波詭者矣。故辭理庸俊，莫能翻其才；風趣剛柔，寧或改其氣；事義淺深，未聞乖其學；體式雅鄭，鮮有反其習：各師成心，其異如面。若總其歸塗，則數窮八體：一曰典雅，二曰遠奧，三曰精約，四曰顯附，五曰繁縟，六曰壯麗，七曰新奇，八曰輕靡。」

這裡，在「各師成心，其異如面」等句裡，似乎已經埋藏著「人是風格」的意味；在所舉的「八體」裡，似乎又難離開這個意旨，而說風格是有一定的了。那還不如簡單的用「人是風格」一語來回答風格是什麼的較為簡妥了。風格便是人格的表現，無論在什麼文學形式之下，這點人格是與文藝分不開的。

佛郎士（Anatole France）（現通譯阿納託爾．託朗士（1844-1924），法國作家、文藝評論家。）說：「每一個小說，嚴格的說，都是作家的自傳。」（The Adventure of the Soul（《心靈的探險》。））我們讀一本好小說時，我們不但覺得其中人物是活潑潑的，還看得出在他們背後有個寫家。讀了《紅樓夢》和《兒女英雄傳》，就可以看出那兩個作家的人格是多麼不一樣。正如胡適先生所說：「曹雪芹寫的是他的家庭的影子；文鐵仙寫的是他的家庭的反面，」和「《兒女英雄傳》的作者自己，正是《儒林外史》要刻劃形容的人物；而《兒女英雄傳》的大部分真可叫做一部不自覺的《儒林外史》。」這種有意或無意的顯現自己是自然而然的，因為文學是自我的表現，他無論是說什麼，他不能把他的人格放在作品外邊。凡當我們說：這篇文章和某篇一樣的時候，我們便是讀了篇沒有個性的作品，它只能和某篇相似，不會獨立。叔本華說：「風格是心的形態，它為個性的，且較妥於為面貌的索隱。去摹擬別人的風格如戴假面具，無論怎樣好，不久即引起厭惡，因它是沒生命的；所以最醜的『活』臉且優於此。」（On Style（《論風格》。））這個即使醜陋（自要有生氣），也比死而美的好一點的東西，是不會叫修辭與義法所拘束住的；它是一個寫家怎樣看，怎樣感覺，怎樣道出的實在力量。客觀的描寫是應有的手段：只寫書中人物的性格與行為，而作家始終不露面。但是這個描寫手段，仍不能妨礙作家的表現自己。所謂個性的表現本來是指創造而言，並不在乎寫家在作品中露面與否，也不在乎他在作品中發表了什麼意見與議論與否。作品中的人物是作家的創造物，他給予他們一切，這便不能不也表現著他自己。有人不大承認文藝作品都是寫家自己的經驗的敘述，因為據他們看，寫家的想像是比經驗更大的。但是這並沒有什麼重要；寫述自家經驗也好，寫述自家想像也好，他怎樣寫出是首要的事，怎樣的寫出是個人的事，是風格的所由來。

美國的褒勞（John Burroughs）（現通譯約翰·伯羅斯（1837-1921），美國科學家、作家。）說：「在純正的文學，我們的興味，常在於作者其人 —— 其人的性質，人格，見解 —— 這是真理。我們有時以為我們的興味在他的材料也說不定。然而真正的文學者所以能夠使任何材料成為對於我們有興趣的東西，是靠了他的處理法，即注入那處理法裡面的他的人格底要素。我們只埋頭在那材料 —— 即其中的事實、討論、報告 —— 裡面是絕不能獲得嚴格的意味的文學的。文學所以為文學，並不在於作者所以告訴我們的東西，乃在於作者怎樣告訴我們的告訴法。換一句話，是在於作者注入那作品裡面的獨自的性質或魔力到若干的程度；這個他的獨自的性質或魔力，是他自己的靈的賜物，不能從作品離開的一種東西，是像鳥羽的光澤、花瓣的紋理一般的根本的一種東西。

蜜蜂從花裡所得來的，並不是蜜，只是一種甜汁；蜜蜂必須把它自己的少量的分泌物即所謂蟻酸者注入在這甜汁裡。就是把這單是甜的汁改造為蜜的，是蜜蜂的特殊的人格底寄予。在文學者作品裡面的日常生活的事實和經驗，也是被用了與這同樣的方法改變而且高尚化的。」（依章錫琛譯文，見章譯本間久雄《文學概論》第一編第四章）

「怎樣告訴」便是風格的特點。這怎樣告訴並不僅是字面上的，而是怎樣思想的結果；就是作者的全部人格伏在裡面。那古典派的寫家總是選擇高尚的材料，用整潔調和的手段去寫述。那自然派的便從任何事物中取材，無貴無賤，一視同仁。可是，這不同的手段的成功與否，全憑寫家自己的人格怎樣去催動他所用的材料：使高貴的，或平凡的人物事實能成為不朽的，是作者個人的本領，是個人人格的表現。他們的社會時代哲學盡可充分不同，可是他們的成功與否要看他們是否能藝術的自己表現；換句話說：無論他們的社會時代哲學怎樣不同，他們的表現能力必是由這「怎樣告訴」而定。

這樣，我們頗可以從風格上判定什麼是文學，什麼不是文學。比如我們讀報紙上的新聞吧，我們看不出記者的人格來，而只注意於事實的真確與否，因為記者的責任是真誠的報告，不容他自由運用他的想像——自然，有許多好的報紙對於文章的好壞也是注意的。反之，我們讀——就說杜甫的詩吧，我們於那風景人物之外，不由的想到杜甫的人格。他的人格，說也玄妙，在字句之間隨時發現，好像一字一句莫非杜甫心中的一動一顫。那「無邊落木蕭蕭下，不盡長江滾滾來」的下面還伏著個「無邊」、「不盡」的詩人的心。那森嚴廣大的景物，是那偉大心靈的外展；有這偉大的心，才有這偉大的景物之覺得，才有這偉大的筆調。心，那麼，是不可少的；獨自在自然中採取材料，採來之後，慢慢修正，從字面到心覺，從心覺到字面；所以寫出來的是文字，也是靈魂。這就是 Longinus 所謂「文學中的思想與言語是多為互相環抱的。」(De Sublimitate 30.1.(《論崇高》第 30 章第 1 頁。))也就是所謂言語為靈魂的化身之意。

據 Croce(本內德託·克羅齊(1866-1952),義大利哲學家、美學家。)的哲學:藝術無非是直覺,或者說是印象的發表。心是老在那裡構成直覺,經精神促迫它,它便變成藝術。這個論調雖有些偏於玄學的,可是卻足以說明藝術以心靈為原動力,及個人風格之所以為獨立不倚的。因為天才與個性的不同表現的力量與方向也便不同,所以像劉勰所說:「賈生俊發,故文潔而體清;長卿傲誕,故理侈而辭溢;子雲沈寂,故志隱而味深;子政簡易,故趣昭而事博……」(《文心雕龍·體性篇》)自有一些道理。那浪漫派作品與自然派作品,也是心的傾向不同,因而手段也就有別。偏於理想的,他的心靈每向上飛,自然顯出浪漫;偏於求實的,他的心靈每向下看,作品自然是寫實的。以柏拉圖、亞里斯多德為代表的兩種人 —— 好理想的及求實的 —— 恐怕是自有人類以來,直至人類滅毀之日,永遠是對面立著,誰也不佩服誰的吧?那麼,因為寫家的個性不同,寫品也就永遠不會有什麼正統異派之別吧?

風格,或者有許多人這麼想,不過是文學上的修飾,精細的表現而已。其實不是:風格是以個性為出發點,不僅是文字技巧上的那點小巧。不錯,有人是主張「美的是艱苦的」,像 Flaubert(居斯塔夫·福樓拜(1821-1880),法國小說家。)的:「無論你要說什麼一件事,那裡只有一個名詞去代表它,只有一個動詞去活動它,只有一個形容詞去限制它。最重要的是找這個名詞,這個動詞,這個形容詞,直到找著為止,而且這找到的是比別的一切都滿意的。」但是,這絕不是說:去掀開字典由頭至尾去找一遍,而是那文人心靈的運用,把最好的思想用最好的言語傳達出來。設若有兩個文人同時對同一事物作這樣的工作,他們所找到的也許完全不相同吧？普通的事物本來有普通的字代表，可是文學家由他自己的心靈，把文字另煉造一番，這普通的字便也有了文學的氣味。言語的本身並不能夠有力量，活潑，正確；而是要待文學家給它這些個好處的構成力。那「山高月小，水落石出」原是八個極普通的字，可是作成多麼偉大的一幅圖畫！只有能覺得這簡素而偉大之美的蘇東坡才能這樣寫出，不是個個人都能辦到的。那構思十稔而作成《三都賦》的左太沖，恐怕只是苦心搜求字眼，而心中實無所有吧？看他的「樹則有木蘭梫桂杞桐棕椏楔樅」等等，字是找了不少，可是到底能給我們一個美好的圖畫，像「山高月小，水落石出」那樣的美妙嗎？這砌牆似的堆字，不能產生出活文學來，足以反證出風格不只是以修辭為能事的。那麼，風格是什麼呢？我們看瑞得（Herbert Read）（現通譯赫伯特·裡德（1893-1968），英國詩人、文藝批評家。）怎麼說：

「一切修辭的技術都是個人的，它們基於寫家的特異的本能與心性的習慣。」他又說：「一個慣語是個人所特有的，正如言語中之慣語是某種言語所特有的。正如一言語之慣語不能譯成別種言語之慣語而無損於本意，一寫家的慣語亦然，也是他個人所有的，不能被別個寫家所抄襲或偷取去的。」（English Prose Style（《英國散文風格》。））這裡所謂的慣語，就是寫家個人所愛用的言語；人與人的感情不同，思路不同，所以每人都有他自己的一種言語。這幾句話更能把風格之所以為特異的說得清楚一些。

說到這裡，我們要問：風格到底應當怎樣才算好呢？我們已看到劉勰所提出的八條：典雅，遠奧，精約，顯附，繁縟，壯麗，新奇，輕靡。除了對「輕靡」他說：「浮文弱植，縹渺附俗者也。」似乎是要不得的，其餘的七條都是可取的。但是這可取的七種就足以包括一切嗎？不能！就是司空圖的《二十四詩品》恐怕也還沒有把詩的風格說盡吧？

那麼，我們應當怎樣認識風格？怎樣分析它？怎樣得個標準的風格呢？請不要費這個事吧！給風格立標準，便根本與「人是風格」相反；因為「各師成心，其異若面」是不容有一種標準風格的。我們只能說文章有風格，或沒有風格，這是絕對的，不是相對的。有風格的是文學，沒有風格的不成文學，「風格都是降服讀者的唯一工具」。一個寫家的人格是自己的，他的時代社會等也是他自己的，他的風格只能被我們覺到與欣賞，而是不能與別人比較的，所以汪師韓的《詩學纂聞》裡說：「一人有一人之詩，一時有一時之詩，故誦其詩可以知其人論其世也。」這樣，以古人的風格特點為我們摹擬的便利，是丟失了個人，同時也忘了歷史的觀念。曹丕說過：「文以氣為主。氣之清濁有體，不可力強而致。譬諸音樂，曲度雖均，節奏同檢；至於引氣不齊，巧拙有素，雖在父兄，不能以移子弟。」（《典論．論文》）風格也是如此：雖有父兄，不能以移子弟。

風格從何處得來呢？在前面引的一段裡，劉勰提出才，氣，學，習四項。對於「才」呢，我們沒有什麼可說的，因為文學家必須有才；才的不同，所以作品的風格也不一樣。關於「氣」呢，劉勰說：「氣以實志，志以定言；吐納英華，莫非情性。」（《文心雕龍．體性篇》）這似乎是指「氣質」而言。氣質不同，風格便成為獨有的，特異的，正與瑞得所說的相合。至於「習」，也與氣質差不多，不過氣質是自內而外的，習是由外而內的，二者的作用是相同的。對於「學」，我們應當討論一下。

「學」是沒人反對的；但是「學」是否有關於風格呢？莎士比亞是沒有什麼學問的，而有極好的風格；但丁是很有學問的，也有風格；Saintsbury 聖茨伯裡（1845-1933），英國文學史家、文藝批評家。是很有學問的，而沒有風格。這樣的例子還有許多，叫我們怎樣決定這問題呢？這裡，我們應該把「學」字分析一下：第一，「學」解作「學問」；

第二，「學」是學習的意思。對於第一個解釋，我們已提出莎士比亞與但丁等為例，是個不好解決的問題。我們再進一步把這個再分為兩層：「學問」與學文學的關係，和學問與風格的關係。我們對這兩層先引幾句話來看看，在《師友詩傳錄》裡有這麼一段，郎廷槐問：

「問作詩，學力與性情，必兼具而後愉快。愚意以為學力深，始能見性情；若不多讀書，多貫穿，而遽言性情，則開後學油腔滑調，信口成章之惡習矣。近時風氣頹波，唯夫子一言，以為砥柱。」

王阮亭答：

「司空表聖云：不著一字，盡得風流，此性情之說也。楊子云云：讀千賦則能賦。此學問之說也。二者相輔而行，不可偏廢。若無性情而侈言學問，則昔人有譏點鬼簿、獺祭魚者矣。學力深，始能見性情，此一語是造微破的之論。」

張歷友答：

「嚴羽《滄浪》有云：『詩有別才，非關學也。詩有別趣，非關理也。』此得於先天者，才性也。『讀書破萬卷，下筆如有神』，『貫穿百萬眾，出入由咫尺』，此得於後天者，學力也。非才無以廣學，非學無以運才；兩者均不可廢……」

他們的主張都是才與學要兼備。他們為何要「學」？是要會作詩作賦。可是，會作詩作賦與詩賦中有風格沒有是兩件事。會作詩賦的人很多，而有風格的並不多見。中國自古至今有許多文人沒有把這個弄清，他們往往以為作成有韻有律的東西便可以算作詩，殊不知這樣的詩與「創作」的意思還離得很遠很遠。因為他們沒明白了這一點，所以他們作詩作文必要學問，為是叫他們多知道多記得一些古的東西，好叫他們的作品顯著典雅。這種預備對於學文學是很要緊的，但是一個明白文學的人未必能成個文藝創作家。學問是給我們知識的，風格是自己的表現。

自然，有了學問能影響於風格；但這種影響是好是壞，還是個問題。據亞里斯多德看，文學的用語應該自然，他說：「那自然的能引人人勝，那雕飾的不能這樣。……尤瑞皮地司首開此風：從普通言語中選擇字句，而使技術巧妙的藏伏其中。」（Rhetoric，Ⅲ . ii.5-6（《修辭學》第 3 章第 2 節第 5-6 段。））但是，一個有學問的人往往不能自已的要顯露他的學識；而這顯露學識不但不足幫助他的文章，反足以破壞自然的美好；這在許多文章中是可以見到的。「讀書破萬卷，下筆如有神」是中國文人最喜引用的；這裡實在埋伏著「作文即是摹古」的危險；說到風格，反是「詩有別才，非關學也」近乎真理。

至於「學力深始能見性情」更是與事實不合。我們就拿《詩經》中的「風」說吧，有許多是具深厚感情的，而它們原是里巷之歌，無關學問。再看文人的傑作，差不多越是好文章，它的能力越是訴諸感情的。我們試隨手翻開杜甫、白居易和其他大詩人的集子便可證明感情是感情，學力是學力，二者是不大有關係的。自然，我們若把性情解作「習好」，學力深了，習好也能隨著變一些，如文人的好書籍與古玩等，這是不錯的。但是這高雅的習好能否影響個人的風格，是不容易決定的。如果這個習好真能影響於風格，使文人力求古雅遠奧，這未必能使風格更好一點，因為古雅遠奧有時是很有礙於文字的感訴力的。

我們現在說「學」是「學習」的意思這一層。風格是不可學而能的，前面已經說過。「學習」是摹仿，自然是使不得的。在這裡，「學習」至多是像姬本（Edward Gibbon）（現通譯愛德華．吉本（1737-1794），英國歷史學家。）所說的：「著者的風格須是他的心之形象，但是言語的選擇與應用是實習的結果。」（Autobiography（《自傳》。））這是說風格是獨有的，但在技術上也需要些練習。這是我們可以承認的，我們從許多的作家的作品全體上看，可以找出他幼年時代的作品是不老到，不能自成一家，及至有了相當訓練之後，才擲棄這種練習簿上的東西而露出自家的真面目。這是文學修養上的一個步驟，而不是永遠追隨別人的意思。曾國藩的「以脫胎之法教初學，以不蹈襲教成人。」正是這個意思。不過，我們應更加上一句：這樣的學習，能否得到一種風格，還是不能決定的。

現在我們可以作個結論：風格的有無是絕對的。風格是個性 —— 包括天才與習性 —— 的表現。風格是不能由摹仿而致的，但是練習是應有的工夫。

我們引唐順之幾句話作個結束：

「今有兩人：其一人心地超然，所謂具千古隻眼人也；即使未嘗操紙筆呻吟學為文章，但直攄胸臆，信手寫出，如寫家書，雖或疏鹵，然絕無煙火酸餡習氣，便是宇宙間一樣絕好文字。其一人，猶然塵中人也，雖其專文學為文章，其於所謂繩墨布置，則儘是矣；然翻來覆去，不過是這幾句婆子舌頭語，索其所謂真精神，與千古不可磨滅之見，絕無有也；則文雖工而不免為下格。此文章本色也。即如以詩為喻：陶彭澤未嘗較聲律，雕句文，但信手寫出，便是宇宙間第一等好詩。何則？其本色高也。自有詩以來，其較聲律，雕句文，用心最苦而立說最嚴者，無如沈約，苦卻一生精力，使人讀其詩，只見其捆縛齷齪，滿卷累牘竟不曾道出一兩句好話。何則？其本色卑也。」(〈與茅鹿門論文書〉)(《荊川先生文集》中標題為《答茅鹿門知縣》。)

第八講　詩與散文的分別

「……詔高力士潛搜外宮，得弘農楊元琰女於壽邸，即笄矣，鬢髮膩理，纖穠中度，舉止閒冶，如漢武帝李夫人。別疏湯泉，詔賜澡瑩。既出水，體弱力微，若不任羅綺！光彩煥發，轉動照人。上甚悅。進見之日，奏《霓裳羽衣》以導之……」

「漢皇重色思傾國，御宇多年求不得。楊家有女初長成，養在深閨人未識。天生麗質難自棄，一朝選在君王側。回眸一笑百媚生，六宮粉黛無顏色。春寒賜浴華清池，溫泉水滑洗凝脂。侍兒扶起嬌無力，始是新承恩澤時……」

「想當初，慶皇唐，太平天下，訪麗色，把蛾眉選刷。有佳人，生長在弘農楊氏家，深閨內，端的玉無瑕。那君王一見了，歡無那！把鈿盒金釵親納，評拔作昭陽第一花。」

上列的三段：第一段是《長恨歌傳》的一部分，第二段是《長恨歌》的首段，第三段是《長生殿》中《彈詞》的第三轉。這三段全是描寫楊貴妃人選的事，事實上沒有多少出入。可是，無論誰讀了這三段，便覺得出：第一段與後兩段有些不同。這點不同的地方好像只能覺得，而不易簡當的說出所以然來。以事實說，同是一件事。以文字說，都是用心之作，都用著些妙麗的字眼。可是，說也奇怪，讀了它們之後，總覺得出那些「不同」的存在。到底是怎麼一回事呢？為回答這個，我們不能不搬出一個帶玄幻色彩的詞——「律動」。

我們往往用「餘音繞樑，三日不絕」來作形容。這個「繞樑三日不絕」的「餘音」從何而來呢？自然，牛馬的吼叫絕不會有這個餘音；它一定是好音樂與歌唱的。這餘音是真的呢，還是心境一種現象呢？一定是心象。為什麼好的音樂或歌唱能給人這種心象呢？律動！律動好像小石擊水所起的波顫，石雖入水，而波顫不已。這點波顫在心中蕩漾著，便足使人沉醉，三月不知肉味。音樂如是，跳舞也如是。跳過之後，心中還被那肢體的律動催促著興奮。手腳雖已停止運動，可是那律動的餘波還在心中動作。

廣泛著說，宇宙間一切有規則的激動，那就是說有一定的時間的間隔，都是律動。像波紋的遞進，唧唧的蟲鳴，都是有規律的，故而都帶著些催眠的力量。從文學上說，律動便是文字間的時間律轉，好像音樂似的，有一定的抑揚頓挫，所以人們說音樂和詩詞是時間的藝術，便是這個道理。音樂是完全以音的調和與時間的間隔為主。詩詞是以文字的平仄長短來調配，雖沒有樂器輔助，而所得的結果正與音樂相似。所不同者，詩詞在這音樂的律動之內，還有文字的意義可尋，不像音樂那樣完全以音節感訴。所以，巧妙著一點說，詩詞是奏著音樂的哲學。

明白了律動是什麼，我們可以重新去唸上邊所引的三段；唸完，便可以明白為什麼第一段與後兩段不同。它們的不同不在乎事實的描述，是在律動不一樣。至於文字呢，第一段裡的「纖穠中度，舉止閒冶」與「光彩煥發，轉動照人」也都是很漂亮的，單獨的唸起來，也很有些聲調。可是讀過之後，再讀第二段，便覺出精粗不同，而明明的認出一個是散文，一個是詩。那麼，我們可以說，散文與詩之分，就在乎文字的擺列整齊與否嗎？不然。試看第三段，文字的排列比第一段更不規則，可是讀起來（唱起來便更好了），也顯然的比第一段好聽。為說明這一點，我們且借幾句話看一看：

Arthur Symons（阿瑟．西蒙斯（1865-1945），英國詩人、批評家。）說：Coleridge（塞繆爾．泰勒．柯爾律治（1772-1834），英國詩人，評論家。）這樣規定：散文是「有美好排列的文字」，詩是「頂好的文字有頂好的排列」。但是，這並不能說明為什麼散文不可以是頂好的文字有頂好的排列。只有律動，一定而再現的律動，可以分別散文與詩。……散文，在粗具形體之期，只是一種記錄下來的言語；但是，因為一個人終身用散文說話而或不自覺，所以那自覺的詩體（就是：言語簡變為有規則的，並且成為有些音樂性質的）或是有更早的起源。在人們想到普通言語是值得存記起來的以前，人們一定已經有了一種文明。

詩是比散文易於記誦的，因為它有重複的節拍，人們想某事值得記存下來，或為它的美好（如歌或聖詩），或因它有用（像律法），便自然的把它作成韻文。詩，不是散文，或者是文藝存在的先聲。把詩寫下來，直到今日，差不多隻是詩的物質化；但是散文的存在不過文書而已。……在它的起源，散文不帶著藝術的味道。嚴格的說，它永遠沒有過，也永遠不能像韻文、音樂、圖畫那樣變為藝術。它漸漸的發現了它的能力；它發現了怎樣將它的實用之點煉化成「美」的；也學到怎樣去管束它的野性，遠遠的隨著韻文一些規則。慢慢的它發展了自己的法則，可是因它本身的特質，這些法則不像韻文那樣固定，那樣有特別的體裁……。

「只有一件事散文不會作：它不會唱。散文與韻文有個分別……後者的文字被律動所轄，如音樂之音節，有的時候差不多隻有音樂的意思。依 Joubert（如貝）（現通譯喬塞夫‧茹貝爾（1754-1824），法國作家。）說：在詩調裡，每字顫旋如美好的琴音，曲罷遺有無數的波動。」文字可以相同，並不奇異；結構可以相同，或喜其更簡單一些；但是，當律動一來，裡邊便有一些東西，雖似原自音樂，而實非音樂。那可以叫做境地，可以叫做魔力；還用如貝的話吧：「美的韻文是發出似聲音或香味的東西。」我們永不能解釋清楚，雖然我們能稍微分別那點變化——使散文極奇妙的變成韻文。

「又是如貝說得永遠那麼高妙：『沒有詩不是使人狂悅的；琴，從一種意義上看，是帶著翅膀的樂器。』散文固然可以使我們驚喜，但不像韻文是必須這樣的。況且，散文的喜悅似乎叫我們落在塵埃上，因為散文的域區雖廣，可是沒有翅兒。……」（The Romantic Movement in English Poetry（《英國詩歌中的浪漫主義運動》。））。

Symons 這段話說得很漂亮，把韻文叫做帶著翅的，可以唱的；更從這一點上去分別散文與韻文的不同——能飛起與能吟唱都在乎其中所含的那點律動，沒有這點奇妙律動的便是散文。

但是，我們要問一句：散文與韻文的律動，到底有什麼絕對的分別沒有呢？假如我們不能回答這一點，前面所引的那些話，雖然很美好，還是不能算作圓滿；因為我們分別兩件東西，一定要指出二者的絕對不同之點；不然，便無從分別起。我們再引幾句話看看吧：

「分別散文與詩有兩條路，一條是外表的與機械的：詩是一種表現，嚴格的與音律相關聯；散文是一種表現，不求音樂的規則，但從事於極有變化的律動。但是，以詩立論，這種分別顯然的只足以說明『韻語』，而韻語不必是詩，是人人知道的 —— 韻語實在只是一種形式，是，也許不是，曾受了詩感的啟示。所以韻語並不是根本問題；它不過是律動的一種類而已，抽象的說，它只是個死板的、學院的規法。」

這種規法永沒有為散文設立過；所以，散文與韻文沒有確定的不同。我們不能不追求『詩』字的更重要的意義。

「……詩與散文之分永遠不能是定形的。無論怎樣分析與規定韻律音節，無論怎樣解釋聲調音量，也永遠不會把詩與散文的種種變化分入對立的兩個營幕裡去。我們至多也不過能說散文永不遵依一定的音律，但這是消極的理由而沒有實在的價值……」

「詩與散文的分別也是個物質的；那就是說，因為我們是討論心靈上的東西，這個分別是心理的。詩是一種心靈活動的表現，散文是另一種。」

「詩是創造的表現；散文是構成的表現……」

「創造在此地是獨創的意思。在詩裡，文字是在思想的動作中產生出或再生。這些文字是，用個柏格森（亨利．柏格森（1859-1941），法國哲學家。）的字，『蛻化』；文字的發展和思想的發展是同等的。在文字與思想之間沒有時間的停隔。思想便是文字，文字便是思想，思想與文字全是詩。」

「構成的，是現成的東西，文字在建築者的四圍，預備著被採用。散文是把現成的文字結構起來。它的創造功能限於籌畫與設計——詩中自然也有這個，但是在詩中這個是創造功能的輔助物。」（Herbet Read：English Prose Style.）

律動的不同是我們從詩與散文中可以看得出的，但是這個不同不能清清楚楚的對立，因而詩與散文的分別便不能像 Symons 那麼專拿律動作界碑了。亞里斯多德在《詩學》裡也說過：「詩是比歷史更鄭重更哲理的，因為詩是言普遍真理的，不是述說瑣事的。」他也說：「詩人應為神話的製作者，不是韻律的製作者。」這都足以證明，詩是創造的，不專以排列音韻為能事。這樣的看法有幾樣好處：

一、因為我們知道詩的成功在乎它的思想、音律；而且這音律與思想是分不開的，我們便容易看出什麼是詩，什麼不是詩。設若詩中的音律不是藝術化的，而只是按一定的格式填成的，那便不是詩，雖然它有詩的形式。試看「無室無官苦莫論，周旋好事賴洪恩。人能步步存陰德，福祿綿綿及子孫。」（《今古奇觀．裴普公義還原配》）便不能引起我們詩的狂喜；其實這首詩的平仄字數也並沒有什麼缺欠；若只就律動說，這裡分明有平仄抑揚。為什麼它還是不能成為詩呢？這便是韻語與詩之分了：凡有音律的都可以叫做韻語，但韻語不都是詩；詩中的律動是必要的，但是這個律動絕不是指格式而言，而且詩中的律動必須與詩的實質同時的自然的一齊流蕩出來。好詩不僅仗著美好的律動，思想與文字必須全是詩。詩的一切是創造的；韻語只是機械的填砌。

在前面，我們用律動說明瞭所引的《長恨歌》等三段的所以不同。現在，我們明白了用律動分別詩與散文還不是絕對的。那麼，我們試再讀那三段看看。不錯，我們還覺得它們的律動不同；但是我們不能不承認那一段散文也有它的律動。況且，我們如再去讀別的散文，便覺得散文的律動是千變萬化，而永遠不會像詩那樣固定；所以，不如說這散文與詩的分別是心理上的，而律動只是一部分的事實而已。同時我們也看得出：散文不論怎樣美好，它的文字是現成的，絕不會像詩中的那樣新穎，那樣表現著創造獨有的味道。

二、我們這樣說明詩與韻語之別，便可以免去許多無謂的爭執 —— 如詩的格式應如何，詩是否應用韻等。照前面的道理看，詩的成立並不在乎遵守格式與否，而是在能創造與否。詩的進展是時時在那裡求解放。以中國詩說，四言詩後有五言，五言後有七言，七言後有長短句，最近又有白話詩，這便是打破格式的進展。白話詩也是詩，不是白話文；有格體音律的詩有些並不能算是詩；這全憑合乎創造的條件與否。好的律詩與好的白話詩的所以美好可以用這一條原則評定，而不在乎格律的相同與否。詩人的責任是在乎表現，怎樣表現是仗著他的創造力而全有自由，格律是不能拘束他的，我們隨便拿兩首詩來看看：

「黃河遠上白雲間，一片孤城萬仞山。羌笛何須怨楊柳，春風不度玉門關。」（王之渙《涼州詞》）

這自然是很美了，但是像：

「簾外雨潺潺，春意闌珊。羅衾不耐五更寒。夢裡不知身是客，一響貪歡。」

「獨自莫憑闌，無限關山。別時容易見時難。流水落花春去也，天上人間！」（李煜《浪淘沙．感舊》）

也是非常美的，而且所表現的神情，或者不是七言五言詩所能寫得出的。我們即承認詞的好處（因為我們承認了它在創造上的價值，而忘了它破壞律詩體的罪過），我們便沒法去阻止那更進一步的改革 —— 把格律押韻一齊除掉 —— 白話詩。看看：

「窗外的閒月，緊戀著窗內蜜也似的相思。相思都惱了。一抽身就沒了。月倒沒了，相思倒覺著捨不得了。」(康白情《窗外》)

這裡的字句沒有一定，平仄也不規則，用字也不典雅，可是讀起來恰恰合前面「思想與文字全是詩」的原理。我們不能因為它也不合於舊詩的格律而否認它。我們只求把思想感情唱出來，不管怎樣唱出來。給詩人這個自由，詩便更發達、更自然。

三、據以上的理由說，詩的言語與思想是互相縈抱的，詩之所以為言語的結晶也就在此。在散文中差不多以風格自然為最要緊的，要風格自然便不能在文字上充分的推敲，因為辭足達意是比辭勝於意還好一些的。詩中便不然了，它的文字與思想同屬於創造的；所以它的感訴力比散文要強烈得多。設若我們說：「戰事無已呀，希望家中快來信！」這本來是人人能有的心情，是真實的；可是隻這樣一說，說過了也便罷了。但是，當我們一讀到杜甫的「國破山河在，城春草木深。感時花濺淚，恨別鳥驚心！烽火連三月，家書抵萬金！」我們便不覺淚下了。這「烽火連三月，家書抵萬金！」還不就是「戰事無已呀，希望家中快來信！」的意思嗎？為什麼偏偏唸了這兩句才落淚？這便是詩中的真情真理與言語合而為一，那感情是淚是血，那文字也是淚是血；這兩重淚血合起來，便把我們的淚喚出來了。詩人作詩的時候已把思想與言語打成一片，二者不能分離；因為如此，所以它的感訴力是直接的，極快的，不容我們思想，淚已經下來。中國的祭文往往是用韻的，字句也有規則，或者便是應用這個道理吧。至於散文，無論如何，是沒有這種能力的；它的文字是傳達思想的，讀者往往因體會它的思想而把文字忘了。讀散文的能記住內容也就夠了；讀詩的便非記住文字不可。誰能把「剪不斷，理還亂，是離愁；別是一番滋味在心頭」的意思記住，而忘了文字？就是真有人只把這個意思記住，他所記住的絕不會是完全的清楚的，因為只有這些字才足以表現這些意思，不多不少恰恰相等；字沒了意思也便沒了。

四、言語和思想既是分不開的，詩的形體也便隨著言語與思想的不同而分異。先說言語方面。-種言語有一種特質，因此特質，詩的體格與構成也便是特異的。希臘拉丁的詩，顯然以字音的長短為音律排列的標準；英國詩則以字的「音重」為主；中國詩則以平仄成調；這都是言語的特質使然。中國的古詩多四言五言，也是因為中國言語，在平常說話中即可看出，本來是簡短的。七言長句是較後的發展，因為這是文士的創造，已失去古代民間歌謠的意味。就是七言詩，僅以七個音成一句，比之西國的詩也就算很短了。這樣，詩既是言語的結晶，便當依著言語的特質去表出自然的音樂，勉強去學異國的詩格，便多失敗。因此，就說譯詩是一種不可能的事也不為過甚；言語的特質與神味是不能翻譯的；丟失了言語之美，詩便死了一大半。

從思想上說呢，那描寫眼前一刻的景物印象自然以短峭為是，那述講一件史事自然以暢利為宜。詩人得到不同的情感，自然會找出一個適當的形式發表出來。所以：

「夕殿下珠簾，流螢飛復息。長夜縫羅衣，思君此何極！」（謝朓《玉階怨》）

是一段思戀的幽情，也便用簡短的形式發表出來。那《長恨歌》中的事實複雜，也便非用長句不足以描寫得痛快淋漓。

不過一首詩的寫成，其啟示是由於思想，還是由於形式呢？這在下一講裡再討論。

就以上幾點看，文學與非文學是在乎創造與否。表現之中有創造的與構成的區別 —— 詩與散文。詩與散文只能這樣區別；在形式上格律上是永不會有確切的分界的。

第九講　文學的形式

我們曾經誇獎過蕭統的選文方法，因為它給文與非文劃出一條界限。但是，我們不滿意他的分類法。他把所選的文章分成：賦，詩，騷，七，詔，冊，令，教，表，上書，啟，彈事，箋，奏記，書，檄，對問，設論，辭，序，頌，贊，符命，史論，史述贊，論，連珠，箴，銘誄，哀，碑文，墓誌，行狀，弔文，祭文等類。這樣的分類法是要給「隨時變改，難以詳悉」的文藝作品一個清楚的界劃，逐類列文，以便後學對各體都有所本。但是，詩，七，賦等，因為有一定的形式，可以提出些模範作品；至於序，史論，論等，是沒有一定結構與形式的，怎能和詩、七等對立呢？設若不論是詩賦，是序論，全以內容的好壞為入選的標準，不管它們的形式，那就無須分這麼多類。可是不分類吧，詩賦等不但是內容不同，形式也是顯然的有分別，而且忽略了這形式之美即失去許多對它們的欣賞。這個混亂從何而起呢？因為根本沒弄清詩與散文的分別。不弄清這個分別永遠不能弄清文學的形式。文學的形式只能應用於詩，因為詩是在音節上，長短上，有一定的結構的。泛言詩藝，詩的內容與形式便全該注意；嚴格的談詩的組織便有詩形學（Prosody）。詩形學不足以使人明白了詩，但它確是獨立的一種知識。散文中可有與詩形學相等的東西沒有呢？沒有。那就是說，詩與散文遇到一處的時候，詩可以列陣以待，而散文總是一盤散沙。那麼，在形式上散文既不能整起隊伍來，而要強把它像詩一樣的排好，怎能不混亂呢？

後來，姚鼐的《古文辭類纂》，把文章分為十三類：論辯，詞賦，序跋，詔令，奏議，書說，哀祭，傳志，雜記，贈序，頌讚，銘箴，碑誌。這雖然比蕭統的分法簡單了，知道以總題包括細目：可是又免不了脫落的毛病，如林語堂先生所說：「……姚鼐想要替文學分十三體類，而專在箴銘讚頌奏議序跋鑽營，卻忘記了最富於個性的書札，及一切想像的文學（小說戲曲等）。」（《新的文評序》）不過，林先生所挑剔的正是這種分類法必然的結果：強把沒有一定形式的東西插上標籤，怎能不發生錯誤呢？再退一步講，就是這種分類不是專顧形式，而以內容為主，也還免不了混亂：到底文藝作品的內容只限於所選的這些題目呢，還是不止於此？況且這十三類中分明有詞賦一類，詞賦是有定形的。

曾國藩更比姚鼐的分類法簡單些，他把文藝分成三門十一類。他對於選擇文章確有點見識，雖與蕭統相反，而各有所見。蕭是大膽的把經史拋開；曾是把經史中具有文學價值的東西拉出去交給文學——《經史百家雜鈔》。他似乎也看到韻文與散文的分別，不過沒有徹底的明白。對論著類他說：著作之無韻者。對詞賦類他說：著作之有韻者。以有韻無韻分劃，似乎有形式可尋，但這形式是屬於一方面的，以無形式對有形式——以詞賦對論著。但是無論怎麼說吧，他似乎是想到了形式方面。至於到了序跋類，他便沒法維持這有韻與無韻的說法，而說：他人之著作序述其意者。這是由形式改為內容了。以內容分類可真有點瑣碎了：傳志類是所以記人者，敘記類是所以記事者，典志類是所以記政典者……那麼，那記人記事兼記政典者又該分列在哪裡呢？有一萬篇文章便有一萬個內容，怎能把文藝分成一萬類呢？況且以內容分類是把那有形式的詩賦也牽扯在泥塘裡，不拿抒情詩史詩等分別，而拿內容來區劃，這連詩形學也附帶著拆毀了。

那麼，以文人的觀點為主，把文學分為主觀的與客觀的，妥當不妥當呢？像：

（主觀的）

散文 —— 議論文

韻文 —— 抒情詩

（客觀的）

敘記文

敘事詩

（主觀的客觀的）

小說

戲劇

這還是行不通。主觀與客觀的在文章裡不能永遠分劃得很清楚的，在抒情詩裡也有時候敘述，在戲劇裡也有抒情的部分 —— 這在古代希臘戲劇與元曲中都是很顯明的。況且，這還是以散文與韻文對立，我們在前面已說過散文在形式上是沒有與韻文對立的資格。

有人又以言情，說理，記事等統系各體，如詩歌頌讚哀祭等是屬於言情的，議論奏議序跋等是屬於說理的，傳志敘記等是屬於記事的。這還是把詩歌與散文攙混在一處說，勢必再把詩歌分成言情，說理，記事的。這樣越分越多，而且一定越糊塗。

那麼，我們應當怎樣研究文學的形式呢？這很簡單，詩形學是專研究詩的形式的，由它可以認識詩的形式，它是詩形的科學。散文呢？沒有一定的形式，無從研究起。自然小說與戲劇的結構比別種散文作品較為固定，但是，它們的形式仍永遠不會像詩那樣嚴整，永遠不會有絕對的標準（此處所說的戲劇是近代的，不是詩劇）。

我們為什麼一定要研究形式呢？有的人願對於這個作一種研究。但是這不足說明它的重要。我們應提出研究形式對於認識文學有什麼重要：

一、文學形式的研究足以有助於看明文學的進展。請看 Richard

Green Moulton（理查 · 格林 · 莫爾頓（1849-1924）美國學者。））的最有意思的表解（見下）。

由上表我們看出文學的起源是歌舞，其餘的文藝品都是由此分化出來的。這足以使我們看清文藝各枝的功能在哪裡：戲劇是重動作的，抒情詩是重音樂的……而且還足以說明文學形式雖不同，可是並非界劃極嚴，因為文藝都是一母所生的兒女，互有關聯，不能純一。

二、由文學形式可以認識文藝作品。Moulton 說：清楚的明白外形是深入一切文藝內容與精神的最重要的事。他又說：假如一個人讀一本戲劇，而他以為是念一篇文章，一定是要走入迷陣的。他並且舉出證據，說明文藝形式的割裂足以損失內容的含義，如《聖經》中的主禱文，原來的形式是：

我們在天上的父：

願人尊你的名為聖，

願你的國降臨，

願你的旨意實現，

在地上如同在天上。

可是在英譯本中，「在地上如同在天上」只與「願你的旨意實現」聯結起來。這樣割裂了原來的形式，意思也就大不同了。按著原來的形式，這最後的一句原是總承上三句的。

我們因此可以想到，不按著詞的形式而讀詞要出多少笑話。

三、形式有時是創造的啟示。形式在一種意義之下是抒情詩，史詩，詩劇等的意思。在創造的時候，心中當然有個理想的形式，是要寫一首抒情詩呢，還是一齣戲劇？這個理想的形式往往是一種啟示。只有內容永遠不能成為詩，詩的思想，精神，音樂，故事，必須裝入（化入或煉入較好一些）詩的形式中，沒有詩的形式便沒有詩；只記住詩的內容而談詩總不會談到處好的。因此，要把思想、故事等化入什麼形式中，有時是詩人的先決問題。東坡的摹陶，白居易的樂府，和其餘的大詩人的擬古，便多半受了形式的啟示。詩的體裁格架不是詩的一切，但是它確有足以使某種思想故事在某種體格之下更合適更妥當的好處。我們不能因為舊的形式而限制新形式的發展。但是新也好，舊也好，詩藝必須有形式。胡適之先生的新詩是顯然由詞變化出來的，就是那完全與舊形式無關屬的新詩，也到底是有詩的形式，不然便不能算作詩。新詩的形式是作新詩的一種啟示。新詩可以不要韻，不管平仄的規矩，但是總得要音樂，總得要文字的精美排列；這樣，在寫作之前，詩人必先決定詩的形式，不然，作出來的便不成為詩。他可以自己創造一種形式，可是不能不要形式。反對新詩的是不明白形式不是死定的，他們多半以詩形當作了詩藝。新詩人呢，為打破舊的形式而往往忽略了創造美好的新形式，因而他們的作品每缺乏了音樂與美好排列之美。這不是說要求新詩人們共同決定一種新的格律，是說形式之美是缺乏不得的。

四、形式與內容的關係。什麼是內容？詩中的事實。什麼是形式？詩的怎樣表現。這樣看，詩人的文字便是形式。

另有一種看法：事實的怎樣排列是形式，詩人的字句是內容。這是把上一段的說法顛倒了一下。在上一段裡，以《長恨歌》說吧，《長恨歌》的事實是內容，白居易的文字是形式。這裡說，白居易的文字是內容，《長恨歌》的排列方法是形式。前者是要說明事實是現成的，唐明皇與楊玉環的事實是人人知道的，而白居易怎樣訴說這件故事，給這件事一個詩的形式。後者是要說明詩人怎樣把事實排列成一個系統，一個藝術的單位，便是詩的形式。假如他未能藝術的把事實排列好，東邊多著一塊，西邊短著一塊，頭太大或腳太小，便是破壞了形式之美。前者是注重表現，後者是注重排列。後者似乎以詩完全當作形式，和著雕刻的法子差不多了。

這兩種看法在應用於文學批評的時候似乎有些不易調和，因為一個是偏重表現的字句，一個偏重故事的穿插。但是它們都足以說明形式的重要，並且都足以說明形式不僅是體格規律，而且應由詩人自由設計；怎樣說，怎樣排列，是詩人首當注意的。格式是死的，在這死板的格式中怎樣述說，怎樣安排，是專憑詩人的技能。格式不錯而沒有獨創的表現與藝術的排列還不能成為詩。

可是，這兩種看法好似都有點危險：重表現的好似以為內容是不大重要的，隨便挑選哪個事實都可以，只要看錶現得美好與否。這好似不注重詩的感情與思想。重穿插的好似以為文字是不大要緊的，只要把事實擺列得完美便好了。這好似不注重詩的表現力。在這裡我們應當再提到詩是創造的；文字與內容是分不開的，專看內容而拋棄了文字是買櫝還珠，專看文字不看內容也是如此。詩形學是一種研究工夫；要明白詩必須形式與內容並重：音樂，文字，思想，感情，美，合起來才成一首詩。

我們絕不是提倡恢復舊詩的格式，我們根本沒有把形式只解釋作格式；我們是要說明形式的重要，而引起新詩人對於它的注意。專研究形式是與文藝創作無關的；知道注重形式是足以使詩更發展得美好一些的。新的形式在哪裡？從文字上，從音節上，從事實的排列上，都可以找到的。這樣找到的不是死板的格式，是詩的形式。今日新詩的缺點不在乎沒格式，而在乎多數的作品是沒形式——不知道怎樣的表現，不知道怎樣的安排，不知道怎樣的有音節。我們不要以為創作的時候，形式與內容是兩個不相同的程式：美不是這二者的黏合者。「自然的一切形象與一些心象相交，這種心象的描寫只能由以自然的形象為其圖畫。」（Emerson（雷夫．沃爾多．愛默生（1803-1882），美國思想家、散文作家、詩人。))在一切美中必有個形式，這個形式永遠是心感的表現。無表現力的感情，無形式之美的心境，是野蠻人的；打磨光滑而無情感的韻語是藝術的渣滓！形式之美離了活力便不存在。藝術是以形式表現精神的，但拿什麼形式來表現？是憑美的怎樣與心相感應。形式與內容是分不開的。形式成為死板的格式便無精力，精神找不到形式不能成為藝術的表現。

第十講　文學的傾向（上）

這一講本來可以叫做「文學的派別」，但是「派別」二字不甚妥當，所以改為「傾向」。「派別」為什麼不妥當呢？因為文藝的分歧原是個人的風格與時代的特色形成的，是一種發展，不是要樹立派別，從而限制住發展的途徑。文學家有充分運用天才與技術的自由，而時代與思想又是繼續變進的，因而文學的變遷是必然的。研究文學史的能告訴我們文學怎樣的進展變化，研究文藝思潮的能告訴我們文學為什麼變化，但是他們都不許偏袒某派的長處而去禁止文學的進展與變化。他們是由作家與作家的時代精神去研究這個進展變化的路線與其所以然，那麼，他們便是追求文學的傾向；這文學傾向的移動是很有意思的研究。反之，看見一種傾向已經成形，便去逐字逐句的摹擬，美其名曰某派的擁護者，某大家的嫡傳者，文藝便會失了活氣，與時代精神隔離，以至於衰死。所以看文學的傾向才能真明白文學在歷史上的發展，而將某時代的作品還給某時代；既明白了文學史的真義，也便不至有混合不清的批評了。專以派別為研究的對象，就是分析得很清楚，也往往有專求形式上的區分而忽略了文學生命的進展的弊病。作家的個性是重要的，但是他不能脫離他的時代；時代色彩在他的作品中是不自覺而然的；有時候是不由他不如此的；明白了這個才能明白文藝的形式下所埋藏的那點精神。舉個例子說：在歐洲文藝復興的時候，人們把埋了千來年的古代希臘拉丁的文藝復活起來，這是歷史上的一件美事。人們在此時有了使古代文藝復活的功勞，可是他們同時鑄成了一個大錯誤，便是由發現古物而變為崇拜古物，凡事以古為主，而成了新古典主義。這新古典派的人們專從古代作品中找規則，從而拿這些規則來衡量當代的作品。他們並沒有問，為什麼古代作品必須如此呢？因為他們不這樣問，所以他們只看了古代文藝的形式，而沒有追問那形式下所含蘊的精神。其實希臘作品的所以靜美勻調，是希臘人的精神的表現。新古典派的人們只顧了看形式，而忽略了這一點，於是處處摹擬古人而忘了他們自己生在什麼地方，什麼時代。這是個極大的錯誤，因為他們的歷史觀錯了，所以把文學也弄個半死。設若他們再深入一步，由形式看到精神，他們自然會看出文學為什麼傾向某方去，也便明白了文學是有生命的，到時候就會變動的。希臘人們是愛美的，但是，他們並不完全允許思想自由，梭格拉底（現通譯蘇格拉底（西元前 469- 西元前 399），古希臘哲學家。）的死，與阿里司陶風內司（現通譯阿里斯托芬（約西元前 446- 西元前 385），古希臘戲劇家。）的嘲笑梭格拉底和尤瑞皮底司（現通譯歐裡庇得斯（約西元前 480- 約西元前 406），古希臘戲劇家。），便是很好的證據。以雕刻說吧，希臘的雕刻是極靜美的，但是這也因為希臘雕刻是要受大眾的評判的；一件作品和群眾的喜好不同便不能陳列出去。希臘人的天性是愛平勻靜好之美的，所以大家也便以此批評藝術；於是作家也便不能不這樣來表現。他們不喜極端，因而也不許藝術品極端的表現。這樣，在古代希臘藝術作品的平勻靜好之下還藏這段愛平勻靜好的精神；我們怎能專以形式來明白一時代的作品呢？那麼，在這裡我們用「傾向」，不用「派別」，實在有些理由了。

再說，一派的作品與另一派的比較起來，設若他們都是立得住的作品，便都有文學特質上相同之點；嚴格的分派是不可能的。就是一個作品之中有時也含著不同的分子，我們又怎樣去細分呢？

派別的誇示是摹擬的掩飾，以某派某家自號的必不是偉大的創作家。那真能倡立一家之說，獨成一派的人們，是要以他們的作品為斷；不能因為他們喊些口號便能創設一派。

在中國文學史上雖然也可以看出些文學的變遷，但是談到文藝思潮便沒有歐洲那樣的顯明。自從漢代尊經崇儒，思想上已然有了死化的趨勢，直到明清，文人們還未曾把「經」與「道」由文學內分出去，所以，對於純文藝縱然能欣賞，可是不敢公然倡導；對於談文學原理的書，像《文心雕龍》，真是不可多得的；雖然《文心雕龍》也還張口便談「原道」「宗經」。對於文學批評多是談自家的與指摘文藝作品的錯誤與毛病，有條理的主張是不多見的。至於文學背後的思想，如藝術論，美的學說，便更少了；沒有這些來幫助文學的了解，是不容易推倒「宗經」與「原道」的信仰的。有這些原因，所以文藝的變遷多是些小的波動，沒有像西洋的浪漫主義打倒古典主義那樣的熱烈的革命；因此，談中國文學的傾向是件極不容易的事。

我們可以勉強的把中國文學傾向分作三個大潮：第一個是秦漢以先的，這可以叫做正潮。因為秦漢以先的作品，全是自由發展的，各人都有特色，言語思想也都不同；雖然偉大的作品不多，但確是文藝發展的正軌。雖然這時候還沒有文學主義的標樹，甚至於連文學的認識還不清楚（看第二講），可是創造者都能盡量發表心中所蘊，不相因襲。在散文與詩上都有相當的成績，如莊子的寓言，屈原的騷怨，都是很不幸的沒有被後人勝過去。設若秦漢以後還繼續著這種精神自由的前進，中國文學當不似我們所知道的那麼死板。可憐秦代不許人們思想，漢代又只許大家一樣的思想，於是這個潮還沒到了風起雲湧，已經退去，只剩下一些斷藻蛤殼給後人撿拾了！

第二個潮流是自秦漢直至清代末日，這個長而不猛的潮可以叫做退潮。因為只是摹古，沒有多少新的建設。「文以載道」之說漸漸成了天經地義，文藝就漸漸屈服於玄學之下，失去它的獨立。縱然有些小的波瀾，如主格調與主神韻之爭，主義法與主辭藻之爭，雖然主張不同，其實還都是以古為準。那主張格調的是取法漢魏，那主張神韻的是取法王維、孟浩然。摹擬的人物不同，其為摹擬則一。在散文上，有的非上擬秦漢不可，有的唐宋也好取法。無論是摹擬哪家哪派，在工具上都是用死文字，於是一代一代的下來，不但思想與言語是死定的，就是感情也好似劃一了 —— 無病呻吟。

在這個死水裡，好似凡是過去的時代與死去的人便可以成一派，派別分得真不少：以文章言，便有西京體，東京體，建安體，正始體，太康體，永嘉體，永明體，初唐體，開元天寶體，元和長慶體，晚唐體……有的便提出一、二人為領袖，如二陸，兩潘，韓柳等。詩也是這樣，看《滄浪詩話》裡說：

「以詩而論，則有：建安體，黃初體，正始體，太康體，元嘉體，永明體……。以人而論，則有：蘇李體（蘇武、李陵），……陶體（淵明），……元白體（微之、樂天）……」

按著我們的意思看，這種分派法本來有些道理：文藝是自由的，有一人便有一體，豈不很好？但是這樣分派別體的人並不這樣想，他們以為凡是成功的寫家，便是後學的師傅，有了祖師才能有所宗依。這樣的分派也並不是因為死去的人立了什麼新的主義，新的解釋；只是他們在文字運用上與別人稍有不同；所以這不是文學有了什麼新傾向，是摹古的人們又多了一種新模範。這個潮流自始至終可以說是受了古典主義的管轄，一代又一代，只在那裡講些修辭法，文章結構等；並沒在心靈表現上領悟文學。

這個潮退到以八股取仕便已成了一坑死水，漸漸的發起臭來。

第三個潮流是個暗潮，因為它直到清朝末年還沒被正統的作家承認。詞，戲曲，小說，在那摹古的潮下暗中活動，它們的價值直到今日才充分的顯露出來。幾百年中這些自由發展的真文藝埋藏在那殘退的摹古潮下，人們愛它們而不敢替它們鼓吹。就是那大膽的金聖嘆，還只是用批判舊文學的義法來評《水滸傳》等，並沒明白這活文學的妙處在哪裡。那些作家，雖然產生了這些作品，可是並沒作主義上的宣傳，沒作文學革命的倡導。從事實上看，只有這些作品可以代表這些時代文學的傾向，可是從歷史上看，它們確是暗中活動，並沒能推翻那腐舊的東西代而有之。本來這個暗流可以看成是浪漫主義打倒古典主義，好像西洋文學傾向的轉移。但是這浪漫主義始終沒有正當的有力的主張與評論來幫忙，自來自去，隨生隨滅，沒能和古典主義正式宣戰。這或者因為科舉制度給陳死的文學一種絕對的勢力，絕不容文學革命吧？

這三股大潮裡，第一個是有氣力而沒得充分發展，所以成績不多。第二個是大鑼大鼓的幹而始終唱那出老戲。第三個是不言不語的自行發展，有好成績而缺乏主張，非常嬌好而終居妾位。在這裡很難看出文學的傾向，因為那正統的公認的文學是一股死水，而新的活流只是在下邊暗暗活動，沒有公然的革命；雖然現在我們可以把這暗潮作為文學進展的正軌，可是由歷史上看確不是這樣；承認小說與戲劇的價值不是晚近的事麼？因四言五言詩太呆板狹促才有七言詩，因七言詩仍有拘束才有詞；但是詞被稱為「詩餘」，這便是沒有能夠代替了詩。中國文學的大革命恐怕要以前幾年的白話文學運動為第一遭了。

現在，差不多人人談著什麼古典主義、寫實主義；要明白這一些，我們不能不去看西洋文學的傾向，因為由我們自家的文學史中是看不見的。

古典主義：古典主義這個名稱是後人給古代希臘拉丁作品起的，古代希臘羅馬的作家並不知道這個。希臘文明在歐洲歷史上的重要是人人知道的。希臘人的精神是現實的，愛美的。因為現實，他們的宗教中也帶著點遊戲的意味，神是人性的，帶著一切人的情感。因為愛美，他們處處求調和勻靜之美，不許用極端的表現破壞形式的調和。在希臘全盛時期所產生的藝術品，雕刻，戲劇，詩文，處處表現著這生活欲與美的調節的特色。這些產品是空前的，有些也是絕後的，所以希臘雖衰敗，它的藝術之神的領域反而更擴大了。到了亞里山大四處征討，希臘的文明便傳遍了地中海四岸。後來羅馬興盛起來，以武力征服那時所知道的世界，可是在精神方面反作了希臘藝術的皈依者。希臘的雕刻，戲曲，詩文，哲學，都足以使雄悍的羅馬人醉倒；於是由希臘捉去的俘虜反作了羅馬人子弟的師保。羅馬文學家以希臘文藝為模範，為稿本，正如郝瑞司（Horace）（現通譯賀拉斯（西元前 65- 西元前 8），古羅馬詩人。）所說：「永別叫希臘的範本離開手」。羅馬的作品也有很好的，所以後世便把希臘羅馬的作品叫做古典主義的。

我們須知道：歐洲文明的來源是有兩個。希臘是一個，希伯來也是一個。希臘的精神是現世的，愛美的，已如上述；希伯來的正和這相反，它是重來世的，尊神權而賤人事的，上帝的正義高於一切。上面說過羅馬如何接受希臘的精神，可是這希伯來思想也沒老實著。羅馬的現世觀叫肉慾荒淫十分的表現著，於是那捐身奉一神，賤現世而求永生的基督教便在下面把羅馬帝國盜空了。羅馬後來分為兩個帝國：東羅馬帝國雖立基督教為國教，可是教權終在政權之下。在西羅馬帝國呢，羅馬的教皇利用北方蠻族的侵入，擴大教權，作成人與神的總代表，他的勢力高過一切。基督教勝利了，現世的精神自然是低落了，藝術品差不多被視為是肉慾的，有罪的，這便是歐洲的黑暗時代。但是在東羅馬帝國研究古代學問的風氣還未曾斷絕，於是希臘文藝漸漸傳到西利亞與阿拉伯去，而被譯成東方言語。後來，這阿拉伯文的譯本，又由東而西的到了西班牙而傳及全歐；最重要的是亞里斯多德的《邏輯學》。這時候西歐對古希臘的知識全是這樣間接得到的，沒有什麼能讀希臘原文書籍的人；自然，這枝枝節節得到的也不會叫他們真實了解希臘的學問。僧侶們 —— 只有僧侶們知道讀書 —— 更利用這滴滴點點的知識來證釋神學，他們要的是邏輯法，不求真明白希臘思想。拉丁文是必須學的，但是，用這死文字來傳達思想，自然不會產生什麼偉大的文藝。這時候所謂文學者只是修辭學與文法，那最可愛的古代文藝全埋在黑暗之下，沒人過問了。

太黑暗了，來一些光明吧！芙勞蘭思（Florence）（現通譯佛羅倫斯，義大利中部城市。）的但丁（Dante Alighieri 1265-1321）作了《神聖的喜劇》（現通譯《神曲》。）。他不用拉丁文，而用俗語，所以名之為喜劇，以示不莊嚴之意。這出喜劇中形容了天堂地獄和淨業界（Purgatory（又譯煉獄。）），並且將那時所知道的神學，哲學，天文，地理，全加在裡面。在內容方面可以說這是中古的總結帳，在藝術方面立了新文學的基礎。但丁極佩服羅馬文學黃金時代的窩兒基祿（Virgil）（現通譯維吉爾（西元前 70- 西元前 19），古羅馬詩人。），他極大膽的用當時的方言作了足以媲美希臘拉丁傑作的喜劇。在文字方面他另有一本書，（De Vulgari Eloquentia（《俗語論》。）），來說明方言所以比拉丁文好。這樣，他給義大利的文學打下基礎，也開了文藝復興的先聲。

邳特阿克（Petrarch 1304-1374）（現通譯彼持拉克（1304-1374），義大利詩人。）除從事著作之外，也蒐羅拉丁文藝的稿本，作直接的研究，不像從前那樣從譯文或從書中引用之語零碎的得到古代知識了。到了一四五五年，東羅馬帝國都城失陷，學士紛紛西來，帶著希臘文藝稿本，義大利便成了唯一的希臘文明的承受者。在米蘭開始有古代希臘著作的印行，於是希臘原文的書籍便傳遍了歐洲。人們也開始學習希臘言語，以便研究希臘文藝。所謂文藝復興便是希臘精神的復活。此時人們開始抬起頭來，看這光華燦爛的世界，不復埋在中古的墳墓中了。義大利開端，繼之以法英各國。法國的阿畢累（Rabelais）（現通譯拉伯雷（1494-1533），法國小說家。）教給世人只有幽默與笑能使世界清潔與安全。孟特因（Montaigne）（現通譯蒙田（1533-1592），法國散文家。）便說：「噢，上帝，你如願意，你可以救我；你如願意，你可以毀滅我；但無論如何，我將永遠把直了我的舵。」這是文藝復興的精神。在西班牙，司萬提（Cervantes）（現通譯塞萬提斯（1547-1616）西班牙小說家。）把中古的武士主義送了終。

文藝復興是與宗教革命互相為用的。文藝復興是打倒中古的來世主義，而恢復了古希臘的現世主義。在宗教上呢，人們也開始打倒教皇的威權，而自己去研究《聖經》，以自己的良心去信仰上帝。但是，關於這一層我們不要多說，還是說文藝復興後新古典主義怎樣的成立吧。

前面已經說過，希臘古代作品本來是以平衡，有秩序，有節制，為美的表現。一旦這些作品被人們發現，那就是說，這埋了千來年的寶物經文藝復興的運動者所發現；自然他們首先注意這形式之美；於是由崇拜而迷信，以為文藝的形式與規則全被古人發現淨盡，只要隨著這些規則走便不會發生錯誤的。因此，亞里斯多德與郝瑞司的《詩學》（賀拉斯的著作，現通譯《詩藝》。）又成了金科玉律。從而「三一律」、「自然的規則化」等名詞都成了極要緊的口號。「避免極端；躲著那些好太少或太多的弊病」，是他們的態度。不錯，避免極端是顯然可以由古代作品中看得出的，但那是由於希臘民性如此，前面已經說過。本著自家的特色來表現，縱有缺欠，不失創造的本色。現在新古典主義者本不生在希臘，沒有古代的環境，沒有地中海岸上的溫美，而生要拿希臘的形式之美為標準，怎能得其神髓呢？怪不得他們只就規則上注意，專注意怎樣用字用典，而不敢充分的表現自己了。這樣，文藝復興一方面解放了歐洲的思想，一方面又在文藝上自己加上一套新刑具。故古典主義的好處是發現了古代文藝的規則，它的錯誤是迷信這些規則而限制住文學的自由發展。

果桑（Victor Cousin）（現通譯庫辛（1792-1867），法國哲學家。）說：「形式不能只是形式，它必是一個東西的形式。所以體物的美是內部的美的標記，即精神的與道德的美，在這裡我們找到了美的基礎，主旨，與全體。」古代作品是美的，毫無疑義，但是新古典派的忘卻自己而專摹古代作品的形式，便是失了自我；假如古代作品是靜美的，新古典派的便是呆死的了。

「噢，梭格拉底……人當有怎樣說不出來的福氣，假如他能去思省絕對的美，純潔而簡單，不復披覆著肉與人的色彩與必毀滅的不實在的裝飾，而是面對面的看見美的真形，那神聖的美。」（Symposium（《會飲篇》。））這是古希臘人的美之理想，雖然未能 —— 也不能 —— 實現，但是藉此頗可以看出古希臘藝術所表現的是什麼。拿這個與新古典主義的：

「那些個規條，是古人發現的，不是傳授來的，還是自然，不過是自然而方法化了。」（Pope）（亞歷山大·蒲柏（1688-1744），英國詩人。）

兩相比較，這二者的距離就相差很遠了。

浪漫主義：給浪漫主義下個簡單的定義是很不容易的。從 Romance（羅曼斯，「浪漫主義」一詞由此演化而來。）這個字看，它是在黑暗世紀以前和以後一種文章曾用這種言語寫成的。從它的材料上的來源看，它是北方新興民族的以散文或詩寫成的故事，經過文藝復興而成為後代小說與史詩的本源。這新興民族的故事與古代的在形式上內容上都有不同。北方民族從古代作品得了文字文法的訓練，開始作自家的故事。故事的內容是基督教的聖僧事跡，北方民族的偉人傳說，和從紅十字軍東徵帶回來的東方故事。這些故事雖不同，可是都帶著基督教色彩，叫我們看到武士的尊崇婦女，保護老弱，仗義冒險，以盡宗教武士的天職。基督教本來是隱身奉主，棄世養心的，到了這些武士身上便變為以刀馬護教，發揚俠烈的精神；這種精神在沙力曼大帝及阿撒王手下的武士故事中都充分的表現著。從政治方面看，由這些故事中我們見到封建制度的色彩，故事中總是敘述著貴族兒女的戀愛，或貴族與平民間的衝突。在民族性上看，我們看出北方民族的勇於冒險：殺龍降怪以解民困，跋山渡海以張武功。這是內容方面。從形式看呢？古代作品以方法為重，浪漫的故事以力量為主。前者以趣味合一為本，後者以趣味複雜為事。一是求規律之美，一是舍規律而愛新奇、熱情。古典派的作品縱有熱情也用方法拘束住，浪漫故事便任其狂馳而不大管形式的靜美了。

但是，這只是浪漫故事的特色，並沒有標樹學說，直接與古典主義宣戰，像「破壞古典主義主要效果之一，便是解放個人。使個人反於本來面目及自由，正如古代詭辯派之言：以個人做萬物的尺度」（Brunetiere（費迪南·布呂納介（1849-1906），法國作家，文藝批評家。），依謝六逸譯文）還要等一個號炮；放這號炮的便是盧梭。

盧梭（Bousseau 1712-1778）（盧稜，法國啟蒙思想家，哲學家，教育學家，文學家。）的思想態度與成功，可以說是浪漫主義運動的先鋒。他並不是單向文藝挑戰，而是和社會的一切過不去。他要的是個人的自由權，不只是藝術的解放。他的風格給法國文藝創了一個新體，自由，感動，浪漫。他向一切挑戰：政治，宗教，法律，習俗都要改革。這樣的一個理智的彗星，就引起法國的大革命，同時開始文學的浪漫運動，可謂一舉兩得。有了這個號炮，德國的青年文士首先抓住那北方的民間故事與傳說，來代替古典文藝中的神話。他們對盧梭與莎士比亞有同樣的狂熱，同時譏笑法國的新古典派。這樣，那中古浪漫故事開始有了學說的輔翼，成了一種運動，直接與新古典主義交戰。這新興文藝是「狂飆突起」，充分的表現情感而破壞一切成法。後來法國英國的文士也同樣的由新古典主義的勢力解放出來，於是在十九世紀西歐的文藝便燦爛起來。

設若新古典主義的缺點在偏重形式之美，而缺乏自我的精力，浪漫主義又太重自我，而失之誇大無當。盧梭的極端自由，是不能不走入「返於自然」的；但完全返於自然，則個人的自由是充分了，同時人群與獸類的群居有何不同呢？這個充分的自由，其弊病已見之於法國的大革命 —— 為爭自由使人的獸性畢露，而釀成慘殺主義與恐怖時代。在文藝裡也如是，個人充分的表現，至於故作驚奇，以引起浮淺的感情。這個弊病在浪漫運動初期已顯露出來，及至這個運動成功了，人們便專在結構驚奇上用力，充其極便成了無聊的偵探小說，只憑穿插熱鬧引人入勝，而實無高尚的主旨與深刻的情感。再說，因為浪漫，作品的內容一定要新奇不凡，於是英雄美人成了必要的角色；這在一方面足以滿足人們的好奇心與想像，但在另一方面，文藝漸漸成為茶餘酒後的消遣品，忘了真的社會；於是便不能不讓位給寫實派了。

嚴格的說，古典主義與浪漫主義不是絕對的對立；在這裡，「傾向」又能幫助我們了。古典主義是注意生命的旁觀，而浪漫主義運動是把藝術的中心移到個人的特點上去；兩相比較，便看出這是心理傾向的結果。這新運動是心理的變動；若是純以文藝作品比較是很容易使人迷惑的。在英國的伊麗莎白時代的戲劇顯然的是極浪漫的，為什麼浪漫運動必歸之於十九世紀的開始呢？這裡有個分別，十九世紀的浪漫運動縱與伊麗莎白時代的相同，但不是一回事。十九世紀的新運動有法國的大革命作背景，這個革命是空前的事實。於此我們看到個人思想的解放。再就文藝內容說，新古典主義的作品與伊麗莎白時代的作品好用希臘拉丁的典故，浪漫派的作品的取材也是取之過去時代的，這豈不是一樣的好古嗎？這裡又有不同之點：浪漫派的特點之一是富於想像，他們取材於過去，正是因為他們發現了中古的故事 —— 那驚奇玄妙的故事 —— 而以想像使這些驚奇的精神復活。他們不是隻得一些呆死的典故，而是發現了一個奇異的世界，在那裡他們可以自由的運用他的想像。這又是個心理的作用。

這樣，我們明白了古典主義的所以有那調和勻靜之美，與浪漫主義的所以捨去形式而求自我的表現 —— 二者都是心理的不同，因而表現的也不同。至於新古典主義的所以既不能像古代希臘的古典作品那樣美好，又不能像浪漫作品這樣活潑有生趣，便是因為作者缺乏了這表現心神嚮往的精神，摹擬是不要多少創造力的。

第十一講　文學的傾向（下）

寫實主義：十九世紀的中葉，世界又改變了樣子：政治上，中等階級代替了貴族執有政權。學問上，科學成了解決宇宙之謎的總鑰匙。社會上，資本家與勞動者成了仇敵。宗教上，舊的勢力已消失殆盡，新的信仰也沒有成立。驚人的學說日有所聞，新的發明日進一日；今天有所發明，明日便有許多失業的工人。這個世界人人在驚疑變動之中，正如左拉的僧人弗勞孟對宗教、科學、哲學、道德、正義，都起了疑惑，而不知所從。這樣的人一睜眼便看到了社會，那隻供人消遣的文藝不足以再滿足他們。他們生在社會上，他們便要解決社會問題，至少也要寫社會的實況。他們的社會不復是幾個人操持一切，不復是僧侶握著人們的靈魂。在浪漫主義興起的時候，人們得到了解放的學說與求自由的啟示，並不知道這個新的思潮將有什麼結果。到了現，政治雖然改革了，而自由還是沒有充分的實現，浪漫派的運動者得有自由的啟示，用想像充分表現自我；現在，這個夢境過去了，人們開始看現實與社會。他們所看到的有美也有醜，有明也有暗，有道德也有獸慾。這醜的暗的與獸慾也正是應該注意的，應該解決的。那選擇自然之中美點而使自然更美的說法已不能滿足他們。他們看見了缺欠，不是用美來掩飾住它，而以這缺欠為最值得寫的一點。他們至小的志願是要寫點當代的實況。那完美無疵的美人，那勇武俊美的青年貴族，不能再使他們感覺興趣。他們所要的不是誰與誰發生戀愛和怎樣的相愛，而是為什麼男女必定相求，這裡便不是戀愛神聖了，而是性的醜惡也顯露出來。他們不問誰代替了誰執了政權，而問為什麼要這樣的政治。這是科學萬能時代的態度。

這一派的主要人物是法國的巴爾扎克（Balzac 1779-1850）與福祿貝（Flaubert 1821-1880）（即福樓拜。）等。巴爾扎克創立寫實主義，他最注重的是真實，他的作品便取材於日常生活及普通的情感。他的人物是 —— 與浪漫作品不同 —— 現代的男女活動於現代的世界，他的天才叫他描寫不美與惡劣的人物事實比好的與鮮明的更為得力。福祿貝是個大寫實者，同時也是個浪漫的寫家，但是，他的寫實作品影響於法國的文藝極大，他的《包娃荔夫人》（Madame Bovary）（現通譯《包法利夫人》。）是寫實的傑作，佐拉（Zola）（現通譯左拉（1840-1902），法國作家。），都德（Daudet）（阿爾豐斯·都德（1840-1897），法國小說家。），莫泊桑（Maupas sant）（莫泊桑（1850-1893），法國作家。）等都是他的信徒。他們這些人的作品都毫無顧忌的寫實，寫日常的生活，不替貴族偉人吹噓；寫社會的罪惡，不論怎樣的黑暗醜惡。我們在他們的作品中看出，人們好像機器，受著命運支配，無論怎樣也逃不出那天然律。他們的好人與惡人不是一種代表人物，而是真的人；那就是說，好人也有壞處，壞人也有好處，正如杜思妥亦夫斯基（Dostoevsky）（現通譯陀思妥耶夫斯基（1821-1881），俄國作家。）說：「大概的說，就是壞人也比我們所設想的直爽而簡單的多。」（The Brothers Karamazoff）（《卡拉瑪佐夫兄弟》。）這種以深刻的觀察而依實描寫，英國的寫家雖然有意於此，但終不免浪漫的氣習，像迭更斯（現通譯狄更斯（1812-1870），英國作家。）那樣的天才與經驗，終不免用想像破壞了真實。真能寫實的，要屬於俄國十九世紀的那些大寫家了。

寫實主義的好處是拋開幻想，而直接的看社會。這也是時代精神的鼓動，叫為藝術而藝術改成為生命而藝術。這樣，在內容上它比浪漫主義更親切，更接近生命。在文藝上它是更需要天才與深刻觀察的，因為它是大膽的揭破黑暗，不求以甜蜜的材料引人入勝，從而它必須有極大的描寫力量才足以使人信服。同時，它的缺點也就在用力過猛，而破壞了調和之美。本內特（Arnold Bennett）（現通譯阿諾德·本涅特（1867-1931），英國小說家、劇作家、新聞記者。）評論屠格涅夫（Tourgenieff）（屠格涅夫（1818-1883），俄國作家。）與杜思妥亦夫斯基說：「屠格涅夫是個偉大藝術家，也是個完全的藝術家。」對於杜思妥亦夫斯基：「在 The Brothers Karamazoff 開首，寫那老僧人的一幕，他用了最高美的英雄的態度。在英國與法國的散文文藝中沒有能與它比較的。我實在不是誇大其詞！在杜思妥亦夫斯基之外，俄國文藝中也沒有與它相等的。據我看，它只能與《罪惡與懲罰》（現通譯《罪與罰》。）中的醉翁在酒店述說他的女兒的羞辱相比。這兩節是獨立無匹的。它們達到了小說家所能及的最高與最可怕的感情。假如寫家的名譽在愛美的人們專科憑他的片段的成功，杜思妥亦夫斯基便可以壓倒一切寫家，假如不是一切詩人。但是不然。杜思妥亦夫斯基的作品——一切作品——都有大毛病。它們最大的毛病是不完全，這個毛病是屠格涅夫與福祿貝所避免的。」(Books Persons)（原書名為「Books and Persons」，譯為《作品與作家》。）是的，寫實派的寫家熱心於社會往往忘了他是個藝術家。古典主義的作品是無處忘了美，浪漫主義的往往因好奇而破壞了美，寫實主義的是常因求實而不顧形式。況且，寫實家要處處真實，因而往往故意的搜求人類的醜惡；他的目的在給人一個完整的圖畫，可是他失敗了，因為他只寫了黑暗那方面。我們在佐拉的作品便可看到，他的人物是壞人，強盜，妓女，醉漢，等等；而沒有一個偉大的人與高尚的靈魂，沒有一件可喜的事，這是實在的情形嗎？還有一層，專看社會，社會既是不完善的，作家便不由的想改造；既想改造，便很容易由冷酷的寫真，走入改造的宣傳與訓誨。這樣，作者便由客觀的描寫改為主觀的鼓吹，因而浮淺的感情與哲學攙入作品之中，而失了深刻的感動力，這是很不上算的事。能完全寫實而不用刺激的方法，沒有一筆離開真實，沒有一筆是誇大的，真是不容易的事；俄國的柴霍甫（Tchehkoff）（現通譯契訶夫（1860-1904），俄國作家。）似乎已做到這一步，但是，他就算絕對的寫實家嗎？他的態度，據本內特看，是：「我看生命是好的。我不要改變它。我將它照樣寫下來。」但是，有幾個寫實家這麼馴順呢？

嚴格的說，完全寫實是做不到的事。寫實家之所以成為寫實家，因他能有深刻的觀察，與革命的理想，他才能才敢寫實；這需要極偉大的天才與思想；有些小才幹的便能寫個浪漫的故事；像俄國那幾個大寫實家是全世界上有數的人物。既然寫實家必須有天才與思想，他的天才與思想便往往使他飛入浪漫的境界中，使他由客觀的變為主觀的。杜思妥亦夫斯基的傑作《罪惡與懲罰》，是寫實的，但處處故作驚人之筆，使人得到似讀偵探小說的刺激。而且這本書中的人物——在 The Brothers

Karamazoff 中亦然 —— 有幾個是很有詩意的；他的人物所負的使命，他們自己未必這樣明瞭，而是在他的心目中如此，因為他是極有思想的人，他們便是他的思想的代表者與化身。創造者給他的人物以靈魂與生力，這靈魂與生力多是理想的。反過來說，浪漫派的作品也要基於真實，因為沒有真實便不能使人信服，感動。那麼，就是說浪漫與寫實的分別只是程度上的，不是種類上的，也無所不可吧。Lafcadio Hearn（小泉八雲）（拉夫卡迪奧．赫恩（1850-1904），美國作家，1890 年加入日本籍，取名小泉八雲。）說：「自然派是死了；只有佐拉還活著，他活著因為他個人的天才 —— 並不是『自然』的。」（Life and Literature）（《生活與文學》。）這是很有見識與趣味的話。

寫實作品還有一個危險，就是專求寫真而忽略了文藝的永久性。凡偉大的藝術品是不易被時間殺死的。寫實作品呢，目的在寫當時社會的真像，但是時代變了，這些當時以為最有趣的事與最新的思想便成了陳死物，不再惹人注意。在這一點上，寫實作品 —— 假如專靠寫實 —— 反不如浪漫作品的生命那樣久遠了，因為想像與熱情總是比瑣屑事實更有感動力。小泉八雲說：「佐拉的名望，在一八七五與一八九五年之間最為顯赫，但現在已經殘敗了……這個低落是在情理中的，因為他所表現的事與用語的大部分已成了歷史的。法國在第二帝國的政治黑暗已與我們無關；自然科學也不復為神聖的；遺傳律也不像他所想像的那樣不能克服了；社會的罪惡也不是那樣黑暗，他所以為罪惡的也不儘是罪惡；他所想的救濟方法也不見得真那麼有效……」（European Literalure in the Nineteenth Century）（《十九世紀歐洲文學》。）在這裡，我們得到了一個警告。

對於寫實主義的攻擊，我們再引幾句話：

「這個自然主義的運動，在浪漫主義稍微走到極端，它的腳跟逐漸將離開地上去，猛然抬起頭來了……這個運動，無妨說是將近代的內部生活，由一個極端轉移到一個極端的。即是從溺惑個性，轉向拜倒環境的……這種傾向也有短處。第一是：自然主義所主張的純客觀的立場，這是人所做不到的事……。那裡無論如何會生出不容其有地質學者對於一個岩石所能持的態度似的客觀態度的。研究社會的現象時，固可以說易為（例如社會學，法理學，政治學之類），可是一旦向其鋒尖於一個人的心的動作時，第一，對象就成了非常特殊的東西，所以就要生出難點。這麼一來，和前面所說的自然科學的根本方針，就不得不弄出矛盾來了。像福祿貝和莫泊桑，都是被視為自然主義文學者的大廠的人，但是拿起兩者的作品來一看，也許任何人都能夠分別彼此各人所帶的味兒似的東西吧。可以看出十分的差異，叫你想到：若將莫泊桑所表現的，給福祿貝去表現，也許不那麼表現吧！……其次，自然主義的第二短處是：（上面也稍微提過似的）把人的生活斷定為宿命的。視人的生活為一個現象（固然實際上在某種意思，不錯是這樣），而猶之乎別的現象，一切盡皆依自然律存在著，人也跑不出那支配萬有的自然律——這樣斷定。自然主義卻在這裡丟失了一件重要的事，那是什麼呢？就是：人類。和別種人生不同，發達著所謂自覺的特殊機能……人類依靠這個機能，不但意識自己的存在，並且會自覺。即，除了知道自己的存在是由環境的諸條件成立著外，還知道是由什麼一種內部的要求成立著。恐怕特地顯著地出現於人類的所謂自覺機能，是把人類區別自其他的生物，而使一躍而立於地球上一切存在的最高位的吧。這種見解，則從科學的說，也是可以成立的……」（有島武郎《生活與文藝》，張我軍譯）

這一段話是以生命為對象的，我們再就藝術上說。藝術是創作的，假如完全抄寫自然而一點差別沒有，那與蠟制的模型有什麼分別呢？在蠟人身上找不到生命，因而我們看得出它是假的，雖然在一切外表上是很齊全的。那麼，假如藝術家的作品只是抄寫，藝術還有什麼可談的價值呢！

在這個科學萬能時代，批評家也自然免不了應用科學原理來批評文藝，像法國的泰納便是一個。泰納（Taine 1828-1893）（一譯丹納，法國文藝理論家，史學家。）以為批評家是個科學家而具有藝術目的者。他以為文藝是環境、民族及時代的產物。他批評一家的作品，必須先知道作家個人；得到了這個「人」，才好明白了他的作品；因人是社會的。對於這科學方法的批評，我們引道頓（E. Dowden）（愛德華．道頓（1843-1913），愛爾蘭批評家。）幾句話證明它是否健全：

「……世上沒有純粹的種族，至少沒有純粹種族能成一民族，建造一文明國家，產生文藝與藝術。而且如泰納所說，一民族的心智的特效能代代遺傳不變，也是不確的話。遺傳勢力之影響於個人品性極為渺茫不定；我們可以承認他為一種假定，但在文學之歷史的研究，這是不行的假定，只能發生糾紛，引入迷途。至於環境，我們也可以承認他的影響極其顯而易見，但是這種游移不定的影響能否作科學研究的對象？藝術家能隨意脫離環境，自己造出與品性相合的小環境；或者他會頑抗起來，對於社會環境，生出反抗。不然，何以解釋同一時期可以有極不同極相反的作家？ Pascal（布萊斯．帕斯卡爾（1623-1662），法國科學家、思想家、散文作家。）與 Saint Simon（應指路易．德．魯大魯亞．聖西門（1675-1755），法國作家。）豈不是在同時同地完全發展他們的天才？ Aristophanes（即阿墜斯托芬。）與 Euriepides（即歐裡庇得斯。）豈不是這樣麼？其實，一種藝術或文學愈昌明，環境的影響也愈減退。人已學會適應環境使與自己相合，而儲存他個人的氣力；在一般發達的社會，各式各樣的人都能找到與他需要嗜好相宜的居住所及社會。而且，生活滋長的原則也不盡在適應環境；生活也是『一種反抗，擺脫，或者說一種自衛的適應，與外來的勢力相抵抗』；歲月愈久，自衛的機制也愈精巧、複雜而愈成功。泰納所舉各種勢力自然存在而發生效力，但是他的作用極隱晦而不定。」（《法國文評》，林語堂譯）

寫實主義既有缺欠，而科學萬能之說，又漸次失去勢力，於是文學的傾向又不能不轉移了。

但是，在這裡我們應說明寫實主義與自然主義的分別，因為前面因引用書籍，把這兩個名詞似乎嫌用得亂一些。

這兩個名詞的意義本來沒有多少分別，所以一般人也就往往隨便的用。不過佐拉在說明他的作品主旨時揭出「自然主義」這個詞，並且陳說他是要以遺傳和境遇的研究，用科學方法敘述那所以然的原因。自然主義是決定主義，不准有一點自寫家而來的穿插，一切穿插是事實的必然的結果。Fielding（亨利·費爾丁（1707-1754），英國作家。）與Diskens（即狄更斯。）的作品有與自然主義相合之處，但是他們往往以自己的感情而把故事的結局的悲慘或喜悅改變了，這在自然主義者看是不真實的。自然主義作品的結局是由自然給決定的，是不可倖免的。在今日看，天然律並不這樣嚴密，自然主義也就失去了力量。

新浪漫主義：我們略把新浪漫主義的特點寫幾句：

一、從歷史上看，新浪漫主義是經寫實主義浸洗過的。它既是發生在寫實主義衰敗之後，不由它不存留著寫實主義一些未死的精神。浪漫主義的缺點是因充分自我而往往為誇大的表現。新浪漫主義對於此點是會矯正的，它要表現個人，同時也能顧及實在。

二、從哲學上看，近代對於直覺的解說足以打倒以科學解決的論調。主直覺的以為內心的領悟與進展也是促人類進步的勢力之一。這並不與科學背馳，而且還能把物質與心智打成一氣。在哲學上有了這樣的論調，文學自然會感到專憑客觀的缺欠，而掉回頭來運用心靈。有的呢便想打倒科學，完全唯心，因而走人神祕主義。

三、新心理學的影響：近代變態心理與性慾心理的研究，似乎已有拿心理解決人生之謎的野心。性慾的壓迫幾乎成為人生苦痛之源，下意識所藏的傷痕正是叫人們行止失常的動力。拿這個來解釋文藝作品，自然有時是很可笑的，特別是當以文藝作品為作者性慾表現的時候；但是這個說法，既科學而又浪漫，確足引起欣賞，文人自然會拾起這件寶貝，來揭破人類心中的隱痛。浪漫主義作品中，差不多是以行動為材料，借行動來表現人格，所以不由的便寫成冠冕堂皇或綺彩細膩；但是他們不肯把人心所藏的汙濁與獸性直說出來。寫實主義敢大膽的揭破醜陋，但是沒有這新心理學幫忙，說得究竟未能到家。那麼，難怪這新浪漫主義者驚喜若狂的利用這新的發現了。他們利用這個。能寫得比浪漫作品更浪漫，因為那浪漫主義者須取材於過去，以使人脫離現在，而另入一個玄美的世界；新浪漫主義便直接在人心中可取到無限錯綜奇怪的材料，「心」便是個浪漫世界！同時，他們能比寫實主義還實在，因為他們是依具科學根據的刀剪，去解剖人的心靈。但是，他們的超越往往毀壞了他們的作品的調和之美；他們能充分的浪漫，也能充分的寫實，這兩極端的試探往往不是藝術家所能降服的。

四、對科學的態度：科學太有系統，太整齊了，太一致了；在這處處利用科學的社會裡，事事也漸呈一致的現象，凡事是定形的，不許有任何變換。這種生活不是文人所能忍受的，於是他們反抗了，他們要走到另一端去。他們的作品是想起什麼便寫什麼，是心潮漲落之痕，不叫什麼結構章法管束著。這是反抗科學的整齊一致的表示。他們對文藝的態度多是表現印象，而印象之來是沒有什麼秩序的。他們也喊著心靈的解放與自由，有的甚至想復古，因為古代社會縱有缺點，可是並不像現代這樣死板無生氣。喬治．莫爾這樣的喊：「還我古代，連它的慘忍與奴隸制度一齊來！」(George Moore： The Confession of a Young man（喬治 · 穆爾：《一個年輕人的懺悔》。))

五、對社會的態度：寫實派的作者是要看社會，寫問題，有時也要解決問題。這新浪漫主義產生的時代，正是科學萬能已經失去威權的時代，那寫實派所信為足以救世的辦法，並不完全靈驗。加以社會的變動極快，今日以為是者，明日以為非，人們對道德，宗教，政治，全視為不可靠的東西。歐洲大戰更足以促成這頹喪的心理。於是文士們一方面不再想解決問題，因為沒法解決；一方面又不能不找出些東西來解釋生命。這點東西自然不是科學所能供給的，也不是宗教道德中所能得來的；它是些超乎一切，有些神祕性的；新浪漫主義可以說是找尋這些不可知的東西。

象徵主義：從「象徵」這個字看，它是文藝中一種修辭似的東西，在詩與散文中常常見到。它是用標號表現出對於事物的覺得。這樣的寫法是有詩意的，因為拿具體的景象帶出實物，是使讀者的感情要滲透過兩層的。但是，這是在古今詩文中常常見到的卻不是象徵主義。

要明白象徵主義，必須看明新浪漫主義是什麼。新浪漫主義有一方面是帶有神祕性的，是求知那不可知的；這個神祕性的發展便成為象徵主義，因神祕與象徵是分不開的。這個由求知那個不可知的東西而走入神祕，不僅是文藝的一個修辭法，而且是一種心智的傾向。這個傾向是以某人某記號象徵某事，不是像《天路歷程》那種寓言，因為這些都是指定一些標號，使人看出它們背後的含義，這不是什麼難做的事。現在的象徵主義不是一種幻想，不是一種寓言：它是一種心覺，把這種心覺寫畫出來。這種心覺似乎覺到一種偉大的無限的神祕的東西；在這個心覺中，心與物似乎聯成一氣，而心會給物思想，物也會給心思想。在這種心境之下，音樂也可以有顏色，而顏色也可以有音調。有這種的心覺，才能寫出極有情調的作品。這極有情調的作品是與心與物的神祕的聯合，而不只是隱示——隱示只是說明象徵，不能說明象徵主義的全體。

至於神祕主義，在浪漫派與象徵主義作品中往往看到神祕的傾向。在浪漫派作品中神祕足以增加它的奇詭，在象徵主義作品中神祕有時候是一種動機；神祕主義自身並不成一種很大的文學傾向。

唯美主義：唯美運動是依順浪漫主義而特別注意在美的一方面。十九世紀初的浪漫運動已把「求美」列為文藝重要條件之一，奇次（Keats）（現通譯濟慈（1795-1821），英國詩人。）已有「美是永久的欣悅」，和「美即真，真即美」的話。這對美的注意，經過先拉非爾派（Pre-Raphaelites）（應為「拉斐爾前派」，十九世紀中葉出現於英國的一畫派。）畫家的鼓吹（這些畫家有的也是大文學家，如羅色蒂（Rossetti）（現通譯羅塞蒂（1828-1882），英國詩人、畫家。）就是最著名的），在文藝上也成了一派。看唯美派，在文藝的表現上，不如在文藝的內容思想上，更為有趣，因為他們的思想與人生全沉醉於美的追求，就是在社會改革上也忘不了美的建設，像莫理司（W. Morris）（現通譯威廉·莫里斯（1834-1896），英國作家。）在理想的社會中非常注意建築之美（看他的 News from Nowhere）（《烏有鄉訊息》。）。到了丕特（Walter Pater）（現通譯沃爾特·佩特（1839-1894），英國作家、批評家。）便開始提倡審美的批評，他是把美和生命聯成了一氣。在他論華茲華斯（Wordsworth）的文章裡說：「用藝術的精神對待生命，則能使生命之法程與歸宿結合而為一。」這足以表明他們的對人生的態度及美的功用；他們不只是在文藝上表現美，而是要像古代希臘人的生在美的空氣中。但是，這個世界不能美好，因為太機械了，所以這唯美派的人們要把文藝作成純美的，不受機械壓制的；文藝不是為教訓，而是使人的思想能暫時離開機械的生活。這種追求美好的精神很容易走到享樂主義上去，王爾德（Oscar Wilde）（奧斯卡·王爾德（1854-1900），英國作家、詩人。）便是個好證據。據他看，藝術家的生命觀是唯一的，清教徒是有趣的，因為他們的服裝有趣，並不是因為他們的信仰怎樣。這樣的生命觀，是不能不以享樂為主。因此，他們便把社會視為怪物，而往往受著壓迫。在文藝上，因為他的人生態度是如此，也就主張為藝術而藝術，而嫌與現實的生活相距太遠了。

理想主義：這在文藝上根本不成立，因為無論是在古典派，浪漫派，寫實派，唯美派，都不能沒有理想；除了寫偵探小說的大概是滿意現代，不問事的對不對，只描寫事的因果，幾乎沒有文藝作品是滿意於目前一切的。烏托邦的寫實者自然是具體的表示：對現世不滿，而想另建理想國；但是那浪漫派的與唯美派的作品又何嘗不是想脫離現代呢？所以，這個主義便不能成立（在文藝上），或者說它在文藝上太重要了，短了它文藝便不能成立，所以不應使它另成一個主義。我們且引幾句話作證：

「有人說，文藝的社會使命有兩方面。其一是那時代和社會的誠實的反映，別一方面是對於那未來的預言底使命。前者大抵是現實主義的作品，後者是理想主義或羅曼主義的作品。但是從我的《創作論》的立腳地說，則這樣的區別幾乎不足以成問題。文藝只要能夠對於那時代那社會盡量地極深地穿掘進去，描寫出來，連潛伏在時代意識社會意識裡的無意識心理都把握住，則這裡自然會暗示著對於未來的要求和慾望。離了現在，未來是不存在的。如果能描寫現在，深深的徹到仁核，達到了常人凡俗的目所不及的深處，這同時也就是對於未來的大啟示的預言……我想，倘說單寫現實，然而不盡他過於未來的預言底使命的作品，畢竟是證明這作品為藝術品是並不偉大的，也未必是過分的話。」

（廚川白村《苦悶的象徵》，魯迅譯）

這很足以說明理想的重要，也暗示著理想不必成為理想主義，而是應在一切文藝之中；那麼，我們無須再加什麼多餘的解釋了。

這兩講是抱定不只說派別的歷史，而是以文藝傾向的思想背景，來說明文學主義上的變遷的所以然。這樣，我們可以明白文藝是有機的，是社會時代的命脈，因而它必不能停止生長發展。設若我們抱定了派別的口號，而去從事摹擬，那就是錯認了文學，足以使文學死亡的。

普羅文學的鼓吹是今日文藝的一大思潮，但是它的理論的好壞，因為是發現在今日，很難以公平的判斷，所以這裡不便講它。我們現在已覺到一些新的風向，我們應當注意；這個風到底能把文藝吹到何處去，我們還無從預告。

第十二講　文學的批評

所謂文學批評者，就是文學討論它自身。普通的人讀書，只說我愛這本書，不愛那本書，為什麼呢？因為這本書對我是有趣的，那本書沒有趣。但是，為什麼有趣呢？普通的人便不深究了。另有一些人，他們不但是讀書，而且要真明白它；於是他們便要找出個主旨來，用以說明他們為什麼愛這本書，不愛那本書。這樣，研究文學的人也必須是文學批評者，他不只說我愛這本書，而且也要問：為什麼它可愛？它是應當可愛嗎？為回答這個問題，他必須從許多文學作品中，找出個主旨來，好幫助他批評某個文藝作品——文學批評便於此形成了。

文學批評有許多種，我們為省事起見，就用莫爾頓（R. G. Moulton）的方法，把文學批評分為四大類——理論的批評，歸納的批評，判斷的批評，與主觀的批評。在我們說明這四類以前，應當對中國的文藝批評家，如劉勰、袁枚等致歉，因為他們的批評理論雖有相當的價值，但是沒有多少人去應和他們。所以在中國，文學批評並沒有在文學中成為很顯明的一枝，對於批評這個詞也沒有確切的說明。因此，我們還是用西洋的理論較為清晰。現在我們依次說明這四大類：

一、理論的批評：理論的批評好似文學中的哲學，它是講文學原理的。在最初的兩個批評家 —— 柏拉圖和亞里斯多德 —— 便有顯然相反的學說，因為他們對文學的基本原理的假設是不同的。柏拉圖是以文學應為哲學的，他把哲理放在文學以上。亞里斯多德是以文學為藝術的，他把文學的怎樣表現放在真理以上。在柏拉圖的《理想國》第十卷裡，梭格拉底說：

「……以詩表現的藝術對於聽者是極有害的……自我幼時，我對荷馬即極敬愛，至今猶不願暢所欲占，因為他是那美的悲劇作者們的大首領與教師；但是，我還得說出來，因為人不應受超過真理的尊崇。」

梭格拉底開始證明藝術是摹仿，離真理甚遠。因此他問：「哥老肯，你想一想，假如荷馬真能教訓與改善人類 —— 假如他有真識而不只是個摹仿者 —— 你能想到，我說，他能沒有許多門徒，而被他們尊愛嗎？」這樣，他證明荷馬不是個人類的大師，因為他不明真理。因他不明真理，所以他描寫些不應當說給人們聽的東西；有這樣的詩人是國家的不幸，而應當驅逐出境的！這裡，我們看出來柏拉圖是要使文學家成為哲學家，而文藝的構成必依著理想國的理想。

亞里斯多德便不這樣了。他說，歷史與詩的分別：「一個是敘說已過去的事實，一個是敘說或者有過的事實。所以詩比歷史是更哲學的，更超越的。因為詩是要說普遍的，歷史是特別的。」（《詩學》九章）

這裡，我們看見正與柏拉圖相反的論調。他們的不同是：

「柏拉圖是個理想者，他的批評是在以研究人生所得的原理來考驗文學與藝術。亞里斯多德是個實際者，他的批評是立於他面前所有的文學材料的考慮上。柏拉圖以為藝術與文學之產生，以批評的目的看，是純為傳達哲學真理的工具。批評的意義他以為是從事於檢定詩與藝術所傳達的合於哲學所傳達的到了什麼程度……亞里斯多德的批評，在另一方面，對任何倫理的動機是獨立的；在他的計劃之下，批評是另一種探討。藝術，他在《倫理學》中說，是『創造機能與理智的聯合』的產品。在《詩學》裡，他看到：創造機能的本源是表現的最初動力，他也指明：這樣解釋藝術所得的結果，一定與任何專憑理智的努力所得到的結果不同。」（Worsfold： The Principles of Criticism（沃斯福爾德，《批評的原理》。））

於此，我們看明這兩位大聖人的批評的不同源於他們的主旨不同。後世有許多這樣的批評理論，有的用心理去說明想像，而以想像說明文學，像英國的愛迪森（Addison）（現通譯喬瑟夫·艾迪生（1672-1719），英國文學評論家。）。有的以表現所用的工具不同，由美學說到文學，像德國的萊辛（Lessing）（戈特霍爾德·埃夫賴姆·萊辛（1729-1781），德國劇作家、文藝理論家。）與法國的果桑（Victor Cousin）。他們所要說明的，都是文學上的問題，如詩與別種藝術是用不同的工具表現真實，如詩與藝術是自然的經過選擇、洗煉，而後成為藝術等等學說。這些學說自然末必盡善，而且有時候離開了文學，但是它們對於文學的了解極有幫助。中國所以缺乏文學批評的文藝當然不止一個原因，但是因為缺乏美學的討論，與用心理作用說明文學的功能與構成，至少可以算一個重大的原因。

這理論的批評往往是文學革命的宣傳者。這種宣傳足以打倒固定的愛好，而喚起新的欣賞。文學批評自然是要先有文藝作品，而後才有寄託的；但是，只有新的文藝作品而沒有理論來輔佐，革命的進展與成功是很慢的，而且有時候完全被舊的標準給壓服下去。中國的詞，小說，與戲曲的發展，都是文藝革命的產品，但是沒有理論來輔助，終不能使革命完全成功。文學理論陳舊了便成了一種鎖鐐，限制住文藝自由的發展。但是，當它是嶄新的時候，它實足以指導人們，使人們用新眼光看新作品。英國的浪漫主義運動便是很得力於華茲華斯的理論，他是主張「天才是把新分子介紹理智的宇宙」的；他的作品是新創造的，他便需要新的欣賞；新的作品與新的欣賞全要創造出來的。

二、歸納的批評：這個是從很多的材料歸納成一個批評的標準，它是要分析文學，看文學到底是什麼，因觀察而到解釋上去。它是用科學方法來觀察文學的。有的批評家這樣作，只是仔細研究分析作品的內容，而不去判定價值；有的是研究作品與其環境，好與其他的作品比較，而斷定它的位置。這二者都極有趣，但都容易發生錯誤。那細細分析內容的便是要替作品作個解釋，這樣很容易把作品中原來沒有的東西作為解釋的線索，像中古的猜測《聖經》，和中國的《西遊記》的評註等都是如此。還有呢，這種分析法本來是要科學的，但是批評家的思想設若比作者的聰明，他便以他自己的思想來解釋作品，像中國學者的解釋《詩經》——本來是男女相悅之歌，倒成了規諷的文章了。那以環境時代來解釋文學的，往往太注重作者，而忽略了文學的本身。總之，這樣細細分析文學總免不了太機械的毛病，因為創造機能是帶些神祕性的，是整個的；除了作者自己是不容易說得周到的；這種批評往往是很聰明的，而很少是完全的；它能增高欣賞，但有時是錯誤的；它的目的是公道的指出文藝是什麼，但是，它有時候便失了這公平的態度。

對於歸納批評的好處，我們引莫爾頓——他以歸納批評為解釋的批評——幾句話：

「解釋的批評是極清楚的去規定，它是與判斷批評相反的。心智在檢討與解釋有結果之前，不能開首就去評判；『應當怎樣』的意見是檢驗東西的真像的一大障礙；心中有固定的愛好對於擴大的愛好是不利的；我們不能同時維持標準以反抗革新，又能留心於新文學的進行；我們不能同時使文學趨就我們的思想，又能使我們的思想趨就文學：總之，我們不能同時是判斷的，又是歸納的。好像油與水，這兩種批評各有價值；像油與水，這兩樣不能攙合……如批評，依著遺傳下來的看法，是與判斷相同，則文學史當是文藝勝過批評的。現代對文學的態度並不把估量與判斷除外。但是它承認判斷的批評必須有極自由的歸納的檢查為先驅；若是，歸納的批評實為批評的基本要件。」（Moulton： The Modern Study of Literature（莫爾頓，《文學的現代研究》。））

這一段話裡指明：歸納批評，假如能作得好，是極公正的，沒有阻止文學發展的毛病。同時也暗示出（在末一句裡）：理論的批評也是由歸納的手續提出原理；那就是說，批評必基於分析觀察以便解釋，而後才能有文學理論的形成。

三、判斷的批評：判斷的批評便是批評者自居於審官的地位而給作品下的評判。要這樣作，批評者必須有一個估量價值的標準。因此，在歷史上，理論批評便往往變成文學的法典，批評者用這個法典去裁判一切。理論的批評原是由觀察文學而提出原理，這種原理是為解釋文學的，不是為指點毛病的。以亞里斯多德說，他從古代希臘文藝中找出原理，是極大的貢獻；他並沒叫後人都從著他。假如他生在後代，所見的不只是希臘文藝，他的文學原理一定不會那樣狹窄。不幸，在文藝復興後，文士拿這一時代的原理，一種文藝的現象，作為是給一切時代、一切文藝所下的規法。於是文藝批評便只在估定價值上用力，而其範圍便縮小到指點好壞與合規則與否，這是文藝批評的一個厄運。

指點毛病是很容易的事，越是沒有經驗的人越敢下斷語，這在事實上確是如此。指點毛病必須對同情加以限制，但是，了解文學不能只以狠心的判斷為手段；對文學的了解似乎應由同情起，應對它有友誼的喜愛，而後才能欣賞。自然，在文學批評中「客氣」是沒有必要的，因為沒有壞處也顯不出好處來，就是極偉大的作品也不能完全 —— 世界上哪有一本完全的作品呢？但是，這指點毛病，就是公平，也不是批評的正軌；因為這樣的批評者是以一種規法為準，而不能充分的盡批評的責任：對欣賞上，他不能由成見改為是否他自己 —— 不管規法標準 —— 愛某個文藝作品。對學理上，他限制住文學創作的自由。

指出判斷批評的缺欠正足以證明理論的與歸納的批評之優越。塞因司布瑞（即聖茨伯裡。）在論新古典派與浪漫派交替時代的文學批評指出來：美學的研究與觀察歷史為浪漫派勝過古典派的兩點。對美學的研究，他說：

「以更寬廣的更抽象的美學探討來重新組織批評，其利益與重要是很顯然的……。美學普通理論之組成 —— 對各種藝術及一種藝術的枝別的探討無論如何偏畸，或如何奇幻 —— 它不能不（無論如何間接的，無論怎樣與本意相反）把已成的意見及理論給動搖了，有時候且打碎了。『為什麼』和『為什麼不』一定會不斷的來找這樣的研究者；已經說過兩三次了，這『為什麼』與『為什麼不』是攻擊一切成見的批評的利器……」

對於歷史的研究，他說：

「文學史的研究大體的是，比較文學史的研究絕對的是，一個新東西……歷史是批評的 —— 和幾乎是一切的 —— 材料的根源。要評判必先要知道 —— 不但必須知道所謂想過的、做過的、寫過的之最好的（假如你不知道其餘的，怎能知它是最好的？），而要把那活動的變化的動物，所謂人者的所寫過的、做過的、想過的全取過來，或全部的一樣取一些。他的活動和他的變化還要與你耍壞招數，因你永不能知道極廣；但是，你越知道廣些，那錯誤的區域越狹窄一些。我們所知的最完

善的批評作品 —— 亞里斯多德的和郎吉納司的 —— 其好處是由於作者對他們所見到的作品有精詳的知識；其實有缺欠也不能完全是由於他們未能看見一切。」(Saintsbury： A History of English Criticism，Interchapter Ⅳ.(聖茨伯裡：《英國批評史》，附加第四章。))

理論的批評的理論必須由歸納法而來，它的目的不是在規定法則，而是陳述研究的結果，從事於指導。歸納的批評是公平的檢查，為理論的批評的基礎。這二者是與時間俱進的，不是一成不變的，因為他們是要看得多，知道得廣，隨著歷史進行的。判斷的批評只是在批評史上有講述的必要，實在不是批評應有的態度。判斷的批評不接受新的作品，不看新的學說，也沒有歷史觀，所以它是極褊狹的，而且很有礙於文學發展的。

四、主觀的批評：判斷的批評是指出對不對多於愛不愛，對不對是以一定的法則衡量作品的自然結果，愛不愛是個人的，不管法則標準。愛不愛是批評中的事實，而主觀的批評便基於此。這種批評是以批評者為主，於是批評者成了一個作家，他的批評作品成為文藝作品。這種作品縱在批評上沒有什麼貢獻，但是它的文字是美好的，使人不因它的內容而藐視它的文學價值。

因近代好自由的精神，這種批評頗風行一時。嚴格的說起來它並不是批評，而是個人藉著批評來發表心中所蘊。佛朗士（Anatole France）說得很有趣：

「批評，據我看，正如哲學與歷史，是一種小說，藉以表現精細與好奇的心智。凡小說，正確的明白了，都是自傳。好的批評家是個借傑作以述說他心靈的探險者。」

「客觀的批評，沒有這麼一回事，正如沒有客觀的藝術。那誇示將自己置於作品之外的是最虛假的欺人。真理是這樣：人不能離開他自己。

這是我們的最大煩惱……。要打算真誠爽直，批評家應當說：『先生們，我要說我自己對於莎士比亞，或阿辛（Racine）（現通譯拉辛（1639-1699），法國悲劇詩人。），或巴司克爾（Pascal）（即帕斯卡爾。），或歌德 —— 這些題目供給我很美的機會。」』（The Adventure of the Soul）

克爾（A1fred Kerr）（阿爾弗雷德．克爾（1867-1948），德國戲劇批評家，政論家。）說：「作一個批評者，假如只限於此，是個笨營業。演義的道理比早晨的燒餅還陳腐得快。我相信，那有價值的是批評的自身也成為藝術，就是當它的內容已經陳腐，還能使人愛讀。批評應當視為與創造同類……。什麼是生產的批評？批評者還沒有生過一個詩人！生產的批評在批評中創造出一藝術品。別的一切解釋全是空的。只有批評家中的詩人才有評論詩人的權利……。將來的批評者必均堅持此理：去建設一個系統只能引起迷惘；能持久的必是敘說得好的。」（Das Neue Drama）（德文，即《新戲劇》。）

這種印象派或欣賞派的主張是有趣的，刺激的，而且含有隻有藝術家才能明白藝術，和愛文學而不愛文學的規法的意思。但是，這種批評不是全無危險的：從批評者說，批評者應當拿什麼作他的主旨？自然還是歸之於多讀多看，而後才能提出主旨。假如批評者完全自主，以產生文藝為目的，而以批評作為次要的，批評的自身便極危險了；因為這樣主張的人可以不下工夫多讀多看，而一任興之所至發為文章，這豈不是把批評的原旨失了麼？批評必須比較，設若只以愛與不愛立言，便無須比較，因為愛這個便不愛那個，用不著比較了。這主觀的批評是自己承認不是科學的，可是不用科學方法怎能公平精到呢？再從讀者方面說：

「這樣的批評有三個危險：但不是主觀批評的，是現代讀者對於這種批評的態度的。第一是容易以這種批評與別種批評相混。讀批評文字，不注意討論，而專看它的結論怎樣出來。這是兩重的不公道。對文學本身不公道，因為不看它的誠實的解釋，而易以現成的宣言 —— 縱使是出於最大的註釋家的。對於如約翰孫（即約翰遜。）、剖蒲（即蒲柏。），愛迪森即（艾迪生。）等人也是不公道的，以他們的文學意見估量他們 —— 他們的文學意見一部分是他們的時代產物 —— 而不看他們使那意見立得住的力量……；第二是多量的批評文學對於文學研究的通病是應該負責的，因為人們只讀關於文學的作品，而不去讀文學本身……；第三是帶點理論性質的。據我看，注重主觀的批評使文學研究從對詩的藝術的要點移到細小之點上去了……現在的普通批評文學很少注意於考拉瑞芝（即柯爾律治。）所謂詩的『全部的欣賞』，而多注意於『組成部分的美好』。」

從上面的四種批評的短長，我們看出來，批評有兩個原素：哲學的與歷史的。我們還是引莫爾頓的話吧。哲學的與歷史的是：

「一個是打算得到文學的原理；一個是批評文學的繼續。哲學的批評是有基本的重要；批評史的重要首先在能幫助文學的哲學。」

由這兩句話我們看到，文學的哲理是把部分和全體聯繫起來；那麼，批評的任務必是由檢考文學、由特別的而達到普遍的。這樣，批評史所記載的批評意見只是歷史上的演進，把這些進行的方向分劃出來，也是文學的哲學的一部分工作；那就是說，用歷代的批評學說作我們的哲學的參考；專研究一時代的批評作品的歷史是不很重要的。它們的重要只是因為它是文學原理的一枝，藉著它們可以看到理論的全體。這樣，我們明白了文學批評與文學批評史的分別，批評史對文學批評的重要，不在乎歷史，而是在文學方面。文學批評，那麼，是解釋文學的，是理論的。由此我們可以提到文學批評的功能的另一方面了。

因為文學批評是解釋文學的，所以它也可以由解釋文藝到解釋生命上去。這並不是說以道德的標準去批評文藝，而是以文藝和文藝時代的生活相印證。這是阿瑙德（Matthew Arnold）（現通譯馬修·阿諾德(1822-1888)，英國詩人、評論家。）的主旨。他不但批評文學，也批評生命；他批評文藝，也批評批評者。他以為文化的意義便借求知而進於完善，求知便能分辨好壞善惡，這便是批評。因此批評的事務是「要知道世界上所知所想過的最好的，然後介紹出去，以創出一個真的新的思潮。」批評的根本性是要公平無私。這樣，批評家是有所為的：社會有了好的知識與文化，才能欣賞文藝而幫助文藝發展，批評家必須給文藝造一個環境與空氣。批評者是製造這空氣的，也就是社會改造者。我們看多數的批評作品是解析文學的，於此我們又看見一個解析批評者的。批評者，據他看，好像是施洗的約翰，給一個更大的人物預備道路。在這裡，我們曉得文學批評的功能，在它本身是要作成文學的哲理，在它的宣傳是要指導文學與社會；它並不是指點錯誤和挑毛病的意思。中國的文學很吃沒有用這整個的理論來批評和指導的虧，而養成公平無私的批評尤為今日之急需。

「唯有批評，不承認有不易的定理，不肯為任何教門派別的膚淺陳腐之談所束縛，能養成那沉靜哲學心境，能為真理而愛真理，雖明知真理不易達到，也一樣的愛她。」（王爾德《批評家即藝術家》，林語堂譯。）

誰是批評者呢？在批評史上我們看見許多創造者也是批評家，也有許多批評家不是創造者。我們也常聽到批評家指摘創作家的短處，和創造者的詬罵批評家。到底誰應當作批評者呢？這幾乎永遠不能規定，我們只能就事實上說。那就是說，在事實上，藝術家自己明白自家藝術的底細，自然，他假如樂意，會寫出最有價值的批評來，因為他是內行。但是，藝術是廣泛的，創造家不易多才多藝，他所會的他自然可以說明瞭，但是他不能都會，不能件件精通；於是他便不能不把批評的事業讓給一些專門的批評家。況且，一個文藝作品創造出來，是要交給別人讀的，而讀者是要對它說話的人。自然，一個公平的科學的批評者是要從文藝本身下手，設身處地的為那創造者設想，但是他所見的設若是很廣，他一定會指出創造品的缺欠，或是發表與創造者相反的意見；要使創造者與批評者完全氣味相投，毫無牴觸，是極難的事；創作家的自傲，與批評者的示威，往往是不易調處的。但是，無論怎說，藝術家既不能全兼作批評家，批評家還是很重要的。況且，批評家的成功，不單在他的意見上，而是須有文學天才的幫助；他的批評文字假如也是文藝，這是無疑的文藝界的幸運。

誰是批評者似乎是在藝術家與批評家的爭執中不易解決的；我們只能說，藝術家而能作批評的事業是極好的；但事實上不能人人如此，那麼，批評家便產生了，這在事實上是必然的，而且是很好的事。我們現在說怎樣成為批評家，和批評家當有的態度：

要成個批評家必須有天才和像王爾德所謂的「一種有銳敏感覺美及美所給予我們的印象的性情」，是無須多說的；他也必須有相當的訓練，塞因司布瑞對於愛迪森的批評作品說：「……真的，他的三四十篇文章裡，繼續增加對於何為批評的了解……。批評是，從一方面說，一種藝術，其中很少見到可靠的簡單節要 —— 它比一切的創作藝術都需要更多的讀書與知識 —— 而且頭一件是在作對過以前，必須有許多錯誤，也許沒有一個有地位的批評家，不是在作完了比初作時更好的。」這是個很顯然的事實，不必多說。至於他應有的態度，他第一應當站在創造者的地位去觀察：

「藝術家可以比作一個探看荒林的探險者，自家去開出一條路。批評者像第一個檢查者去考察這條路。他看見這條路在叢荒之中開過去；他判斷這築路的材料如何堅實，和作的時候費了多少力。他也許願意有些地方應當改換方向，指出如何可避免某個險坡，某個急轉，某個不必要而沒道理的橋。但是，這並無關緊要，這路已這樣修好，他只好隨著它走；他必須估定的路的價值，在它已成為通衢大道，四圍的榛莽已被剪除，已成為繁華的、普通的以前。假如他來得太晚了，這路已成了通用的大路，他必須把後來加添的東西除去，用心眼去設想它的原形，想出那荒林還在路的兩旁時的光景。」（ScottJames： The Making of Literature，Chapter，29.（即詹姆斯・司各特，《文學的創造》第29章。））

這樣，便合了以我就文藝的道理，而不至於武斷。這種態度才能真實的去看文藝，而把文藝所帶著的註解和陳腐無謂的東西都放在一邊。這種態度能叫批評者對新的舊的作品都一視同仁，不拿成見硬下判斷。這樣，他不但只是了解文藝，他也一定要明白文藝中所含的生命是怎樣，那就是說，他必明瞭人生，才能明白文藝所表現的是什麼。這樣，批評家所具的天才，所忍受的苦，所有的道德，才能與藝術家媲美，而批評便成了一種藝術，而是「詩只能被詩人摩撫」。藝術家是比批評家多一些自由的，批評家的難能可貴也就是因為他能真了解藝術家；他絕不是隨便批評幾句便可成功的。

批評家也必須對創造家表同情；批評不只是挑毛病。沒有同情，便不會真誠，因為他以批評為對作家示威的舉動。「對於青年人我須這樣說，以缺點判斷任何作品永遠是不智慧的：第一個嘗試應當是去發現良美之點。」（Coleridge（科爾・裡奇（1772-1834），英國詩人。））這是句極有意思的話。

天才，審美心，訓練，知識，公平，精細，忍耐，同情，真誠……這麼些個條件才能作成個批評家！

第十三講　詩

在第六講與第九講裡，我們談過詩是文藝各枝的母親。在第八講裡，我們看清了詩與散文的分別。現在應講：(一) 詩與其他文藝的區別，這是補充第八講。(二) 詩的分類。(三) 詩的用語。

一、詩與其他文藝的區別：在第八講裡，我們看到詩與散文的所以不同。因為這麼一劃分，往往引起一些誤會：詩的內容是否應與戲劇小說等根本兩樣呢？現代的文藝差不多是以小說為主帥；詩好像只是為一些老人，或受過特種教育的有閒階級預備著的。一提到詩，人們好似覺得有些迷惘：詩的形式是那麼整齊，詩的內容也必定是一種不可了解的東西。可是，我們試掀開一本詩集，不論是古代的還是當代的，便立刻看到一些極不一致的題目：遊仙曲，酒後，馬，村舍；假如是近代的，還能看到：愛，運動場，洋車伕，汽車……；這又是怎回事呢？遊仙曲與汽車似乎相距太遠了，而且據一般不常與詩親近的人推測，汽車必不能人詩。及至我們讀一讀汽車這首詩，我們所希冀的也許是像小說中的一段形容，或舞台上的布景；可是，詩中的汽車並不是這樣，十之八九它是使我們莫名其妙。這真是個難題：詩與戲劇小說或別種文藝在內容上根本須不同吧，這詩集裡分明有「汽車」這麼一首；說它應與別種文藝相同吧，這首汽車詩又顯然這麼神祕！怎麼辦呢？

詩的內容與別種文藝的並沒有分別，凡是散文裡可以用的材料，都可以用在詩裡。詩不必非有高大的題目不可。那麼，詩與散文的區別在哪裡呢？在第八講裡說過，那是心理的不同。詩是感情的激發，是感情激動到了最高點。戲劇與小說裡自然也有感情，可是，戲劇小說裡不必處處是感情的狂馳。戲劇小說裡有許多別的分子應加以注意，人物，故事，地點，時間，等等都在寫家的眼前等調遣，所以，戲劇家小說家必須比詩人更實際一些，更清醒一些。他們有求於詩，而不能處處是詩。「一朝春盡紅顏老，花落人亡兩不知！」《紅樓夢》的作者是可以寫首長詩補救散文之不足的。至於詩人呢，他必須有點瘋狂：「詩要求一個有特別天才的人，或有點瘋狂的人；前者自易於具備那必要的心情，後者真能因情感而忘形。」（亞里斯多德《詩學》十七）詩人的感情使他忘形，他便走人另一世界，難怪那重實際的現代的偵探小說讀者對詩有些茫然。詩是以感情為起點，從而找到一種文字，一種象徵，來表現他的感情。他不像戲劇家小說家那樣清楚的述說，而是要把文字或象徵煉在感情一處，成了一種幻象。只有詩才配稱字字是血，字字是淚。

詩人的思想也是如此，他能在一粒沙中看見整個的宇宙，一秒鐘裡理會了永生。他的思想使他「別有世界非人間」，正如他的感情能被一朵小花、一滴露水而忘形。「身無彩鳳雙飛翼，心有靈犀一點通。」（李商隱《無題》）他的思想也許是不科學的，但「神女生涯原是夢」是詩的真實；詩自有詩的邏輯。況且詩是不容把感情，思想，與文字分開來化驗的。詩人的象徵便是詩人的感情與思想的果實，他所要傳達出的思想是在象徵裡活著，如靈魂之於肉體，不能一切兩半的。他的象徵即是一個世界，不需什麼註解。詩也許有些道德的目的，但是詩不都如此，詩是多注意於怎樣傳達表現一個感情或一思想，目的何在是不十分重要的；詩人第一是要寫一首「詩」。詩多注重怎麼說出，而別種文藝便不能不注意於說些什麼。

這樣，我們才能明白為什麼詩能使我們狂喜，因為它是感情找到了思想，而思想找到了文字。它說什麼是沒有大關係的，馬，汽車，遊仙曲，都是題目；只要它真是由感情為起點，而能用精美的文字表現出，便能成功。因此，我們也可以看清楚了，為什麼詩是生命與自然的解釋者，因為它是詩人由宇宙一切中，在狂悅的一剎那間所窺透的真實。詩人把真理提到、放在一個象徵中，便給宇宙添增了一個新生命。坡說：詩是與科學相反的。詩的立竿見影的目的是在愉快，不在真實。詩與浪漫故事是相反的。詩的目標在無限的愉快，而故事是有限的。音樂與愉快的思想相聯結，便是詩。我們不是要提出詩的定義，我們只就這幾句話來證明為什麼詩能使生命調和。因為詩的欣悅是無限的，是在自然與生命與美中討生活的，這是詩之所以為生命的必需品。「詩的力量是它那解釋的力量；這不是說它能黑白分明的寫出宇宙之謎的說明，而是說它能處置事物，因而喚醒我們與事物之間奇妙、美滿、新穎的感覺，與物我之間的關係。物我間這樣的感覺一經提醒，我們便覺得我們自己與萬物的根性相接觸，不再覺得紛亂與苦悶了，而洞曉物的祕密，並與它們調和起來；沒有別的感覺能這樣使我們安靜與滿足。」（Matthew Arnold）醒著，我們是在永生裡活著；睡倒，我們是住在時間裡。詩便是在永生裡活著的仙釀與甘露。雪萊贈給雲、葉、風與草木永生的心性；他們那不自覺的美變為清醒的可知的，從而與我們人類調和起來。在詩人的宇宙中沒有一件東西不帶著感情，沒有一件東西沒有思想，沒有一件東西單獨的為自己而存在。「二年魚鳥渾相識，三月鶯花付與公。」（蘇軾）這是詩人的世界，這是唯有詩人才能拿得出的一份禮物。

我們不願提出詩的定義，也不願提出詩的功用，但是，在前邊的一段話中，或者可以體會出什麼是詩，與詩的功用在哪裡了。

二、詩的分類：這是個形式的問題。在西洋，提到詩的分類，大概是以抒情詩，史詩，詩劇為標準的。亞里斯多德的《詩學》差不多隻是討論詩劇，因為談到詩劇便也包括了抒情詩與史詩。史詩，抒情詩，詩劇是古代希臘詩藝發展的自然界劃。這三種在古代希臘是三種公眾的娛樂品。在近代呢，這三種已失去古代的社會作用，這種分類法成為歷史的、書本上的，所以也就沒有多少意義。就是以這三種為詩藝的單位，它們的區劃也不十分嚴密。史詩是要有對話的，可是好的史詩中能否缺乏戲劇的局勢？抒情詩有時候也敘事。詩劇裡也有抒情的部分。這樣看，這三種的區別只是大體上的，不能極嚴密。

對於詩的分類還有一種看法，詩的格式。這對於中國人是特別有趣的。中國人對於史詩，抒情詩，戲劇的分別，向來未加以注意。偉大的史詩在中國是沒有的。戲劇呢，雖然昌盛一時，可是沒有人將它與詩合在一處討論。抒情詩是一切。因此提起詩的分類，中國人立刻想到五絕、七絕、五律、七律、五古、七古、樂府與一些詞曲的調子來。就是對於戲劇也是免不了以它為一些曲子的聯結而中間加上些對話，有的人就直接的減去對話，專作散曲。大概的說起來呢，五古、七古是多用於敘述的，五絕、七絕是多用於抒情的；律詩與詞裡便多是以抒情兼敘事了。詩的格式本是足以幫助表現的。有相當的格式更足以把思想感情故事表現得完美一些。但是，專看格式，往往把格式看成一種死的形式，而忘了藝術的單位這一觀念。中國人心中沒有抒情詩與敘事詩之別，所以在詩中，特別是在律詩裡，往往是東一句西一句的拼湊；一氣呵成的律詩是很少見的，因為作詩的人的眼中只有一些格式，而沒有想到他是要把這格式中所說的成個藝術的單位。這個缺點就是偉大詩人也不能永遠避免。試看陸游的「利慾驅人萬火牛，江湖浪跡一沙鷗，日長似歲閒方覺，事大如山醉亦休。」是多麼自然，多麼暢快，一點對仗的痕跡也看不出，因為他的思想是一個整的，是順流而下一瀉千里的。但是，再看這首的下一半：「衣杵相望深巷月，井桐搖落故園秋。欲舒老眼無高處，安得元龍百尺樓？」這便與前四句截然兩事了：前四句是一個思想，一個感情，雖然是放在一定的格式中，而覺不出絲毫的拘束。這後四句呢，兩句是由感情而變為平凡的敘述，兩句是無聊的感慨。這樣，這首《秋思》的前半是詩，而後半是韻語——只為湊成七言八句，並沒有其他的作用。這並不是說，一首七律中不許由抒情而敘述，而是說只看格式的毛病足以使人忽略了藝術單位的希企：只顧填滿格式，而不能將感情與文字打成一片，因而露出格式的原形，把詩弄成一種幾何圖解似的東西了。

再說，把詩看成格式的寄生物，詩人便往往失去作詩的真誠。而隨手填上一些文字便稱之為詩。看蘇軾的《祥符寺九曲觀燈》：「紗籠擎燭迎門入，銀葉燒香見客邀。金鼎轉丹光吐夜，寶珠穿蟻鬧連朝。波翻焰裡元相激，魚舞湯中不畏焦。明日酒醒空想像，清吟半逐夢魂銷。」這是詩麼？這是任何人所能說出的，不過是常人述說燈景不用韻語而已。詩不僅是韻語。可見，把格式看成詩的構成原素，便可以把一些沒感情，沒思想的東西放在格式裡而美其名日詩。燈景不是個壞題目，但是詩人不能給燈景一個奇妙的觀感，便根本無須作詩。

由上面的兩段看出，以詩藝單位而分類的，不能把詩分得很清楚。但是有種好處，這樣分類可以使詩人心中有個理想的形式，他是要作一首什麼，一首抒情的，還是一首敘事的；他可以因此而去設法安排他的材料。以詩的格式分類的容易把格式看成一切，只顧格式而忘了詩之所以為詩。研究格式是有用的，因為它能使我們認識詩藝中的技巧，但是，以詩而言詩，格式的技巧不是詩的最要緊的部分。

再進一步說，詩形的研究是先有了作品而後發生的。詩的活力能產生新格式，格式的研究不能限制住詩的發展。自然，詩的格式對於寫家永遠有種誘惑力，次韻與摹古是不易避免的引誘，但是，記住五六百詞調的人未必是個詞家。這樣，我們可以不必把詩的格式一一寫在這裡，雖然研究詩形也是種有趣的工作。研究詩形能幫助我們明白一些詩的變遷與形式內容相互的關係，但這是偏於歷史方面的；就是以歷史的觀點看詩藝，它的發展也不只是機械的形體變遷；時代的感情，思想，與事實或者是詩藝變遷更大的原動力。

三、詩的用語：劉禹錫作詩不敢用「糕」字，因它不典雅。現代一位文人把「屎」字用在詩中，而自誇為創見。詩的用語到底有沒有標準呢？這是個許久未能解決的問題。在大詩人中，但丁是主張用字須精美，Wordsworth 是主張宜就日常生活的言語用字。歐・亨利（歐・亨利（1862-1910），美國短篇小說家。）幽默的提出這個問題，而未能加以判斷（看 Proof of The Pudding（《空談不如試驗》。））。我們應怎樣解決呢？

由文字的本身看，文字都是一樣有用的，文字自己並沒有天然的就分為兩類：詩的字與非詩的字。文字正像色，會用色的人才會畫圖，顏色本身並不是圖畫。文字自己並沒有詩意，是在詩人手裡才成為詩的組成分子。這樣看，詩人用字應當精細的選擇。他必須選擇出正好足以傳達他的思想與感情的字 —— 美的是艱苦的。這是無可推翻的道理。專顧典雅與否是看字的歷史而規定去取，這與自我創造的精神相背，難免受「劉郎不肯題糕字，虛負詩中一代豪」的譏誚。主張隨便用字的人，像 Wordsworth 以為好詩是有力的情感之自然流瀉，只有感情是重要的，文字可以隨便一些。只雕飾文字而沒有真摯的感情是個大錯誤。但是，有了感情而能嘔盡心血去找出最適當的、最有力的字，豈不更好？這樣，我們便由用什麼字的問題變為怎樣用字的問題了。用什麼字是無關重要的，字本來都是一樣的，典雅的也好，俗淺的也好，只要用的適當而富有表現力。作詩一定要選字；不是以俗雅為標準，而是對詩的思想與感情而言。詩是言語的結晶，文字不好便把詩毀了一半；創造是兼心思與文字而言的。空浮的一片言語，不管典雅還是俗淺，都不能算作詩。中國的舊詩人太好用典了；用典未必不足以傳達思想，但是，以用典為表示學識便是錯誤。有許多傑作是沒有一個典故的。中國的新詩人主張不用典，這是為矯正舊詩人的毛病，可是他們又太隨便了，他們以為隨便聯串上一些字便可以成詩。詩不是那麼容易的東西。白話是種有力的表現工具，但是，詩人得抓住白話那「有力」之點；能捉住言語的精華不是一般人所能作到的，就是詩人也要幾許工夫而後才能完全把言語克服了。「紅杏枝頭春意鬧」的「鬧」字，「雲破月來花弄影」的「弄」字，都是俗字，可是這兩個俗字要比用兩個典故難得多了。王安石的「春風又綠江南岸」中「綠」字原是「到」字，後改為「過」字，又覺不好而改為「入」字，最後定為「綠」字。這些字全是俗字，為何要改了又改，而且最後改定的確比別的字好？天才的自然流露是確有其事，但是，「自昔詞人思索之苦，至有一字窮歲月，十年成一賦者。白樂天詩詞疑皆衝口而成，及見今人所藏遺稿，塗竄甚多。」（《春渚紀聞》）這足以給新詩人一些警戒。用白話寫的與用典故寫的都不能算詩，假如寫的人只是寫了一段白話，或寫了一堆典故；美的是艱苦的。

詩的體裁也與用字有關係：「詩莊詞媚，其體元別。」自非確當的話，但是一首七古與一首詞間所表現的自然有些不同。《琵琶行》不能改入《虞美人》和《玉階怨》，因為體裁不同，所表現的內容也便不同。因此，找到適當的格式，還要找相當的文字，才能作足這形式之美。自然，一個格式也可以容納許多不同的思想感情，但有的格式是隻能表現某一些思感的，絕句與多數的詞調的容納量是比律詩窄狹得多。詩雖未必都「莊」，而許多小令是必須「媚」的。新詩的發展還正在徘徊歧路的時期，在形式上有許多人試用西洋詩體，這個嘗試是應小心一點的：專拿來一種格式，而不管它適於表現什麼，和它應當用什麼文字，當然會出毛病的。

第十四講　戲劇

孔尚任在《桃花扇傳奇》的序言裡說：

「傳奇雖小道，凡詩賦、詞曲、四六、小說家，無體不備；至於摹寫鬚眉，點染景物，乃兼畫苑矣。其旨趣實本於三百篇，而義則《春秋》，用筆行文，又《左》、《國》、太史公也。於以警世易俗。贊聖道而輔文化，最近且切。今之樂，猶古之樂，豈不信哉？」

這段話對於戲劇的解釋，在結構上只看了文學方面，在宗旨上是本於「文以載道」，而忽略了藝術上的功能。戲劇之與別種文藝不同，不僅限於它在文體上的完備，而是在它必須在舞台上表現。因為它必須表演於大眾目前，所以它差不多利用一切藝術來完成它的美；同時，它的表現成功與否，便不在乎道德的涵義與教訓怎樣，而在乎能感動人心與否。所以亞里斯多德在《詩學》裡指出：「因為人類有摹仿的本能，所以產生了藝術。戲劇便是用行為來摹仿。依了詩人自己的性格的嚴肅與輕佻，他可以摹仿高尚的人物和其行為，或是卑低的人物與其行為。前者便是悲劇的作者，後者是喜劇的作者。悲劇中有六個要素：結構，性格，措辭，情感，場面，音樂。悲劇的目的在喚起憐憫與恐懼以發散心中的情感。這樣，亞里斯多德把戲劇的起源與功能全放在藝術之下，而且指出它是個更複雜和必須表演的藝術。它不是要印出來給人唸的，而是要在舞台上給人們看生命的真實。因此，戲劇是文藝中最難的。世界上一整個世紀也許不產生一個戲劇家，因為戲劇家的天才，不僅限於明白人生和文藝，而且還須明白舞台上的訣竅。一齣戲放在舞台上，必須有多方面的聯合：布景與音樂的陪襯，導演者的指導，演員的解釋，最後是觀眾的判斷。它的效力是當時的，當時不引起觀眾的趣味，便是失敗。讀一本劇和看一本劇的表演是不同的：看書時的想像可以多方的逐漸的集合，而看戲時的想像是集中在目前，不容游移的。」

「假如在文藝中內部的分子是重要的，在戲劇裡，外部的分子也該同樣的注意。戲劇有他種文藝沒有的舞台上的表演；這一點 —— 以真的表現真的 —— 使戲劇成為藝術的另一枝。但是這以真的表現真的並不與日常生活完全相同……。真實，並非實現，是戲劇的命脈，是以集中把實現提高和加深，使之不少於，而是多於實現。」（Worsfold： The Drama（沃斯福爾德：《戲劇》。））

戲劇是多於生命的。

拿這個道理方可判斷與解釋戲劇。古代與近代的戲劇不同，西洋與中國的戲劇不同，但是，它們的同與不同並不重要，我們應首先注意它們合於這個原理與否。拿這個原理去衡量戲劇能使我們看出它們為何不同，因為既要表演，時代與環境的不同便叫表演的方法不一樣，希臘古代的戲劇是那樣的古怪，然而在當時是非那樣表演不可的。元曲的一人唱，旁人只答幾句話，是不足以充分表現真實的，雖然它們的抒情詩部分是非常的美好；抒情詩在古代希臘戲劇中也有，但不像元曲中那樣多，也不那麼重要；況且舞台上的表演是不能專依靠抒情的。明清的戲劇，人物穿插較比火熾了，可是唱的部分還是很多，而且多是以歌來道出行動和事實，不是表現給觀眾；至於像《長生殿》中的《彈詞》與《聞鈴》那類的東西，是史詩與抒情詩的吟唱，不是戲劇的表現，可以算作好詩，而非戲劇。多數的中國戲是詩與音樂的成分超過戲劇的。

拿古代希臘和中國的戲劇與現代的比較，我們看出來它們的不同是在表現真實的程度不一樣。無論什麼戲，只要它是戲，便須表現生活的真實，因為刺激情感是它的起源。但是，這表現真實的方法是越來越真切的，所以古代希臘與中國的舊劇便不能與西洋現代的戲劇比了。古代希臘的戲劇是由民間的歌唱，進而為有音樂的表現，而後又加入故事。有這樣的進展程式，所以它的詩的分子很重要。表演的時候，是在極大的露天戲園，能容納兩三萬人，於是，演員必須穿著五六寸高的厚鞋，戴著面具，表演只能用手式與受過訓練的聲音慢誦戲文，以使聽眾全能看得見聽得見。這個方法在事實上能給觀眾一些感動，假如觀眾是在那個場面之前。中國戲劇是顯然由歌唱故事而來，所以，它的組成分子是詩與音樂多於行動的，它的趨向是述說的，如角色的自道姓名和環境，和吟唱眼中所見景色與人物，和一件事反覆的陳說；在武劇中事實總是很簡單的，它的表現全在歌舞與雜技上。毛西河《詞話》裡說：

「古歌舞不相合，歌者不舞，舞者不歌；即舞曲中詞，亦不必與舞者搬演照應，……宋末，有安定郡王趙令疇者，始作『商調鼓子詞』，譜《西廂》傳奇，則純以事實譜詞曲間，然猶無演白也。至金章宗朝，董解元，不知何人，實作『西廂彈詞』，則有白有曲，專以一人彈並念唱之。

「嗣後金作清樂，仿遼時大樂之制，有所謂『連廂詞』者，則帶唱帶演，以司唱一人，琵琶一人，笙一人，笛一人，列坐唱詞；而復以男名末泥，女名旦兒者，並雜色人等入勾欄扮演，隨唱詞作舉止，如『參了菩薩』，則末泥只揖；『只將花笑撚』，則旦兒捻花類，北人至今謂之連廂，曰『打連廂』，『唱連廂』，又曰『連廂搬演』……

「至元人造麴，則歌者舞者合作一人……然其時司唱猶屬一人，仿連廂之法，不能遽變。」

有這樣的來源，所以，就是到了後來的崑曲與皮黃戲，還是以唱舞為重要分子，而不能充分的表現。觀眾，在古代希臘，是一面看劇，一面敬神，因為演劇是一種宗教行為；在中國，這宗教成分不多，而是去聽一種歌，看一種舞，歌舞的形式是已熟知的，不過是看看專門演員對這歌舞的技術如何，從而得點愉快。依著這歌舞的發展，一切神奇的事全可以設法加入，可能的與不可能的全用方法象徵或代表出來，於是，中國戲劇便日甚一日的成為講歌舞技術的東西，而不問表現真實到了什麼程度。有的劇本實在很好，但是被規則與成法拘束住，還是不能充分的表現。這樣，希臘劇被環境與設施上限制住，發展到「一種」歌舞劇上去。設若我們拿西洋現代戲劇和他們比較，我們立刻發現了現代戲劇的發展是在表現真實方面。

先從結構上說：亞里斯多德說：「每個悲劇有兩部分，進展與結局。重要行為之外的，和有時在其中的，穿插，作成進展部分；此外的是結局。」這樣看起來，希臘古代戲劇的結構與西洋的五幕劇的，和中國的四折或多於四折劇的，並沒有多少差別；因為五幕劇的進行與中國四折劇的進行，也是依著起始、發展與結果的次序。不過希臘劇受表演裝置的限制，角色只有三人，而西洋與中國劇的角色便沒有數目上的限制。這樣希臘劇的重點就不能不在於給整個的印象而忽略了細小的節目，而後代的戲劇，因為穿插複雜，角色無定數，便注意到細小節目；於是它的重點便移到部分上去，而更顯著真切。中國劇的幕數劃分雖甚整齊，而在一折之中，人物的出來進去很多，不能在極恰當的時候換場，而且就是換場的時候，也沒有開幕閉幕的舉動，可是對於細節的注意也有顯然的進步。在許多由崑曲改造的京戲中可以看得出對於穿插的改善，使事實的表演更近於真實。這趨進寫真的傾向——因為戲劇是要表現真實的——是劇本進步的一個動力。

古代戲劇多取材於偉人的故事，而且把結局看成頂要緊的東西。近代戲劇的結構的取材多是平凡的事實，而結構的重要似乎移到性格的表現上去。古代是以結構中的穿插來管著角色，近代是以性格的表現帶領著行為。中國的戲劇差不多是取材於歷史的，可是歷史人物的表現幾乎永遠與平凡人物相似；在元曲中結構很有些像古代希臘的，是以結構為主，而人物個性有時不能充分發展。近代的中國劇，雖然結構的重要還在人物性格之上，可是在穿插上顯然的較比活潑，而且有的時候給次要的人物以很好機會來表現個性：假如《西廂記》按著古代希臘結構的組成，它的重要人物一定只是鶯鶯、張生與老夫人；可是王實甫的作品中，紅娘成為極活潑而重要的角色，差不多把鶯鶯們完全壓倒了。這注重人物的趨向，也是受了求真的影響。事實人物不厭其平凡，其要點全在怎樣表現他們，這似乎是近代戲劇的趨勢。雖然有人，像阿瑙德，以為事實必須偉大高尚，但是依著文學進展的趨向看起來，文學日甚一日的注意在怎樣表現，這是不能強為矯正的。據我看，結構與人物的高尚與否似乎不成問題，所當注意的是結構與人物的如何處理。尤瑞皮底司已經把歷史人物作為真人物似的而充分表現他們的個性與討論他們的問題，時代精神是往往叫歷史的人物與事實改變顏色的。結構在古人手裡是定形的，把些人物放在這結構下活動著；現代是以結構為戲劇發展的自然程式，我們引莫爾頓一段話看看：

「假如結構為對於人生範圍中的擴大設計，為經驗之絲所織成規則的圖案，正如許多色的線之織入一匹布，則此觀念之表現必帶出它的真正尊嚴、此外還有何種像這樣秩序的排列為科學與藝術的會合點？科學是檢討那美麗而混雜的天體的律動，或將那自然表面的幻變複雜，列成有系統的類別與良好的生命秩序。同樣，藝術繼續著創造的工作，從事物的混亂實況中作出理想的排列。這樣，那生命的迷網，帶著許多相反的企圖，錯綜與曲折的相反心意，和全人類的爭鬥或合作，在這裡，沒有兩個人完全相同，也沒有一個對別人能完全獨立——這個曾經多少的勞力，被科學的歷史家研究而作成一凋和的方式，名曰『天演』。但是，歷史家看出來，戲劇家早已看到這一步。戲劇家曾經檢討罪惡，並且看出來它與『報應』相聯，曾把慾望改為深情，曾接受真實中沒有定形的事實而使成為有秩序的經濟的圖形。這個把定形加於生命之上就是結構……。」（Moulton： Shakespeare as a Dramatic Artist.（莫爾頓：《戲劇藝術家莎士比亞》。））

這樣，我們明白了什麼是結構，它是極經濟的從人生的混亂中捉住真實。它即是這樣的一個東西，它的重要便多在於表現真實，而真實是多於生命的。那希臘古代戲劇的特重結構，與結構的事實必須是高貴尊嚴的，便不能限制住後代戲劇的注重人物與行為的細微處，也不能限制住把人物的表現改為一個主義或問題的表現，因為無論注重哪點，結構的形成是根本含有哲學性的。這哲學性便使時代的心神加入戲劇裡邊去，從而戲劇總是表現人生的真實的，而不是隻表現一些日常的事實。

在這裡，我們就可以想到戲劇創造的困難在何處。它第一要在進展上使節目與全部相合，一點冗弱與無關的情節也不能要，這樣，才能成為一有系統、有目的之計劃，才能使觀者的思想集中而受感動。第二，它要由進展而達到一個頂點。這比第一層又難多了，而且是多數戲劇失敗的原因。叔本華說：

「第一步，也是最普通的一步，戲劇不過是有趣味……。第二步，戲劇變為情感的。戲劇的人物激起我們的同情，即間接的與我們自己同情……。第三步，到了頂點，這是難的地方。在這裡，戲劇的目的是要成為悲劇的。在我們眼前，我們看到生活的大痛苦與風波；其結局是指示出一切人類努力的虛幻。」

「常言，開首是難的。在戲劇中恰得其反；它的難關永在結局，……這個困難的原因，一部分是因為把事物納入陣網之中是比怎樣再把它提出來容易的；一部分是在開首的時候，我們許多著者完全隨便去作，及至到了最後，我們要和他要求一定的結果。」（Schopenhauer： On Some Forms of Literature.（叔本華：《論文學的幾種形式》。））

這個困難是事實中的，因為結構的意義既如上述，它的結局必須要滿足觀眾的要求，那就是說由看事實而歸到明白人生的真實，由表現人生走到解釋人生。希臘古代的戲劇多數是依著當時的宗教與人生觀，使命運的難逃結束一切。中國的戲劇多數是依著詩的正義而以賞善罰惡為結局。這兩種對生命的看法對不對是另一問題，但是，人生的哲學及觀感是不限於這兩種的，因而戲劇中所表現的精神也便不同。近代的思想與信仰是差不多極難統一的，這足以使戲劇家由給一定的解釋與哲學，改為只是客觀的表現，或表現一個問題而不下結論；這樣，近代的戲劇結構便較比古代的散漫一些，但在真實上更親切一些：可是，它的結局絕不能像古代的所給的印象與刺激那樣的一致。近代的戲劇差不多是由解釋真實而變為使觀者再解釋戲劇，這是很危險的，但也許是不可避免的事實。

再從言語上說，戲劇中言語的演變也是以表現真實為主。古代的希臘戲劇是用韻文的 —— 詩劇。所以，在亞里斯多德的《詩學》裡，他差不多完全是討論悲劇，因為史詩與抒情詩是包括在悲劇中的，悲劇是詩的演進到極完美的東西。但是，尤瑞皮底司已然大膽的用日常的言語去表現：「日常生活與事情」。莎士比亞的戲劇中，是韻語與散文並用的；大概是在打趣與平凡的思想上他便用散文。這便足以證明散文是比韻語更能表現真實。於是，後代便連無韻詩也不用，而完全用散文；因為人是不用韻語講話的。中國戲劇的言語，除了最近的新劇，總是歌曲與賓白相兼，但是，近代的皮黃戲中歌曲的詞句，雖然勉強著用韻，而事實上實在不能算是詩，或者連韻語也夠不上；而且演員有自由改定詞句的權利，所改正的有時遠不及原文，但是，在聲調上更悅耳，聽者也便不去管它像話不像話，而專以好聽為主。今日的新劇提倡者，對於戲劇應用何種言語還在討論，其實，這是無須多討論的 —— 表現什麼便應用什麼言語，一個學者與一個車伕的言語是不相同的，便應當用學者與車伕所用的言語去表現，這便能真確有趣。京腔大戲中的言語是已經成形，不管它是好是壞，它對於國語的推廣確是極有力的。新劇的言語自然應該利用國語，但是為提倡新劇，就是全用方言，也無所不可。舊劇中的尖團字是一成不變的，是伶人的一種很重要的訓練，尖團顛倒便遭「怯口」之誚，其實伶人自己也並不曉得為何必須如是。新劇的演員未必都能說國語，而且沒有遵守尖團字的必要，所以在各地方演劇 —— 除非是為國語運動 —— 滿可以用方言，以免去那不自然的背誦官話；—— 不自然便損壞真實。

至於舞台的布景與行動，中國舊劇中的實在有改革的必要。那自道姓名，與向臺下的聽眾講話，是極不合表現真實的原理。自然，在西洋古代戲劇中也有與這類似的舉動，但是已經改掉了，而把舞台視成另一世界，以幕界為一堵厚壁，完全與臺下隔開。這並不難改掉，只要有好劇本，而且演員能忠於劇本，這些毛病自然能免去。這個問題繫於皮黃劇的是否有成立的價值，或是否能改善。這是個大問題。假如我們承認皮黃戲是「一種」歌舞劇，有儲存的價值 —— 以現在民眾的觀劇程度說，它確有儲存的必要 —— 那麼去改善它，把它的音樂與歌舞更美化一些，把劇本修改得更近於情理，便真可把它看成「一種」歌舞劇，而與真正的新劇分途前進，也未不可。這樣，舊戲的改善便可專從美的方面下手改善，而把真實的表現讓給新劇去從事工作，因為在舊劇的殼殼中絕不能完全適用真正戲劇的原理。在新劇中呢，那舞台上的不近情理的舉動，與自道姓名等，自然會在寫劇本時便除去；那文明劇中的由舊戲得來的毛病是該一律掃清的。至於布景，在改善的舊戲與創作的新劇有同樣的困難。戲劇是表現真實的，也是藝術的，它的布景是必須利用各種藝術而完成一個美的總集。在舊戲中，以手作推勢便算開門，以鞭虛指，便又是一村，這自然是太不近於真實，但是，這也比那文明戲中的七拼八湊的弄幾張油畫來敷衍強得多；這雖不真實，究竟手勢比破油畫在強烈的煤油燈光下還少一些醜惡。在這裡，新劇感著同樣困難。舞台上布置的各項人材是極感缺乏的。舊戲的改善在一方面，在今日的情形之下，或只能消極的去避除那醜惡之點，如在舞台上表現殺人灑血等，在美的表現上，似乎得等著新劇的設施有成績之後，它才能想起採用，採用的得當與否，要視舊劇改善者的審美的程度而定。這樣，新劇家的只努力於劇本 —— 現在的情形是如此 —— 是絕不足以使新劇推展得圓滿的，他們必須注意到這全體之美的設施，不然，他們的劇本在舞台上一定比舊戲還更醜劣。自然，舞台上的真實永遠不能避免人為的氣味，所以，現代西洋戲劇有滅除這種不自然的表現之趨勢；但是，在現在的中國，戲劇到底是要含有教育的目的，我們不能不拿較比真實的打倒無理取鬧。對於觀眾有了相當美的訓練，我們才能更進一步去減除這不自然的布景等。

至於演員與戲劇的關係，設若戲劇能達到以藝術表現真實的地步，是最有趣的。那就是說，演員在忠實於劇本之中，而將身心融化在劇旨裡去解釋它，去表演它。這樣，演員絕不僅是背過了劇本到臺上去背誦，或是隨意參加自己意見與言語，而是演員本人也是個藝術家，用他的人格與劇本中的人格的聯合而使戲劇表演得特別生動有力。有許多人以為表演不算是藝術，這是錯誤的。一個演員的天才、經驗與真誠，是不能比別的藝術家少的。誠然，他的職務是表演，不是創作，但是，設若他沒有藝術的天才與經驗，他絕不會真能明白藝術作品而表演到好處。戲劇的進展既依表現真實為準，演員的困難便日見增加。中國或古代希臘的伶人絕不會把近代的劇本能演到好處，因為他們的舞台經驗是極有限的，極死板的，極不自然的；近代戲劇是赤裸裸的表現人生，不假一切假作的事情，如畫臉，如臺步等等來幫助他們作成伶人，而是用自己的天才與人格來使劇中人物充分表現出來。他們不是由臉譜與臺步等作成自己的名譽，而足替創造家來解釋來表演真實。他的一切舉動都要恰合真實，這不是件容易作到的事。中國戲劇的改良，要打算成功，對於培養這樣的演員是極當注意的，這樣的演員除了自己的天才外，必須受過很好的教育。

第十五講　小說

好聽故事是人類天性之一，可是小說是文藝的後起之秀。不但中國的學者，像紀昀那樣的以為：

「班固稱『小說家者流蓋出於稗官』，如淳注謂『王者欲知閭巷風俗，故立稗官，使稱說之』。然則博採旁搜，是亦古制，固不必以冗雜廢矣……」（《四庫全書總目提要》）

就是西洋的大文學家，如阿瑙德（Matthew Arnold）也以為托爾斯泰的 Anna Karenina（《安娜．卡列尼娜》。）不能算個藝術作品，而是生命的一片段。自然，這種否認小說為藝術品有許多理由，而它是後起的文藝，大概是造成這個成見很有力的原因。當英國的菲爾丁（Fielding）寫小說的時候，他說「實際上，我是文藝的新省分的建設者，所以我有立法的自由。」這分明是自覺的以小說為一種新嘗試，故須爭取自由權以抵抗成見。

那麼，小說究竟算得了藝術作品麼？我們先拿一段話看看：

「近代小說將抽象的思想變為有生命的模型；它給予思想，它增加信仰的能力，它傳布比實在世界中所見的更高之道德；它管領憐憫、欽仰與恐怖的深感；它引起並繼持同情；它是普遍的教師；它是讀眾所願讀的唯一書籍；它是人們能曉得別的男女的情形唯一的途徑；它能慰人寂寥，給人心以思想、慾望、知識，甚至於志願；它教給人們言談，供給妙句、故事、事例，以使談料豐富。它是億萬人的欣喜之活泉，幸而人們不太吹毛求疵。為此，從公眾圖書館書架上取下的，五分之四是小說，而所買入的書籍，十分之九是小說。」（Sir Walter Besant： Art of Fiction（沃爾特．貝贊特爵士：《小說的藝術》。））

這一段話沒有過火的地方：小說是文藝的後起之秀，現在它已壓倒一切別的藝術了。但是，這一段只說了小說的功能，而並未能指出由藝術上看小說是否有價值。依上面所說的，我們頗可引叔本華（Schopenhauer）的話，而輕看小說了——「小說家的事業不是述說重大事實，而是使小事有趣。」（On Some Forms of Literature）但是，小說絕不限於縷述瑣事，更不是因為日常瑣事而使人喜讀；托爾斯泰的《戰爭與和平》和一些歷史小說可以作證。那麼，小說究竟算藝術品不算？和為什麼可以算藝術品呢？我們的回答，第一，小說是藝術。因為，第二，有下列的種種理由：

有人把小說喚作「袖珍戲園」，這真是有趣的名詞。但是小說的長處，不僅是放在口袋裡面拿著方便，而是它能補戲劇與詩中的缺欠。戲劇的進展顯然是日求真實，但是，無論怎樣求實，它既要在舞台上表現，它便有作不到的事。亞里斯多德已經提到：如若在戲劇中表現荷馬詩中的阿奇力（Achilleus）（現通譯阿基琉斯，荷馬史詩《伊利亞特》中的英雄。）追趕海克特（Hector）（現通譯赫克託爾，《伊利亞特》中的特洛伊主將。）便極不合宜。再說，戲劇仗著對話發表思想，而所發表的思想是依著故事而規定好了的；戲臺上不能表現單獨的思想，除非是用自白或旁語，這些自然是不合於真實的；戲臺上更不能表現怎樣思想。詩自然能補這個短處，但是，近代的詩又太偏於描寫風景與心象，而沒有什麼動作。小說呢，它既能像史詩似的陳說一個故事，同時，又能像抒情詩似的有詩意，又能像戲劇那樣活現，而且，凡戲劇所不能作的它都能作到；此外，它還能像希臘古代戲劇中的合唱，道出內容的真意或陳述一點意見。這樣，小說是詩與史的合體，它在運用上實在比劇方便得多。小說的興盛是近代社會自覺的表示，這個自覺是不能在戲劇與詩中充分表現出來的。社會自覺是含有重視個人的意義；個人之所以能引起興趣，在乎他的生命內部的活動；這個內部生活的表現不是戲劇所能辦到的。詩雖比戲劇方便，可是限於用語，還是不如小說那樣能隨便選擇適當的言語去表現各樣的事物。這個社會自覺是人類歷史的演進，而小說的興起正是時代的需要。這就表現的限制上說，由人類歷史的演進上說，都顯然的看出小說的優越；藝術既是無定形的，不是一成不變的，這些優越之點果能用藝術的手段利用，小說便是新的藝術，不能因為它的新穎而被摒斥。

在形式上說，它似乎沒有戲劇那樣完整，沒有詩藝那樣規矩，所以，有些人便不承認它有藝術的形式。誠然，它的形式是沒有一定的，但是，這正是它的優越之點；它可以千變萬化的用種種形式來組成，而批評者便應看這些形式的怎樣組成，不應當拿一定的形式來限制。設若我們就個個形式去看，我們可以在近代小說中，特別是短篇的，如柴霍甫，莫泊桑等的作品，看到極完美的形式，就是隻看它們的形式也足以給我們一種喜悅。短篇小說的始祖愛蘭坡（現通譯愛倫·坡（1809-1849），美國小說家。）便是極力主張為藝術而藝術的人，這個主張對與不對是另一問題，但它證明小說絕不是全不顧及形式的。不錯，在長篇中往往有不勻調的地方，但是這個缺點絕不能掩蔽它們的偉大。總之，我們宜就個個小說去看它的形式，這才能發現新的欣賞，而且這樣看，幾乎在任何有價值的作品中，都可以找到一種藝術的形式，它可以沒有精細的結構，但是形式是必定有的；而且有時候越是因為它的結構簡單，它的形式越可喜，它有時候像散文詩或小品文字，有種毫無技巧的樸美，這在詩藝中是很少見的。什麼是小說的形式，永不能有圓滿的回答；小說有形式，而且形式是極自由的，是較好的看法。小說的形式是自由的，它差不多可以取一切文藝的形式來運用：傳記，日記，筆記，懺悔錄，遊記，通訊，報告，什麼也可以。它在內容上也是如此；它在情態上，可以浪漫，寫實，神祕；它在材料上，可以敘述一切生命與自然中的事物。它可以敘述一件極小的事，也可以陳說許多重要的事；它可描寫多少人的遭遇，也可以只說一個心象的境界，它能採取一切形式，因而它打破了一切形式。

那麼，小說之所以能為藝術品者，只仗著這些優越之點嗎？當然不是。小說的發達是社會自覺的表示，上面已經提到。社會自覺含有極大的哲學意味。每個有價值的小說一定含有一種哲學。這種哲學暗示出，如梅瑞地茲（Meredith）（現通譯梅瑞狄斯（1828-1909），英國詩人、小說家。）所謂：哲學告訴我們，我們並不美如玫瑰之紅豔，亦非醜如汙濁之灰暗；反之，哲學使我們看到我們的光景是美好，下得去的，有結果的，因而最後得到欣悅。又如杜司妥亦夫司基所謂：大概說，人們，即使是惡劣的，是比我們所設想的更天真更簡單一些。我們自己也是這樣。這樣的暗示，我們可以找到許多，因為一個沒有哲學的故事是沒有骨頭的模特兒兒兒兒。但是，有哲學是應當的，哲理的形成也不算極難的事，小說之所以為藝術，是使讀者自己看見，而並不告訴他怎樣去看；它從一開首便使人看清其中的人物，使他們活現於讀者的面前，然後一步一步使讀者完全認識他們，由認識他們而同情於他們，由同情於他們而體認人生；這是用立得起來的人物來說明人生，來解釋人生；這是哲學而帶著音樂與圖畫樣的感動；能作到這一步，便是藝術，小說的目的便在此。

戲劇與詩也能如此，但是，上面所指出的小說的優越之點，使小說在此處比戲劇與詩更周到更生動。戲劇中如過重思想，人物便易成為觀念的代表，而失其個性；若欲保持個性，無論如何也不如小說那樣能刻骨入微的描畫。詩藝中是能以一語之妙而深入人心，但是，它不能永遠用合適的言語傳達一切，它的美好的保持往往限制住它的暢所欲言；而高深的哲理往往出自凡夫俗子之口，小說於此處便勝過了詩藝。這樣，小說必須有它的哲學，而且是用藝術手段來具體的表現它，假若能達到此點，它便不能不算藝術。

從哪裡得到哲學？要觀察人生與自然。怎能具體的表現出這個哲學？要觀察人生與自然。觀察人生與自然，從而以相當的工具去表現人生與自然，不是一切藝術的根本條件麼？小說家既也須懂得人生與自然，小說家便不是容易作到的。阿瑙德以為托爾斯泰的作品是一片真實，不錯，小說幾乎都是真實的一片段，但是，這一片段真實從何而來？不是由生命的觀察與體認麼？這一段的組成，不是許多不同的心象的織成麼？這分明是說：這些是生命，容我以藝術表現之。就是那極端寫實的寫家，隨便拾起任何人物，隨便拾起任何事實，隨便拾起任何時間，似乎無所求於藝術了；但是，敢這樣大膽的取材的人，必是對於人生與自然有極深的了解與心得，他根本的必須是個藝術家。俄國的寫實作家有時只給我們一些報告似的東西，沒有多少含義，沒有什麼最後的印象，然而這究竟不是報告，而是藝術家眼中的一片真實，也照原樣使我們看一看；能使別人看到我們自己所看到的，便不是件容易的事。這樣寫作的態度是怎樣看到便怎樣寫出，而在一寫的時候，寫家已經像那些事物的上帝似的那樣明白它們。況且，他們所要寫的多是人類的心感；托爾斯泰以為能傳達感情是藝術唯一的目的。由觀察人生，認識人生，從而使人生的內部活現於一切人的面前，應以小說是最合適的工具，因此，小說根本是藝術的。喬治·伊利亞特（George Eliot）（現通譯喬治·艾略特（1819-1880），英國女作家。）說：

「我真願意再多看人類生命；人在世上只有這麼幾年，怎能看夠了呢？但是，我是說，現在我正在用詩藝的自由與深刻的意味檢討我最遠的過去，有許多步驟必須走過，然後，我才能藝術的運用我現在所得的任何材料。」（J. W. Cross： George Eliot' s Life（約翰·沃爾特·克羅斯，《喬治·艾略特的生平》。））

這是一個有名的寫家的自述，這裡指給我們：生命的觀察是一件事，觀察以後能藝術的應用又是一件事；那就是說，經驗與想像是藝術組成的兩端。設若一個人不能設身處地的，像被別人的靈魂附了體的樣子，他必不會給他的一切人物以生命及個性。這個外物與內心的聯合是產生藝術的仙火。人生與自然經過想像，人生與自然才能屬於作者；作品的特色便是想像的顏色。假如戲劇與詩藝是以思想裝入形式，小說是以想像變化形式；戲劇與詩藝也要想像，但在形式上遠不及小說能充分自由。Worsfold 說：

「以想像的運用而解釋自然，是小說的本色 —— 提出目前生活的一個理想的表現 —— 決無缺欠。它完全憑著字的力量，而不需韻文的音樂，也不要戲劇的實現，而是以自由與完整來補這兩個缺乏。與一旁的創造文藝相比較，小說對於這個工具，言語，有絕對的支配權能，而言語是藝術能影響於想像的最有力的工具。」（The Novel（《長篇小說》。））

這樣，小說家的想像天才輔以善於打動想像的工具，小說之能感動人心是自然結果；同時，想像天才與打動想像是藝術的基本條件。

由上面的幾段我們看出，小說的長處和在思想上藝術上的基礎，我們不能不承認小說在藝術上占有很高的地位。自然，因為小說的發達而有許多作品確是很壞，這是無可掩飾的事實，但這絕不能用以判斷小說的本身，也不能用以限制小說的發展。小說的將來是否也能像詩與戲劇那樣有衰頹之一日是難說的，但是，就它的特點來看，它在表現真實與解釋人生上是和詩與戲劇相同的，而在表現的方法上它比詩與戲劇更少限制，更能自由變化，更多一些彈性，恐怕它的發展還是正在青春時期，一時還不能見到它衰老的氣象。

小說一名詞在外國有許多字，如英語的 tale，story，novel，fiction 及 short story 等。法語的 roman，nouvelle conte 等。此處略將此數字加以解釋： tale 與 story 二字相近，二者都是故事的意思，沒有什麼特別的意義。廣泛著說，凡是小說都須有個故事；但是，故事的意思顯然的與小說略有不同，那就是說，凡是一個故事，不論有小說的藝術結構與否，也是個故事；小說的內容必是個故事，而故事不必是小說。我們讀過一個小說，往往說，這是很好的一個故事；但這不過信口一說，其實，讀小說的興趣與聽說個沒有藝術結構的故事的興趣，至少也有程度上的不同。由習慣上說，tale 似乎比 story 更簡單一些，形式上更隨便一些，所以由戲劇與詩藝中抽繹出來的故事，往往稱為 tale，如 Tales from Shakespeare（《莎士比亞故事集》。）與 Tales from Chaucer（《喬叟的故事集》。）等。自然，Tale of Two Cities（《雙城記》。）是個長篇小說而也用此字，此字在此處的意思是與 story 相近的。至於坡（即愛倫·坡。）用 tale 代表法語 conte 是顯然不合適的，因為後者是短篇小說的意思，而短篇小說實與隨便一個故事大不相同。此點容後面細說。Novel 與 fiction 二字好似 novel 近於中國史的稗史，既含新奇之意，又有非正史的暗示，此字似極適當於解釋近代的小說，fiction 的意思比 novel 又廣泛一些，它是泛指一切想像的創作，而指明出一類文藝，在這一類文藝下的不必一定是小說；自然由習慣上，戲劇與詩藝是自成一類的，其實以性質言，它們也似乎應在 fiction 之下。

以篇幅長短言，英國的 novel 似等於法國的 roman，是長篇小說。英國的 novelette 等於法國的 nouvelle，是中篇小說。所謂長篇與中篇者不過是指篇幅的短長而言，並沒有一定的界限。在小說初發達的時候，差不多小說都是很長的，近代的則較短，可是最近又有寫長篇的趨向。以藝術觀點看，這篇幅稍長稍短並沒有什麼重要；不過篇幅有時較短在印刷上與定價上有關係，所以不能不區分一下。

近代的短篇小說確是另成一格，而決非篇幅簡短的作品便是短篇小說。短篇小說是文藝上的術語，不是字少篇短的意思。短小的故事來源甚古，而短篇小說的成形與發展是近代的事。有許多人想給短篇小說下個定義，自然，給藝術品下定義是不容易圓滿的，不過，這很足以表示人們的重視短篇小說，和它的自成一體而不是隨便可以改成長篇，或由長篇隨便縮短的。長篇小說既沒有什麼定義，而長篇與短篇的藝術條件又有相同之處，那麼，單給短篇下個定義也不甚妥當。我們頂好把它的特點說一下，藉以看出它與長篇的不同處。至於它與長篇藝術上相同條件（為解釋人生，用想像表現真實等）便不用再說了。

一、短篇小說是一個完整的單位，增一分則太長，減一分則太短。在時間上、空間上、事實上是完好的一片段，由這一片段的真實的表現，反映出人生和藝術上的解釋與運用。它不是個 Tale，Tale 是可長可短，而沒有藝術的結構的。

二、因為它是一個單位，所以須用最經濟的手段寫出，要在這簡短的篇幅中，寫得極簡截，極精采，極美好，用不著的事自然是不能放在裡面，就是用不著的一語一字也不能容納。比長篇還要難寫的多，因為長篇在不得已的時候可以敷衍一筆，或材料多可以從容布置。而短篇是要極緊湊的像行雲流水那樣美好，不容稍微的敷衍一下。

三、長篇小說自然是有個主要之點，從而建設起一切的穿插，但是究以材料多，領域廣，可以任意發揮，而往往以副筆引起興趣。短篇則不然，它必須自始至終朝著一點走，全篇沒有一處不是向著這一點走來，而到篇終能給一個單獨的印象；這由事實上說，是件極不容易的事，因為這樣給一個單獨的印象，必須把思想、事實、藝術、感情，完全打成一片，而後才能使人用幾分鐘的功夫得到一個事實、一個哲理、一個感情、一個美。長篇是可以用穿插襯起聯合的，而短篇的難處便在用聯合限制住穿插；這是非有極好的天才與極豐富的經驗不能做到的。

論創作

要創作當先解除一切舊勢力的束縛。文章義法及一切舊說，在創作之光裡全沒有存在的可能。

對於舊的文藝，應有相當的認識，不錯，因為它們自有它們的價值。但是不可由認識古物而走入迷古；事事以古代的為準則，便是因沿，便是消失了自身。即使摹古有所似，究是替古人宣傳。即使考古有所獲，究是文學以外之物，不是文學的本身。

託爾司泰說：「每人都有他的特性，和他獨有的，個人的，奇異的，複雜的疾病。這點疾病是醫學中所不知道的，它不是醫書中所載之肺病，肝病，皮膚病，心臟病，神經病；它是由這各種機關的不調和而成的。這個道理是醫生所不能曉得的。」這段話很好拿來說明文學的認識：好考證的，好研究文章義法的，好研究詩詞格律的，好考究作家歷史的，好玩弄版本沿革的，都足以著書立論，都足以作研究文學的輔助；但這些東西都不是文學的本身，文學的本身是高於這一切，而不是這些專家所能懂的。

在舊書中討生活的可以作學者，作好教授；但是往往流於袒古，心靈便滯塞了；往往抱著述而不作的態度，這個態度便是文學衰死的先兆。

抱著「松花」是不會孵出小雞的。想孵出小雞，頂好找幾個活卵。

讀一本偉大的創作，便勝於讀一百本關於文學的書。讀過幾段《紅樓夢》，便勝於讀十幾篇紅樓考證的文字。文學是生命的詮解，不是考古家的玩藝兒。

文學的批評不是一字一句的考證，是欣賞，是估定文學的價值。我們

「真」讀了杜甫，便不再稱他為「詩聖」，因為還要拿他與世界上的大詩人比一比，以便看出他到底怎麼高明。這樣看出短長，我們便不復盲從，不再迷信自家古物。承認杜甫沒有莎士比亞偉大，絕不是汙衊杜甫，我們要知道的是世界上最好的作品；世界！抱著幾本黃紙線裝書便不能滿足我們了！

孔子說：讀詩可以邇之事父，遠之事君，多識於鳥獸草木之名。在文學史中，這些話便是好材料。從文學上看，孔子對於詩根本是外行。真要多識鳥獸草木之名，動植物教科書豈不更有用，何必讀詩？我們今日還拿孔子的話說詩，便是糊塗。以孔子的話還給孔子，以我們自己的眼光認識文學，才真能有所了解。

不因沿才有活氣，志在創作才有生命。

我們的《紅樓夢》節翻成英文，我們的《三國志演義》也全部譯成外國語，對於外國文學有什麼影響？毫無影響！再看看俄國諸大家的作品，一經翻譯，便震動了全世界！不要自餒，我們的好著作叫人家比下去，不是還有我們嗎？努力創作，只有創作是發揚國光，而利澤施於全世的。

我們自有感情，何必因李白、白樂天酒後牢騷，我們也就牢騷。我們自有觀察力，何必拿「盈盈寶靨，紅酣春曉之花；淺淺蛾眉，黛畫初三之月」等等敷衍。我們自有判斷，何須借重古句古書。因襲偷巧是我們的大毛病，這麼一個古國，這麼多的書籍，真有高超思想，妙美描寫的，可有幾部？真誠是為文第一要件，藉風花雪月寫我們的心情，要使讀者，讀了文字，也讀心情，看不出文字與心靈的分歧處。文字是工具，是符號；思想感情是個人的，是內心的。文字透過心靈的鍛鍊，便成了個人的。風花雪月是外面的，經過心靈的浸洗，便是由心靈吹出來的風花月雪的現象，使讀者看見，同時也聞到花的香，聽到風的響，還似醉非醉，似夢非夢的迷戀在這詩境之中，這便是文學作品的成功。

批評家可以不會創作，而沒有一個創作家不會批評的。在他下筆之前，對於生命自然已有了極詳細的視察，極嚴格的批評，然後才下筆寫東西。讀文者是由認識而批評而指導，正如作者之由認識而批評而指導。

反之，作者是抄襲摹擬，讀者是挑剔字句的毛病，這作者讀者便該捆在一處，各打四十大板。

對於生命與自然由認識批評指導，才能言之有物。批評不是專為挑剔毛病，要在指導。胡適先生批評舊文字的弊病，同時他指匯出新文字的應用，於是這幾年來文學界中才有一些生氣。指導是積極的，對於文學的發展，效力最大。

文字的限制是中國文學不偉大的一因。文字呆板，加以因襲的毛病，文學便成了少數人的玩藝，而全無生氣。抄襲舊辭，調弄平仄是瓦匠砌牆，不是大建築家的計劃。現在好了，文字的束縛除解了許多，我們可以用活文字寫東西了。可是毛病還有：第一，白話的本身是很窮窘的，句的結構太少變化，字的太少伸縮，文法的太簡單，用字的簡少，都足以妨礙思想發表的自由。但是這文字本身的惡劣，我們既不打算採用某種外國語來代替，也就只好努力利用這不漂亮的國貨。第二，白話已是成形的東西，可是白話文學還在萌芽期中，這便是我們的責任來創築一座新的金塔。我們最大的毛病便是不肯吃苦，每當形容景物，便感覺到白話的簡陋不夠用，而去偷幾個古字來撐門面。有的更聰明一點，便把偷來的辭句添上個「嗎」，「呢」，「喲」來冒充自造。這便是二葷鋪添女招待，原來賣得還是那些菜。

有思想自是作文最重要的事，但是不要忘了文學是藝術中的一個星球，美也是最要的成分。假如我們只有好思想，而不千錘百煉的寫出來，那便是報告，而不是文藝。文學的真實，是真實受了文學煉洗的；文學家怎樣利用真實比是不是真實還要緊。在文字上不下一番工夫，作品便不會高貴。我們應有作八股文的態度，字字句句要細心配對，我們的作品，要成為文字的結晶，要使讀者不再想引用古句，而引用我們自己的話。我們不能改變過去，但將來的歷史是由我們造成的！使將來的人們忘了《離騷》，諸子，而引據我們，是我們應有的野心。有人說：興會所至，下筆萬言，不增刪一字。這或者是事實，可是我不敢這樣信，更不敢這樣辦。「他永遠是作文章，點，冒號，分號，驚嘆號，問號永遠在他的眼前」這是喬治姆耳稱讚沃路特兒拍特兒的話，也是我們當遵從的。

要看問題：凡是一件事的發生，不會被喊打倒的打倒，也不會因有喊萬歲而萬歲。文學家的態度是細細看問題，然後去指導。沒有問題，文學便漸成了消閒解悶之品；見到問題而亂嚷打倒或萬歲，便只有標語而失掉文學的感動力。偉大的創作，由感動漸次的宣傳了主義。粗劣的宣傳，由標語而毀壞了主義。

創作：拋開舊勢力的重負，抱著批評的態度，有了自己的思想，用著活的文字，看著一切問題，我們的國家已經破產，我們還甘於同別人一塊兒作夢嗎？我們忠誠於生命，便不能不寫了。在最近二三十年我們受了多少恥辱，多少變動，多少痛苦，為什麼始終沒有一本偉大的著作？不是文人只求玩弄文字，而精神上與別人一樣麻木嗎？我們不許再麻木下去，我們且少掀兩回《說文解字》，而去看看社會，看看民間，看看槍炮一天打殺多少你的同胞，看看貪官汙吏在那裡耍什麼害人的把戲。看生命，領略生命，解釋生命，你的作品才有生命。看，看便起了心靈的感應，這個感應便是生命的呼聲。看，看別人，也看自己；看外面，也用直覺；這樣便有了創作的訓練。

創作！不要浮淺，不要投機，不計利害。活的文學，以生命為根，真實作幹，開著愛美之花。

載 1930 年 10 月 10 日《齊大月刊》創刊號

論文學的形式

（本篇發表時署名「舍予」。）

按著創造的興趣說，有一篇文章便有一個形式，因為內容與形式本是在創造者心中聯成的「一個」；這樣去找形式，不就太多了嗎？從另一方面看，文學作品，無論東西，確有形式可尋，抒情詩的形式如此，史詩的形式如彼；五言律詩是這樣，七言絕句是那樣。作者的七絕，從精神上說，自有他獨有的七絕，因為世上不會再有這樣一首七絕。從形式上看，他這首七絕，也和別人的一樣，是四小句，每句有七個字。蘇東坡的七絕裡有個蘇東坡存在；同時，他這首七絕的字數平仄等正和陸放翁的一樣，那樣，我們到底怎樣看文學的形式呢？我們頂好這樣辦：把個人所具的那點風格，和普通的形式，分開來說。前者可以叫做文調，後者可以叫做形式。

文調是什麼東西呢？就是每個作家，不論他用的是什麼形式，獨有的那點作風。內容是他自己的，情調也是他自己的；於是他「怎樣想」與別人不同，跟著「怎樣寫」也便與眾有異。這點內容與風趣特異之點，便是文調。蘇東坡與陸放翁同作七言絕句，而蘇是蘇的，陸是陸的，便是因為文調不同的緣故。

文調是人格的表現，無論在什麼文形之下，這點人格是與文章分不開的。所以簡單的答覆什麼是文調，也可以應用一句成語：「人是文調」。這似乎比說：「文中宜有人在」，或「詩中須有我」，還牢靠一些。佛郎士 Anatole France（即法朗士。）說：「每一個小說，嚴格的說，都是作家的自傳」。Jules Lemalte（勒梅特（1853-1914），法國作家和批評家。）說：「……我相信一本書的真正美處是一些親切的深刻的東西，這些東西不會叫破壞成法，修詞規則與細俗所損傷；一個寫家的價格最要的是他怎樣看，怎樣感覺，怎樣說出；全是他自家的而後乃能超眾。」所以我們讀一本好小說時，我們不但覺得其中人物是活潑潑的，還看出他們背後有個寫家。讀了《紅樓夢》和《兒女英雄傳》，就看出那兩個作家的人格是多麼不一樣。正如胡適先生所說：「曹雪芹寫的是他的家庭的影子；文鐵仙寫的是他的家庭的反面，」和「《兒女英雄傳》的作者自己正是《儒林外史》要刻劃形容的人物；而《兒女英雄傳》的大部分真可叫做一部不自覺的《儒林外史》。」這種有意或無意的顯現自己是自然而然的，因為文學既是自我的表現，作者越忠誠於表現，他的人格便越顯著。凡當我們說：這篇文章和某篇一樣的時候，我們便是讀了篇沒有個性的作品，它只能和某篇一樣，不會獨立。

美國的褒勞 John Burroughs（即約翰·伯勞斯。）說：「在純正的文學，我們的興味，常在於作者其人 —— 其人的性質、人格、見解 —— 這是真理。我們有時以為我們的興味在他的材料也說不定。然而真正的文學者所以能夠把任何材料成為對於我們有興味的東西，是靠了他的處理法，即注入於那處理法裡面的他的人格底要素。我們只埋頭在那材料 —— 即其中的事實、議論、報告 —— 裡面是絕不能味得嚴格的意味的文學的。文學的所以為文學，並不在於作者所以告訴我們的東西，乃在於作者怎樣告訴我們的告訴法。換一句話，是在於作者注入在那作品裡面的獨自的性質或魔力到若干的程度；這個他的獨自的性質或魔力，是他自己的靈魂的賜物，不能從作品離開的一種東西，是像鳥羽的光澤，花瓣的紋理一般的根本底的一種東西。蜜蜂從花裡所得來的，並不是蜜，只是一種甜汁；蜜蜂必須把他自己的少量的分泌物即所謂蟻酸者注入在這甜汁裡。就是，把這單是甜的汁改造為蜜的，是蜜蜂的特殊人格底寄與，在文學者作品裡面的日常生活的事實和經驗，也是被用了與這同樣的方法改變而且高尚化的。」（依章錫琛譯文。）

「怎樣告訴」便是文調的特點，這怎樣告訴並不僅是告訴，而是怎樣覺得，思想的結果；那就是說作者的全個人格伏在裡面。那古典派的寫家畫家總是選擇極高尚的材料，來幫助他的技術，叫人們看了，因材料的高貴而欣賞及技術。自然派的便從任何事務中取材，全以自己的人格催動材料。他個人是在社會裡，所以社會一切便都是好材料，無貴無賤，不管美醜，一視同仁。可是描寫或繪畫這日常所習見的人物時，全憑怎樣告訴的手段，而使這平凡的人物成為藝術中不朽的人物，這便是作者個人的本領，個人人格的表現。

這樣，我們頗可以從文調上，判定什麼是文學，什麼不是文學。比如我們讀報紙上的新聞吧，我們看不出記者的人格來，而只注意於新聞的真確與否，因為記者的責任便是真誠的報告，而不容他的想像自由運用。反之，我們讀，就說杜甫的詩吧，我們於那風景人物之外，不覺的想到杜甫的人格；他的人格，說起來也玄妙，在字句之中也顯現出來；好像那一字一句便是杜甫心中的一顫一動；那「無邊木葉蕭蕭下，不盡長江滾滾來」的下邊還伏著一個「無邊」「不盡」的詩人之心；那森嚴廣大的景物，是那偉大心靈的外展；有這偉大的心，才有這偉大的筆調。心，那麼，是不可少的；自己在那裡顯示圖樣結構；而後慢慢修正，從字面到心覺，從部分到全體；所以寫出來的是文字，也是靈魂。據克魯司 Croce（即克羅齊。）的哲學：藝術無非是直覺，或者說印象的發表。心是老在那裡構成直覺，經精神促迫它，它便變成藝術。這個論調雖然有些玄妙，可是確足以說明藝術以心靈為原動力，而個人文調之所以為獨立不倚的。因為天才的不同，表現的力量與方向也便不同，所以像劉勰所說：「賈生俊發，故文潔而體清；長卿傲誕，故理侈而詞溢」等等也有一些道理。能作詩而不善於散文的，工於散文而不會為詩的，也是因此。就是那浪漫派作品，與自然派作品，也是心的傾向不同，因而手段也就有別。偏於理想的，他的心靈每向上飛，作品自然顯出浪漫；偏於求實的，他的心靈每向下看，作品自然是寫實的。以伯拉圖、亞里斯多德為代表的兩種人 —— 好理想的及求實的 —— 恐怕是自有人類以來，直至人類滅毀之日，永遠是對面立著，誰也不佩服誰的吧？那麼，因著寫家的天性不同，寫品也就永遠不會有什麼正統異派之別吧？

文調，或者有許多人想，不過是文字上的修飾，精細的表現而已。其實不是，文調是由創造欲的激發而來的，不是文字技術上的那點小巧。心中有點所得，便這個那個，如此如彼的，把這一點加到無數無名的心象之上，幾經試擬，而後得到一個最適當的字來表現這一點。像弗羅貝說:「無論你要說什麼一件事，那裡只有一個名詞去代表它，只有一個動字去活動它，只有一個形容字去限制它，最重要的是去找這個名詞，這個動字，這個形容字，直到找著為止，而且找著的是比別的東西都滿意的。」但是，這絕不是說，去掀開字典由「一」部到「龜」部去找字，而是那文藝家心靈的運用，把最好的思想用最好的言語傳達出來。普通的事本來有普通的字去代表，可是文學家由他自己美的生活中，把文字另煉造了一回，適足以發表他自己的思想。所以言語的本身並不能夠有力量，活潑、漂亮、正確；而是文學家在言語之下給了它這些好處的構成力。那「山高月小，水落石出」本是八個極普通的字，可是作成多麼偉大的一幅圖畫，多麼正確的一個美的印象！只有能覺得這簡素而偉大之美的蘇東坡能寫出，不是個個人都能辦到的。那構思十稔而作成《三都賦》的左太沖，恐怕只是苦心搜求字句，而心實無物吧。看他的「樹則有木蘭梫桂杞桐棕枒楔樅」等等，字是找了不少，可是到底能給我們一個美好的圖畫，像山高月小，水落石出，那麼簡單正確美麗嗎？這砌牆似的堆字，不能產出活文學，也足以反證文調是個人人格的表現，不單以修辭為事了。總之，從文字上所看出來的美，絕不是文字的本身，而是由特殊情緒中所發生的美之感動而達諸筆端；這美的感動的深淺，便是文學作品高下的標準。我們在新聞紙上也可以得到使我們喜怒的材料，可是那全因為我們由道德上、實利上、看某件事，判斷某件事；不是文字的感動，是事實的切己。當我們讀詩的時候，我們便不這樣了，我們是陶然若醉的，被文字的催眠，而飛人別一世界。其實詩中所用的字，與新聞紙上的字，在字典上全是一樣的，只因為詩人獨有的那點文調使我們幾乎不敢承認詩中的字也正是新聞紙上的字了；我們疑心：詩人或另有一部字典吧？是的，詩人是另有一部字典，——那熔煉文字的心。

現在我們知道了文調的要緊，以下說文學普遍的形式。

「……詔高力士潛搜外宮，得弘農楊玄琰女於壽邸，既笄矣，鬒發膩理，纖穠中度、舉止閒冶，如漢武帝李夫人。別疏湯泉，詔賜澡瑩。既出水，體弱力微，若不任羅綺！光彩煥發，轉動照人。上甚悅。進見之日，奏《霓賞羽衣》曲以導之……」

「漢皇重色思傾國，御宇多年求不得。楊家有女初長成，養在深閨人未識。天生麗質難自棄，一朝選在君王側。回眸一笑百媚生，六宮粉黛無顏色。春寒賜浴華清池，溫泉水滑洗凝脂。侍兒扶起嬌無力，始是新承恩澤時……」

「想當初，慶皇唐，太平天下，選麗色，把蛾眉選刷。有佳人生長在弘農楊氏家，深閨內，端的是玉無瑕。那君王一見了，歡無那！把鈿合金釵親納，評拔作昭陽第一花。」

上列的三段，第一段是《長恨歌傳》的一部分，第二段是《長恨歌》的首段，第三段是《長生殿》中彈詞的第三轉。這三段全是描寫楊貴妃入選的事，事實上沒有多少出入。可是，無論誰讀過這三段，便覺得出第一段與後兩段有些不同的地方。這些不同的地方好像只能覺得，而不易簡當的說出來。以事實說吧，同是說的一件事。以文字說吧，都是用心之作，都用著些妙麗的字眼；可是，說也奇怪，讀過之後，總覺得出那些「不同」的存在。——到底是怎一回事呢？為回答這個，我們不能不搬出一個帶玄幻色彩的字——「律動」。

我們往往用「餘音繞樑，三日不絕」來作形容。這個繞樑三日不絕的餘音，是什麼音呢？是火車輪船上汽笛的嗚嗚麼？是牛或驢的吼叫麼？不是！那些聲音聽一下就夠了，三日不絕在耳旁噪吵一定會叫人瘋了的。那麼，這餘音必是好的音樂的，歌唱的？是，可是為何單獨這點餘音叫人顛倒若是呢？這餘音到底是什麼東西呢？啊，律動！是律動在那裡像小石擊水的波顫，石雖入水，而波顫不已。這點波顫在心中蕩漾著、敲擊著，便使人忘記了一切，而沉醉於其中。音樂如是，跳舞也如此。跳過之後，心中還被那音樂與肢體的律動催促著興奮。手腳雖已停止運動，可是那律動的餘波還在心裡動作。那汽笛與牛吼之所以過去便忘也就是它們缺乏這個律動。

律動又是什麼東西呢？廣泛著一點說，宇宙間一切有規則的激動，那就是說有一定的時間的間隔，都是律動。像波紋的遞進，唧唧的蟲鳴，都是有規律的，因而帶著些催眠力的。從文學上說呢，便是文字間的時間的律轉，好像音樂似的，有一定的抑揚頓挫，所以人們說音樂和詩詞是時間的藝術，便是這個道理。音樂是完全以音的調和與時間的間隔為主，詩詞是以文字的平仄長短來調配，雖沒有樂器幫助，而所得的結果正與音樂相同。所不同者，詩詞在這音樂律動之下，還有文字的意義可尋，不像音樂完全以音節為主，旁無附麗。所以巧妙著一點說，詩詞可以說是奏著音樂的哲學。律動總是帶著點魔力的，細細分解開來原是一個音一個音的某種排列，可是總合起來，這種排列便不甚分明，而使人感到一種說不出的快樂；不但心絃跳動，手足也隨而舞之蹈之了。那嗒嗒的鐘聲，不足以使人奮興，強烈的音聲，不足使人快樂，因為這種律動是缺乏藝術化的，藝術中的律動才足以使人欣悅，使人沉醉，就是雕刻與畫圖那樣的死物，也自然有一種調和的律動使我們覺得雕刻的人物，圖中的風景，像要跳出來走動似的。原人用身體的動作和呼聲，表示他的快感與苦痛，這種動作與呼聲，漸漸經過律動的規定，便成了跳舞與歌唱，那就是說有了律動才有原始的藝術，有了律動才能精神與肉體聯合起來動作。

明白了律動是什麼，我們可以從新去唸上邊引的三段，唸完，便可以明白為什麼第一段與後兩段不同。它們的不同不是在文字的工不工，不在乎事實的描述不同；是在律動的不一樣。第一段的「纖穠中度，舉止閒冶」，和「光彩煥發，轉動照人」，也都是很漂亮的，單獨唸起來，也很抑揚有趣。可是，讀過之後，再讀白居易的那篇，我們便覺出精粗的不同，而明明分辨出：一個是散文，一個是詩，那麼，我們可以說：散文與詩之分，就在乎文字的擺列整齊與否嗎？不然。試看第三段，文字的排置比第一段還不規則，可是讀起來，（唱起來便好了。）也顯然的比第一段好聽。為說明這一點，我們且借幾句話來，或者比我們自己更能說得透澈。

英國的阿塞兒．西門司說：「考拉兒瑞支 Coleridge（即柯爾律治。）這樣規定：散文是『有美好排列的文字』，詩是『有頂好排列的文字』。但是，並沒有理由說明為什麼散文不可以是有頂好排列的文字。只有律動，一定而再現的律動，可以分別散文與詩。……散文，在粗具形體之期，只是一種言語的記錄；但是，一個人用散文說話，或終身不自覺，所以或者有自覺的詩體（就是：言語簡變為有規則的，並且被認為有些音樂的特質。）是較比的有更早的起源。在人們想到，普通言語是值得存記起來的以前，人們一定已經有了一種文明。詩是比散文易於記誦的，因為它有重複的節拍，人們想某事值得記憶起來，或是為它的美好（像歌或聖詩），或因它有用（像律法），便自然的把它作成韻文。詩，不是散文，是文章存在的先聲。詩的寫出來，直到今日，差不多隻是詩的物質化身；但是散文的單存只是寫下來的文書而已。」

「在它的起源，散文不帶著藝術的味道，嚴格的說它永遠沒有，也永遠不能像韻文、音樂、圖畫，那樣變為藝術。它慢慢的發現了它的能力；它覺悟出它將怎麼有用處可以煉化到『美』那裡去，它漸漸學巧了，怎麼限制它那些無可限制的，遠遠的隨著韻文的一些規則。更慢慢的發展了它自己的法則，可是，因為它本身的特質，這些法則不像韻文那樣一定，那樣有特別的體裁。凡與文學接觸者正如文學之影響於散文，現在散文已據有所謂文學的大半了。」

「依如貝說：『在詩調裡每個字顫旋像美好之琴音，曲罷遺有無數的波動。』文字或是一樣的，並不奇異；結構或也一樣，或偏於簡單，但是，當律動一來，裡邊便有一些東西，雖然或像音樂之發生，但並非音樂。管那些東西叫做境地，叫做魔力；仍如如貝所說：『美的韻文是發出似音聲或香味的東西的』；我們永不能解釋清楚，雖然我們能稍微分別，那點變化 —— 使散文極奇妙的變成韻文。」

「又是如貝說得永遠那麼高妙：『沒有詩不是使人狂悅的：琴，從一種意義看，是帶著翅膀的樂器。』散文固然可以使我們驚喜，但不像韻文是必須這樣的。況且，散文的喜悅似乎叫我們落在地上，因為散文，域區雖廣，可是沒有翅膀兒。……」

韻文是帶著翅兒的，是可以唱的，能飛起與能吟唱都在乎其中所含的那點律動，沒有這點奇妙律動的便是散文。所以散文韻文之分，不在乎事實的差異，是在把一件事怎樣寫出來，用散文寫楊貴妃的故事，和用韻文寫是同樣可以使她的事跡明瞭的，可是二者的感化力便不同了：散文的楊貴妃故事能極詳細的述說她的一切，但只限於述說，無論文字怎樣美。韻文的同一故事，便不但述說她的事，而且叫我們在得到事實以外，還要讀了再讀；不但是讀，而且要唱、要聽；好的散文雖也足以有些音樂的味道，但永遠不會像韻文那樣完好。嚴格的說，散文和韻文的分別，只在這點不易形容的律動。有人以為備有韻文的格式韻律才能算詩，那不完備而具有那魔力律動的也不能不算是詩。詩的進步是顯然的在那裡解除格式規則，同時也是求律動的自由。四言詩後有五言，五言後有七言，最近又有無韻的白話詩，這便是打破格式的進展。可是白話詩是詩，不是白話文，因為它的律動顯然與散文有異的。看：

「黃河遠上白雲間，一片孤城萬仞山，羌笛何須怨楊柳，春風不度玉門關。」（王之渙，《涼洲詞》。）自然是很美了，再看胡適之的《鴿子》：

「雲淡天高，好一片晚秋天氣！

有一群鴿子，在空中遊戲。

看他們三三兩兩，

迴環來往，

夷猶如意，——

忽地裡，翻身映日，

白羽襯青天，

鮮明無比！」

字句沒有一定，平仄也沒有規則，用字也不生澀，可是也很好聽；就是因為內中的律動還是音樂的，詩的；有了這個，形式滿可自由，或者因為形式自由，律動也更自然，更多一些感動力。反之，形式是詩的，像：

「無寶無官苦莫論，周旋好事賴洪恩，人能步步存陰德，福祿綿綿及子孫。」（見《今古奇觀》，《裴晉公義還原配》）便不能使我起詩的狂喜，不是因為形式有什麼缺欠，是因為內中的韻律根本不是藝術化的。只有字數的按格填寫，沒有文字外的那點音樂。正如中國戲的鑼鼓，節拍也是很嚴密的，可是終不是音樂，只叫人頭暈，不叫人快樂。詩與音樂的所以為詩為音樂正在這一些不可形容，捉摸不住的律動。明白了這個，文言詩，格體詩，與白話詩之爭也就可以休止了；有好的律動的便是好詩，反之便不是詩；為詩與否根本不在形式，而在這神祕的律動。這並不是說詩中可以全無意義，便只求好聽美麗；不是，但我們應當注意：詩是言語的結晶，言語的自然樂音是必要的；專求意高理邃，而忘了這音聲之美，便根本不能算詩。假如詩的存在是立於音聲與真理之上，那麼，音聲部分必是最要的。設若我們說：「戰事無已呀！希望家中快來封信！」這是人人有的心情，是真實的；可是這樣一說，說過也便罷了；就是每天這樣說，也還是非常的平淡；縱然盼家信心切，而這兩句話似乎是缺欠點東西——叫我們落淚的東西，趕到我們一讀：

「國破山河在，城春草木深，感時花濺淚，恨別鳥驚心！烽火連三月，家書抵萬金！白髮搔更短，渾欲不勝簪！」我們便不覺得淚下了。這裡所說的「烽火連三月，家書抵萬金」，還不就是「戰事無已呀！希望家中快來封信！」嗎？為什麼偏偏唸了這兩句才落淚？杜甫的真理並不比別人高明，他的悲痛，正是我們所經驗的；這不是因為那點催人落淚的音樂使人反覆哀吟，隨以涕泣嗎？大概誰都經驗過：遇到大喜歡、大悲痛的時候，並不要說出自家的喜歡與悲痛，而是去找兩句相當的詩句來吟唸著。因為詩中的真情真理與真言語合而為一，那言語的音樂使真情真理自然的唱出；這樣唱出便比細道瑣屑詳陳事實還具體，還痛快。詩人作詩的時候已把思想言語合成一片，那些思想離不開那些言語，好像美人的眼，長在美人身上，分開來使人也不美，眼也難看了。

言語和思想既是分不開的，詩的形體也便隨著言語的特質而分異了。希臘拉丁的詩中，顯然的以字音的長短為音調排列的標準，而英文詩中則以字之『音重』為主，中國詩以平仄成調，便是言語特質的使然。中國的古詩多四言五言，也是因為中國言語，在普通說話的時候即可看出來，本來是簡短的，字音是簡短的，句子也是簡短的。為易於記憶，易於歌唱，這詩句的簡短是自然而然的。七言長句是較後的發展，並且只是文士的創立體格，民間的歌謠還是多用較短的句法。那七言或九言的鼓詞便要以歌唱為業的人們去記憶了。這樣，詩既是言語的結晶，便當依著言語的特質去表出自然的音樂，勉強去學仿異國詩格，便多失敗。因此，就說翻譯是一種不可能的事也不為過甚。只能翻出意思，言語的特質與味道是不能翻譯的；而丟失了言語之美，詩便死了一大半！

思想上也足以使詩文的形式分異，那描寫眼前一刻的景物印象自然是以短峭為是，那述說一件史事自然以暢快為宜。詩人得到不同的情感，自然找一個適當的形式發表出來，所以：

「夕殿下珠簾，流螢飛復息。長夜縫羅衣，思君此何極。」（謝朓，《玉階怨》）是一段思戀的幽情，也便用簡短的形式發表出來。那《長恨歌》中的事實複雜，也便非用長句不足以描述到痛快淋漓。

詩是如此，散文也是如此。描寫景物的小品文字，便要行雲流水的美好簡麗，述說史事的便要詳密整煉。嚴格的說，文的形式是言語之特質，與思想之構成，自然而來的結果，有一篇東西便有一個特異的形式，用不著強分多少體、多少格。更嚴格一點說，只有詩可以算文學作品，無論多麼好的散文，不能把言語的特別美好之點盡量表現出來。自然，散文因為不十分講求形式，可以自由的運用更適於應用；可是因為求實用便不能不損失了言語的最精彩處。在外國文學中往往把詩分成抒情詩、故事詩、敘事詩等。散文也分成記述文、形容文、討論文、批評文等。其實這不過是為分別方便，就已有的形式稍為類劃；嚴格的說，文學中只有詩與散文之別，也就夠了。

但是這個說法，絕不足以服中國文人的心，因為他們最好把那些古東西，翻過來，倒過去的分類，而且頗自傲中國文學的形式比外國複雜完備。我們，因此，也不能不看看他們到底是怎個分類法。

先看《昭明文選》吧，蕭統是個很會作目錄的，你看他把文類分立以後，還逐類的附以文章內容的標題，如：賦中有京都、郊祀、耕籍、畋獵、紀行、遊覽、宮殿、江海，物色鳥獸、志、哀傷、論文、音樂、情，等。詩類是也這樣，叫人們一望而知所屬的文章的內容是什麼，是一種很好的排列法。但是他的分類法可有些太繁瑣了，他把所選的文分成：

賦、詩、騷、七、詔、冊、令、教、文、表、上書、啟、彈事、籤、奏記、書、檄、對問、設論、辭、序、頌、贊、符命、史論、史述贊、論、連珠、箴、銘、誄、哀、碑文、墓誌、行狀、弔文、祭文等類。設若把這些類名專當作分目看，像賦中之分京都、郊祀等，未嘗不是很好的事。若是拿它們當文的形格看，便太稚氣了。為何不簡單的分成應用文，文中的附目有詔、令、教、表等；議論文中附史論、論等，豈不較為清楚？本來這些都是散文，不過是用處不同，故形式筆法亦稍有不同；如果照這樣嚴格的分起來，豈不是還要分得更細，以至一文一格。以至無窮嗎？

後來，姚鼐的《古文辭類纂》，把文形分為十三類：論辯、詞賦、序跋、詔令、奏議、書說、哀祭、傳志、雜記、贈序、頌讚、銘箴、碑誌。雖然比蕭氏的分法簡單多了，知道以總題包括細目。可是，這樣簡化了，便有脫落的毛病，正如林語堂先生所說：「……姚鼐想要替文學分十三體類，而專在箴頌讚銘頌奏議序跋鑽營，卻忘記最富於個性的書札，及一切想像的文學（小說戲曲等）。」再說，這樣的分類原為使人按類得著模範，以便摹仿，可是一類中的同樣文字便具有不同的形式，又該何取何舍呢？以祭文說吧，《祭田横墓文》和《祭十二郎文》，同是韓愈作的，同是祭文；可是一篇是有韻的，一篇是極好的散文，這又當何所從呢？

曾國藩更把姚氏分類法縮減，成為三門，十一類。他對於選文章確有點卓見，他正和蕭統相反，而各有所見。蕭是大膽的把不是文學的經史拋開；曾是把經史中具有文學意味的東西提出交給文學。可是他的分類法依然是不巧妙；對論著類他說：著作之無韻者。對詞賦類他說：著作之有韻者。這本來是很清楚的，可是到了序跋類，他又不提有韻無韻了，而說：他人之著作序述其意者。以有韻無韻分別，頗有嚴正的區別；忽然出來個序述其意者，便不是由形式看，而是由內容上看了。這便不一致。他說：傳志類是所以記人者，敘記類是所以記事者，典志類是所以記政典者，同是論述文字，而必分清記人記事與記政典之別，分明是叫人便於摹擬，其實凡記述文字都當以清楚詳細為主，何必強為界劃呢！他的分類法是：

記載門：傳志、雜記、敘記、典志。

告語門：奏議、書牘、詔令、哀祭。

著述門：論著、詞賦、序跋。

這與姚氏所定，差不多少，而混含不清的毛病是一樣的。

我們既不滿於這由文章的標題而強為分劃的辦法，那麼，以文人的觀點為主，把文學分為主觀的、客觀的，像：

（主觀的）（客觀的）（主觀的客觀的）

散文 —— 議論文　敘記文　小說

韻文——抒情詩　敘事詩　戲曲

是不是合適呢？我們在前面曾經說過：文學是個性的表現，描寫事務，並不是把事物照下像來，而是把事物在心靈中煉洗過，成為寫家自己的產物。這樣，完全客觀的寫物，幾乎是不可能的。無論怎樣寫實，要成為文學，那實在的材料便不能不變為文藝化的。觀察自可全任客觀，構成時便不覺的成為主觀；完全寫實像統計表，算術演草，化學公式，實是實了，怎奈不是文學，這樣分別又似乎不妥。

有人又以言情、說理、記事等統領各體，如：詩歌、頌讚、哀祭是屬於言情的。議論、奏議、序跋等是屬於說理的。傳志、敘記等是屬於記事的，這豈不是又須把詩歌之下，再分為言情的，記事的等等嗎？這似乎又太繁瑣了。

這些的分法，不是失之太繁，便是失之太簡，求繁簡適當，包括一切，差不多是不可能的事。倒是六朝時文筆之分有些道理，因為正合我們前者所說散文與韻文之分。《文心雕龍．總述篇》裡說：(雖然劉勰不贊成這個說法。)

「今之常言，有文有筆，以為無韻者筆也。有韻者文也。」這似乎倒簡當明白，因為散文與韻文是最易區別，而根本有不同之處。散文與韻文之下，任憑你隨便分為多少門，多少類都可以；反之，根本不去管類別，而散文韻文之分總是存在的。總之，分類總是先有了創作物，而後好事的人才能按照不同的形式來區分，從而談論各形式的長短優劣。看了漢高祖的《大風歌》，便說古人有三句之歌。看了荊卿的《易水歌》，便又添多了一個例子，說古人有兩句之歌。這樣去找例子，越找越多，結果也不過是能向人報告！古人有一句、兩句、三句、四句……一百句之歌；這種報告與文學有什麼關係呢？有什麼好處呢？至多，也不過指出兩句的簡峭，三句的高壯；這種說法，人人能看出，又何必你來指出呢？

看形式，研究形式，所得的結果出不去形式；形式總不是最要的東西。形式的美，離了活力便不存在。建築的美是完全表現於形式上的。可是建築物是最不經濟最笨重的美的表現。中國文學（西洋文學也往往有此病）的死板無生氣，恐怕是受了這專顧形式的害處，把花草種在精巧的盆子裡，然後隨手摺拗剪裁，怎能得到天然之美呢。中國的圖畫最不拘形式，最有詩意；而文學卻偏最不自由，最重形式，也是個奇怪的現象，解放了粽子形的金蓮，或者腳的美才能實現吧？那麼，文學也似乎要個「放足」運動吧！

載 1931 年 1 月 10 日《齊大月刊》第一卷第四期

小說裡的景物

在民間故事裡，往往拿「有那麼一回」開首，沒有特別指定的景物。這類故事多數是很可愛的，但顯然是古代流傳下來的，把故事中獨有的姓氏地點全磨去了。近代小說則異於是，故事中的人物固然是獨立的，它的背景也是特異的，不但是特異而已，背景在近代小說中實占極重要的地位。它的重要不只是寫一些風景東西，使故事更鮮明一些，而是和人物故事分不開的。背景的範圍也很廣：社會、家庭、村市、時間……都可以算在裡邊。社會、家庭等等都可放在一個題目之下，形成個地方的色彩。有這個色彩才足以使故事有骨有血，才足以使時代與社會有顯明的表現，才足以使故事成為寫實的。高果兒 Gogol（現通譯果戈理(1809-1852)，俄國作家。）的所以為俄國小說的初祖便因為他開始把社會的原素引入俄國文學中。《儒林外史》之所以高於一切舊小說，也正因它有這個鮮明的彩色。到今日而仍寫某地某生體的故事者，便是沒有明白這一點。

這個地方色彩不僅是隨手描寫一下，有時候竟自是作小說的動機。試讀中國現代短篇小說，最多的是回憶體的作品。他們寫作的動機，自然也許是因為對於一個人或一件事的回憶，可是地方與社會家庭景況的追念至少是動機之一。人們幼時所熟習的地方景物，即一木一石，當追憶起來，都引起熱烈的情感，都含有浪漫的意味，是一種苦而甜的追想。正如莫泊桑在《回憶》中說：「你們記得那些在巴黎附近一帶的浪遊日子嗎？我們的窮快活嗎，我們在各處森林的新綠下面散步嗎，我們在塞因河邊的小酒店裡的暗光沉醉嗎，和我們那些極平凡而極雋美的愛情上的奇遇嗎？」（李青崖譯）特別在現代，地方的變動很大：二十年前是個僻靜的莊村，今日已成為繁華的城市；人們對這種改變，印象特別的深，所謂滄桑之感者是也。許多好的小說是由這種追憶而成的，本內特，Annold Bennett 的 The Old Wives』 Tale 和 Tales of The Five Towns（阿諾德 · 本涅特的作品：《老婦人的故事》和《五鎮的故事》。）便是以追憶為動機的產品。就是那最會創作的迭更司與魏爾斯 H. G Wells，也時常在作品中寫出他們少年的經歷。就是不完全以此為動機，對於某個地方社會熟習，也就脫不了利用這些作背景。像 D. H. Lawrence 的用 Nothing ham；（即大衛 · 赫伯特 · 勞倫斯；下文意為「無過火之處」。） Joseph Conrad（康拉德（1857-1924），英國小說家，作品多以航海為題材。）的用地中海與中國海；這種熟習的地方，不但是便於採用，而且真能給一種境界，特別的境界。這個境界叫全個故事都帶出特有的色彩，而不能用別的景物來代替。可以說，換了背景，故事也就得改換了；絕不是某地某生體作品隨便可以改頭換面的可比。近來最以地方色彩描寫成功的是哈代 Thomas Hardy（哈代（1840-1928），英國小說家和詩人，作品多以其家鄉韋塞克斯為背景。），他的著作都附有詳細的地圖，指示 Wessex 一切地點。他的風景與人物的相關 —— 正如 Conrad —— 全是心理上的，往往以地方決定人的運命。在某種地方與社會，便非發生某種事實不可，是不可倖免的，幾乎是一種衰頹的哲學論斷；因此這種故事便能抓住讀者的心靈，叫你隨著這個地方景物走，而看到人事的變遷 —— 人始終逃不出這個背景的毒惡，正如蠅之不能逃出蛛網。

至於神祕派的寫家，便更重視地點了，因為背景是神祕之所由來。這種背景也許是真的，也許是假的，但是沒有這個背景便沒有這個小說。Algernon Blackwood（即阿爾赫農 · 布萊克伍德。）是離不開山、火、風……的。Bleak House（《荒涼山莊》，狄更斯的一部小說。）（雖然不是神祕小說）便必須有個 Bleak House。這種背景有時候顯著不很自然，像愛藍 ·坡的，可是那正因為背景重要的緣故。人物是有個性的，地點也是有個性的。這差不多是近代小說中最明顯的一個特點。背景的利用不但是為使故事真切，而是心理的、哲學的、藝術的。

我們看近代小說，往往在形容人事之前，先寫些風景；這絕不是為寫景而寫景，差不多是一種人事的象徵，至少也是要特別加重感情，叫人物與四圍的東西合起來，作成個完整的境界。像勞倫斯的《白孔雀》中的描寫出殯，先以鳥啼引起婦人的哭啼：「小山頂上又起了啼聲。」然後看見一個白棺，後面走著個高大不像樣的婦人，她高聲的哭，小孩子扯著她的裙，也哭。人的哭聲嚇飛了鳥兒，何等的淒涼！

Conrod 的寫法便更偉大了，叫我們讀了，不知道是人力大，還是自然的力量更大。正如他說：「青年與海，好而壯的海，苦鹹的海，能向你耳語，能向你吼叫，能把你打得不能呼吸。」是的，能耳語，近代描寫的工夫能使環境向你耳語！

這樣看來，我們寫景，不要以為風景是靜止的。前面有活人，後面加上一些死靜的山川，只作裝飾，像中古的畫像，是太不時興了。我們在作結構時，便應當定好要什麼背景。我們要這背景幹什麼，找不出這「幹什麼」便不用寫。人物像花草的子粒，背景是園地，把這顆子粒種在這園裡，它便長成「這園」裡的一棵花。所謂地方的色彩，便是叫故事有了園地，叫全故事有了特別的味道。某地某生體的故事也許很有趣，但終是桌上花瓶中的假花；我們所要的是園中的真花。就是隨便的一件事，比如說陰天吧，也要與故事相關。同是一個陰天，而陰天下的人的感情是不同的；有的以為陰天正好吃點酒，有的便落淚了。故事所要給的印象是什麼？決定了這個，而後去寫陰天，陰天對多數人是顯著苦悶的，而我偏因為故事中的人物要「過」陰天，而寫成陰天是不苦悶的，是可喜的。這樣寫實在不易，可是唯其如是，才顯出本領。環境足以支配人生與否是哲學問題，我們不一定抱著這個道理寫；我們只要把環境與人生寫成一片；不如是便是敷衍。

寫景在浪漫作品中足以增加美的成分，真的，差不多沒有再比寫景能使文章充分表現美的。但是，我們讀了浪漫派的作品，裡面有許多好的詩句和描寫風景的散文，可是這些地方每每叫我們讀過就忘掉；大概誰也有這個經驗——讀完了一本小說，只記得些散碎的事情；對於景物一點也不記得。這個毛病在哪？在寫得太普通了，太成了點綴品了，幾乎成了皮簧戲中的「出得門來好天氣也」一類的套話了。我們應當知道：天然的美是絕對的，不是比較的。一個風景有一個特別的美，是永遠獨立的。但這個獨立的美只能被藝術家看出；普通的人看泰山也正等於看別的山；在作品中隨意的寫些風景，不是作者沒有藝術的薰陶，便是太不忠誠；那就無怪不能給讀者以深刻的印象了。我們永遠不會忘了《老殘遊記》中的「黃河打冰」那段描寫，忘不了《塊肉餘生錄》（現通譯《大衛．科波菲爾》，狄更斯帶有自傳性的小說。） Ham 下海救人的那段海景。為什麼？因為這都不是泛泛的點綴，而是到了那種時候，遇上那樣事情與景物，時候事情景物全是特別的，所以寫出來便永不會被人忘記。所以與其多寫景物，不如少寫而集中精力於特別的一點。

在寫實作品中，對於景物的真像，不管是美是醜全要照樣描寫；它的目的在多寫環境，而不專求自然之美來幫助美化。但是這樣寫，設若與人事無關，便近於逐臭。我們應當誠實的寫，而尤當注意，這醜惡景物對人生的影響。在那下等妓女所居住的窄巷中，在煙煤充滿的碼頭上，要寫出人來，不然便是空虛的。更進一步說，文學是要美的，就是描寫醜惡，未嘗不可以美，試看近代的大寫實作家，特別是俄國的，他們雖然描寫醜惡，而文章依然是美好的。他們能變換方法，使醜惡的景物由藝術的手腕下表現出來。我們一掀開柴霍甫的小說集，便知道他是仇恨工廠的，可是看他在《醫生的訪問》裡，他卻利用夜間觀察一個工廠，工廠不錯是醜的，可是經他寫出來，是何等的醜而美！醜而美似乎不通，讓我們看看原文吧：「外面是涼快的；已經快天亮了，那五所房子，帶著高煙筒、棧房、堆房，清清楚楚在那潮空氣中立著，因為是放假的日子，沒人作工，窗子都是黑的，只有一處房裡火爐還燒著，那裡的兩個窗子是紫色的；火和煙時時的從煙筒冒出來，院外很遠的地方，有些蛙叫，夜鶯也正唱著。」

寫景不必一定用很生的字眼，而在能暗示出一種境地。詩的妙處不在它的用字生僻，而在乎寫得具體而真實；簡單而有弦外之音。寫景是最宜追擬詩境的。「只在此山中，雲深不知處。」是詩境的暗示，不用生字，更用不著細細的寫。寫景既不是作賦，更不是工程師的建造圖。我們要用幾句話，幾句淺顯的話，畫成一幅圖畫。看莫泊桑的《歸來》：

「那海水用它那單調和輕短的浪花，拂著海岸。那些被大風推送的白雲，飛鳥一般在蔚藍的天空斜刺裡跑也似的經過；那村子在那向著大洋的山坡裡，負著日光。」

再看他的《聖米奢嶼的傳說》：

「等得我到了阿物即市，又望見它正對著夕陽。那片沙灘的廣闊幅員是紅的，那天空是紅的，那個不可度量的海灣也整個兒是紅的，僅僅只有這座遠隔大陸的古寺，它那些險峻得像一堆想像上的樓閣，奇誕得像一所幻境裡的宮殿，對著落日的霞光，幾乎全是黑的。」

這是多麼有味，真而且美的描寫！我們最怕心中沒有一種境地，而生要配上幾句，縱然多用些字眼，也無濟於事。而且就是真有了一種境地，而不會扼住要點，也還是枝節的敘述，不能見好。因為只求細膩，逐一描寫，而沒有把它煉成最簡美的圖畫，是適足以招人厭惡的——像 BaLzac 的 Country Doctor（巴爾扎克《人間喜劇》中的小說《鄉村醫生》。）的開首那種描寫。我們觀察要詳盡，不錯；但是設若我們於觀察後找不出最精妙的地方，便是和普通人所見一樣，不是藝術的。一個郵差知道的地方夠多麼詳細，然而他未必能描寫得出那地方的風景。我們不但要進到風景裡邊去看，也要在外邊看。村中一株老樹，在村裡看，也許一點意思都沒有；可是立在村外高處看，這株老樹正足以作這村全景的中心；沒有它，或者這村景便不會那樣峭拔，也未可知。我們要在景物裡面看、聞、覺；而後在外邊去望；這樣，或者才會得到一幅整的圖畫，一個境地。

Conrad 給我們一種新方法：他不但叫我們看見景物，也叫我們跟著故事中的人物一同動作，像在 The Lojoon 裡：

「掌舵的把槳插入水中，以硬的臂用力搖，他的身子前俯。水高聲的碎叫；忽然的那長直岸好像轉了軸，樹林轉了個半圓圈，落日的斜光像火閒照到木船的一邊，把搖船的人們的細長而破散的影兒投在河面的各色光浪上。那個白人轉過來，向前看。船已經改了方向，和河身成了直角，那船頭上雕刻的龍首現在正對著岸上短叢的一個缺口，它慢慢渡進去，碰著上面懸著的樹枝，不見了，好像個輕巧的兩棲動物離開水，回到在林中的窩巢似的。」

河並沒有動，岸樹也沒有動，是故事中的人把船換了方向，而覺得河轉了，樹也轉了。這個感覺只有船上的人能感到，就這麼寫出來，叫讀者身入其境的去「覺」；這不是旁觀了，而是讀者與故事中的人物合為一體了。這是不以讀者方面為定點，而以故事中的人物為定點來感覺四圍的景物。這才能深入，才能叫讀者分擔故事中人物的感覺。

至於以讀者為觀察的起點，「比擬」是最足以給顯明的印象的，但是普通的比擬，適足以叫人討厭，不如簡單的直說較為更有力量。要用比擬，便要驚人。是萬不得已而想出來的驚奇的比喻，像以大呂宋菸頭的燃燒，比夜間火山口的明滅，才值得一用。一個清楚簡單的寫景，就是不好，也比勉強求助於修辭強。四六文中的勉強成聯作對是不會寫出真與美的。

我們還要知道：不善寫景，不寫也可以成為好的作品。狄福在《魯賓遜飄流記》中自然是景物逼真了，可是他的別的小說，往往是一直的陳述，並不細說景物，而故事還很真切。他有一種能力，能叫人物的活動，暗中指示出環境來，因之可以不去管環境的描寫。這自然是不易學的，但我們應當記住：不善寫景，千萬不要勉強拉扯上一些死東西作點綴品，善於述說故事的人，專憑事實，不管別的，也能說得很火熾。Gil Blas(《吉爾・布拉斯》，法國作家勒薩日（1668-1747）的流浪漢小說。）對寫景也不甚注意，而故事的真切也足使我們愛不釋手，並不覺得缺乏什麼。

至於時間，或者比景物更重要，因為敘述一事，有時可以不說環境，而總要有個時間。時間的利用，也和景物一樣，因時間的不同，故事的氣味也便不同了。特別是在短篇小說裡，一定要有個清晰的時間，以增高所要給的印象的力量。有了確定的時間，故事一開首便有了特異的味道，這特異的味道是很要緊的。

故事內所用的時間，長短是不拘的，一天也可以，一年也可以，十年也可以，這全憑故事中的人物與事實而定。不過，時間越長，時間的正確，越須注意。說一個延至幾年的故事，而總是春天、冬天、沒有夏天，便是很大的缺點。所以利用一個地點，而只在那個地點，住過一季，是不中用的，假如這個地點是被用作長時間的描寫的。至少要一年，才能有一個完整的印象。

對於一個特別的時間，也很好利用，像是大跳舞會、趕集、廟會，都是很好應用的。假設我們描寫上等社會的人們，開首即利用大跳舞會，便很有勢力。反之，描寫鄉村，而利用廟會，也有同樣的力量，依這個道理推測，則一個故事必當有個特別時間來陪襯得更顯明有力。對於時間，還可以利用不常見的，比如跳舞會完了，人們已經疲乏，婦人面上的粉也掉了，已經困得不了，而仍狂吸著香菸，這便很足以反襯起人們的放蕩行為，而特別有力。形容一個學生的行為，不必是在上課時，而頂好在課後。簡單的說，這可以叫做時間的隙縫。在隙縫之間，人們的真像更顯露得清楚。

時間的支配，不必一定一天一天的，也可以跳過去，只說一聲冬天，或過了二年，便可以。這樣很足以幫助我們只述說重要的事，而不遲疑，不作無謂的述說。假如我要述說兩個人的結婚和結婚後有子女的困苦，我便說了結婚，而後說過了五年，他們已有兩個小孩，不必結結巴巴的說其中的經過。設若不如此，我們有時很感覺困難。

時間所給的情感，正如風景，夜間與白天不同，春天與秋天不同，這個利用，是很好的，而且不難。說一個貧民，自然是夏天與冬天，比春天好。說一件戀愛故事，自然是春天最好了。這雖然沒有一定的規定，而大致可以想到怎樣是更巧妙一點的。

載 1931 年 10 月 10 日《齊大月刊》第二卷第一期

我的創作經驗（講演稿）

好吧，假如我要有別的可說，我一定不說這個題目。

我敬愛學問，可是學問老不自動的搬到我的腦子裡來住；科學實驗室，哼，沒進去過。我只好說經驗。不管好壞，經驗是我自己的，我要不說，別人就不知道；這或者也許有點趣味。

創作的經驗，這也得解釋一下。創作出什麼，與創作得怎樣，自然是兩回事。特別的自謙是用不著的，可是板著臉吹騰自己也怪難以為情。我希望只說「什麼」，不說「怎樣」。不過萬一我說走了嘴，而談到我的創作怎樣的好，請你別忘了這個 —— 「不信也罷！」

在我幼年時候，我自己並沒發現，別人也沒看出，我有點作文的本事。真的，為作不好文章而挨竹板子倒是不短遇到的事。可是我不能不說我比一般的小學生多念背幾篇古文，因為在學堂 —— 那時候確是叫做學堂 —— 下課後，我還到私塾去讀《古文觀止》。《詩經》我也讀過，一點也不瞎吹 —— 那時候我就很窮（不知道為什麼），可是私塾的先生並不要我的錢。

我的中學是師範學校。師範學校的功課雖與中學差不多，可是多少偏重教育與國文。我對幾何代數和英文好像天生有仇。別人演題或記單字的時節，我總是讀古文。我也讀詩，而且學著作詩，甚至於作賦。我記了不少的典故。可惜我那些詩都丟了。要是還存著的話，我一定把它們印出來！看誰不順眼，或者誰看我不順眼，就送誰一本，好把他氣死。詩這種東西是可以使人飛起來，也可以把人氣死的。除了詩文，我喜歡植物學。這並非是對這種科學有興趣，而是因為對花草的愛好；到如今我還愛花。

我的脾氣是與家境有關係的。因為窮，我很孤高，特別是在十七八歲的時候。一個孤高的人或者愛獨自沉思，而每每引起悲觀。自十七八到二十五歲，我是個悲觀者。我不喜歡跟著大家走，大家所走的路似乎不永遠高明，可是不許人說這個路不高明，我只好冷笑。趕到歲數大了一些，我覺得這冷笑也未必對，於是連自己也看不起了。這個，可以說是我的幽默態度的形成 —— 我要笑，可並不把自己除外。

「五四」運動，我並沒有在裡面。那時候我已作事。那時候所出的書，我可都買來看。直到二十五歲我到南開中學去教書，才寫過一篇小說，登在校刊上。這篇東西我沒留著，不能告訴諸位它的內容與文筆怎樣。它只有點歷史的價值，我的第一篇東西 —— 用白話寫的。

二十七歲，我到英國去。設若我始終在國內，我不會成了個小說家 —— 雖然是第一百二十等的小說家。到了英國，我就拚命的念小說，拿它作學習英文的課本。唸了一些，我的手癢癢了。離開家鄉自然時常想家，也自然想起過去幾年的生活經驗，為什麼不寫寫呢？怎樣寫，一點也不知道，反正晚上有功夫，就寫吧，想起什麼就寫什麼，這便是《老張的哲學》。文字呢，還沒有脫開舊文藝的拘束。這樣，在故事上沒有完整的設計，在文字上沒有新的建樹，亂七八糟便是《老張的哲學》。抓住一件有趣的事便拚命的擠它，直到討厭了為止，是處女作的通病，《老張的哲學》便是這樣的一個病鬼。現在一想到就要臉紅。可是它也有個好處，而且這個好處不容易再找到。它是個初出山的老虎，什麼也不懂，什麼也不怕。現在稍有些經驗了，反倒怕起來。它沒有使人讀了再讀的力量，可是能給暫時的警異與刺激。我不希望再寫這種東西，或者想寫也寫不出了。長了幾歲，精力到底差了一點。

《趙子曰》是第二部，結構上稍比《老張》強了些，可是文字的討厭與敘述的誇張還是那樣。這兩部書的主旨是揭發事實，實在與《黑幕大觀》相去不遠。其中的理論也不過是些常識，時時發出臭味！

《二馬》是在英國的末一年寫的。因為已讀過許多小說了，所以這本書的結構與描寫都長進了一些。文字上也有了進步：不再借助於文言，而想完全用白話寫。它的缺點是：第一，沒有寫完便收束了，因為在離開英國以前必須交卷；本來是要寫到二十萬字的。第二，立意太淺：寫它的動機是在比較中英兩國國民性的不同；這至多不過是種報告，能夠有趣，可很難偉大。再說呢，書中的人差不多都是中等階級的，也嫌狹窄一點。

《小坡的生日》，在文字上，是值得得意的：我已把白話拿定了，能以最簡單的言語寫一切東西了。這本小說在文字上給我回國以後的作品打定了基礎，我不再怕白話了；我明白了點白話的力量。這本書是在新加坡寫成四分之三，在上海寫完的。裡面那些寫實的地方，我以為，總應該刪去，可是到如今也沒功夫去刪改。

《大明湖》是在濟南寫的，幸而在「一·二八」被燒掉，因為內容非常的沒有意思。文字有幾段很好，可是光仗著文字之美是不行的。我沒有留底稿，現在也不想再寫它了。《貓城記》是《大明湖》的妹妹，也沒多大勁。

《離婚》比較的好點，雖然幽默，可與《老張》大不相同了；我明白了怎樣控制自己。

至於短篇，不過是最近兩年來的試驗。我知道我寫不過別人，可是沒法不寫；大家都向我索稿，怎能一一報之以長篇呢，我又不是個打字機。這些東西 —— 一大部分收在《趕集》裡 —— 連一篇好的也沒有，勉強著寫，寫完了又沒功夫修改，怎能好得了！希望發筆財，可以專去寫東西，不教書，不必發愁衣食住，專心去寫，寫，寫！「窮而後工」，有此一說，我不大相信。

《牛天賜傳》是今年夏天趕出來的，既然是「趕辦」，當然沒好貨；

現在還在繼續的刊露，我不便罵它太厲害了；何必跟自己死過不去呢。

八九年的功夫，我只有這麼點成績。在質上，在量上，都沒有什麼可以自滿的。從各方的批評中看，有的人說我好，有的人說我不好。我的好處 —— 據我自己看 —— 比壞處少，所以我很願意看人家批評我；人家說我不好，我多少得點益處。有時候我明知自己犯了毛病，可是沒功夫去修正 —— 還是得獨得五十萬哪！

我寫的不多，也不好，可是力氣賣得不少。這幾本書都是在課外寫的。這就是說：教書，辦事之外，我還得寫作。於是，年假暑假向來不休息，已經有七年了！我不能把功課或事情放在一邊而光顧自己的寫作，這麼辦對不起人。可我也不能乾脆不寫。那麼，只好有點工夫就寫；這差不多是「玩命」。我自幼身體就不強壯，快四十了還沒有胖過一回；我不能胖，一年到頭不休息，怎能長肉呢？可是「瘦」似乎是個警告，一照鏡子便想起：謹慎點！所以我老是早睡早起，不敢隨便。每天至多寫兩千多字，不多寫；多寫便得多吃煙，我不願使肺黑得和煤一樣！幾時我能有三個月不寫一個字，那一定比當皇上還美！

寫兩千多字，不多寫：這可只是大概的說，有時候三天連一個字也寫不出！我不知道天下還有比這更難受的事沒有。我看著紙，紙看著我，彼此不發生關係！有時候呢，很順當，字來得很快。可是一天不能把想起來的都寫下來，於是心裡老想著這點事，雖然一天只準自己寫兩千多字，但是心並沒閒著，吃飯時也想，喝茶時也想 —— 累人！就是寫完一篇的時候，心中痛快一下，可是這點痛快抵不過那些苦處。說到這裡，我不想勸別人也寫小說了！是的，我是賣了力氣。這就應了賣藝人的話了：「玩藝是假的，力氣是真的！」就此打住。

載1934年12月15日《刁斗》第一卷第四期

一個近代最偉大的境界與人格的創造者

——我最愛的作家——康拉得

對約瑟·康拉得（即約瑟夫·康拉德。）（Joseph Conrad 一八五七——一九二四年）的個人歷史，我知道的不多，也就不想多說什麼。聖佩韋的方法——要明白一本作品須先明白那個著者——在這裡是不便利用的；我根本不想批評這近代小說界中的怪傑。我只是要就我所知道的，不完全的，幾乎是隨便的，把他介紹一下罷了。

誰都知道，康拉得是個波蘭人，原名 Feodor Josef Conrad Korzeniowski；當十六歲的時候才僅曉得六個英國字；在寫過 Lord Jim（小說《吉姆爺》。）（一九〇〇）以後還不懂得cad這個字的意思（我記得彷彿是 Arnold Bennett（即阿諾德·本涅特。）這麼說過）。可是他竟自給喬叟，莎士比亞，狄更斯們的國家增加許多不朽的著作。這豈止是件不容易的事呢！從他的文字裡，我們也看得出，他對於創作是多麼嚴重熱烈，字字要推敲，句句要思索；寫了再改，改了還不滿意；有時候甚至於絕望。他不拿寫作當種遊戲。「我所要成就的工作是，藉著文字的力量，使你聽到，使你覺到——首要的是使你看到。」是的，他的材料都在他的經驗中，但是從他的作品的結構中可以窺見：他是把材料翻過來掉過去的布置排列，一切都在他的心中，而一切需要整理染制，使它們成為藝術的形式。他差不多是殉了藝術，就是這麼累死的。文字上的困難使他不能不嚴重，不感覺艱難，可是嚴重到底勝過了艱難。雖然文法家與修辭家還能指出他的許多錯誤來，但是那些錯誤，即使是無可原諒的，也不足以掩遮住他的偉大。英國人若是隻拿他在文法上與句子結構上的錯誤來取笑他，那只是英國人的藐小。他無須請求他們原諒，他應得的是感謝。

他是個海船上的船員船長，這也是大家都知道的。這個決定了他的作品內容。海與康拉得是分不開的。我們很可以想像到：這位海上的詩人，到處詳細的觀察，而後把所觀察的整合多少組，像海上星星的列島。從飄浮著一個枯枝，到那無限的大洋，他提取出他的世界，而給予一些浪漫的精氣，使現實的一切都立起來，呼吸著海上的空氣。Peyrol在 The Rover（康拉德的小說《漂泊者》。）裡，把從海上劫取的金錢偷偷縫在帆布的背心裡；康拉得把海上的一切偷來，裝在心裡。也正像Peyrol，海陸上所能發生的奇事都不足以使他驚異；他不慌不忙的，細細品味所見到聽到的奇聞怪事，而後極冷靜的把它們逼真的描寫下來；他的寫實手段有時候近於殘酷。可是他不只是個冷酷的觀察者，他有自己的道德標準與人生哲理，在寫實的背景後有個生命的解釋與對於海上一切的認識。他不僅描寫，他也解釋；要不然，有過航海經驗的固不止他一個人呀。

關於他的個人歷史，我只想提出上面這兩點；這都給我們一些教訓：「美是艱苦的」，與「詩是情感的自然流露」，常常在文學的主張上碰了頭，而不願退讓。前者作到極端便把文學變成文學的推敲，而忽略了更大的企圖；後者作到極端便信筆一揮即成文章，即使顯出點聰明，也是華而不實的。在我們的文學遺產裡，八股匠與所謂的才子便是這二者的好例證。在白話文學興起以後，正有點像西歐的浪漫運動，一方面打破了文藝的義法與拘束，自然便在另一方面提倡靈感與情感的自然流露。這個，使浪漫運動產生了偉大的作品，也產生了隨生轉滅，毫無價值的作品。我們的白話文學運動顯然的也吃著這個虧，大家覺得創作容易，因而就不慎重，假如不是不想努力。白話的運用在我們手裡，不像文言那樣準確，處處有軌可循；它還是個待煉製的東西。雖然我們用白話沒有像一個波蘭人用英文那麼多的困難，可是我們應當，應當知道怎樣的小心與努力。這個，就是我愛康拉得的一個原因；他使我明白了什麼叫嚴重。每逢我讀他的作品，我總好像看見了他，一個受著苦刑的詩人，和藝術拚命！至於材料方面，我在佩服他的時候感到自己的空虛；想像只是一股火力，經驗 —— 像金子 —— 須是先蒐集來的。無疑的，康拉得是個最有本事的說故事者。可是他似乎不敢離開海與海的勢力圈。他也曾寫過不完全以海為背景的故事，他的藝術在此等故事中也許更精到。可是他的名譽到底不建築在這樣的故事上。一遇到海和在南洋的冒險，他便沒有敵手。我不敢說康拉得是個大思想家；他絕不是那種寓言家，先有了要宣傳的哲理，而後去找與這哲理平行的故事。他是由故事，由他的記憶中的經驗，找到一個結論。這結論也許是錯誤的，可是他的故事永遠活躍的立在我們面前。於此，我們知道怎樣培養我們自己的想像，怎樣先去豐富我們自己的經驗，而後以我們的作品來豐富別人的經驗，精神的和物質的。

關於他的作品，我沒都讀過；就是所知道的八九本也都記不甚清了，因為那都是在七八年前讀的。對於別人的著作，我也是隨讀隨忘；但忘記的程度是不同的，我記得康拉得的人物與境地比別的作家的都多一些，都比較的清楚一些。他不但使我閉上眼就看見那在風暴裡的船，與南洋各色各樣的人，而且因著他的影響我才想到南洋去。他的筆上魔術使我渴想聞到那鹹的海，與從海島上浮來的花香；使我渴想親眼看到他所寫的一切。別人的小說沒能使我這樣。我並不想去冒險，海也不是我的愛人 —— 我更愛山 —— 我的夢想是一種傳染，由康拉得得來的。我真的到了南洋，可是，啊！我寫出了什麼呢？！失望使我加倍的佩服了那《颱風》與《海的鏡》的作家。我看到了他所寫的一部分，證明了些他的正確與逼真，可是他不准我摹仿；他是海王！

可是康拉得在把我送到南洋以前，我已經想從這位詩人偷學一些招數。在我寫《二馬》以前，我讀了他幾篇小說。他的結構方法迷惑住了我。我也想試用他的方法。這在《二馬》裡留下一點 —— 只是那麼一點 —— 痕跡。我把故事的尾巴擺在第一頁，而後倒退著敘說。我只學了這麼一點；在倒退著敘述的部分裡，我不敢再試用那忽前忽後的辦法。到現在，我看出他的方法並不是頂聰明的，也不再想學他。可是在《二馬》裡所試學的那一點，並非沒有益處。康拉得使我明白了怎樣先看到最後的一頁，而後再動筆寫最前的一頁。在他自己的作品裡，我們看到：每一個小小的細節都似乎是在事前準備好，所以他的敘述法雖然顯著破碎，可是他不至陷在自己所設的迷陣裡。我雖然不願說這是個有效的方法，可是也不能不承認這種預備的工夫足以使作者對故事的全體能準確的把握住，不至於把力量全用在開首，而後半落了空。自然，我沒能完全把這個方法放在紙上，可是我總不肯忘記它，因而也就老忘不了康拉得。

鄭西諦說我的短篇每每有傳奇的氣味！無論題材如何，總設法把它寫成個「故事」。這個話 —— 無論他是警告我，還是誇獎我 —— 我以為是正確的。在這一點上，還是因為我老忘不了康拉得 —— 最會說故事的人。說真的，我不信自己在文藝創作上有個偉大的將來；至好也不過能成個下得去的故事製造者。就是連這點希冀也還只是個希冀。不過，假設這能成為事實呢，我將永忘不了康拉得的恩惠。

剛才提到康拉得的方法，那麼就再接著說一點吧。

現在我已不再被康拉得的方法迷惑著。他的方法有一時的誘惑力，正如它使人有時候覺得迷亂。它的方法不過能幫助他給他的作品一些特別的味道，或者在描寫心理時能增加一些恍忽迷離的現象，此外並沒有多少好處，而且有時候是費力不討好的。康拉得的偉大不寄在他那點方法上。

他在結構上慣使兩個方法：第一個是按著古代說故事的老法子，故事是由口中說出的。但是在用這個方法的時候，他使一個 Marlow（馬羅，康拉德一些小說如《吉姆爺》、《青春》、《黑暗的心靈》、《機遇》中的故事敘述人。），或一個 Davidson（達維德遜，康拉德小說《勝利》中的故事敘述人。）述說，可也把他自己放在裡面。據我看，他滿可以去掉一個，而專由一人負述說的責任；因為兩個人或兩個人以上述說一個故事，述說者還得互相形容，並與故事無關，而破壞了故事的完整。況且像在 Victory（康拉德的小說《勝利》。）裡面，述說者 Davidson 有時不見了，而「我」—— 作者 —— 也沒一步不離的跟隨著故事中的人物，於是隻好改為直接的描寫了。其實，這個故事頗可以通體用直接的描寫法，「我」與 Davidson 都沒有多少用處。因為用這個方法，他常常去繞彎，這是不合算的。第二個方法是他將故事的進行程式割裂，而忽前忽後的敘說。他往往先提出一個人或一件事，而後退回去解析他或它為何是這樣的遠因；然後再回來繼續著第一次提出的人與事敘說，然後又繞回去。因此，他的故事可以由尾而頭，或由中間而首尾的敘述。這個辦法加重了故事的曲折，在相當的程度上也能給一些神祕的色彩。可是這樣寫成的故事也未必一定比由頭至尾直著敘述的更有力量。像 Youth（康拉德的小說《青春》。）和 Typhoon（康拉德的小說《颱風》。）那樣的直述也還是極有力量的。

在描寫上，我常常懷疑康拉得是否從電影中得到許多新的方法。不管是否如此吧，他這種描寫方法是可喜的。他的景物變動得很快，如電影那樣的變換。在風暴中的船手用盡力量想從風浪中保住性命時；忽然康拉得的筆畫出他們的家來，他們的妻室子女，他們在陸地上的情形。

這樣，一方面緩和了故事的緊張，使讀者緩一口氣；另一方面，他毫不費力的，輕鬆的，引出讀者的淚——這群流氓似的海狗也是人哪！他們不是隻在水上漂流的一群沒人關心的靈魂啊。他用這個方法，把海與陸聯上，把一個人的老年與青春聯上，世界與生命都成了整的。時間與空間的距離在他的筆下任意的被戲耍著。

這便更像電影了：「掌舵的把槳插入水中，以硬臂用力的搖，身子前俯。水高聲的碎叫；忽然那長直岸好像轉了軸，樹木轉了個圓圈，落日的斜光像火閃照到木船的一邊，把搖船的人們的細長而破散的影兒投在河上各色光浪上。那個白人轉過來，向前看。船已改了方向，和河身成了直角，船頭上雕刻的龍首現在正對著岸上短叢的一個缺口。」（The Lagoon（康拉德的小說《環礁湖》。））其實呢，河岸並沒有動，樹木也沒有動；是人把船換了方向，而覺得河身與樹木都轉了。這個感覺只有船上的人能感到，可是就這麼寫出來，使讀者也身入其境的去感覺；讀者由旁觀者變為故事中的人物了。

無論對人物對風景，康拉得的描寫能力是驚人的。他的人物，正像南洋的碼頭，是民族的展覽會。他有東方與西方的各樣人物，而且不僅僅描寫了他們的面貌與服裝，也把他們的志願，習慣，道德……都寫出來。自然，他的歐洲人被船與南洋給限制住，他的東方人也因與白人對照而沒完全得到公平的待遇。可是在他的經驗範圍裡，他是無敵的；而且無論如何也比 Kipling（吉卜林（1865-1936），英國作家。作品大多描述英國殖民者在印度的生活，有種族主義偏見。）少著一點成見。

對於景物，他的嚴重的態度使他不僅描寫，而時時加以解釋。這個解釋使他把人與環境打成了一片，而顯出些神祕氣味。就我所知道的，他的白人大概可以分為兩類：成功的與失敗的。所謂成功，並不是財富或事業上的，而是由責任心上所起的勇敢與沉毅。他們都不是出奇的人才，沒有超人的智慧，他們可是至死不放鬆他們的責任。他們敢和颱風怒海抵抗，敢始終不離開要沉落的船，海員的道德使他們成為英雄，而大自然的殘酷行為也就對他們無可如何了。他們都認識那「好而壯的海，苦鹹的海。能向你耳語，能向你吼叫，能把你打得不能呼吸」。可是他們不怕。Beard船長，MaoWhirr船長，Allistoun船長，都是這樣的人。有這樣的人，才能與海相平衡。他的景物都有靈魂，因為它們是與英雄們為友或為敵的。Beard 船長到船已燒起，不能不離開的時候才戀戀不捨的下了船，所以船的燒起來是這樣的：

「在天地黑暗之間，她（船）在被血紅火舌的遊戲射成的一圈紫海上猛烈的燒著；在閃耀而不祥的一圈水上。一高而清亮的火苗，一極大而孤寂的火苗，從海上升起，黑煙在尖頂上繼續的向天上灌注。她狂烈的燒著；悲哀而壯觀像夜間燒起的葬火，四面是水，星星在上面看著。一個莊嚴的死來到，像給這只老船的奔忙的末日一個恩寵，一個禮物，一個報酬。把她的疲倦了的靈魂交託給星與海去看管，其動心正如看一光榮的凱旋。桅杆倒下來正在天亮之前，一刻中火星亂飛，好似給忍耐而靜觀的夜充滿了飛火，那在海上靜臥的大夜。在晨光中她僅剩了焦的空殼，帶著一堆有亮的煤，還冒著煙浮動。」

類似這樣的文字還能找到許多，不過有此一段已足略微窺見他怎樣把浪漫的氣息吹人寫實裡面去。他不能不這樣，這被焚的老船並非獨自在那裡燒著，她的船員們都在遠處看著呢。康拉得的景物多是帶著感情的。

在那些失敗者的四圍，景物的力量更為顯明：「在康拉得，哈代，和多數以景物為主體的寫作，『自然』是畫中的惡人。」是的，他手中那些白人，經商的，投機的，冒險的，差不多一經失敗，便無法逃出——簡直可以這麼說吧——「自然」給予的病態。山川的精靈似乎捉著了他們，把他們像草似的腐在那裡。Victory 裡的主角 Heyst 是「群島的漂流者，嗜愛靜寂，好幾年了他滿意的得到。那些島們是很安靜。它們星列著，穿著木葉的深色衣裳，在銀與翠藍的大靜默裡；那裡，海不發一聲，與天相接，成個有魔力的靜寂之圈。一種含笑的睡意包覆著它們；人們就是出聲也是溫軟而低斂的，好像怕破壞了什麼護身的神咒。」Heyst 永遠沒有逃出這個靜寂的魔咒，結果是落了個必不可免的「空虛」（nothing）。

Nothing，常常成為康拉得的故事的結局。不管人有多麼大的志願與生力，不管行為好壞，一旦走入這個魔咒的勢力圈中，便很難逃出。在這種故事中，康拉得是由個航員而變為哲學家。那些成功的人物多半是他自己的寫照，愛海，愛冒險，知道困難在前而不退縮。意志與紀律有時也可以勝天。反之，對這些失敗的人物，他好像是看到或聽到他們的歷史，而點首微笑的嘆息：「你們勝過不了所在的地方。」他並沒有什麼偉大的思想，也沒想去教訓人；他寫的是一種情調，這情調的主音是虛幻。他的人物不儘是被環境鎖住而不得不墮落的，他們有的很純潔很高尚；可是即使這樣，他們的勝利還是海闊天空的勝利，nothing。

由這兩種人 —— 成功的與失敗的 —— 的描寫中，我們看到康拉得的兩方面：一方面是白人的冒險精神與責任心，一方面是東方與西方相遇的由志願而轉入夢幻。在這兩方面，「自然」都占據了重要的地位，他的景物也是人。他的偉大不在乎他認識這種人與景物的關係，而是在對這種關係中詩意的感得，與有力的表現。真的，假如他的感覺不是那麼精微，假如他的表現不是那麼有力，恐怕他的虛幻的神祕的世界只是些浮淺的傷感而已。他的嚴重不許他浮淺。像 The Nigger of the「Narcissus」（康拉德的小說《白水仙號上的黑水手》。）那樣的材料，假若放在 W. W. Jacobs（威廉．W．雅各布斯（1863-1943），英國短篇小說家。）手裡，那將成為何等可笑的事呢。可是康拉得保持著他的嚴重，他會使那個假裝病的黑水手由恐怖而真的死去。

可是這個嚴重態度也有它的弊病：因為太熱心給予藝術的刺激，他不惜用盡方法去創作出境界與效力，於是有時候他利用那些人為的不自然的手段。我記得，他常常在人物爭鬥極緊張的時節利用電閃，像電影中的助成恐怖。自然，除去這小小的毛病，他無疑的是近代最偉大的境界與人格的創造者。

載 1935 年 11 月 10 日上海《文學時代》月刊創刊號

A、B與C

粗粗的，我可以把十年來寫小說的經驗劃成三個階段。

(A) 女子若是不先學了養小孩而後出嫁，大概寫家們也很少先熟讀了什麼什麼法程與入門而後創作。寫作的動機，在我們的經驗裡，與其說是由於照貓畫虎的把材料填入一定的格式之內，還不如說是由於材料逼著腦子把它落在白紙上。不寫，心裡癢癢。於是就寫起活來。自然是亂七八糟。這時候，材料是一切，凡是可以拉進來的全用上，越多越熱鬧。譬若：描寫一面龍旗，便不管它在整段之中有何作用。而抱定它死啃，把龍鱗一個個的描畫，直到筋疲力盡，還找補著細說一番龍尾巴。這一段談龍的自身也許是很好的文字，怎奈它與全體無關；可是，在那時候，自己專為這一段得意；寫完龍鱗，趕緊去抓鳳眼，又是與誰也不相干的一大段。龍鱗鳳眼都寫得很好，可是連自己也忘了到底說的是什麼了。想了一會兒，噢，原來正題是講張王李的三角戀愛呀。龍鳳與此全無關係。但是已經寫好，怎能再改，況且那龍與鳳都很夠樣兒呀。於是然而一大轉，硬把龍鳳放下，而拾起三角戀愛。就是這麼東補西拼。我寫成了一兩本小說。

(B) 工夫不騙人，一兩本小說寫成，自然長了經驗：知道了怎樣管著自己了。無論怎樣好的材料，不能隨便拉它上來。我懂了什麼叫中心思想。即使難於割捨，也得咬牙，不三不四的材料全得放在一旁。這可就難多了！清一色的材料還真不大容易往一塊湊呢。這才知道寫作的難處，再也不說下筆萬言，倚馬可待了。在（A）階段裡，什麼東西都是好的，口上總念道著：這個事有趣，等我把它寫進去。現在，什麼東西都要畫上個「?」了，口中念道著：這是寫小說呀，不是編一張花花綠綠的新聞紙！這時候，才稍能欣賞那平穩停勻的作品，不以烏煙瘴氣為貴了。

(C) 鬧中心思想又過去了，現在最感困難的是怎能處處切實。有了中心思想，也有了由此而來的穿插，好了，就該動筆寫吧。哼，一動筆就碰釘子，就苦惱，就要罵街，甚至於想去跳井！是呀，該用的材料都預備好了，可就是寫不出。譬如說吧，題目是三角戀愛，我把三角之所以成為三角，三角人，三角地，三角吻，三角起打，和舞場，電影院，一切的一切，都預備好了。及至一提筆，想說春天的晚上；壞了，我沒預備好春天的暮色是什麼樣。我只要簡單的兩三句話，而極生動的寫出這個景色，使人一看便動心，就自己也要鬧戀愛去，好吧，這兩三句話夠想一天的，而且未必想得起來。缺乏經驗呀，觀察的不夠呀！這個三角戀愛的故事不知道需要多少多少經驗，才能句句不空；上自天文，下至跳舞，都須曉得，而且真正內行，每句是個小圖畫，每句都說到了家，不但到了家。而且還又碰回來，噹噹兒的響。單有了中心思想單有了好的結構，才算不了一回事呢！

到了 (C) 這塊兒，我很想把以前的作品全燒掉，從此擱筆改行，假如有人能白給我五十萬塊錢的話。

載 1937 年 2 月《文學》第八卷第二號

略談人物描寫

對於人物的描寫，我看到過三種：第一種，我管它叫做工筆畫的。這就是說，它如工筆畫的人物，一眼一手都須描上多少多少筆，細中加細，一筆不苟，死下工夫。我不喜歡此法。因一眼一手並不足代表全人，設為一眼而寫萬字，則是浪費筆墨，使人只見一眼，而失其人。且欲求人物之生動，不全在相貌的特殊，而多賴性格與行動的揭露與顯示。性格與處境相值，逼出行動；行動乃內心的面貌。以此面貌與眉目口鼻相映，則全人畢顯矣。反之，若極求外貌描寫之精詳，而無法使之活動，是解剖工作，非創造矣。且藝術作品中之描寫，要在以經濟的手段，扼要提出，使讀者一目瞭然，且得深刻印象。若盡意刻劃一眼一鼻，以至全身衣冠帶履，而失其全人生活力量，是小女兒精心刺繡，縱極工緻，不能成為藝術作品。

第二種是偏重心理的描寫，把人的內心活動，肆意揭發。人之獨白，人之幻想，人之囈語，無不細細寫出，以洞見其肺肝。此種描寫，得心理之助，亦不無可取之處。但過於偏重，往往因入骨三分，致陷於纖弱細巧——只有神經，而無骨骼。且致力於此者，最易追求人的隱私，而忘人生與社會的關係。「食色性也」，欲揭破人心之祕，勢必先追求「性也」之私，因而往往墮於淫穢瑣碎。此種寫法，以剖析為手段，視繁瑣為重大，自難健康。且出發點在「心」，則設計遣材勢必隨此而定，細巧輕微的末屑，盡成寶貴的材料；忘去社會，乃為必然——可以博得少數人的欣賞，殊難給人生以重大的訓教與指導。

第三種，我管它叫做戲劇的描寫法。寫戲劇的人應當把劇中人物預先想好，人物的家世，性格，職業，習慣，……都想了再想，一閉目便能有全人立於眼前。然後，他才能使這些人遇到什麼樣的事件，便立刻起決定的反應。所以，戲劇雖僅有對話，而無一語不恰好的配備著內心的與身體上的動作。寫小說，雖較戲劇方便，可以隨時描寫人物的一切，可是我以為最好是採取戲劇的寫法，把人物預先想好，以最精到簡潔的手段，寫出人物的形貌，以呈露其性格與心態。這樣，人物的描寫既不繁瑣 —— 如第一種，復無病態 —— 如第二種；而是能康健的，正確的，寫出人與事之聯結，外貌與內心的一致或相反。健康的作品中，其人物的描寫或多用此法。

載 1941 年 3 月 20 日《抗戰文藝》第七卷
第二、三期合刊

詩人

設若有人問我：什麼是詩？我知道我是回答不出的。把詩放在一旁，而論詩人，猶之不講英雄事業，而論英雄其人，雖為二事，但密切相關，而且也許能說得更熱鬧一些，故論詩人。

好像記得古人說過，詩人是中了魔的人。什麼魔？什麼是魔？我都不曉得。由我的揣猜大概有兩點可注意的：(一) 詩人在舉動上是有異於常人的，最容易看到的是詩人囚首垢面，有的愛花或愛貓狗如命，有的登高長嘯，有的海畔行吟，有的老在鬧戀愛或失戀，有的揮金如土，有的狂醉悲歌……在常人的眼中，這些行動都是有失正統的，故每每呼詩人為怪人、為狂士、為敗家子。可是，這些狂士（或什麼什麼怪物）卻能寫出標準公民與正人君子所不能寫的詩歌。怪物也許傾家敗產，凍餓而死，但是他的詩歌永遠存在，為國家民族的珍寶。這是怎一回事呢？

一位英國的作家彷彿這樣說過：寫家應該是有女性的人。這句話對不對？我不敢說。我只能猜到，也許本著這位寫家自己的經驗，他希望寫家們要心細如髮，像女人們那樣精細。我之所以這樣猜想者，也許表示了我自己也願寫家們對事物的觀察特別詳密。詩人的心細，只是詩人應具備的條件之一。不過，僅就這一個條件來說，也許就大有出入，不可不辨。詩人要怎樣的心細呢？是不是像看財奴一樣，到臨死的時候還不放心床畔的油燈是點著一根燈草呢，還是兩根？多費一根燈草，足使看財奴傷心落淚，不算奇怪。假若一個詩人也這樣辦呢？呵，我想天下大概沒有這樣的詩人！一個人的才力是長於此，則短於彼的。一手打著算盤，一手寫著詩，大概是不可能。詩人 —— 也許因為體質的與眾人不同，也許因天才與常人有異，也許因為所注意的不是油鹽醬醋之類的東西 —— 總有所長，也有所短，有的地方極注意，有的地方極不注意。有人說，詩人是長著四隻眼的，所以他能把一團飛絮看成了老翁，能在一粒砂中看見個世界。至於這種眼睛能否辨別鈔票的真假，便沒有聽見說過了。他的眼要看真理，要看山川之美；他的心要世界進步，要人人幸福。他的居心與聖哲相同，恐怕就不屑於，或來不及，再管衣衫的破爛，或見人必須作揖問好了。所以他被稱為狂士、為瘋子。這狂士對那些小小的舉動可以因無關宏旨而忽略，叫大事可就一點也不放鬆，在別人正興高采烈，歌舞昇平的時節，他會極不得人心的來警告大家。人家笑得正歡，他會痛哭流涕。及至社會上真有了禍患，他會以身諫，他投水，他殉難！正如他平日的那些小舉動被視為瘋狂，他的這種捨身救世的大節也還是被認為瘋狂的表現而結果。即使他沒有捨身全節的機會，他也會因不為五斗米而折腰，或不肯贊諛什麼權要，而死於貧困。他什麼也沒有，只有一些詩。詩，救不了他的饑寒，卻使整個的民族有些永遠不滅的光榮。詩人以饑寒為苦麼？那倒也未必，他是中了魔的人！

說不定，我們也許能發現一個詩人，他既愛財如命，也還能寫出詩來。這就可以提出第（二）來了：詩人在創作的時候確實有點發狂的樣子。所謂靈感者也許就是中魔的意思吧。看，當詩人中了魔，(或者有了靈感）他或碰倒醋甕，或繞床疾走，或到廟門口去試試應當用「推」還是「敲」，或喝上鬥酒，真是天翻地覆。他喝茶也吟，睡眠也唱，能夠幾天幾夜，忘寢廢食。這時候，他把全部精力全拿出來，每一道神經都在顫動。他忘了錢 —— 假使他平日愛錢。忘了飲食、忘了一切，而把意識中，連下意識中的那最崇高的、最善美的，都拿了出來！把最好的字，最悅耳的音，都配備上去。假使他平日愛錢，到這時節便顧不得錢了！在這時候而有人跟他來算帳，他的詩興便立刻消逝，沒法挽回。當作詩的時候，詩人能把他最喜愛的東西推到一邊去，什麼貴重的東西也比不上詩。詩是他自己的，別的都是外來之物。詩人與看財奴勢不兩立，至於忘了洗臉，或忘了應酬，就更在情理中了。所以，詩人在平時就有點像瘋子；在他作詩的時候，即使平日不瘋，也必變成瘋子 —— 最快活、最苦痛、最天真、最崇高、最可愛、最偉大的瘋子！

皮毛的去學詩人的囚首垢面，或破鞋敝衣，是容易的，沒什麼意義的。要成為詩人須中魔啊。要掉了頭，犧牲了命，而必求真理至善之闡明，與美麗幸福之揭示，才是詩人啊。眼光如豆，心小如鼠，算了吧，你將永遠是向詩人投擲石頭的，還要作詩麼？ —— 寫於詩人節

載 1941 年 5 月 30 日《新蜀報》

怎樣寫小說

小說並沒有一定的寫法。我的話至多不過是供參考而已。

大多數的小說裡都有一個故事，所以我們想要寫小說，似乎也該先找個故事。找什麼樣子的故事呢？從我們讀過的小說來看，什麼故事都可以用。戀愛的故事，冒險的故事固然可以利用，就是說鬼說狐也可以。故事多得很，我們無需發愁。不過，在說鬼狐的故事裡，自古至今都是把鬼狐處理得像活人；即使專以恐怖為目的，作者所想要恐嚇的也還是人。假若有人寫一本書，專說狐的生長與習慣，而與人無關，那便成為狐的研究報告，而成不了說狐的故事了。由此可見，小說是人類對自己的關心，是人類社會的自覺，是人類生活經驗的紀錄。那麼，當我們選擇故事的時候，就應當猜想這故事在人生上有什麼價值，有什麼啟示；也就很顯然的應把說鬼說狐先放在一邊 —— 即使要利用鬼狐。發為寓言，也須曉得寓言與現實是很難得諧調的，不如由正面去寫人生才更懇切動人。

依著上述的原則去選擇故事，我們應該選擇複雜驚奇的故事呢，還是簡單平凡的呢？據我看，應當先選取簡單平凡的。故事簡單，人物自然不會很多，把一兩個人物寫好，當然是比寫二三十個人而沒有一個成功的強多了。寫一篇小說，假如寫者不善描寫風景，就滿可以不寫風景，不長於寫對話，就滿可以少寫對話；可是人物是必不可缺少的，沒有人便沒有事，也就沒有了小說。創造人物是小說家的第一項任務。把一件複雜熱鬧的事寫得很清楚，而沒有創造出人來，那至多也不過是一篇優秀的報告，並不能成為小說。因此，我說，應當先寫簡單的故事，好多注意到人物的創造。試看，世界上要屬英國狄更司的小說的穿插最複雜了吧，可是有誰讀過之後能記得那些勾心鬥角的故事呢？狄更司到今天還有很多的讀者，還被推崇為偉大的作家，難道是因為他的故事複雜嗎？不！他創造出許多的人哪！他的人物正如跟我們的李逵、武松、黛玉、寶釵，都成為永遠不朽的了。注意到人物的創造是件最上算的事。

為什麼要選取平凡的故事呢？故事的驚奇是一種炫弄，往往使人專注意故事本身的刺激性，而忽略了故事與人生的關係。這樣的故事在一時也許很好玩，可是過一會兒便索然無味了。試看，在英美一年要出多少本偵探小說，哪一本裡沒有個驚心動魄的故事呢？可是有幾本這樣的小說成為真正的文藝的作品呢？這種驚心動魄是大鑼大鼓的刺激，而不是使人三月不知肉味的感動。小說是要感動，不要虛浮的刺激。因此，第一：故事的驚奇，不如人與事的親切；第二：故事的出奇，不如有深長的意味。假若我們能由一件平凡的故事中，看出他特有的意義，則人同此心，心同此理，它便具有很大的感動力，能引起普遍的同情心。小說是對人生的解釋，只有這解釋才能使小說成為社會的指導者。也只有這解釋才能把小說從低階趣味中解救出來。所謂《黑幕大觀》一類的東西，其目的只在揭發醜惡，而並沒有抓住醜惡的成因，雖能使讀者快意一時，但未必不發生世事原來如此，大可一笑置之的犬儒態度。更要不得的是那類嫖經賭術的東西，作者只在嫖賭中有些經驗，並沒有從這些經驗中去追求更深的意義，所以他們的文字只導淫勸賭，而絕對不會使人崇高。所以我說，我們應先選取平凡的故事，因為這足以使我們對事事注意，而養成對事事都探求其隱藏著的真理的習慣。有了這個習慣，我們既可以不愁沒有東西好寫，而且可以免除了低階趣味。客觀事實只是事實，其本身並不就是小說，詳密的觀察了那些事實，而後加以主觀的判斷，才是我們對人生的解釋，才是我們對社會的指導，才是小說。

對複雜與驚奇的故事應取保留的態度，假若我們在複雜之中找不出必然的一貫的道理，於驚奇中找不出近情合理的解釋，我們最好不要動手，因為一存以熱鬧驚奇見勝的心，我們的趣味便低陪了。再說，就是老手名家也往往吃虧在故事的穿插太亂、人物太多；即使部分上有極成功的地方，可是全體的不勻調，顧此失彼，還是勞而無功。

在前面，我說寫小說應先選擇個故事。這也許小小的有點語病，因為在事實上，我們寫小說的動機，有時候不是源於有個故事，而是有一個或幾個人。我們倘然遇到一個有趣的人，很可能的便想以此人為主而寫一篇小說。不過，不論是先有故事，還是先有人物，人與事總是分不開的。世界上大概很少沒有人的事和沒有事的人。我們一想到故事，恐怕也就想到了人，一想到人，也就想到了事。我看，問題倒似乎不在於人與事來到的先後，而在於怎樣以事配人，和以人配事。換句話說，人與事都不過是我們的參考數據，須由我們調動運用之後才成為小說。比方說，我們今天聽到了一個故事，其中的主角是一個青年人。可是經我們考慮過後，我們覺得設若主角是個老年人，或者就能給這故事以更大的感動力；那麼，我們就不妨替它改動一番。以此類推，我們可以任意改變故事或人物的一切。這就彷彿是說，那足以引起我們注意，以至想去寫小說的故事或人物，不過是我們主要的參考材料。有了這點參考之後，我們須把畢生的經驗都拿出來作為參考，千方百計的來使那主要的參考豐富起來，像培植一粒種子似的，我們要把水份、溫度、陽光⋯⋯都極細心的調處得適當，使他發芽，長葉開花。總而言之，我們須以藝術家自居，一切的數據是由我們支配的；我們要寫的東西不是報告，而是藝術品 —— 藝術品是用我們整個的生命、生活寫出來的，不是隨便的給某事某物照了個四寸或八寸的像片。我們的責任是在創作：假借一件事或一個人所要傳達的思想，所要發生的情感與情調，都由我們自己決定，自己執行，自己作到。我們並不是任何事任何人的奴隸，而是一切的主人。

遇到一個故事，我們須親自在那件事裡旅行一次不要急著忙著去寫。旅行過了，我們就能發現它有許多不圓滿的地方，須由我們補充。同時，我們也感覺到其中有許多事情是我們不熟悉或不知道的。我們要述說一個英雄，卻未必不教英雄的一把手槍給難住。那就該趕緊去設法明白手槍，別無辦法。一個小說家是人生經驗的百貨店，貨越充實，生意才越興旺。

旅行之後，看出哪裡該添補，哪裡該打聽，我們還要再進一步，去認真的扮作故事中的人，設身處地的去想像每個人的一切。是的，我們所要寫的也許是短短的一段事實。但是假若我們不能詳知一切，我們要寫的這一段便不能真切生動。在我們心中，已經替某人說過一千句話了，或者落筆時才能正確地用他的一句話代表出他來。有了極豐富的數據，深刻的認識，才能說到剪裁。我們知道十分，才能寫出相當好的一分。小說是酒精，不是攙了水的酒。大至歷史、民族、社會、文化，小至職業、相貌、習慣，都須想過，我們對一個人的描畫才能簡單而精確地寫出，我們寫的事必然是我們要寫的人所能擔負得起的，我們要寫的人正是我們要寫的事的必然的當事人。這樣，我們的小說才能皮裹著肉，肉撐著皮，自然的相聯，看不出虛構的痕跡。小說要完美如一朵鮮花，不要像二簧行頭戲裡的「富貴衣」。

對於說話、風景，也都是如此小說中人物的話語要一方面負著故事發展的責任，另一方面也是人格的表現 —— 某個人遇到某種事必說某種話。這樣，我們不必要什麼驚奇的言語，而自然能動人。因為故事中的對話是本著我們自己的及我們對人的精密觀察的，再加上我們對這故事中人物的多方面想像的結晶。我們替他說一句話，正像社會上某種人遇到某種事必然說的那一句。這樣的一句話，有時候是極平凡的，而永遠是動人的。

我們寫風景也並不是專為了美，而是為加重故事的情調，風景是故事的衣裝，正好似寡婦穿青衣，少女穿紅褲，我們的風景要與故事人物相配備 —— 使悲歡離合各得其動心的場所。小說中一草一木一蟲一鳥都須有它的存在的意義。一個迷信神鬼的人，聽了一聲鴉啼，便要不快。一個多感的人看見一片落葉，便要落淚。明乎此，我們才能隨時隨地的搜取材料，準備應用。當描寫的時候，才能大至人生的意義，小至一蟲一蝶，隨手拾來，皆成妙趣。

以上所言，系對小說中故事、人物、風景等作個籠統的報告，以時間的限制不能分項詳陳。設若有人問我，照你所講，小說似乎很難寫了？我要回答也許不是件極難的事，但是總不大容易吧！

載 1941 年 8 月 15 日《文史雜誌》第一卷第八期

《紅樓夢》並不是夢

我只讀過《紅樓夢》，而沒作過《紅樓夢》的研究工作。

很自然地，在這裡我只能以一個小小的作家身分來談談這部偉大的古典著作。

我寫過一些小說。我的確知道一點，創造人物是多麼困難的事。我也知道：不面對人生，無愛無憎，無是無非，是創造不出人物來的。

在一部長篇小說裡，我若是寫出來一兩個站得住的人物，我就喜歡得要跳起來。

我知道創造人物的困難，所以每逢在給小說設計的時候，總要警告自己：人物不要太多，以免貪多嚼不爛。

看看《紅樓夢》吧！它有那麼多的人物，而且是多麼活生活現、有血有肉的人物啊！它不能不是偉大的作品；它創造出人物，那麼多那麼好的人物！它不僅是中國的，而且也是世界的，一部偉大的作品！在世界名著中，一部書裡能有這麼多有性格有形象的人物的實在不多見！

對這麼多的人物，作者的愛憎是分明的。他關切人生，認識人生，因而就不能無是無非。他給所愛的和所憎的男女老少都安排下適當的事情，使他們行動起來。藉著他們的行動，他反映出當時的社會現實。這是一部偉大的現實主義作品，而絕對不是一場大夢！

我們都應當為有這麼一部傑作而驕傲！

對於運用語言，特別是口語，我有一點心得。我知道這不是一件容易的事。

首先要知道：有生活才能有語言。文學作品中的語言必須是由生活裡學習來的，提煉出來的。我的生活並不很豐富，所以我的語言也還不夠豐富。

其次，作品中的人物各有各的性格、思想和感情。因此，人物就不能都說同樣的話。雖然在事實上，作者包寫大家的語言，可是他必須一會兒是張三，一會兒又是李四。這就是說，他必須和他的人物共同啼笑，共同思索，共同呼吸。只有這樣，他才能為每個人物寫出應該那麼說的話來。若是他平日不深入地了解人生，不同情誰，也不憎惡誰，不辨好壞是非，而光仗著自己的一套語言，他便寫不出人物和人物的語言，不管他自己的語言有多麼漂亮。

看看《紅樓夢》吧！它有多麼豐富、生動、出色的語言哪！專憑語言來說，它已是一部了不起的著作。

它的人物各有各的語言。它不僅教我們聽到一些話語，而且教我們聽明白人物的心思、感情；聽出每個人的聲調、語氣；看見人物說話的神情。書中的對話使人物從紙上走出來，立在我們的面前。它能教我們一唸到對話，不必介紹，就知道那是誰說的。這不僅是天才的表現，也是作者經常關切一切接觸到的人，有愛有憎的結果。

這樣，《紅樓夢》就一定不是空中樓閣，一定不是什麼遊戲筆墨。

以上是由我自己的寫作經驗體會出《紅樓夢》的如何偉大。以下，我還是按照寫作經驗提出一些意見：

一、我反對《紅樓夢》是空中樓閣，無關現實的看法：我寫過小說，我知道小說中不可能不宣傳一些什麼。小說中的人物必須有反有正，否則毫無衝突，即無寫成一部小說的可能。這是創作的入門常識。既要有正有反，就必有愛有憎。透過對人物的愛憎，作者就表示出他擁護什麼，反對什麼，也就必然地宣傳了一些什麼。不這樣，萬難寫出任何足以感動人的東西來。誰能把無是無非，不黑不白的一件事體寫成感動人的小說呢？《紅樓夢》有是有非，有愛有憎，使千千萬萬男女落過淚。那麼，它就不可能是無關現實，四大皆空的作品。

二、我反對「無中生有」的考證方法：一部文學作品中的思想、人物和其他的一切，都清楚地寫在作品裡。作品中寫了多少人物，就有多少人物，別人不應硬給添上一個，或用考證的幻術硬給減少一個。作品裡的張三，就是張三，不許別人硬改為李四。同樣地，作品中的思想是什麼，也不准別人代為詭辯，說什麼那本是指東說西，根本是另一種思想，更不許強詞奪理說它沒有任何思想。

一個尊重古典作品的考據家的責任是：以唯物的辯證方法，就作品本身去研究、分析和考證，從而把作品的真正價值與社會意義介紹出來，使人民更了解、更珍愛民族遺產，增高欣賞能力。誰都絕對不該順著自己的趣味，去「證明」作品是另一個東西，作品中的一切都是假的，只有考證者所考證出來的才是真的。這是破壞民族遺產！這麼考來考去，勢必最後說出：作品原是一個謎，永遠猜它不透！想想看，一部偉大的作品，像《紅樓夢》，竟自變成了一個謎！荒唐！

我沒有寫成過任何偉大的作品，但是我絕不甘心教別人抹煞我的勞動，管我的作品叫做謎！我更不甘心教我們的古典作品被貶斥為謎！

三、我反對《紅樓夢》是作者的自傳的看法：我寫過小說，我知道無論我寫什麼，總有我自己在內；我寫的東西嘛，怎能把自己除外呢？可是，小說中的哪個人是我自己？哪個人的某一部分是我？哪個人物的一言一行是我自己的？我說不清楚。創作是極其複雜的事。人物創造是極其複雜的綜合，不是機械的拼湊。創作永遠離不開想像。

我的人物的模特兒兒兒兒必定多少和我有點關係。我沒法子描寫我沒看見過的人。可是，你若問：某個人物到底是誰？或某個人物的哪一部分是真的？我也不容易說清楚。當我進入創造的緊張階段中，我是隨著人物走，而不是人物隨著我走。我變成他，而不是他變成我，或我的某個朋友。不錯，我自己和我的某些熟人都可能在我的小說裡，可是，我既寫的不是我，也不是我的某些朋友。我寫的是小說。因為它是小說，我就須按照創作規律去創造人物，既不給我寫自傳，也不給某個友人寫傳記。你若問我：你的小說的人物是誰？我只能回答：就是小說中的人物。

我的作品的成功與否，在於我寫出人物與否，不在於人物有什麼「底版」。

假若我要寫我自己，我就寫自傳，不必寫小說。即使我寫自傳，我寫的也不會跟我的一切完全一樣，我也必須給自己的全部生活加以選擇，剪裁。藝術不是照相。

有的「考證家」忘了，或不曉得，創作的規律，所以認為《紅樓夢》是自傳，從而拚命去找作者與作品中人物的關係，而把《紅樓夢》中的人物與人物的關係忘掉，也就忘了從藝術創作上看它如何偉大，一來二去竟自稱之為不可解之謎。這不是考證，而是唯心的夾纏。這種「考證」方法不但使「考證家」忘了他的研究對象是什麼，而且會使某些讀者鑽到牛犄角裡去 —— 只問《紅樓夢》的作者有多少女友，誰是他的太太，而忘了《紅樓夢》的社會意義。這是個罪過！

是的，研究作家的歷史是有好處的。正如前面提過的，作家在創作的時候，不可能把自己放在作品外邊。我們明白了作家的歷史，也自然會更了解他的作品。

可是，歷史包括著作家個人的生活和他的時代生活。我們不應把作家個人的生活從他的時代生活割開，只單純地剩下他個人的身世。專研究個人的身世，而忘記他的時代，就必出毛病。從個人身世出發，就必然會認為個人的一切都是遺世孤立，與社會現實無關的。這麼一來，個人身世中的瑣細就都成為奇珍異寶，當作了考證的第一手數據。於是，作家愛吸菸，就被當作確切不移的證據——作品中的某人物不也愛吸菸麼？這還不是寫作家自己麼？這就使考證陷於支離破碎，剝奪了作品的社會意義。

過去的這種煩瑣考證方法，就這麼把研究《紅樓夢》本身的重要，轉移到摸索曹雪芹的個人身邊瑣事上邊去。一來二去，曹雪芹個人的每一生活細節都變成了無價之寶，只落得《紅樓夢》是謎，曹雪芹個人的小事是謎底。我反對這種解剖死人的把戲。我要明白的是《紅樓夢》反映了什麼現實意義，創造了何等的人物等等，而不是曹雪芹身上長著幾顆痣。

是時候了，我們的專家應該馬上放棄那些猜謎的把戲，下決心去嚴肅地以馬列主義治學的精神學習《紅樓夢》和其他的古典文學作品。

載 1954 年《人民文學》12 月號

論悲劇

近二三年來，我們的諷刺劇的運氣比悲劇的好一些。蘇聯曾供給了我們-些諷刺劇的理論和作品實例，我們自己也寫了一些諷刺劇。從觀眾的反應來看，大家是喜愛諷刺劇的。可是也有人不大喜愛它：有的呢是因為諷刺的對象和自己有些相似，心中難免不大舒服；有的呢雖然不把毛病往自己身上拉，可是諷刺的對象是他的同行，為了同行的義氣，他不能不宣告：在我們這一行裡，沒有那樣的人，也沒有那樣的事；還有的呢以為諷刺就是暴露，積極性不夠，所以諷刺劇，甚至於連相聲，都該取締，不准再浪費筆墨。

不管怎樣吧，我們到底有了諷刺劇和對它的爭論。它的運氣總算不錯，即不在話下。

至於悲劇呢，可真有點可悲。沒人去寫，也沒人討論過應當怎麼寫，和可以不可以寫。

是不是悲劇還可以照老套子去寫，不用討論了呢？我看不是。世界上最古的悲劇總是表現命運怎麼捉弄人，擺布人；天意如此，無可逃脫。我們今天已不相信這套宿命論，自然也不會照著這個老調兒去創作悲劇。後代的悲劇主要地是表現人物（並不是壞人）與環境或時代的不能合拍，或人與人在性格上或志願上的彼此不能相容，從而必不可免地鬧成悲劇。今天我們是可以還用這個辦法寫悲劇呢，還是不可以呢？我們還沒有討論過。這只是未曾討論，不是無可討論。

是不是我們今天的社會裡已經沒有了悲劇現實，自然也就無從產生悲劇作品，不必多此一舉去討論呢？我看也不是。在我們的社會裡，因為人民生活的逐漸改善和社會主義的建設等等，悲劇事實的確減少了許多，可是不能說已經完全不見了。在我們的報紙上，我們還看得到悲劇事例的報導。

是不是我們在生活中雖然還有悲劇，可是人民已經不喜歡看苦戲，所以我們就無須供應呢？也不是。我們天天有不少人到戲園去，為梁山伯與祝英台掉些眼淚。是不是人民只愛為古人落淚，而不喜為今人落淚呢？這我就不知道了，因為我們還沒有演出過新悲劇。《雷雨》很叫座兒，但它已二十多歲了。

不錯，我們的確寫出了《劉胡蘭》、《董存瑞》等作品，可是，用傳統的悲劇定義來看，這些作品大概不能算作悲劇。這些作品是歌頌殺身成仁，視死如歸的英雄人物。這些人物光明磊落，死得光榮，雖然犧牲了性命，而流芳千古，不是悲劇。假若這些作品也該算作悲劇，悲劇的範圍即當擴大。我們也沒討論過。

上述的「傳統」是西洋的傳統。我們不必事事遵循西洋，可以獨創一格。可是，這一格應當是什麼樣子呢？我們還不知道。在我們的民間戲曲裡，有不少出戲是一開頭很像悲劇，可是到末尾總來一個大團圓。是不是這種先悲後喜的戲應當算作我們的悲劇程式呢？這也沒有討論過。

為什麼我們對悲劇這麼冷淡呢？

我並不想提倡悲劇，它用不著我來提倡。二千多年來它一向是文學中的一個重要形式。它描寫人在生死關頭的矛盾與衝突，它關心人的命運。它鄭重嚴肅，要求自己具有驚心動魄的感動力量。因此，它雖用不著我來提倡，我卻因看不見它而有些不安。是的，這麼強而有力的一種文學形式而被打入冷宮，的確令人難解，特別是在號召百花齊放的今天。

我們反對過無衝突論。可是，我們仍然不敢去寫足以容納最大的衝突的作品，悲劇。是不是我們反對無衝突論不夠徹底，因而在創作上採取了適可而止與報喜不報憂的態度呢？假若這是真情，那麼，誰叫我們採取了那個態度呢？我弄不清楚。

我們可以不可以把這樣的事——一個心地並不壞的幹部而把好事作壞，以致激起民憤，鬧出亂子，寫成悲劇呢？或者，我們可以不可以把幹部不關心子女，以至子女犯了罪，寫成悲劇呢？

我並不偏愛悲劇，也不要求誰為寫悲劇而去寫悲劇，以使聊備一格，古代有過的東西，不必今天也有。我可是知道悲劇的確有很大的教育力量。假若我現在要寫一部關於幹部不關心子女的悲劇，我的動機是熱愛我們的第二代，是要教育幹部怎樣盡到作父母的責任。我取用悲劇形式是為加強說服力，得到更大的教育效果。我既不是攻擊幹部，也不是不滿意社會主義制度；反之，我是要熱誠地保衛我們的第二代，社會主義建設的接班人。鑒於過去幾年來我們對於悲劇的冷淡，我懷疑我的願望能否實現。

也許有人說：民主生活越多，悲劇就越少，悲劇本身不久即將死亡，何須多事討論！對，也許是這樣。不過，不幸今天在我們的可愛的社會裡而仍然發生了悲劇，那豈不更可痛心，更值得一寫，使大家受到教育嗎？

這幾天，毛主席教訓我們應當怎樣處理人民內部矛盾。這是治國安邦的大道理。我們作家都應當遵照主席的指示，在作品中盡到宣傳教育的責任。可是，是不是就有人會說：描寫人民內部矛盾不可用悲劇形式，因為雖然悲劇中不一定把人物寫死，可是究竟有些「趕盡殺絕」的味道。這個說法對不對呢？我一時想不清楚這些問題，所以誠心地請求大家指教！

載 1957 年 3 月 18 日《人民日報》

戲劇語言

——在話劇、歌劇創作座談會上的發言

這次我來參加會議，實在是為向青年劇作家們學習。這並不是說，我不願意向老劇作家們學習。事實是這樣：對老劇作家們和他們的作品，我已略知一二，得到過教益與啟發；今後還應當繼續向他們學習。對青年劇作家呢，或相識較晚，或請益乏緣，理應乘此機會取經學藝。是呀，近幾年來的劇壇上主要是仗著他們的努力而活躍，深入工農兵生活的多半是他們，接觸創作問題較多的也是他們。不向他們學習，便不易摸清楚問題所在，也就難以學到解決問題的辦法。是的，我是抱著這種學習熱情而來的。那麼，叫我也作個報告，我就不能不感到惶恐！不過，禮尚往來，不容推卻。好吧，既來取經，理應獻曝，就談一談戲劇語言上的一知半解吧。

我沒有入過大學，教育程度不高，對經典文學沒有作過有系統的鑽研。因此，執筆為文，我無從作到出經入史，典雅富麗。可是，我也有一個長處：我的愛好是多方面的。因為我知道自己學疏才淺，所以我要學習舊體詩歌，也要學習鼓詞。我沒有什麼成見，不偏重這個，輕視那個。這與其說是學習方法問題，還不如說是學習態度問題。心中若先有成見，只要這個，不要那個，便把學習的範圍縮小，也許是一種損失。

我沒有詩才，既沒有寫成驚人的詩歌，也沒有生產過出色的鼓詞。可是，詩歌的格律限制叫我懂了一些造句遣詞應如何嚴謹，這就大有助於我在寫散文的時候也試求精簡，不厭推敲。我沒有寫出好的詩歌，可是學會一點把寫詩的方法運用到寫散文中來。我不是為學詩而學詩，我把學詩看成文字練習的一種基本功夫。習寫散文，文字須在我腦中轉一個圈兒或幾個圈兒；習寫詩歌，每個字都須轉十個圈兒或幾十個圈兒。並不因為多轉圈兒就生產絕妙好詩，但是學會多轉圈兒的確有好處。一位文人起碼應當學會腦子多轉圈兒。習慣了腦子多轉圈兒，筆下便會精緻一些。

習寫鼓詞，也給我不少好處。鼓詞既有韻語的形式限制，在文字上又須雅俗共賞，文俚結合。白話的散文並不排斥文言中的用語，但必須巧為運用，善於結合，天衣無縫。習寫鼓詞，會教給我們這種善於結合的方法。習寫戲曲的唱詞，也有同樣的益處。

我也習寫相聲。一段出色的相聲須至少寫兩三個月。我沒有那麼多的時間。因此，我沒有寫出過一段反覆加工，值得保留下來的相聲。但是，作為語言運用的練習，這給了我不少好處。相聲的語言非極精煉、極生動不可。它的每一句都須起承前啟後的作用，以便發生前後呼應的效果。不這樣，便會前言不搭後語，枝冗囉唆，不能成為相聲。寫別的文章，可以從容不迫地敘述，到適當的地方拿出一二警句，振動全段，畫龍點睛。相聲不滿足於此。它是遍體長滿了大大小小眼睛的龍，要求每一句都有些風趣。這樣，儘管我沒寫出過完美的相聲段子，我可是得到一個寫文章的好方法：句句要打埋伏。這就是說：我要求自己用字造句都眼觀六路，耳聽八方，不單純地、孤立地去用一字、造一句，而是力求前呼後應，血脈流通，字與字，句與句全掛上鉤，如下棋之布子。這樣，我就能夠寫得較比簡練。意思貫串，前後呼應，就能說的少，而包括的多。這樣，前面所說的，是為後面打埋伏，到時候就必有效果，使人發笑。是的，寫相聲的時候，往往是先想好一個包袱，而用一些話把它引出來，這就是好比先有了第五句，而後去想前四句，巧妙地把第五句逗出來。這樣寫，前後便必定聯貫，叫人家到什麼時候發笑，就得發笑。寫相聲，說笑話，以至寫喜劇，都用得著這個辦法。先想好包袱，而後設法用幾句話把它引逗出來，便能有效果。反之，先把底亮了出來，而後再解釋：您聽明白沒有？這句非常可笑啊！怎麼？您不笑？好吧，我再給您細講講！恐怕呀，越講越不會招笑了！喜劇不就是相聲，但在語言的運用上不無相通之處。

明白了作文要前呼後應，脈絡相通，才不厭修改，不怕刪減。狠心地修改、刪減，正是為叫部分服從全體。假若有那麼一句，單獨地看起來非常精美，而對全段並沒有什麼好處，我們就該刪掉它，切莫心疼。我自己是有這個狠心的。倒是有時候因朋友的勸阻，而耳軟起來，把刪去的又添上，費不少的事叫上下貫串，結果還是不大妥當。與其這樣，還不如乾脆刪去！

我並非在這裡推銷舊體詩、鼓詞，或相聲。我是想說明一個問題：語言練習不專仗著寫劇本或某一種文體，而是需要全面學習。在寫戲寫小說之外，還須練基本功，詩詞歌賦都拿得起來。郭老、田漢老的散文好，詩歌好，所以戲劇臺詞也好。他們的基本功結實，所以在語言文字上無往不利。相反的，某劇作家或小說家，既富生活經驗，又有創作天才，可是缺乏語言的基本功，他的作品便只能在內容上充實，而在表達上缺少文藝性，不能情文並茂，使人愛不釋手。優秀的文學作品必須是內容既充實，語言又精美，缺一不可。缺乏基本功的，理應設法補課。

說到這裡，我必須鄭重宣告：我不提倡專考究語言，而允許言之無物。

我們須從兩方面來看問題：一方面是，近幾年來，我們似乎有些不大重視文學語言的偏向，力求思想正確，而預設語言可以差不多就行。這不大妥當。高深的思想與精闢的語言應當是互為表裡，相得益彰的。假若我們把關漢卿與曹雪芹的語言都扔掉，我們還怎麼去了解他們呢？

在文學作品裡，思想內容與語言是血之與肉，分割不開的。沒有高度的語言藝術，表達不出高深的思想。

在另一方面，過於偏重語言，以至專以語言支援作品，也是不對的。我自己就往往犯這個毛病，特別是在寫喜劇的時候。這是因為我的生活經驗貧乏，不能不求救於語言，而作品勢必輕飄飄的，有時候不過是遊戲文章而已。不錯，寫寫遊戲文章，乃至於編寫燈謎與詩鐘，也是一種語言練習；不過，把喜劇的分量減輕到只有筆墨，全無內容，便是個很大的偏差。我應當在新的生活方面去補課。輕視語言，正如輕視思想內容，都是不對的。

這樣交代清楚，我才敢往下說，而不至於心中老藏著個小鬼了。

我沒有寫出過出色的小說，但是我寫過小說。這對於我創造（請原諒我的言過其實！）戲劇中的人物大有幫助。從寫小說的經驗中，我得到兩條有用的辦法：第一是作者的眼睛要老盯住書中人物，不因事而忘了人；事無大小，都是為人物服務的。第二是到了適當的地方必須叫人物開口說話；對話是人物性格最有力的說明書。

我把這兩條辦法運用到劇本寫作中來。當然，小說與劇本有不同之處：在小說中，介紹人物較比方便，可以從服裝、面貌、職業、階級各方面描寫。戲劇無此方便。假若小說中人物可以逐漸渲染烘托，戲劇中的人物就一出來已經打扮停妥，五官俱全，用不著再介紹。我們的任務是要看住他。這一點卻與寫小說相同，從始至終，不許人物離開我們的眼睛，包括著他不在臺上的時候。能夠緊緊地盯住人物，我們便不會受情節的引誘，而忘了主持情節的人。故事重情節，小說與戲劇既要故事，更重人物。

前面提到，在小說中，應在適當的時機利用對話，揭示人物性格。這是作者一邊敘述，一邊加上人物的對話，雙管齊下，容易叫好。劇本通體是對話，沒有作者插口的地方。這就比寫小說多些困難了。假若小說家須老盯住人物，使人物的性格越來越鮮明，劇作者則須在人物頭一次開口，便顯出他的性格來。這很不容易。劇作者必須知道他的人物的全部生活，才能三言五語便使人物站立起來，聞其聲，知其人。不錯，小說家在動筆之前也頂好是已知人物的全貌，但是，既是小說，作者總可以從容敘述，前面沒寫足，後面可再補充。戲劇的篇幅既較短，而且要在短短的表演時間內看出人物的發展，故不能不在人物一露面便性格鮮明，以便給他留有發展的餘地。假若一個人物出現了好大半天還沒有確定不移的性格，他可怎麼發展、變化呢？有的人物須隱藏起真面貌，說假話。這很不易寫。我們似乎應當適時地給他機會，叫他說出廬山真面目來，否則很容易始終被情節所驅使，而看不清他是何許人也。在以情節見勝的劇本裡，往往有此毛病。

我們幾乎無從避免藉著對話說明問題或交代情節。可是，正是這種地方，我們才應設盡方法寫好對話，使說明與交代具有足以表現人物性格的能力。這個人物必須有這個獨特的說明問題與交代情節的辦法與說法。這樣，儘管他說的是「今天天氣，哈哈哈」，也能開口就響，說明他的性格。根據劇情，他說的雖是一時一地的話，我們可是從他的生活全貌考慮這點話的。在《茶館》的第一幕裡，我一下子介紹出二十幾個人。這一幕並不長，不許每個人說很多的話。可是據說在上演時，這一幕的效果相當好。相反地，在我的最失敗的戲《青年突擊隊》裡，我叫男女工人都說了不少的話，可是似乎一共沒有幾句足以感動聽眾的。人物都說了不少話，聽眾可是沒見到一個工人。原因所在，就是我的確認識《茶館》裡的那些人，好像我給他們都批過「八字兒」與婚書，還知道他們的家譜。因此，他們在《茶館》裡那幾十分鐘裡所說的那幾句話都是從生命與生活的根源流出來的。反之，在《青年突擊隊》裡，人物所說的差不多都是我臨時在工地上借來的，我並沒給他們批過「八字兒」。那些話只是話，沒有生命的話，沒有性格的話。以這種話拼湊成的話劇大概是「話鋸」 —— 話是由幹木頭上鋸下來的，而後用以鋸聽眾的耳朵！聽眾是聰明而和善的，在聽到我由工地上借來的話語便輕聲地說：老舍有兩下子，準到工地去過兩三次！是的，正因為是借來的語言，我們才越愛賣弄它們，結果呢，我們的作品就肉少而香菜、胡椒等等很多。孤立地去蒐集語言分明是不大妥當的。這樣得到的語言裡，不可避免地包含著一些雜質，若不加以提煉，一定有害於語言的純潔。文字的口語化不等於怎麼聽來的就怎麼使，用不著再加工。

對話不能性格化，人物便變成劇作者的廣播員。蕭伯納就是突出的一例。

那麼，蕭伯納為什麼還成為一代名家呢？這使我們更看清楚語言的重要性。以我個人來說，我是喜愛有人物、有性格化語言的劇作的。雖然如此，我可也無法否認蕭伯納的語言的魅力。不錯，他的人物似乎是他的化身，都替他傳播他的見解。可是，每個人物口中都是那麼喜怒笑罵皆成文章，就使我無法不因佩服蕭伯納而也承認他的化身的存在了。不管我們贊成他的意見與否，我們幾乎無法否認他的才華。我們不一定看重他的哲理，但是不能不佩服他的說法。一般地說來，我們的戲劇中的語言似乎有些平庸，彷彿不敢露出我們的才華。我們的語言往往既少含蓄，又無鋒芒。

為什麼少含蓄呢？據我看，也許有兩個原因吧：第一，我們不用寫詩的態度來寫劇本的對話。莎士比亞是善於塑造人物的。可是，他寫的是詩。他的確使人物按照自己的性格去說話，可是那些詩的對話總是莎士比亞寫出來的。在日常生活中，那些人物並不出口成章，一天到晚老吟詩。莎士比亞是依據人物的性格，使他們說出提煉過的語言，嘔盡心血的詩句。直到今天，英國人寫文章、說話，還常常引用莎士比亞的名言妙語。我們寫出不少的相當好的劇本，可惜沒有留下多少足以傳誦的名句。我們不必勉強去寫詩劇（當然，試一試也沒有什麼壞處），可是應以寫詩的態度去寫對話。我們的劇本往往是結結實實，而看起來缺少些空靈之感，叫人覺得好像是逛了北海公園，而沒有看見那矗立晴空的白塔。這與劇情、導演、演員都有關係，可是語言缺乏詩意恐怕也是原因之一。帶有詩意的語言能夠給聽眾以弦外之音，好像給舞台上留出一些空隙，耐人尋味。戲曲中的開打，若始終打的風雨不透，而沒有美妙的亮相兒，便見不出武松或穆桂英的氣概與風度。亮相兒時演員立定不動。這個靜止給舞台上一些空隙，使聽眾更深刻地看到英雄形象。我想，話劇對話在一定的時候能夠提出驚人的詞句，也會發生亮相兒的效果，使聽眾深思默慮，想到些舞台以外的東西。我管這個叫「空靈」，不知妥當與否。

缺少含蓄的第二個原因，恐怕是我們以為人民的語言必是直言無隱，一洩無餘的。不錯，人民的語言若是和學生腔比一比，的確是乾脆嘹亮，不別彆扭扭。可是，我們還沒忘記在五八年大躍進中，人民寫的那些民歌吧？那也是人民的語言，可並不只是乾脆直爽。那些語言裡有很高的想像與詩情畫意。那些民歌使我們的一些詩人嚇了一大跳，而且願意向它們學習。可惜，戲劇語言卻似乎沒有受到多少影響；即使受了些影響，也只在乾脆痛快這一方面，而沒有充分注意到人民的想像力與詩才如何豐富，從而使戲劇語言提高一步，不只紀錄人民的語言，而且要創造性地運用。

所謂鋒芒，即是顯露才華。在我們的劇本中，我們似乎只求平平妥妥，不敢出奇致勝。我們只求說的對，而不要求說的既正確又精采。這若是因為我們的本領不夠，我們就應該下苦功夫，使自己得心應手，能夠以精闢的語言道出深湛的思想和真摯深厚的感情。若是因為有什麼顧慮呢，我們便該去多讀毛主席的詩詞與散文。看，毛主席的文筆何等光彩，何等豪邁，真是光芒萬丈，橫掃千軍！我們為什麼不向毛主席學呢？怕有人說我們鋒芒太外露嗎？我們應當告訴他：劇本是文學作品，它的語言應當鏗鏘作金石聲。寫劇本不是打報告。毛主席說：「數風流人物，還看今朝。」風流人物怎可以語言乏味，不見才華與智慧呢？是的，的確有人對我說過：「老哥，你的語言太誇張了，一般人不那樣說話。」是呀，一般人可也並不寫喜劇！劇本的語言應是語言的精華，不是日常生活中你一言我一語的錄音。一點不錯，我們應當學習人民的語言，沒有一位語言藝術大師是脫離群眾的。但是，我們知道，也沒有一位這樣的大師只紀錄人民語言，而不給它加工的。

朋友們，我們多麼幸福，能夠作毛澤東時代的劇作家！我們有責任提高語言，以今日的關漢卿、王實甫自許，精騖八極，心遊萬仞，使語言藝術發出異彩！

我們缺乏喜劇。也和別種劇作一樣，喜劇並不專靠著語言支援。可也不能想像，沒有精采的語言，而能成為優秀的喜劇。據我個人的體會，逗笑的語言已不易寫，既逗笑而又「有味兒」就更難了。

親切充實會使語言有些味道。在適當的地方利用一二歇後語或諺語，能夠發生親切之感。但是，這是利用現成的話，用的過多就反而可厭。我們應當向評書與相聲學習，不是學習它們的現成的話，而是學習它們的深入生活，無所不知的辦法。在評書和相聲裡，狀物繪聲無不力求細緻。藝人們知道的事情真多。多知多懂，語彙自然豐富，說起來便絲絲入扣，使人感到親切充實。我們寫的喜劇，往往是搭起個不錯的架子，而沒有足夠的語言把它充實起來，叫人一看就看出我們的生活知識不多，語彙貧乏。別人沒看到的，我們看到了，一說就會引人入勝。可是，事實上，我們看到的實在太少。於是，我們就不能不以泛泛的語言，勉強逗笑，效果定難圓滿。我們必須擴大生活體驗的範圍。三教九流，五行八作，無所不知，像評書及相聲演員那樣，我們才能夠應付裕如，有什麼情節，就有什麼語言來支援。沒有一套現成的喜劇語言在圖書館裡存放著，等待我們去借閱。喜劇作者自己須有極其淵博的生活知識，創造自己的喜劇語言。我們寫的是一時一地的一件事，我們的語言數據卻須從各方面得來，上至綢緞，下至蔥蒜，包羅永珍。當然，寫別的戲也須有此準備，不過喜劇特別要如此。假若別種劇的語言像單響的爆竹，喜劇的語言就必須是雙響的「二踢腳」，地上響過，又飛起來響入雲霄。作者的想像必須能將山南聯繫到海北，才能出語驚人。生活知識不豐富，便很難運用想像。沒有想像，語言都爬伏在地，老老實實，死死板板，恐怕難以發生喜劇效果。

喜劇的語言必須有味道，令人越咂摸越有意思，越有趣。這樣的語言在我們的喜劇中似乎還不很多。我們須再加一把力！怎麼才能有味道呢？我回答不出。我自己就還沒寫出這樣的語言來。我只能在這裡說說我的一些想法，不知有用處沒有。我們應當設想自己是個哲學家，盡我們的思想水平之所能及。去思索我們的話語。聰明俏皮的話不是俯拾即是的，我們要苦心焦思把它們想出來。得到一句有些道理的話，而不俏皮漂亮，就須從新想過，如何使之深入淺出。作到了深入淺出，才能夠既容易得到笑的效果，而又耐人尋味。喜劇語言之難，就難在這裡。我們先設想自己是哲學家，而後還得變成幽默的語言藝術家，我們才能夠找到有味道的喜劇語言 —— 想的深而說得俏。想的不深，則語言泛泛，可有可無。想的深而說得不俏，則語言笨拙，無從得到幽默與諷刺的效果。喜劇的語言若是鋼，這個鋼便是由含有哲理、幽默與諷刺的才能等等的鐵提煉出來的。

在京戲裡，有不少丑角的小戲。其中有一部分只能叫做鬧戲，不能算作喜劇。這些鬧戲裡的語言往往是起鬨瞎吵，分明是為招笑而招笑。因此，這些戲能夠引起鬨堂大笑，可是笑完就完，沒有回味。在我自己寫的喜劇裡，雖然在語言上也許比那些鬧戲文明一些，可是也常常犯為招笑而招笑的毛病。我知道滑稽幽默不應是目的，可是因為思想的貧乏，不能不亂耍貧嘴，往往使人生厭。我們要避免為招笑而招笑，而以幽默的哲人與藝術家自期，在談笑之中，道出深刻的道理，叫幽默的語言發出智慧與真理的火花來。這很不容易作到，但是取法乎上，還怕僅得其中，難道我們還該甘居下游嗎？

語言，特別在喜劇裡，是不大容易調動的。語言的來歷不同，就給我們帶來不少麻煩。從地域上說，一句山東的俏皮話，山西人聽了也許根本不懂。從時間上說，二十年前的一段相聲，今天已經不那麼招笑了，因為那些曾經流行一時的話已經死去。從行業上說，某一句話會叫木匠師傅哈哈大笑，而廚師傅聽了莫名其妙。我是北京人。六十年來，北京話有很大很大的變化。老的詞兒不斷死去，新的詞兒不斷產生。最近，小學生們很喜歡用「根本」。問他們什麼，他們光答以「根本」，不知是根本肯定，還是根本否定。這類的例子恐怕到處都有，過些日子就又被放棄，另發明新的。我們怎麼辦呢？

據我看，為了使喜劇的語言生動活潑，我們幾乎無法完全不用具有地方性與時間性限制的語彙與說法。不過，更要緊的是我們怎樣作語言的主人。這有兩層意思：一是假若具有地方性或時間性限制的語言而確能幫助我們，使我們的筆下增加一些色彩與味道，我們就不妨採用一些；二是最有味道的詞句應是由我們自己創造出來的。這種創造可以用普通話作為基礎。普通話是大家都知道的，用它來創造出最精采的詞句，便具有更多的光彩，不受地方與時間的限制。我是喜用地方土語的，但在推廣普通話運動展開之後，我就開始盡量少用土語，而以普通話去寫喜劇。這個嘗試並沒有因為不用土語而減少了幽默感與表現力。我覺得，具有創造性的語言，帶著智慧與藝術的光彩，是要比借用些一時一地一行的俏皮話兒高超的多的。看看「李白斗酒詩百篇，長安市上酒家眠，天子呼來不上船，自稱臣是酒中仙」這幾句吧，裡邊沒有用任何土語與當時流行的俏皮話，而全是到今天還人人能懂的普通話，可是多麼幽默，多麼生動，多麼簡練！只是這麼四句，便刻劃出一位詩仙來了。這叫創造，這叫語言的主人！不借助於典故，也不倚賴土語、行話，而只憑那麼一些人人都懂的俗字，經過錘鍊思索，便成為精金美玉。這雖然是詩，可是頗足以使我們明白些創造喜劇語言的道理。所謂語言的創造並不是自己閉門造車，硬造出只有自己能懂的一套語言，而是用普通的話，經過千錘百煉，使語言得到新的生命，新的光芒。就像人造絲那樣，用的是極為平常的材料，而出來的是光澤柔美的絲。我們應當有點石成金的願望，叫語言一經過我們的手就變了樣兒，誰都能懂，誰又都感到驚異，拍案叫絕。特別是喜劇語言，它必須深刻，同時又要輕鬆明快，使大家容易明白，而又不忍忘掉，聽的時候發笑，日後還咂著滋味發笑。喜劇的語言萬不可成為聽眾的負擔，有的地方聽不懂，有的地方雖然聽懂，而覺得彆扭。聽完喜劇而鬧一肚子彆扭，才不上算！喜劇語言必須餡兒多而皮薄，一咬即破，而味道無窮。相聲演員懂得這個道理，應當跟他們多討教。附帶著說，相聲演員在近幾年來，也拋棄了不少地方土語，而力求以普通話逗哏。這不僅使更多的人能夠欣賞相聲，而且使演員不再專倚賴土語。這就使他們非多想不可，用盡方法使普通話成為可笑可愛的語言，給一般的語言加多思想性與藝術性。

現在，讓我們談談語言的音樂性。

用文言寫的散文講究經得起朗誦。四五十年前，學生學習唐宋八大家的文章都是唱著念，唱著背誦的。我們寫的白話散文，往往不能琅琅上口，這是個缺點。一般的散文不能上口，問題或者還不太大。話劇中的對話是要拿到舞台上，透過演員的口，送到聽眾的耳中去的。由口到耳，必涉及語言的音樂性。古體詩文的作者十分注意這個問題。他們都搖頭晃腦地吟詩、作文章。他們用一個字，造一句，既考慮文字的意象，又顧到聲音之美。他們把每個方塊兒字都解剖得極為細緻。意思合適而聲音不美，不行，必須另換一個。舊體詩文之所以難寫，就因為作者唯恐對不起「文字解剖學」。到了我們這一代，似乎又嫌過於籠統了，用字有些平均主義，拍拍腦袋就算一個。我們往往似乎忘了方塊兒字是有四聲或更多的聲的。字聲的安排不妥，不幸，句子就聽起來不大順耳，有時候甚至念不出。解剖文字是知識，我們應該有這樣的知識。怎樣利用這點知識是實踐，我們應當經常動筆，於寫小說、劇本之外，還要寫寫詩，編編對聯等等。我們要從語言學習中找出樂趣來。不要以為郭老編對聯，田漢老作詩，是他們的愛好，與我們無關。我們都是同行，都是語言藝術的學習者與運用者。他們的樂趣也該成為我們的樂趣。慢慢的，熟能生巧，我們也就習慣於將文字的意、形、音三者聯合運用，一齊考慮，增長本領。我們應當全面利用語言，把語言的潛力都挖掘出來，聽候使用。這樣，文字才能既有意思，又有響聲，還有光彩。

朗讀自己的文稿，有很大的好處。詞達意確，可以看出來。音調美好與否，必須念出來才曉得。朗讀給自己聽，不如朗讀給別人聽。文章是自己的好，自念自聽容易給打五分。唸給別人聽，即使聽者是最客氣的人，也會在不易懂、不悅耳的地方皺皺眉。這大概也就是該加工的地方。當然，一個人有一個人的寫作方法，我們並不強迫人人練習朗誦。有的人也許越不出聲，越能寫的聲調鏗鏘，即不在話下。

我們的語彙似乎也有些貧乏。以我自己來說，病源有三：一個是寫作雖勤，而往往把讀書時間擠掉。這是很大的損失。久而久之，心中只剩下自己最熟識的那麼一小撮語彙，像受了旱災的莊稼那麼枯窘可憐。在這種時候，我若是拿起一本偉大的古典作品讀一讀，就好似大旱之遇甘霖，胸中開擴了許多。即使我記不住那些文章中的詞藻，我也會得到一些啟發，要求自己要露出些才華，時而萬馬奔騰，時而幽琴獨奏，別老翻過來調過去耍弄那一小撮兒語彙。這麼一來，說也奇怪，那些忘掉的字眼兒就又回來一些，叫筆下富裕了一些。特別是在心裡乾枯得像燒乾了的鍋的時候，字找不到，句子造不成，我就拿起古詩來朗讀一番。這往往有奇效。詩中的警句使我狂悅。好，儘管我寫的是散文，我也要寫出有總結性的句子來，一針見血，像詩那樣一說就說到家。所謂總結性的句子就是像「山高月小，水落石出」那樣用八個字就畫出一幅山水來，像「欲窮千里目，更上一層樓」那樣用字不多，而道出要立得高，看得遠的願望來。這樣的句子不是泛泛的敘述，而是叫大家以最少的代價，得到最珍貴的和最多的享受。我們不能叫劇本中的每一句話都是這樣的明珠，但是應當在適當的地方這麼獻一獻寶。

我的語彙不豐富的第二個原因是近幾年來經常習寫劇本，而沒有寫小說。寫小說，我須描繪一切，人的相貌、服裝，屋中的陳設，以及山川的景色等等。用不著說，描寫什麼就需要什麼語彙。相反的，劇本只需要對話，即使交代地點與人物的景色與衣冠，也不過是三言五語。於是，我的語彙就越來越少，越貧乏了。近來，我正在寫小說，受罪不小，要什麼字都須想好久。這是我個人的經驗，別人也許並不這樣。不過，假若有人也有此情況，我願建議：別老寫劇本，也該練習練習別的文體，以寫劇為主，而以寫別種文體為副，也許不無好處。

第三，我的生活知識與藝術知識都太少，所以筆下枯澀。思想起來，好不傷心：音樂，不懂；繪畫，不懂；芭蕾舞，不懂；對日常生活中不懂的事就更多了，沒法在這裡報帳。於是，形容個悅耳的聲音，只能說「音樂似的」。什麼音樂？不敢說具體了啊！萬一說錯了呢？只舉此一例，已足見筆墨之枯窘，不須多說，以免淚如雨下！作一個劇作家，必須多知多懂。語言的豐富來自生活經驗和知識的豐富。

朋友們，我的話已說了不少，不願再多耽誤大家的時間。請大家指教！

關於文學的語言問題

（本篇是作者 1954 年底在中國作家協會和電影局舉辦的電影劇本創作講習會上所作的報告記錄。）

我想談一談文學語言的問題。

我覺得在我們的文學創作上相當普遍地存著一個缺點，就是語言不很好。

語言是文學創作的工具，我們應該掌握這個工具。我並不是技術主義者，主張只要語言寫好，一切就都不成問題了。要是那麼把語言孤立起來看，我們的作品豈不都變成八股文了麼？過去的學究們寫八股文就是隻求文字好，而不大關心別的。我們不是那樣。我是說：我們既然搞寫作，就必須掌握語言技術。這並非偏重，而是應當的。一個畫家而不會用顏色，一個木匠而不會用刨子，都是不可想像的。

我們看一部小說、一個劇本或一部電影電影，我們是把它的語言好壞，算在整個作品的評價中的。就整個作品來講，它應該有好的，而不是有壞的，語言。語言不好，就妨礙了讀者接受這個作品。讀者會說：囉哩囉嗦的，說些什麼呀？這就減少了作品的感染力，作品就吃了虧！

在世界文學名著中，也有語言不大好的，但是不多。一般地來說，我們總是一提到作品，也就想到它的美麗的語言。我們幾乎沒法子讚美杜甫與莎士比亞而不引用他們的原文為證。所以，語言是我們作品好壞的一個部分，而且是一個重要部分。我們有責任把語言寫好！

我們的最好的思想，最深厚的感情，只能被最美妙的語言表達出來。若是表達不出，誰能知道那思想與感情怎樣的好呢？這是無可分離的、統一的東西。

要把語言寫好，不只是「說什麼」的問題，而也是「怎麼說」的問題。創作是個人的工作，「怎麼說」就表現了個人的風格與語言創造力。我這麼說，說的與眾不同，特別好，就表現了我的獨特風格與語言創造力。藝術作品都是這樣。十個畫家給我畫像，畫出來的都是我，但又各有不同。每一個裡都有畫家自己的風格與創造。他們各個人從各個不同的風格與創造把我表現出來。寫文章也如此，儘管是寫同一題材，可也十個人寫十個樣。從語言上，我們可以看出來作家們的不同的性格，一看就知道是誰寫的。莎士比亞是莎士比亞，但丁是但丁。文學作品不能用機器製造，每篇都一樣，尺寸相同。翻開《紅樓夢》看看，那絕對是《紅樓夢》，絕對不能和《儒林外史》調換調換。不像我們，大家的寫法都差不多，看來都像報紙上的通訊報導。甚至於寫一篇講演稿子，也不說自己的話，看不出是誰說的。看看愛倫堡的政論是有好處的。他談論政治問題，還保持著他的獨特風格，教人一看就看出那是一位文學家的手筆。他談什麼都有他獨特的風格，不「人云亦云」，正像我們所說：「文如其人」。

不幸，有的人寫了一輩子東西，而始終沒有自己的風格。這就吃了虧。也許他寫的事情很重要，但是因為語言不好，沒有風格，大家不喜歡看；或者當時大家看他的東西，而不久便被忘掉，不能為文學事業累積財富。傳之久遠的作品，一方面是因為它有好的思想內容，一方面也因為它有好的風格和語言。

這麼說，是不是我們都須標奇立異，放下現成的語言不用，而專找些奇怪的，以便顯出自己的風格呢？不是的！我們的本領就在用現成的、普通的語言，寫出風格來。不是標奇立異，寫的使人不懂。「啊，這文章寫的深，沒人能懂！」並不是稱讚！沒人能懂有什麼好處呢？那難道不是胡塗文章麼？有人把「白日依山盡……更上一層樓」改成「………更上一層板」，因為樓必有樓板。大家都說「樓」，這位先生非說「板」不可，難道這算獨特的風格麼？

同是用普通的語言，怎麼有人寫的好，有人寫的壞呢？這是因為有的人的普通言語不是泛泛地寫出來的，而是用很深的思想、感情寫出來的，是從心裡掏出來的，所以就寫的好。別人說不出，他說出來了，這就顯出他的本領。為什麼好文章不能改，只改幾個字就不像樣子了呢？就是因為它是那麼有骨有肉，思想、感情、文字三者全分不開，結成了有機的整體；動哪裡，哪裡就會受傷。所以說，好文章不能增減一字。特別是詩，必須照原樣念出來，不能略述大意，(若說：那首詩極好了，說的是木蘭從軍，原句子我可忘了！這便等於廢話！）也不能把「樓」改成「板」。好的散文也是如此。

運用語言不單純地是語言問題。你要描寫一個好人，就須熱愛他，鑽到他心裡去，和他同感受，同呼吸，然後你就能夠替他說話了。這樣寫出的語言，才能是真實的，生動的。普通的話，在適當的時間、地點、情景中說出來，就能變成有文藝性的話了。不要只在語言上打圈子，而忘了與語言血肉相關的東西 —— 生活。字典上有一切的字。但是，只抱著一本字典是寫不出東西來的。

我勸大家寫東西不要貪多。大家寫東西往往喜貪長，沒經過很好的思索，沒有對人與事發生感情就去寫，結果寫得又臭又長，自己還覺得挺美 —— 「我又寫了八萬字！」八萬字又怎麼樣呢？假若都是廢話，還遠不如寫八百個有用的字好。好多古詩，都是十幾二十個字，而流傳到現在，那不比八萬字好麼？世界上最好的文字，就是最親切的文字。所謂親切，就是普通的話，大家這麼說，我也這麼說，不是用了一大車大家不了解的詞彙字彙。世界上最好的文字，也是最精練的文字，哪怕只幾個字，別人可是說不出來。簡單、經濟、親切的文字，才是有生命的文字。

下面我談一些辦法，是針對青年同志最愛犯的毛病說的。

第一，寫東西，要一句是一句。這個問題看來是很幼稚的，怎麼會一句不是一句呢？我們現在寫文章，往往一直寫下去，半篇還沒一個句點。這樣一直寫下去，連作者自己也不知道寫到哪裡去了，結果一定是胡塗文章。要先想好了句子，看站得穩否，一句站住了再往下寫第二句。必須一句是一句，結結實實的不搖搖擺擺。我自已寫文章，總希望七八個字一句，或十個字一句，不要太長的句子。每寫一句時，我都想好了，這一句到底說明什麼，表現什麼感情，我希望每一句話都站得住。當我寫了一個較長的句子，我就想法子把它分成幾段，斷開了就好唸了，別人願意唸下去；斷開了也好聽了，別人也容易懂。讀者是很厲害的，你稍微寫得難懂，他就不答應你。

同時，一句與一句之間的聯繫應該是邏輯的、有機的聯繫，就跟我們周身的血脈一樣，是一貫相通的。我們有些人寫東西，不大注意這一點。一句一句不清楚，不知道說到哪裡去了，句與句之間沒有邏輯的聯繫，上下不相照應。讀者的心裡是這樣的，你上一句用了這麼一個字，他就希望你下一句說什麼。例如你說「今天天陰了」，大家看了，就希望你順著陰天往下說。你的下句要是說「大家都高興極了」，這就聯不上。陰天了還高興什麼呢？你要說「今天陰天了，我心裡更難過了。」這就聯上了。大家都喜歡晴天，陰天當然就容易不高興。當然，農民需要雨的時候一定喜歡陰天。我們寫文章要一句是一句，上下聯貫，切不可錯用一個字。每逢用一個字，你就要考慮到它會起什麼作用，人家會往哪裡想。寫文章的難處，就在這裡。

我的文章寫的那樣白，那樣俗，好像毫不費力。實際上，那不定改了多少遍！有時候一千多字要寫兩三天。看有些青年同志們寫的東西，往往嚇我一跳。他下筆萬言，一筆到底，很少句點，不知道在哪裡才算完，看起來讓人喘不過氣來。

第二，寫東西時，用字、造句必須先要求清楚明白。用字造句不清楚、不明白、不正確的例子是很多的。例如「那個長得像驢臉的人」，這個句子就不清楚、不明確。這是說那個人的整個身子長得像驢臉呢，還是怎麼的？難道那個人沒手臂沒腿，全身長得像一張驢臉嗎，要是這樣，怎麼還像人呢？當然，本意是說：那個人的臉長得像驢臉。

所以我的意見是：要老老實實先把話寫清楚了，然後再求生動。要少用修辭，非到不用不可的時候才用。在一篇文章裡你用了一個「偉大的」，如「偉大的毛主席」，就對了；要是這個也偉大，那個也偉大，那就沒有力量，不發生作用了。亂用比喻，那個人的耳朵像什麼，眼睛像什麼……就使文章單調無力。要知道：不用任何形容，只是清清楚楚寫下來的文章，而且寫的好，就是最大的本事，真正的工夫。如果你真正明白了你所要寫的東西，你就可以不用那些無聊的修辭與形容，而能直截了當、開門見山地寫出來。我們拿幾句古詩來看看吧。像王維的「隔牖風驚竹」吧，就是說早上起來，聽到窗子外面竹子響了。聽到竹子響後，當然要開啟門看看囉，這一看，下一句就驚人了，「開門雪滿山」！這沒有任何形容，就那麼直接說出來了。沒有形容雪，可使我們看到了雪的全景。若是寫他開啟門就「喲！偉大的雪呀！」「多白的雪呀！」便不會驚人。我們再看看韓愈寫雪的詩吧。他是一個大文學家，但是他寫雪就沒有王維寫的有氣魄。他這麼寫：「隨車翻縞帶，逐馬散銀杯。」他是說車子在雪地裡走，雪隨著車輪的轉動翻起兩條白帶子；馬蹄踏到雪上，留了一個一個的銀杯子。這是很用心寫的，用心形容的。但是形容的好不好呢？不好！王維是一語把整個的自然景象都寫出來，成為句名。而韓愈的這一聯，只是瑣碎的刻劃，沒有多少詩意。再如我們常唸的詩句「山雨欲來風滿樓」。這麼說就夠了，用不著什麼形容。像「滿城風雨近重陽」這一句詩，是抄著總根來的，沒有枝節瑣碎的形容，而把整個「重陽」季節的形色都寫了出來。所以我以為：在你寫東西的時候，要要求清楚，少用那些亂七八糟的修辭。你要是真看明白了一件事，你就能一針見血地把它寫出來，寫得簡練有力！

我還有個意見：就是要少用「然而」、「所以」、「但是」，不要老用這些字轉來轉去。你要是一會兒「然而」，一會兒「但是」，一會兒「所以」，老那麼繞灣子，不但減弱了文章的力量，讀者還要問你：「你到底要怎麼樣？你能不能直截了當地說話！？」不是有這樣一個故事嗎？我們的大文學家王勃寫了兩句最得意的話：「落霞與孤鶩齊飛，秋水共長天一色。」傳說，後來他在水裡淹死了，死後還不忘這兩句，天天在水上鬧鬼，反覆唸著這兩句。後來有一個人由此經過，聽見了就說：「你這兩句話還不算太好。要把『與』字和『共』字刪去，改成『落霞孤鶩齊飛，秋水長天一色』，不是更挺拔更好嗎？」據說，從此就不鬧鬼了。這把鬼說服了。所以文章裡的虛字，只要能去的盡量把它去了，要不然死後想鬧鬼也鬧不成，總有人會指出你的毛病來的。

第三，我們應向人民學習。人民的語言是那樣簡練、乾脆。我們寫東西呢，彷彿總是要表現自己：我是知識分子呀，必得用點不常用的修辭，讓人嚇一跳啊。所以人家說我們寫的是學生腔。我勸大家有空的時候找幾首古詩唸唸，學習他們那種簡練清楚，很有好處。你別看一首詩只有幾句，甚至只有十幾個字，說不定作者想了多少天才寫成那麼一首。我寫文章總是改了又改，只要寫出一句話不現成，不響亮，不像口頭說的那樣，我就換一句更明白、更俗的、務期接近人民口語中的話。所以在我的文章中，很少看到「憤怒的葡萄」、「原野」、「熊熊的火光」……這類的東西。而且我還不是僅就著字面改，像把「土」字換成「地」字，把「母親」改成「娘」，而是要從整個的句子和句與句之間總的意思上來考慮。所以我寫一句話要想半天。比方寫一個長輩看到自己的一個晚輩有出息，當了幹部回家來了，他拍著晚輩的肩說：「小夥子，『搞』的不錯呀！」這地方我就用「搞」，若不相信，你試用「做」，用「幹」，準保沒有用「搞」字恰當、親切。假如是一個長輩誇獎他的子侄說：「這小夥子，做事認真。」在這裡我就用「做」字，你總不能說，「這小夥子，『搞』事認真。」要是看見一個小夥子在那裡勞動的非常賣力氣，我就寫：「這小夥子，真認真幹。」這就用上了「幹」字。像這三個字：「搞」、「幹」、「做」都是現成的，並不誰比誰更通俗，只看你把它擱在哪裡最恰當、最合適就是了。

第四，我寫文章，不僅要考慮每一個字的意義，還要考慮到每個字的聲音。不僅寫文章是這樣，寫報告也是這樣。我總希望我的報告可以一字不改地拿來念，大家都能听得明白。雖然我的報告作的不好，但是唸起來很好聽，句子現成。比方我的報告當中，上句末一個字用了一個仄聲字，如「他去了」。下句我就要用個平聲字。如「你也去嗎？」讓句子唸起來叮噹地響。好文章讓人家願意念，也願意聽。

好文章不僅讓人願意念，還要讓人唸了，覺得口腔是舒服的。隨便你拿李白或杜甫的詩來念，你都會覺得口腔是舒服的，因為在用哪一個字時，他們便抓住了那個字的聲音之美。以杜甫的「烽火連三月，家書抵萬金」來說吧，「連三」兩字，舌頭不用更換位置就唸下去了，很舒服。在「家書抵萬金」裡，假如你把「抵」字換成「值」字，那就彆扭了。字有平仄 —— 也許將來沒有了，但那是將來的事，我們是談現在。像北京話，現在至少有四聲，這就有關於我們的語言之美。為什麼不該把平仄調配的好一些呢？當然，散文不是詩，但是要能寫得讓人聽、念、看都舒服，不更好嗎？有些同志不注意這些，以為既是白話文，一寫就是好幾萬字，用不著細細推敲，他們吃虧也就在這裡。

第五，我們寫話劇、寫電影的同志，要注意這個問題：我們寫的語言，往往是乾巴巴地交代問題。譬如：唯恐怕臺下聽不懂，上句是「你走嗎？」下句一定是「我走啦！」既然是為交代問題，就可以不用真感情，不用最美的語言。所以我很怕聽電影上的對話，不現成，不美。

我們寫文章，應當連一個標點也不放鬆。文學家嘛，寫文藝作品怎麼能把標點搞錯了呢？所以寫東西不容易，不是馬馬虎虎就能寫出來的。所以我們寫東西第一要要求能念。我寫完了，總是先自己唸唸看，然後再唸給朋友聽。文章要完全用口語，是不易作到的，但要努力接近口語化。

第六，中國的語言，是最簡練的語言。你看我們的詩吧，就用四言、五言、七言，最長的是九言。當然我說的是老詩，新詩不同一些。但是哪怕是新詩，大概一百二十個字一行也不行。為什麼中國古詩只發展到九個字一句呢？這就是我們文字的本質決定下來的。我們應該明白我們語言文字的本質。要真掌握了它，我們說話就不會繞灣子了。我們現在似乎愛說繞灣子的話，如「對他這種說法，我不同意！」為什麼不說：「我不同意他的話」呢？為什麼要白添那麼些字？又如「他所說的，那是廢話。」我們一般地都說：「他說的是廢話。」為什麼不這樣說呢？到底是哪一種說法有勁呢？

這種繞彎子說話，當然是受了「五四」以來歐化語法的影響。弄的好嘛，當然可以。像說理的文章，往往是要改換一下中國語法。至於一般的話語為什麼不按我們自己的習慣說呢？

第七，說到這裡，我就要講到一個很重要的問題，就是深入淺出的問題。提到深入，我們總以為要用深奧的、不好懂的語言才能說出很深的道理。其實，文藝工作者的本事就是用淺顯的話，說出很深的道理來。這就得想辦法。必定把一個問題想得透澈了，然後才能用普通的、淺顯的話說出很深的道理。我們開國時，毛主席說：「中國人民站起來了。」中國經過了多少年艱苦的革命過程，現在人民才真正當家作主。這一句說出了真理，而且說得那麼簡單、明瞭、深入淺出。

第八，我們要說明一下，口語不是照抄的，而是從生活中提煉出來的。舉一個例子：唐詩有這麼兩句：「大漠孤煙直，長河落日圓。」這都沒有一個生字。可是仔細一想，真了不起，它把大沙漠上的景緻真實地概括地寫出來了。沙漠上的空氣乾燥，氣壓高，所以煙一直往上升。住的人家少，所以是孤煙。大河上，落日顯得特別大，特別圓。作者用極簡單的現成的語言，把沙漠全景都表現出來了。沒有看過大沙漠，沒有觀察力的人，是寫不出來的。語言就是這樣提煉的。有的人到工廠，每天拿個小本記工人的語言，這是很笨的辦法。照抄別人的語言是笨事，我們不要拼湊語言，而是從生活中提煉語言。

語言須配合內容：我們要描寫一個個性強的人，就用強烈的文字寫，不是寫什麼都是那一套，沒有一點變化，也就不能感動人。《紅樓夢》中寫到什麼情景就用什麼文字。文字是工具，要它幹什麼就幹什麼，不能老是那一套。《水滸》中武松大鬧鴛鴦樓那一場，都用很強烈的短句，使人感到那種英雄氣概與敏捷的動作。要像畫家那樣，用黯淡的顏色表現陰暗的氣氛，用鮮明的色彩表現明朗的景色。

其次，談談對話。對話很重要，是文學創作中最有藝術性的部分。對話不只是交代情節用的，而要看是什麼人說的，為什麼說的，在什麼環境中說的，怎麼說的。這樣，對話才能表現人物的性格、思想、感情。想對話時要全面的、「立體」的去想，看見一個人在那兒鬥爭，就想這人該怎麼說話。有時只說一個字就夠了，有時要說一大段話。你要深入人物心中去，找到生活中必定如此說的那些話。沉默也有效果，有時比說話更有力量。譬如一個人在辦公室接到電話，知道自己的小孩死了，當時是說不出話來的。又譬如一個人老遠地回家，看到父親死了，他只能喊出一聲「爹」，就哭起來。他絕不會說：「偉大的爸爸，你怎麼今天死了！」沒有人會這樣說，通常是喊一聲就哭，說多了就不對。無論寫什麼，沒有徹底了解，就寫不出。不同那人共同生活，共同哭笑，共同呼吸，就描寫不好那個人。

我們常常談到民族風格。我認為民族風格主要表現在語言上。除了語言，還有什麼別的地方可以表現它呢？你說短文章是我們的民族風格嗎？外國也有。你說長文章是我們民族風格嗎？外國也有。主要是表現在語言上，外國人不說中國話。用我們自己的語言表現的東西有民族風格，一本中國書譯成外文就變了樣，只能把內容翻譯出來，語言的神情很難全盤譯出。民族風格主要表現在語言文字上，希望大家多用工夫學習語言文字。

第二部分：回答問題。

我不想用專家的身分回答問題，我不是語言學家。對我們語言發展上的很多問題，不是我能回答的。我只能以一個寫過一點東西的人的資格來回答。

第一個問題：怎樣從群眾語言中提煉出文學語言？這我剛才已大致說過，學習群眾的語言不是照抄，我們要根據創作中寫什麼人，寫什麼事，去運用從群眾中學來的語言。一件事情也許普通人嘴裡要說十句，我們要設法精簡到三四句。這是作家應盡的責任，把語言精華拿出來。連造句也是一樣，按一般人的習慣要二十個字，我們應設法用十個字就說明白。這是可能的。有時一個字兩個字都能表達不少的意思。你得設法調動語言。你描述一個情節的發展，若是能夠選用文字，比一般的話更簡練、更生動，就是本事。有時候你用一個「看」字或「來」字就能省下一句話，那就比一般人嘴裡的話精簡多了。要調動你的語言，把一個字放在前邊或放在後邊，就可以省很多字。兩句改成一長一短，又可以省很多字。要按照人物的性格，用很少的話把他的思想感情表達出來，而不要照抄群眾語言。先要學習群眾語言，掌握群眾語言，然後創作性地運用它。

第二個問題：南方朋友提出，不會說北方話怎麼辦呢？這的確是個問題！有的南方人學了一點北方話就用上，什麼都用「壓根兒」，以為這就是北方話。這不行！還是要集中思考你所寫的人物要幹什麼，說什麼。從這一點出發，儘管語言不純粹，仍可以寫出相當清順的文字。不要賣弄剛學會的幾句北方話！有意賣弄，你的話會成為四不像了。如果順著人物的思想感情寫，即使語言不漂亮，也能把人物的心情寫出來。

我看是這樣，沒有掌握北方話，可以一面揣摩人情事理，一面學話，這麼學比死記詞彙強。要從活人活事裡學話，不要死背「壓根兒」、「真棒」……。南方人寫北方話當然有困難，但這問題並非不能解決，否則沈雁冰先生、葉聖陶先生就寫不出東西了。他們是南方人，但他們的語言不僅順暢，而且有風格。

第三個問題：詞彙貧乏怎麼辦？我希望大家多寫短文，用最普通的文字寫。是不是這樣就會詞彙貧乏，寫不生動呢？這樣寫當然詞彙用的少，但是還能寫出好文章來。我在寫作時，拚命想這個人物是怎麼思想的，他有什麼感情，他該說什麼話，這樣，我就可以少用詞彙。我主要是表達思想感情，不孤立地貪圖多用詞彙。我們平時嘴裡的詞彙並不多，在三反五反時，鬥爭多麼激烈，誰也沒顧得去找詞彙，可是鬥爭仍是那麼激烈，可見人人都會說話，都想一句話把對方說低了頭。這些話未見得會有豐富的詞彙，但是能深刻地表達思想感情。

我寫東西總是盡量少用字，不亂形容，不亂用修辭，從現成話裡掏東西。一般人的社會接觸面小，詞彙當然貧乏。我覺得很奇怪，許多寫作者連普通花名都不知道，都不注意，這就損失了很多詞彙。我們的生活若是局限於小圈子裡，對生活的各方面不感趣味，當然詞彙少。作家若以為音樂、圖畫、雕塑、養花等等與自己無關，是不對的。對什麼都不感興趣，哪裡來的詞彙？你接觸了畫家，他就會告訴你很多東西，那就豐富了詞彙。我不懂音樂，我就只好不說；對養花、鳥、魚，我感覺興趣，就多得了一些詞彙。豐富生活，就能豐富詞彙。這需要慢慢積蓄。你接觸到一些京戲演員，就多聽到一些行話，如「馬前」「馬後」等。這不一定馬上有用，可是當你寫一篇文章，形容到一個演員的時候，就用上了。每一行業的行話都有很好的東西，我們接觸多了就會知道。不管什麼時候用，總得預備下，像百貨公司一樣，什麼東西都預備下，從留聲機到鋼筆頭。我們的毛病就是整天在圖書館中抱著書本。要對生活各方面都有興趣；買一盆花，和賣花的人聊聊，就會得到許多好處。

第四個問題：地方土語如何運用？

語言發展的趨勢總是日漸統一的。現在的廣播、教科書都以官話為主。但這裡有一個矛盾，即「一般化的語言」不那麼生動，比較死板。所以，有生動的方言，也可以用。如果怕讀者不懂，可以加一個註解。我同情廣東、福建朋友，他們說官話是有困難，但大勢所趨，沒有辦法，只好學習。方言中名詞不同，還不要緊，北京叫白薯，山東叫地瓜，四川叫紅苕，沒什麼關係；現在可以互注一下，以後總會有個標準名詞。動詞就難了，地方話和北方話相差很多，動詞又很重要，只好用「一般語」，不用地方話了。形容詞也好辦，北方形容淺綠色說「綠陰陰」的，也許廣東人另有說法，不過反正有一個「綠」字，讀者大致會猜到。

主要在動詞，動詞不明白，行動就都亂了。我在一本小說中寫一個人「從凳子上『出溜』下去了」，意思是這人突然病了，從凳上滑了下去，一位廣東讀者來信問：「這人溜出去了，怎麼還在屋子裡？」我現在逐漸少用北京土語，偶爾用一個也加上註解。這問題牽涉到文字的改革，我就不多談了。

第五個問題：寫對話用口語還容易，描寫時用口語就困難了。

我想情況是這樣，對話用口語，因為沒有辦法不用。但描寫時也可以試一試用口語，下筆以前先出聲地唸一唸再寫。比如描寫一個人「身量很高，臉紅撲撲的」，還是可以用口語的。別認為描寫必須另用一套文字，可以試試嘴裡怎麼說就怎麼寫。

第六個問題：「五四」運動以後的作品 —— 包括許多有名作家的作品在內 —— 一般工農看不懂、不習慣，這問題怎麼看？

我覺得「五四」運動對語言問題上是有偏差的。那時有些人以為中國語言不夠細緻。他們都會一種或幾種外國語；念慣了西洋書，愛慕外國語言，有些瞧不起中國話，認為中國話簡陋。其實中國話是世界上最進步的。很明顯，有些外國話中的「桌子椅子」還有陰性、陽性之別，這沒什麼道理。中國話就沒有這些囉裡囉嗦的東西。

但「五四」傳統有它好的一面，它吸收了外國的語法，豐富了我們語法，使語言結構上複雜一些，使說理的文字更精密一些。如今天的報紙的社論和一般的政治報告，就多少採用了這種語法。

我們寫作，不能不用人民的語言。「五四」傳統好的一面，在寫理論文字時，可以採用。創作還是應該以老百姓的話為主。我們應該重視自己的語言，從人民口頭中，學習簡練、乾淨的語言，不應當多用歐化的語法。

有人說農民不懂「五四」以來的文學，這說法不一定正確。以前農民不認識字，怎麼能懂呢？可是也有雖然識字而仍不懂，連今天的作品也還看不懂。從前中國作家協會開會請工人提意見，他們就提出某些作品的語言不好，看不懂，這是值得警惕的，這是由於我們還沒有更好地學習人民的語言。

第七個問題：應當如何用文學語言影響和豐富人民語言？

我在三十年前也這樣想過：要用我的語言來影響人民的語言，用白話文言夾七夾八的合在一起，可是問題並未解決。現在，我看還是老老實實讓人民語言豐富我們的語言，先別貪圖用自己的語言影響人民的語言吧。

第八個問題：如何用歇後語。

我看用得好就可以用。歇後語、俗語，都可以用，但用得太多就沒意思。《春風吹到諾敏河》中，每人都說歇後語，好像一個村子都是歇後語專家，那就過火了。

談敘述與描寫

——對北京大學中文系學生的講話摘要

寫文章須善於敘述。不論文章大小，在動筆之前，須先決定給人家的總印象是什麼。這就是說，一篇文章裡以什麼為主導，以便妥善安排。定好何者為主，何者為副，便不會東一句西一句，雜亂無章。比如以西山為題，即須先決定，是寫西山的地質，還是植物，或是專寫風景。寫地質即以地質為主導，寫植物即以植物為主導，在適當的地方，略道岩石或花木之美，但不使喧賓奪主。這樣，既能給人家以清晰的印象，又能顯出文筆，不至全篇乾巴巴的。這樣，也就容易安排數據和陳述的層次了。要不然，西山可寫的東西很多，從何落筆呢？

若是寫風景，則與前面所說的相反，應以寫景為主，寫出詩情畫意，而不妨於適當的地方寫點實物，如岩石與植物，以免過於空洞。

是的，寫實物，即以實物為主，而略加抒情的描寫，使文章生動空靈一些。寫詩情畫意呢，要略加實物，以期虛中有實。

作文章有如繪畫，要先安排好，以什麼為主體，以什麼烘托，使它有實有虛，實而不板，虛而不空。敘述必先設計，而如何設計即看要給人家的主要印象是什麼。

敘述一事一景，須知其全貌。心中無數，便寫不下去。知其全貌，便寫幾句之後即能總結一下，使人極清楚地看到事物的本質。比如說我們敘述北京春天的大風，在寫了幾句如何刮法之後，便說出：北京的春風似乎不是把春天送來，而是狂暴地要把春天吹跑。這個小的總結便容易使人記住，知道了北京的春風的特點。這樣的句子是知其全貌才能寫出來的。若無此種的結論式的句子，則說的很多，而不著邊際，使人厭煩。又比如：《赤壁賦》中的「山高月小，水落石山」這八個字，便是完整地畫出一幅畫來，有許多畫家以此為題去作畫。有了這八個字，我們便看到某一地方的全景，也正是因為作者對這一地方知其全貌。這才能給人以不可磨滅的印象。這才能夠寫得簡練精彩。

山高月小，水落石出這八個字，連小學生也認識。可是，它們又是那麼了不起的八個字。這是作者真認識了山川全貌的結果。我們在動筆之前，應當全盤想過，到底對我們所要寫的知道多少，提得出提不出一些帶總結性的句子來。若是知道的太少，心中無數，我們便敘述不好。敘述不是枝枝節節地隨便說，而是把事物的本質說出來，使人得到確實的知識。

或問：敘述宜細，還是宜簡？細寫不算不對。但容易流於冗長。為矯此弊，細寫須要拿得起，推得開。古人說，寫文章要精騖八極，心遊萬仞。這是什麼意思呢？就是作者觀察事物，無微不入，而後在敘述的時候，又善於調配，使小事大事都能聯繫到一處，一筆寫下狂風由沙漠而來，天昏地暗，一筆又寫到連屋中熬著的豆汁也當中翻著白浪，而鍋邊上浮動著一圈黑沫。大開大合，大起大落，便不至於冗細拖拉。這就是說，敘述不怕細緻，而怕不生動。在細緻處，要顯出才華。文筆如放風箏，要飛起來，不可爬伏在地上。要自己有想像，而且使讀者的想像也活躍起來。

內容決定形式，但形式亦足左右內容。同一內容，用此形式去寫就得此效果，而另一形式去寫則效果即異。前幾天，我寫了一篇《敬悼郝壽臣老先生》短文。我所用的那點數據，和寫郝老先生生平事跡的相同。可是，我是要寫一篇悼文，所以我就透過群眾的眼睛來看老先生的一生。這便親切。從群眾眼中看出他如何認真嚴肅地演劇，如何成名之後，還孜孜不息，排演新戲。這就寫出了他是人民的演員。因為是寫悼文，我就不必用寫生平事跡所必用的某些數據，而選用了與群眾有關的那一些。這就加強了悼文的效果。形式不同，數據的選取與安排便也不同，而效果亦異。

敘述與描寫本不易分開。現在我把它們分開，為了說著方便。下面淡描寫。

描寫也首先決定於要求什麼效果，是喜劇的，還是正面的？假若是要喜劇效果，就應放手描寫，誇張一些。比如介紹老張，頭一句就說老張的鼻子天下第一。若是正面描寫，就不該用此法。我們往往描寫的不生動，不明確，原因之一即由於事先沒有決定要什麼效果，所以選材不合適，安排欠妥當。描寫的方法是依效果而定。決定要喜劇效果，則利用誇張等手法，取得此效果。反之，要介紹一位正面人物或嚴肅的事體，則須取嚴肅的描寫方法。語言文字是要配合文章情調的，使人發笑或肅然起敬。

在一篇小說中，有不少的人，不少的事。都要先想好：哪個人滑稽，哪個人嚴肅，哪件事可笑，哪件事可悲，而後依此決定，進行描寫。還要看主導是什麼，是喜劇，則少寫悲的；是悲劇，則少寫喜的。

一篇作品中若有好幾個人，描寫他們的方法要各有不同，不要都先介紹履歷，而後模樣，而後衣冠。有的人可以先介紹模樣，有的人可以先介紹他正在作些什麼，把他的性格烘托出來 —— 此法在劇本中更適用，在短篇小說中也常見，因為舞台上的人物一出來已打扮停妥，用不著描寫，那麼叫他先作點什麼，便能顯露他的性格；短篇小說篇幅有限，不能詳細介紹衣冠相貌，那麼，就先叫他作點事情，順手兒簡單地描寫他的形象，有那麼幾句就差不多了。

練習描寫人物，似應先用寫小說的辦法，音容衣帽與精神面貌可以雙管齊下，都寫下來。這麼練習了之後，要再學習戲劇中的人物描寫方法，即用動作、語言，表現出人物的特點與性格來。這比寫小說中人物要難的多了。我們不妨這麼練習：先把人物的內心與外貌都詳細地寫出來，像寫小說那樣；而後，再寫一段對話，要憑著這段對話表現出人物的精神面貌來，像寫劇本那樣。這麼練習，對寫小說與劇本都有益處。

這也是知其全貌的辦法。我們先知道了這個人的一生，而後在描寫時，才能由小見大，用一句話或一個動作，表現出他的性格來。一個老實人，在劃火柴點煙而沒點燃的時節，便會說：「唉！真沒用，連根煙也點不著！」一個性情暴躁的人呢，就不是這樣，而也許高叫：「他媽的！」這樣，知其全貌，我們就能用三言五語寫出個人物來。

寫景的方法很多，可以從古今的詩與散文中學習，描寫人物較難，故不多談寫景。

描寫人物要注意他的四圍，把時間地點等跟人物合在一處。要有人，還有畫面。《水滸傳》中的林衝去沽酒，既有人物，又有雪景，非常出色。武松打虎也有景陽崗作背景。《紅樓夢》中的公子小姐們，連居住的地方，如瀟湘館等，都暗示出人物的性格。一切須為人物服務，使人物突出。

一篇小說中有好多人物，要分別主賓，有的細寫，有的簡寫。雖然是簡寫，也要活生活現，這須用劇本中塑造人物的方法，三言五語就描畫出個人物來。我們平時要經常仔細觀察人，且不斷地把他們記下來。

在描寫時，不能不設喻。但設喻必須精到。不精到，不必設喻。要切忌泛泛的比喻。生活經驗不豐富，知識不廣博，不易寫出精彩的比喻來。

以上所說都不大具體，因為要具體地說，就很難不講些修辭學中的道理。而同學們的修辭學知識比我還更豐富，故無須我再說。我聽說的這一些，也並不都正確，請批評指正！

越短越難

怎麼寫短篇小說，的確是個很難回答的問題。我自己就沒寫出來過像樣子的短篇小說。這並不是說我的長篇小說都寫得很好，不是的。不過，根據我的寫作經驗來看：只要我有足夠的數據，我就能夠寫成一部長篇小說。它也許相當的好，也許無一是處。可是，好吧壞吧，我總把它寫出來了。至於短篇小說，我有多少多少次想寫而寫不成。這是怎麼一回事呢？

我仔細想過了，找出一些原因：

先從結構上說吧：一部文學作品須有嚴整的結構，不能像一盤散沙。可是，長篇小說因為篇幅長，即使有的地方不夠嚴密，也還可以將就。短篇呢，只有幾千字的地方，絕對不許這裡太長，那裡太短，不集中，不停勻，不嚴緊。

這樣看來，短篇小說並不因篇幅短就容易寫。反之，正因為它短，才很難寫。

從文字上看也是如此。長篇小說多寫幾句，少寫幾句，似乎沒有太大的關係。短篇只有幾千字，多寫幾句和少寫幾句就大有關係，叫人一眼就會看出：這裡太多，那裡不夠！寫短篇必須作到字斟句酌，一點不能含糊。當然，寫長篇也不該馬馬虎虎，信筆一揮。不過，長篇中有些不合適的地方，究竟容易被精彩的地方給遮掩過去，而短篇無此便利。短篇應是一小塊精金美玉，沒有一句廢話。我自己喜寫長篇，因為我的幽默感使我會說廢話。我會抓住一些可笑的事，不管它和故事的發展有無密切關係，就痛痛快快發揮一陣。按道理說，這大不應該。可是，只要寫的夠幽默，我便捨不得刪去它（這是我的毛病），讀者也往往不事苛責。當我寫短篇的時候，我就不敢那麼辦。於是，我總感到束手束腳，不能暢所欲言。信口開河可能寫成長篇（文學史上有例可查），而絕對不能寫成短篇。短篇需要最高度的藝術控制。浩浩蕩蕩的文字，用之於長篇，可能成為一種風格。短篇裡浩蕩不開。

同時，若是為了控制，而寫得幹乾巴巴，就又使讀者難過。好的短篇，雖僅三五千字，叫人看來卻感到從從容容，舒舒服服。這是真本領。哪裡去找這種本領呢？從我個人的經驗來說，最要緊的是知道的多，寫的少。有夠寫十萬字的數據，而去寫一萬字，我們就會從容選擇，只要精華，盡去糟粕。數據多才易於調動。反之，只有夠寫五千字的數據，也就想去寫五千字，那就非弄到聲嘶力竭不可。

我常常接到文藝愛好者的信，說：我有許多小說數據，但是寫不出來。

其中，有的人連信還寫不明白。對這樣的朋友，我答以先努力進修語文，把文字寫通順了，有了表現能力，再談創作。

有的來信寫的很明白，但是信中所說的未必正確。所謂小說數據是不是一大堆事情呢？一大堆事情不等於小說數據。所謂小說數據者，據我看，是我們把一件事已經咂摸透，看出其中的深刻意義——藉著這點事情可以說明生活中的和時代中的某一問題。這樣摸著了底，我們就會把類似的事情收攬進來，補我們原有的數據的不足。這樣，一件小說數據可能一來二去地包括著許多類似的事情。也只有這樣，當我們寫作的時候，才能左右逢源，從容不迫，不會寫了一點就無話可說了。反之，記憶中只有一堆事情，而找不出一條線索，看不出有何意義，這堆事情便始終是一堆事情而已。即使我們記得它們發生的次序，循序寫來，寫來寫去也就會寫不下去了——寫這些幹什麼呢！所謂一堆事情，乍一看起來，彷彿是五光十色，的確不少。及至一摸底，才知道值得寫下來的東西並不多。本來嘛，上茅房也值得寫嗎？值不得！可是，在生活中的確有上茅房這類的事。把一大堆事情剝一剝皮，即把上茅房這類的事都剝去，剩下的核兒可就很小很小了。所以，我奉勸心中只有一堆事情的朋友們別再以為那就是小說數據，應當先想一想，給事情剝剝皮，看看核兒究竟有多麼大。要不然，您總以為心中有一寫就能寫五十萬言的積蓄，及至一落筆便又有空空如也之感。同時，我也願意奉勸：別以為有了一件似有若無的很單薄的故事，便是有了寫短篇小說的內容。那不行。短篇小說並不因為篇幅短，即應先天不足！恰相反，正是因為它短，它才需要又深又厚。您所知道的必須比要寫的多得多。

是的，上面所說的也適用於人物的描寫。在長篇小說裡，我們可以從容介紹人物，詳細描寫他們的性格、模樣與服裝等等。短篇小說裡沒有那麼多的地方容納這些形容。短篇小說介紹人物的手法似乎與話劇中所用的手法相近 —— 一些動作，幾句話，人物就活生生地出現在我們眼前。當然，短篇小說並不禁止人物的形容。可是，形容一多，就必然顯著冗長無力。我以為：用話劇的手法介紹人物，而在必要時點染上一點色彩，是短篇小說描繪人物的好辦法。

除非我們對一個人物極為熟悉，我們沒法子用三言兩語把他形容出來。在短篇小說裡，我們只能叫他作一兩件事，可是我們必須作到：只有這樣的一個人才會作這一兩件事，而不是這樣的一個人偶然地作了這一兩件事，更不是隨便哪個人都能作這一兩件事。即使我們故意叫他偶然地作了一件事，那也必須是隻有這個人才會遇到這件偶然的事，只有這個人才會那麼處理這件偶然的事。還是那句話：知道的多，寫的少。短篇小說的篇幅小，我們不能叫人物作過多的事。我們叫他作一件事也好，兩件事也好，可是這點事必是人物全部生活與性格的有力說明，不是他一輩子只作了這麼一點點事。只有知道了孔明和司馬懿的終生，才能寫出《空城計》。假若事出偶然，恐怕孔明就會束手被擒，萬一司馬懿闖進空城去呢！

風景的描寫也可應用上述的道理。人物的形容和風景的描寫都不應是點綴。沒有必要，不寫；話很多，找最要緊的寫，少寫。

這樣，即使我們還不能把短篇小說寫好，可也不會一寫就寫成長的短篇小說，廢話太多的短篇小說了。

以上，是我這兩天想起來的話，也許對，也許不對；前面不是說過嗎，我不大會寫短篇小說呀。

談讀書

我有個很大的毛病：讀書不求甚解。

從前看過的書，十之八九都不記得；我每每歸過於記憶力不強，其實是因為閱讀時馬馬虎虎，自然隨看隨忘。這叫我吃了虧 —— 光翻動了書頁，而沒吸收到應得的營養，好似把好食品用涼水衝下去，沒有細細咀嚼。因此，有人問我讀過某部好書沒有，我雖讀過，也不敢點頭，怕人家追問下去，無辭以答。這是個毛病，應當矯正！丟臉倒是小事，自費了時光實在可惜！

矯正之法有二：一曰隨讀隨作筆記。這不僅大有助於記憶，而且是自己考試自己，看看到底有何心得。我曾這麼辦過，確有好處。不管自己的了解正確與否，意見成熟與否，反正寫過筆記必得到較深的印象。及至日子長了，讀書多了，再翻翻舊筆記看一看，就能發現昔非而今是，看法不同，有了進步。可惜，我沒有堅持下去，所以有許多讀過的著作都忘得一乾二淨。既然忘掉，當然說不上什麼心得與收穫，浪費了時間！

第二個辦法是：讀了一本文藝作品，或同一作家的幾本作品，最好找些有關於這些作品的研究、評論等著述來讀。也應讀一讀這個作家的傳記。這實在有好處。這會使我們把文藝作品和文藝理論結合起來，把作品與作家結合起來，引起研究興趣，儘管我們並不想作專家。有了這點興趣，用不著說，會使我們對那些作品與那個作家得到更深刻的了解，吸取更多的營養。孤立地讀一本作品，我們多半是憑個人的喜惡去評斷，自己所喜則捧入雲霄，自己所惡則棄如糞土。事實上，這未必正確。及至讀了有關這本作品的一些著述，我們就會發現自己的錯誤。這並不是說我們應該採取人云亦云的態度，不便自作主張。不是的。這是說，我們看了別人的意見，會重新去想一想。這麼再想一想便大有好處。至少它會使我們不完全憑感情去判斷，減少了偏見。去掉偏見，我們才能夠吸取營養，扔掉糟粕 —— 個人感情上所喜愛的那些未必不正是糟粕。

在我年輕的時候，我極喜讀英國大小說家狄更斯的作品，愛不釋手。我初習寫作，也有些效仿他。他的偉大究竟在哪裡？我不知道。我只學來些耍字眼兒，故意逗笑等等「竅門」，揚揚得意。後來，讀了些狄更斯研究之類的著作，我才曉得原來我所摹擬的正是那個大作家的短處。他之所以不朽並不在乎他會故意逗笑 —— 假若他能夠控制自己，減少些繞著彎子逗笑兒，他會更偉大！特別使我高興的是近幾年來看到些以馬克思主義文藝觀點寫成的評論。這些評論是以科學的分析方法把狄更斯和別的名家安放在文學史中最合適的地位，既說明他們的所以偉大，也指出他們的局限與缺點。他們仍然是些了不起的巨人，但不再是完美無缺的神像。這使我不再迷信，多麼好啊！是的，有關於大作家的著作有很多，我們讀不過來，其中某些舊作讀了也不見得有好處。讀那些新的吧。

真的，假若（還暫以狄更斯為例）我們選讀了他的兩三本代表作，又去讀一本或兩本他的傳記，又去讀幾篇近年來發表的對他的評論，我們對於他一定會得到些正確的了解，從而取精去粕地吸收營養。這樣，我們的學習便較比深入、細緻，逐漸豐富我們的文學修養。這當然需要時間，可是細嚼爛咽總比囫圇吞棗強得多。

此外，我想因地制宜，各處都成立幾個人的讀書小組，約定時間舉行座談，交換意見，必有好處。我們必須多讀書，可是工作又很忙，不易博覽群書。假若有讀書小組呢，就可以各將所得，告訴別人；或同讀一書，各抒己見；或一人讀《紅樓夢》，另一人讀《曹雪芹傳》，另一人讀《紅樓夢研究》，而後座談，獻寶取經。我想這該是個不錯的方法，何妨試試呢。

讀與寫

——卅二年三月四日在文化會堂講演

今天要談的是讀書與寫作。我只是就自己讀了些什麼書來談談，供諸位的參考，並不想勉強別人照我一樣來讀書。至於寫作，我也是有自己的方法，不希望別人也應照我這樣寫。而且我很知道自己所寫的這些東西都不大好，絕不敢在這裡向諸位作自我鼓吹，說我寫的都是文藝傑作。

首先，我想提到讀和寫的關係。無論我們寫小說或戲劇，恐怕最困難的一點就是不容易找到一個決定的形式。譬如我要寫一篇小說，可以用第三身來寫，說他怎樣怎樣，也可以用通訊的方式來寫，還可以用自傳的方式來寫。這些便是形式。假如一個人沒有讀很多書，那麼要想寫出一篇小說，儘管有極好的材料，因為難想到一個合適的形式，終使著這篇小說減色。如果說你只唸過《少年維特之煩惱》，於是你便照著這本書的形式來寫，或者你只唸過《魯賓遜漂流記》，就照這本書的形式來寫，並不想你這篇小說的內容與這種形式適合不適合，這實在是一件很吃虧的事。要是你書唸得多，不用人家告訴你，自己便可清楚，心中這些材料，用何種方式表現得最恰當。

你現在要想寫一篇描寫自己心理的小說，你頂好用第一身，說我怎樣怎樣，若是你要描寫第二人或第三人的心理，那你就該把你自己不放在裡面，而用客觀方式詳細地來分析他們。這雖是一個淺顯的比方，可是除非你書唸得多，你就許做不到。書一念多啦，心中有這樣一個故事，這樣一些思想，馬上就能找到一個最好表現的形式。

有人說，自從有新文學以來，並沒有見到多少具有很好形式的小說，如郁達夫先生寫了某種形式的小說，馬上有許多人都寫郁達夫式的小說，夏衍寫了某一形式的劇本，立刻就有許多人寫夏衍式的劇本。這種事實我們不否認，其所以有這樣的事實，正因為他們書唸得少，只好模仿人家的形式，把自己的內容裝進去，兩者不能相合，結果自然失敗。

所以多唸書是養成自己判斷能力必要的條件，不管新書也好，舊書也好，它總有一貫的道理。從古至今，一本文藝作品流傳下來，當然不是偶然的事，我們可以從一本二千年前流傳下來的書，來幫助我們判斷最近出的一本書。西洋有一句話說：「你可看到一本新書出版時，可拿一本老書去唸。」這種方法不一定對，假如這樣，豈不新書店都得關門？不過這裡面也自有一部分真理，就是這些老書裡面有它不變的道理存在。譬如美，美的觀念是隨時代地方而變的，我可在前數十年以小腳婦女為美，現在我們再看見小腳，就覺得那是不美了。美雖然變，然而美是不滅的。從最古的書一直到現在的書，能夠流傳，必定具有美的因素，若說一本書的文理不通，組織亂七八糟，而能流傳五千年，乃是絕對沒有的事。

其次，人情是不變的。社會關係變了，人情也變了，比如武松李逵，是英雄豪傑，隨便殺人，無半點同情心，在現在的我們看來，便覺得不大人道，我們現在寫的小說中的人物不會像《水滸傳》中那些人一樣，所以人情是隨歷史社會而變，雖然如此，但這種變化很慢，在五千年前，爸爸愛兒子，給兒子抽大煙，因為抽大煙就很老實，躺在煙床上不出去亂跑，現在我們再沒有愛兒子給他抽大煙的人了，只是父親愛兒子，再過一萬兩萬年，這種心理就是有變化，也變得極慢。

我們看看《書經》，這是一部很古的書，讀下去便容易判斷這不是一本文藝書，裡面沒有人情，沒有寫堯怎樣愛他的兒子，舜怎樣愛他的弟弟，別的書如《史記》，那就不同，雖則太史公寫的《史記》中有的是報告，還有一些年表，可是有的地方寫得非常生動活潑，像鴻門宴，及霸王之霸與漢高祖怎樣對功臣，都是栩栩如生，能使人感動，都是由於有人情之故。所以人情雖隨時代而變，文藝作品中不能缺乏人情，則是一定不變的道理。

思想變得更快，比感情尤甚。孔子時代的思想不是諸葛亮的思想，諸葛亮時的思想又不是現在的思想，二千年一千年前的《四書》中的思想絕不適用於今日，可是我們還高興去唸它，就因書中有它的美和人情，叫你覺得那時候，應當那樣思想，就不覺得陳舊。所以漢朝有漢朝的文字，唐朝有唐朝的文字，今日有今日的文字，文字雖在不斷地變，所不變的是那一朝代所留下的東西，其文字最足以表現那一時代所要說的話。因此我們知道唐朝有韓愈這些人，宋朝有蘇東坡這些人，便在於他們是那時代中最能用文字表現出他們的思想者，這是一定不變的道理。

我們知道了文學的條件，必須有美，有感情，有思想和好文字，則我們越多唸書，越能判斷什麼是好作品，什麼是壞的作品，一篇作品能流傳，非具有這四類條件，至少具有此四者之大部分條件不可。根據這一意義，我們就可以知道何以古代流傳下來的書，沒有多少的原因，也可以判斷今日作品的價值。

我很惋惜在中國社會中文藝的空氣太不濃厚，不如歐西各國一樣，在歐西各國，每逢出了一本新書，不但報紙雜誌上有批評，就是在茶館裡，在一般人家中，大家也都熱烈地批評和討論最近出版的書籍。在中國則不同，遇到某人問他對一本新的著作有何意見，他只能告訴你這本書很好，究竟怎樣好，都說不出來，所以今日一本極壞的書，沒人批評，銷路居然很好。要是大家讀的書多。自然造成了一種批評的空氣，大家勇於批評判斷，文藝也才能走上發展的途徑。

第三，我們讀理論書永遠不如讀真正的作品，要知道凡是一種理論，都是由作品裡面提出來。我們讀十本書，書中用「然而」都是這種用法，故我們就知道凡「然而」必這樣用，這即是理論。或者我先有一個主見，我是研究社會學的，可以從社會學的觀點，來討論文藝，或你是學美術的，可以從書中去找，以證實他的理論，其實這都是空的，理論好像是開的藥方，若想以藥方焙成灰，用開水喝下去，便可治癒，當然不可能，必須按方配藥才成，作品就是藥。現在社會上很多青年吃了這種藥，他們就要先問理論是什麼，自己並沒有唸過幾本書，而高談理論和做文章的方法，正等於焙藥方治病一般。我最頭痛的就是遇見青年問我什麼叫浪漫主義，什麼叫寫實主義？我就是花上十點鐘來解釋，又能有什麼用？如果問的人把浪漫派的代表作和寫實派的代表作各念了十本，自然可以明白。所以我們應當先唸作品，然後再去談理論。

上面是隨便談談讀與寫的關係，現在再說我是怎樣去讀和怎樣去寫的一點經過，供各位參考。

在最初我並沒有想到自己要寫小說，那時候因為念英文，在街上買了些二角錢一本的英文小說來念，唸了後自己也想寫點小說，這是寫和我的第一次關係。當時所讀的是些什麼，現在已不大記得，大概都是如傻愛人等第二三等的小說。因為唸的是這種英文，沒有給我害怕，我也就勇於有勇氣來寫，寫時當然顧不到形式和技巧。好在英文比中文流暢，句子完美複雜生動，所以我寫的東西也在使其活潑就夠了！《老張的哲學》即為這一時期的產物。

這本書在現在看來，非常給我慚愧，書的內容好像是有點神經病的人寫的似的，要怎樣就怎樣，沒有精密的結構。文字有的地方流暢，有的地方則討厭，事實內容也是這樣，儘管把自己所想到的擱進去，而不加選擇。由這本書我得到兩個相反的觀念：第一，寫東西不要急求發表。假如《老張的哲學》能擱一二年再拿出來，便可大大修改一遍，使它不致像現在樣子令我臉紅。第二，少年時應該有多寫的勇氣，不然年紀一大，書念多了，就會不敢下筆。這兩種相反的意念湊合折衷起來，便是青年人唸了幾本書，可以不管好壞的寫，但是寫完了不可立刻想發表，應當多擱一擱，等讀的書多，慢慢修改好它，再拿出去。

在這以後，我唸書還是沒有系統，但因自己外國文能力高一點，所讀的書便也較高深，外國的經典文學都有自己的便宜版本，來便利大家閱讀。我選擇了這些作品來讀，頗有點迷亂，因為它們都是出自各時代大家的手筆，有的是信筆寫成，有的則經過詳細的計劃，有的是極端浪漫，有的則絕對的寫實。叫我怎樣來判斷其好壞？自己沒法來調和，只好隨自己的興致，愛什麼就什麼，因為我是一個急性人，永遠不能訂好詳細的計劃再動手，故對於那些勾心鬥角，有多少波折，多少離合的小說，或如布局的精密，情節奇異的偵探小說，都不是我所能學的，像這類小說，我就把它們擱在一邊，還有描寫男女間極端浪漫的小說，或將一件很小的事，把它寫得天樣大，這都是我所作不到的。我自己是一個窮人，小時候就被衣食錢財迫著老在地上站著，我想入非非，飛到雲裡去，我不會，也只好把這類小說放在一邊，因為我一天到晚總是在現實生活上，只會寫與現實有關的東西。

這時候我特別注意念迭更司的《塊肉餘生記》，《雙城記》等，由他的作品中，我就發現了他初期的作品是亂七八糟，寫到第三部小說，便找到了一條路線，文句相當完整，也有適當的形式，以後越寫越精密，使我理解到寫作有進步，必會注意形式。在此時期，我還唸了幾本法國小說的英譯本如《茶花女》等，感到法國文學與英國文學迥然不同，英國人所寫的東西，好像一個人穿的衣服不十分整潔，也許有一扣子沒有扣，或者什麼地方破了一塊，但總顯得飄飄灑灑，法國人的作品則像一個美女要到跳舞場，連一個指甲都修飾得漂漂亮亮。所以法國的作品雖寫得平常，因為講究形式，總是寫得四平八穩，好像楊小樓的戲一樣。那些英國二三等小說，則好似海派的戲劇，以四十個旋子，六十個跟頭見長。

我有了這樣的認識，便決定我不能學的東西就是不讀，且知道每一本小說中必定有活生生的人，不是先空空洞洞描述一件事，第三，明白形式的重要。於是我就開始寫《趙子曰》，這本書的壞不說，無論如何在形式上是稍微完整一點，前後有一點呼應，自己在開始寫的時候，便已想到最末一段，這實在是一個最有把握的寫法，因為有了這種計劃，前後儘管會有曲折，也不會牴觸得很遠。這也就是說明多讀書的結果，遲早必受影響。

中國的文學作品實在太不發達了，幾百年來所產生的好小說極少，有一部《聊齋志異》，便出了許多什麼什麼誌異，有一部唐人小說，也就出了些什麼人什麼人小說，有一部《紅樓夢》，就接著出現《青樓夢》等，僅是這樣的模仿，自然是黃鼠狼下刺蝟，越下越不對。倘若我們能多讀些外國作品，眼界一寬，或可免去模仿《聊齋》等之弊了。

寫完《趙子曰》，就稍有系統點唸書，決定了一個計劃，大概有二年都是如此，就是一方面念文學，一方面念歷史，從古代史開頭，念哪一時代就同時念那時代的文學作品，如念古希臘歷史，便同時念古希臘的文學，當然我都是用英文譯本來念。這種方法我願介紹給各位先生，因為我採用這種方法，第一我知道了希臘羅馬時代和歐洲中古時代的文藝是什麼樣，無需再去買一本文學史來念，也就知道文學在歷史上的地位是什麼。歷史雖是死的，只能告訴你某一時期怎樣怎樣，而且所告訴的不過一個簡單的結論，文學則不然，他從容地把那一時期的生活方式都寫出來告訴你，這樣，使你不僅深刻地明白了歷史的內容，也知道那一時代文學形式為什麼那樣的原因。所以現在大學裡面只教學生念些世界文學史，英國文學史，法國文學史，結果四年畢業，沒有念多少外國文學作品，乃是一種不妥當的方法，必須學生多念些外國原著，才不致流於空洞。我覺得歷史好像是一棵樹，文學是樹上的花，文學史則是樹上的一枝，我們僅僅從一節樹枝來觀察整個樹，當然所見不完全，正如我們僅知道杏花是薔薇科一樣，是沒有什麼用的。

我到英國第五年，也就是末了一年，唸的多是英國最近的作品，每一大文學家，不能都讀完他的作品，也起碼挑一兩本來念。同時我也開始寫第三部小說《二馬》。念英國最近文學作品，有這樣一種覺悟，即是那時正在歐戰以後，歐洲出了不知多少文學上的派別。譬如我們今日大家在文化會堂相聚，我想創一派就叫文化派，在座的五十位同志跟我來創造這一派的小說，只求好奇立異，不一定有很好的東西。他們每一派的興起，差不多就是這樣，究竟他們能否在將來立得住腳？誰也不敢說。文學史上告訴過我們，當浪漫派興起時，一年不知出了多少本小說和劇本，到現在究竟留下來的有幾本？由此可知大多數的都是被犧牲和受淘汰了！在歐戰結束後不久的歐洲，什麼樣的小說都有，有的不寫人，光寫人的眉毛，寫了幾萬字，有的沒有字，只有劃和點，各自逞奇立異，也各有他的理論，然而今日都不再存在。這即是剛才所說的，文藝不斷在變，但各自有不變的東西，缺少這些不變的東西，不成其為真正的文學作品。所以到這次世界大戰前，歐洲文藝慢慢又恢復了原狀，再沒人花幾萬字去描寫眉毛，而回到注重形式，有人物，有思想感情的路上去。要是我們看見文學上某一派興起，就學某一派，則過了十年這派不再存在，我們也就隨著沒有了。

在《二馬》這書中，自己也是上當，因為唸到歐戰以後的文藝，裡面有幾本是描寫中國，我便寫一箇中國人怎樣在倫敦，結果就變成了一種報告。要知道，報告這種東西，很難成為一種很好的文藝作品。假如你存心要報告某件事，是以為別人不知道。文藝則最好是寫誰都知道的事，這才是本事。例如我的家在北方淪陷區，正盼著家書，到晚上想家時一定念出杜甫的「烽火連三月，家書抵萬金」的句子，就因這種句子所含的感情為人人所具有。我們寫報告，因為這事只有自己知道，乃是輕看了人家的感情思念。其實在文藝上越奇怪的事越不感動人，如在一次空難中，日本轟炸機不投炸彈，投下了許多豆沙包子，或者有一天在都郵街天空忽然投下一輛汽車，這種事固然新奇，可是我們報告出來，終不過新奇而已！我們描寫空襲，是要道出每一人民內心的憤恨，這才是真正有價值。《二馬》的失敗，便在報告兩箇中國人在倫敦住著，鬧了些什麼笑話，立意根本不高，不過這書也有一個特點，即是文字上有了變化，在《老張的哲學》和《趙子曰》兩書中，我往往用舊文字來修辭，以為文言白話擱在一起很優美和生動俏皮，到《二馬》一書中，因當時北平國語運動盛行，有幾位幹這運動的朋友寫信勸我不要再那樣寫，要盡量將白話的美，提煉到文字中。因此在《二馬》中我極力避免用舊字句，能夠有這種成績，這不能不感謝那幾位提倡白話的朋友！同時我還得感謝一位英國先生，他是一位教阿拉伯文學的老教授，一天問我英文書唸了哪一些，我老實地告訴了他，他又問我《阿麗絲夢遊奇境記》唸過沒有？這本書是著名的童話，在英國無人不讀，我當時還不知道這書，便說我沒唸過，他就說「那你還叫念英文嗎」？回到家中我問房東，這位房東的學問也很好，通法文西班牙文等，他說這是一本童話，問應不應念，他說極應念，因為這是最好的英文。可見文字之好並不要掉書袋用典故，於是我明白一篇作品用最淺顯的白話文字寫出來與用深澀的文字寫出來，兩者相較，一定是白話文好，而且也很難。中國的四六文章，任何人下點功夫都可以寫出來，反正只要把典故用上就得。但是，用淺顯的白話文來形容一件事，一處風景，可就難了。以遠山如黛四個字可描寫出遙遠的山景，用洋車伕說的話來描寫這種景緻，便不容易。在英文作品中最好的文字，首推英文《聖經》，(與德文拉丁文《聖經》同為世界三大名譯)，英文《聖經》的好處就在通順流暢，英國傳統的大作家的文字，也都如此。最近林語堂先生在美國這樣紅，主要的就是他的英文精簡活潑。可惜我們許多青年朋友不大注意這些，現成的白話不用，一開頭就原野，祖國，寫得莫名其妙，我從寫《二馬》起，便對這方面努力，凡想到一句文言，必定同時想這句的白話，要是白話想不出，寧肯另外作一種說法，總求能夠用白話來表達意思，什麼祖國原野等名詞絕不用，您要是發現我在書中有一個，我可給您一塊錢！您想想看，我們現在又不是在新加坡，在美國，自己腳踏在自己的國土上，為什麼還要叫祖國，這可見是不通。所以我要告訴各位，寫文藝時最要注意用白話，那些生硬的文言字句絕不能有什麼幫助於你。

寫完《二馬》，我回國了，本來還可以在英國住下去，這次回來卻僥倖得很，要不然，我仍在英國，會永遠照《二馬》的形式寫下去，越寫越沒出息，因為什麼，因為那時的英國很太平，我們國內則正是北伐時候，我一到新加坡，即感覺東西洋的空氣不同，自己究竟對自己的國家隔閡了，當時國內新文藝已發展到一個高潮，好多作家都用他們的筆來寫國家社會的各方面，寫的或者不大好，而立意很高，除了一兩個專寫三角四角戀愛的小說以外，大多數都是想利用自己的文字對世界對國家對社會有點好處，以前我以為只要照英國二三流作家那樣，寫一點小故事，教大家愉快就可以，一回到新加坡，才明白自己觀念的錯誤，可見讀書儘管是讀書，生活還更要緊，離開了現實的生活，讀多少書也是沒有用。

在新加坡停留了一個時期，想寫一本華僑千辛萬苦開闢南洋的小說，可是因為生活不夠，沒寫成，第一在那邊言語隔閡，華僑不是廣東人即是福建人，他們說的都是家鄉話，本地土人說的是馬來話，言語不通，無法多接近，材料也蒐集不到，因此便把原來的計劃放棄，改寫了《小坡的生日》，這是一個小童話，自己滿意之點是繼《二馬》之後，把文字寫得更加淺明，至於像一個童話不像，我就不敢說了。

隨後我回到國內，寫了一本《貓城記》，這是最失敗的一篇東西，目的想諷刺，大概天下最難寫的便是諷刺，小小的幾句諷刺或者很容易，長篇大套可就費力不討好。在中國的舊小說中，《鏡花緣》是一本不壞的諷刺小說，我這本《貓城記》糟糕得很，本來寫諷刺小說除非你是當代第一流作家才能下筆。因為這是需要最高的智慧和最敏銳的思想。我對這些都不夠格，當然寫得失敗了！

寫完了《貓城記》，又寫《離婚》，用的文字差不多有了定型，結構也比較自然，看去相當有趣味。我看到國內的翻譯小說以俄國的為最多，如契珂夫，安得烈夫的形式極完整，有時看去幾乎沒有形式的痕跡，非有很大的功夫看不出來。我這篇《離婚》雖不是學俄國文學，許是多少總受了點影響。俄國文學不僅形式好，描寫也極深刻，如托爾斯泰，他的作品的深度為其他各國作家所沒有。英國作家描寫一個人，只要描寫得漂漂亮亮就差不多，俄國作家則描寫得把他的靈魂也表現了出來。我回國後看了不少俄國小說，覺得自己所寫的東西分量太輕，雖說這種深度沒方法可學到，它是一方面有關於個人的教養，一方面更是有關於民族性。但我不妨以他們的作品作一個借鑑。

接著我寫《駱駝祥子》，把所知道的一個拉洋車的人的情形寫出，結果也沒寫到多少深，這是由於天才修養的不夠，但還可勉強過得關，我也希望能長此保持這種方嚮往前走，那就是說我的小說給人家一種消遣不算錯誤，如果能把讀者的靈魂感動，那是更好。

到「一·二八」以後，我開始寫短篇小說，到如今也寫不好。我曾唸過不少短篇小說，輪到自己寫，卻還是感到抓不住要如何才能寫好，這是我前面說過的自己沒有很細膩的思想，第二，我的文字修養不夠，長篇大論還可應付下去，短篇就控制不住。

到了抗戰後，我也學著作一點詩，詩是作得根本不成東西，僅僅因為有點機會，我作了比較長的幾篇詩。以後不想再寫。我在外國讀英文詩很少，加以我幼時頗喜歡舊詩，現在作新詩便脫不掉舊詩味。不過寫舊詩的文字訓練，有相當好處，我希望作新詩的朋友們，也不妨試一試舊詩，因為舊詩可以告訴你用字行文上一些技巧。您有新詩的天才，加上舊詩的鍛鍊，那麼，您的詩必定可寫得好。

末了，要談到劇本。我寫劇本不完全是學習的意思，將來我若出一本全集，或者不應把現在所寫的劇本收入，我自己從來少念劇本，即使唸得多，也不會寫好，因為劇本與舞台關係太深，我缺少舞台的經驗，寫出的劇本只能放在桌上念，不能適用到舞台上，當然不算好劇本，舞台的一切裝置，是一個綜合的藝術，不懂得此綜合的藝術，劇本自亦無法寫好，我希望今後能對舞台藝術多加研究，能多和演戲的朋友接觸，同時多讀些劇本。則我再寫劇本，怕仍會成為小說式的劇本，十之八九上演就不行。小說的伸縮性本來很大，可以東邊說幾句，西邊扯幾句，後頭再找補幾筆。劇本不然，上來就是戲，時時緊張，不能說演完一幕教觀眾打瞌睡，再開始有戲，觀眾早就要退票了。小說的內容好不好，只要思想成，文字美，也可通融，劇本沒有這一套，你不能說我們這戲本並沒有戲，只是文字不壞。

學寫劇本有一樣好處，就是能使自己對文字練得緊湊，通常寫小說的常患拉長說廢話的毛病，經過寫劇本雖沒賺到什麼，也沒有增加好名譽，但沒白費事，得了這樣點好處。

還有近年寫了點通俗文字。如舊戲大鼓書之類，這也都是練習寫作，真正說起來，多少人（連我在內）所寫的通俗文字，全不通俗，現在的大鼓書等都已都市化文人化了，真正的通俗文字是茶館裡說評書唱金錢板，或者北平天橋的相聲等，才是真正的民間文藝，這些文字才是活的，雖然粗俗，可是極有力量。關於這點，我還希望到抗戰結束後能多下點功夫，寫出點真正的民間東西。

今天諸位很踴躍的來聽我亂講一氣，我非常感謝，各位要是打算學學文學，請記住多讀多寫多生活這三位一體的東西。

載 1943 年 4 月 20 日《文藝先鋒》第二卷第三期

老舍的我怎樣寫小說：

筆觸中的生活與歷史，老舍教你寫作的真諦

作　　者：老舍
發 行 人：黃振庭
出 版 者：複刻文化事業有限公司
發 行 者：複刻文化事業有限公司
E-mail：sonbookservice@gmail.com
粉 絲 頁：https://www.facebook.com/sonbookss/
網　　址：https://sonbook.net/
地　　址：台北市中正區重慶南路一段六十一號八樓 815 室
Rm. 815, 8F., No.61, Sec. 1, Chongqing S. Rd., Zhongzheng Dist., Taipei City 100, Taiwan
電　　話：(02)2370-3310
傳　　真：(02)2388-1990
印　　刷：京峯數位服務有限公司
律師顧問：廣華律師事務所 張珮琦律師
定　　價：550 元
發行日期：2023 年 12 月第一版
◎本書以 POD 印製

國家圖書館出版品預行編目資料

老舍的我怎樣寫小說：筆觸中的生活與歷史，老舍教你寫作的真諦 / 老舍 著. -- 第一版. -- 臺北市：複刻文化事業有限公司, 2023.12
面；　公分
POD 版
ISBN 978-626-7403-77-8(平裝)
1.CST: 寫作法 2.CST: 閱讀指導
811.1　　112020590

電子書購買

臉書

爽讀 APP